KOBO ABE

КОБО АБЭ

КЛАССИКИ XX ВЕКА

Ростов-на-Дону

«Феникс»

2000

ББК 84.7
А 17

Абэ Кобо.

А 17   **Женщина в песках. Чужое лицо.** Романы. Серия «Классики XX века». — Ростов-н/Д: «Феникс», 2000 — 384 с.

Творчество японского писателя Кобо Абэ в полном смысле слова уникально. Щедро пользуясь богатейшей палитрой изощренных средств искусства XX века и при этом оставаясь глубоко национальным художником, он стал одним из любимейших авторов во всех странах мира. Глубочайший анализ проблем, связанных с современными философскими течениями, не мешает его романам оставаться высоко художественными произведениями с захватывающей интригой, яркими характерами и неожиданными событиями. В книге публикуются два романа Кобо Абэ «Женщина в песках» и «Чужое лицо», которые принесли ему известность во всем мире.

ISBN 5-222-00815-0   **ББК 84.7**

Женщина в песках

Роман

Часть первая

В один из августовских дней пропал человек. Он решил использовать свой отпуск для поездки на побережье, до которого поездом было полдня пути, и с тех пор о нем ничего не слышали. Ни розыски полиции, ни объявления в газетах не дали никаких результатов.

Исчезновение людей — явление, в общем, не такое уж и редкое. Согласно статистике, ежегодно публикуется несколько сот сообщений о пропавших без вести. И, как ни странно, процент найденных весьма невелик. Убийства и несчастные случаи оставляют улики; когда случаются похищения, мотивы их можно установить. Но если исчезновение имеет какую-то другую причину, напасть на след пропавшего очень трудно. Правда, стоит назвать исчезновение побегом, как сразу же очень многие из них можно будет, видимо, причислить к этим самым обыкновенным побегам.

В данном случае тоже не было ничего необычного в отсутствии каких-либо следов. Примерно было известно место, куда отправился этот человек, но оттуда не поступило сообщения о том, что обнаружен труп. Работа его не была связана с какими-либо секретами, из-за которых его могли бы похитить. А во всех его действиях, в поведении не было и намека на то, что он замышляет побег.

Сначала все, естественно, предположили, что здесь замешана женщина. Узнав от жены, что пропавший уехал собирать насекомых для своей коллекции, полицейские чиновники и сослуживцы были даже несколько разочарованы. Действительно, тащить банку с цианистым калием, сачки для ловли насекомых — и все только для того, чтобы скрыть побег с женщиной, — это было бы излишним притворством. А главное, станционный служащий сообщил, что в тот день на станции из поезда вышел мужчина, похожий на альпиниста, на его плечах крест-накрест висели деревянный ящик, напоминавший те, которыми пользуются художники, и фляга; он точно помнил, что человек был совершенно один. Таким образом, и это предположение отпало.

Появилась версия о самоубийстве на почве мизантропии. Ее высказал один из сослуживцев, большой любитель психоанализа. Уже одно то, что взрослый человек способен увлекаться таким никчемным делом, как коллекционирование насекомых, доказывает психическую неполноценность. Даже у ребенка чрезмерная склонность к коллекционированию насекомых часто является признаком эдипова комплекса. Чтобы как-то компенсировать неудовлетворенное желание, он с удовольствием втыкает булавку в погибшее насекомое, которое и так никуда не убежит. И уж если, став взрослым, он не бросил этого занятия, значит, состояние его ухудшилось. Ведь довольно часто энтомологи одержимы манией приобретательства, крайне замкнуты, страдают клептоманией, педерастией. А от всего этого до самоубийства на почве мизантропии — один шаг. Мало того, среди коллекционеров есть и такие, которые испытывают влечение не столько к самому коллекционированию, сколько к цианистому калию в своих банках, потому-то они и не могут отказаться от своего занятия... А то, что у него ни разу не возникало желания откровенно рассказать о своем увлечении, разве не доказывает, что и сам он сознавал всю его постыдность?

Но поскольку труп не был обнаружен, все эти казавшиеся такими стройными умозаключения рухнули.

Действительной причины исчезновения так никто и не узнал. И по прошествии семи лет на основании статьи 30 Гражданского кодекса человек был признан умершим.

Однажды в августе после полудня на платформе станции появился человек в серой пикейной панаме. На плечах у него крест-накрест висели большой деревянный ящик и фляга, брюки были заправлены в носки, как будто он собирался идти в горы. Однако поблизости не было ни одной горы, на которую стоило бы подниматься. И станционный служащий, проверявший у выхода билеты, подозрительно посмотрел ему вслед. Человек без колебаний вошел в автобус, стоявший около станции, и занял сиденье сзади. Автобус шел в сторону, противоположную горам.

Человек доехал до конечной остановки. Выйдя из автобуса, он увидел, что вся местность здесь представляет собой бесконечное чередование возвышенностей и впадин. Низины были сплошь заняты нарезанными на узкие полосы рисовыми полями, и между ними, подобно островкам, возвышались небольшие рощицы хурмы. Человек миновал деревню и пошел дальше по направлению к побережью. Почва постепенно становилась все светлее и суше.

Вскоре дома исчезли, лишь изредка попадались группы сосен. Постепенно твердая почва сменилась мелким, липнущим к ногам песком. Кое-где темнели островки сухой травы и виднелись, точно по ошибке попавшие сюда, крохотные участки чахлых баклажанов. Но вокруг не было ни души. Впереди, очевидно, было море, к которому он и направлялся.

Наконец человек остановился, огляделся, отер рукавом куртки пот с лица. Не спеша открыл деревянный ящик и из верхней крышки вынул связку палок. Соединил их вместе, и в руках у него оказался сачок для ловли насекомых. Он снова двинулся вперед, раздвигая палкой попадавшиеся ему редкие кустики травы. От песка пахло морем.

Но время шло, а моря все не было видно. Может быть, это пересеченная местность не позволяла видеть, что делается впереди, но, насколько хватало глаз, ландшафт не менялся.

Неожиданно перед ним выросла деревушка. Это была обычная бедная деревушка: вокруг пожарной вышки теснились тесовые крыши, прижатые небольшими камнями. Несколько домов было крыто черной черепицей, а некоторые — даже железом, окрашенным в красный цвет. Дом с железной крышей, стоявший на углу единственного в деревне перекрестка, был, по-видимому, правлением рыболовецкой артели.

За деревней уж наверняка и море и дюны. Но что-то деревушка раскинулась чересчур широко. Вокруг нее несколько участков плодородной земли, все остальное — белая песчаная почва. Виднелись небольшие поля земляного ореха и картофеля; запах моря смешивался с запахом скотины. На обочине твердой, как бы сцементированной песком и глиной дороги возвышались белые горы колотых ракушек. Пока человек шел по дороге, и дети, игравшие на площадке перед правлением артели, и старик, чинивший сеть, и растрепанные женщины, толпившиеся у единственной в деревушке мелочной лавки — все на миг замирали и с удивлением смотрели ему вслед. Но человек не обращал на них никакого внимания. Его интересовали только дюны и насекомые.

Однако странным был не только размер деревушки. Дорога вдруг пошла вверх. Это тоже было совершенно неожиданно. Ведь если она ведет к морю, то, естественно, должна идти под уклон. Может быть, он ошибся, когда смотрел по карте? Он попытался расспросить повстречавшуюся как раз девушку. Но она опустила глаза и прошла мимо, сделав вид, что не слышит вопроса. Ладно, пойдем дальше. Что ни говори, и цвет песка, и рыболовные сети, и горы ракушек — все указывает на близость моря. В общем, причин для беспокойства нет.

Дорога становилась все круче, и кругом уже не было ничего, кроме песка.

Но странно, там, где стояли дома, уровень земли нисколько не повышался. Лишь дорога шла вверх, сама же деревушка все время оставалась как бы в низине. Впрочем, вверх шла не только дорога — все выше становились и промежутки между домами. Поэтому казалось, будто деревня идет в гору, а дома остаются на одном уровне. Это впечатление все усиливалось по мере выдвижения вперед, к вершине дюны, и вскоре ему показалось, что дома стоят в огромных ямах, вырытых в песке. Наконец дорога, по которой он шел, и промежутки между домами оказались выше крыш. А дома все глубже погружались в песчаные ямы. Склон неожиданно стал почти отвесным. Теперь до верхушек крыш было метров двадцать, не меньше. "Ну что там может быть за жизнь?" — подумал он, с содроганием заглядывая в глубокую яму. Вдруг бешеный порыв ветра перехватил дыхание, и человек поспешил отойти от края ямы. Далеко внизу он увидел мутное пенящееся море, лижущее прибрежный песок. Он стоял на гребне дюны — именно там, куда стремился.

Склон дюны, обращенный к морю, откуда дуют муссоны, как обычно, был отвесным и голым. Но на более пологих местах пробивались кустики узколистой травы. Оглянувшись, он увидел, что огромные ямы, все более глубокие по мере приближения к гребню дюны, несколькими ярусами сходятся к центру деревушки, напоминая пчелиный улей в разрезе. Деревня, казалось, взбиралась на дюну. А может быть, дюна взбиралась на деревню? Во всяком случае, вид деревни раздражал, удручал человека.

Ну ладно, до желанных дюн дошел, и все в порядке. Он отпил большой глоток воды из фляги, глубоко вздохнул, но воздух, казавшийся таким чистым, обжег горло, словно наждак.

Человек хотел пополнить свою коллекцию насекомыми, которые водятся в песке.

Песчаные насекомые невелики, с тусклой окраской, но того, кто одержим манией коллекционирования, не привлекают яркокрылые бабочки или стрекозы. Он не стремится украсить свои коллекции какими-то экзотическими образцами, не проявляет особого интереса к систематизации, не занимается поисками сырья для приготовления лекарств, используемых китайской медициной. У энтомолога есть свои бесхитростные и непосредственные радости — обнаружение нового вида. Удастся это — и в энтомологическом атласе рядом с длинным ученым латинским названием найденного насекомого появится и твое имя, и не исключено, что оно останется там на века. А если твое имя, пусть даже благодаря насекомому, надолго сохранится в памяти людей, — значит, старания не пропали даром.

Огромное число видов насекомых, почти не различающихся на первый взгляд, дает богатые возможности для все новых открытий. Вот и он тоже много времени отдал двукрылым и даже обыкновенным домашним мухам, которых так ненавидят люди. Виды мух на удивление многочисленны. Но поскольку мысль всех энтомологов развивается примерно в одном направлении, они почти завершили изучение большинства этих видов, включая и редчайший восьмой мутант, обнаруженный в Японии. Может быть, потому, что жизнь людей тесно переплетена с жизнью мух.

Прежде всего следует обратить внимание именно на песчаную среду. Многочисленность видов мух, возможно, объясняется их большой приспособляемостью. Он просто подпрыгнул от радости, сделав это открытие. Мысль не так уж глупа. Столь высокой приспособляемостью мух как раз и объясняется то обстоятельство, что они легко переносят самые неблагоприятные условия, в которых другие насекомые не могут существовать. Они приспособились, например, к жизни даже в пустыне, где все живое погибает...

Придя к этому выводу, он стал проявлять особый интерес к пескам. Результат не замедлил сказаться. Однажды в высохшем русле речки неподалеку от дома он увидел малюсенькое желтоватое насекомое, напоминавшее шпанскую мушку, принадлежащую к семейству жесткокрылых (Cieindela Japonica, Motschulsky). Как известно, шпанские мушки бывают разной окраски и величины. Но передние лапки у них различаются весьма незначительно. Они-то и служат важным критерием для классификации, так как различные формы передних лапок означают и видовое различие. Второй сустав передней лапки насекомого, попавшегося ему на глаза, действительно имел примечательные особенности.

Передние лапки у шпанских мушек обычно тонкие, черные и весьма подвижные, а у этой мухи были круглыми, толстыми, как бы покрытыми прочным панцирем и ярко-желтого цвета. Возможно, на них налипла пыльца. Может быть, у насекомого было даже особое приспособление — вроде волосков, — чтобы собирать пыльцу. Если тогда его не обманули глаза, то, должно быть, он сделал важное открытие.

Но, к сожалению, поймать это насекомое не удалось. Он был слишком взволнован, да и муха летала как-то совершенно необычно. Она улетела. Потом вернулась и стала ждать его приближения, словно хотела сказать: "Попробуй поймай меня". Когда он доверчиво подошел, она улетела, вернулась и снова стала ждать. Она как будто дразнила его, а потом окончательно скрылась в траве.

Так он стал пленником этой шпанской мушки с желтыми передними лапками.

Обратив внимание на песчаную почву, он еще больше утвердился в своем предположении. Ведь шпанская мушка — типичное насекомое пустыни. Согласно одной из теорий, необычный полет этих мушек — просто хитрость, которой они выманивают из нор мелких животных. Мыши, ящерицы, увлекаемые мушками, убегают далеко от своих нор в пустыню и погибают там от голода и усталости. Мушки только этого и ждут и пожирают погибших животных. Японское название этих мушек изящное — "письмоносец". Хотя на первый взгляд они кажутся грациозными, на самом деле у них острые челюсти и они настолько кровожадны, что пожирают друг друга. Он не знал, верна эта теория или нет, но, несомненно, был пленен загадочным полетом шпанской мушки.

Естественно, возрос и его интерес к песку, который создавал условия для жизни шпанской мушки. Он стал читать литературу о песке, и чем больше читал, тем больше убеждался в том, что песок — очень интересное явление. В энциклопедии, например, в статье о песке можно прочесть следующее: "Песок — скопление разрушенной горной породы. Иногда включает в себя магнитный железняк, касистерит, реже — золотой песок. Диаметр от двух до одной шестнадцатой миллиметра".

Ну до чего же ясное определение! Короче говоря, песок образуется из разрушенной горной породы и представляет собой нечто среднее между мелкими камешками и глиной. Но назвать песок промежуточным продуктом еще не значит дать исчерпывающее объяснение. Почему из трех элементов — камней, песка и глины, — из которых в сложных сочетаниях состоит почва, только песок может находиться в изолированном состоянии и образовывать пустыни и песчаные местности? Если бы это был просто промежуточный продукт, то благодаря эрозии между голыми скалами и областями глины можно было бы обнаружить бесчисленное количество промежуточных продуктов, образованных путем их взаимного проникновения. Но ведь на самом деле существует только три ясно различимых вида пород: скальные, песчаные, глинистые. Удивительно также и то, что величина песчинок почти всегда одинакова, будь то песок на побережье острова Эносима или в пустыне Гоби, — она равна в среднем одной восьмой миллиметра, и располагаются песчинки по кривой, близкой к Гауссовой.

В одном исследовании давалось весьма упрощенное объяснение разрушения почвы вследствие эрозии: легкие элементы разносятся на большие расстояния. Но в нем совершенно не объяснялась особенность размера песчинок, равного одной восьмой миллиметра. В другом труде по геологии давалось противоположное объяснение:

"И потоки воды, и потоки воздуха создают турбуленцию. Наименьшая длина волны турбуленции эквивалентна диаметру песка в пустыне. Благодаря этой особенности из почвы извлекается только песок, причем извлекается он под прямым углом к потоку. Если сила сцепления отдельных компонентов почвы невелика, песок может подниматься в воздух даже очень слабым ветром, неспособным увлечь камни и глину. Затем он снова опускается на землю дальше по движению ветра. Особенности песка должны, видимо, рассматриваться аэродинамикой".

Продолжалось это объяснение так:

"Песок — частицы разрушенных горных пород такой величины, которая делает их наиболее подвижными".

Поскольку на земле всегда существуют ветер и потоки воды, образование песков неизбежно. И до тех пор пока будут дуть ветры, течь реки, катить свои волны моря, из земли будут извлекаться все новые и новые массы песка и, подобно живому существу, расползаться повсюду. Песок не знает отдыха. Незаметно, но упорно он захватывает и разрушает землю...

Эта картина вечно движущегося песка невыразимо волновала и как-то подхлестывала его. Бесплодность песка, каким он представляется обычно, объясняется не просто его сухостью, а беспрерывным движением, которого не может перенести ничто живое. Как это похоже на унылую жизнь людей, изо дня в день цепляющихся друг за друга.

Да, песок не особенно пригоден для жизни. Но является ли незыблемость абсолютно необходимой для существования? Разве от стремления утвердить незыблемость не возникает отвратительное соперничество?

Если отбросить незыблемость и отдать себя движению песка, то кончится и соперничество. Ведь и в пустыне растут цветы, живут насекомые и звери... Все это живые существа, вырвавшиеся за рамки соперничества благодаря огромной силе приспособляемости. Вот как его шпанские мушки...

Он рисовал в своем воображении движение песка, и у него уже начинались галлюцинации — он видел и себя самого в этом нескончаемом потоке.

Опустив голову, человек снова пошел вперед по гребню дюны, огибавшей деревню полумесяцем, подобно крепостному валу. Он почти не замечал того, что делалось вдали. Для энтомолога важно сосредоточить все свое внимание на пространстве в радиусе трех метров вокруг своих ног. И одно из важнейших правил — не становиться спиной к солнцу. Если солнце окажется сзади, то своей тенью можно спугнуть насекомое. Поэтому лоб и нос охотников за насекомыми загорают дочерна.

Человек размеренно и медленно продвигался вперед. При каждом шаге песок обрызгивал его ботинки. Вокруг не было ничего живого, кроме неглубоко сидевших кое-где кустиков травы, готовой хоть сейчас зацвести, будь чуть побольше влаги. Если и появлялось здесь что-нибудь летающее, то это были окрашенные, как панцирь черепахи, мушки, привлеченные запахом человеческого пота. Но как раз в такой местности надежды часто сбываются. Правда, шпанские мушки не любят жить стаями, и бывают даже случаи, когда одна мушка захватывает целые километры в округе. Ничего не поделаешь — нужно упорно продолжать поиски.

Вдруг он остановился — в траве что-то зашевелилось. Это был паук. Пауки ему ни к чему. Он присел, чтобы выкурить сигарету. С моря все время дул ветер, внизу рваные белые волны вгрызались в основание дюны. Там, где западный склон дюны сходил на нет, в море выдавался небольшой скалистый мыс. На нем подобно острым иглам были рассыпаны лучи солнца.

Спички никак не зажигались. Десять спичек извел — и все впустую. Вдоль брошенных спичек почти со скоростью секундной стрелки двигались струйки песка. Он заметил небольшую волну песка и, как только она докатилась до каблука его ботинка, поднялся. Из складок брюк посыпался песок. Он сплюнул — во рту как будто теркой провели.

Однако не слишком ли мало здесь насекомых? Может быть, движение песка чересчур стремительно? Нет, отчаиваться еще рано. Ведь и теоретически здесь не может не быть насекомых.

Вершина стала более ровной, кое-где дюна далеко отступала от моря. Подгоняемый надеждой на добычу, он стал спускаться по пологому склону. Кое-где торчали остатки бамбуковых щитов для задержания песка, и виднелась расположенная несколько ниже терраса. Мужчина пошел дальше, пересекая песчаные узоры, прочерченные ветром с точностью машины. Неожиданно все исчезло из поля его зрения, и он увидел, что стоит на краю глубокой ямы.

Яма была неправильной овальной формы, больше двадцати метров в ширину. Противоположная ее стена казалась сравнительно отлогой, а та, где он стоял, обрывалась почти отвесно. Ее вогнутый край, гладкий, как у фарфоровой чашки, был очень скользким. Осторожно упершись в него ногой, он заглянул вниз. И только теперь понял, что, хотя кругом светло, уже приближается вечер.

На самом дне ямы в мрачной глубине стояла погруженная в молчание лачуга. Крыша одним концом вдавалась в отлогую песчаную стену.

"Ну совсем как раковины устрицы, — подумал он. — Что тут ни делай, а против закона песка не пойдешь..." Только он начал прилаживаться с фотоаппаратом, как песок из-под его ног шурша пополз вниз. В испуге он отдернул ногу, но песок еще какое-то время продолжал течь. Как неустойчиво это равновесие песка! Задыхаясь от волнения, он вытер взмокшие ладони о штаны.

За его спиной кто-то кашлянул. Рядом, почти касаясь его плеча, стоял неизвестно откуда взявшийся старик, судя по всему, рыбак из деревни. Посмотрев на фотоаппарат, а потом на дно ямы, он сморщил в улыбке продубленное лицо. Что-то липкое скопилось в углах его налитых кровью глаз.

— Что, обследование?

Голос относило ветром, он звучал глухо, бесцветно, как будто из транзисторного приемника. Но выговор был ясный, понять нетрудно.

— Обследование? — Человек в замешательстве прикрыл ладонью объектив и стал поправлять сачок, чтобы старик заметил его. — Что вы хотите сказать? Я что-то не понимаю... Я, видите ли, коллекционирую насекомых. Моя специальность — насекомые, которые водятся вот в таких песках.

— Что? — Старик как будто ничего не понял.

— Кол-лек-ци-о-ни-ру-ю на-се-ко-мых! — повторил он громким голосом. — На-се-ко-мых, понимаете, на-се-ко-мых! Я их ловлю!

— Насекомых? — Старик, явно не поверив, отвел глаза и сплюнул. Или, лучше сказать, на губе у него повисла слюна. Подхваченная ветром, она вытянулась в длинную нить. Собственно, что его так беспокоит?

— А в этом районе проходит какое-нибудь обследование?

— Да нет, если вы не из обследователей, делайте что хотите, мне все равно.

— Нет, нет, я не из инспекции.

Старик, даже не кивнув, повернулся к нему спиной и медленно пошел по гребню дюны, загребая носками соломенных сандалий.

Метрах в пятидесяти, видимо ожидая старика, неподвижно сидели на корточках трое одинаково одетых мужчин. Когда они появились? У одного из них, кажется, был бинокль, который он все время вертел на коленях.

Старик подошел к ним, и все четверо начали о чем-то совещаться, яростно отгребая песок друг у друга под ногами. Казалось, они заспорили.

Он совсем уже было собирался продолжать поиски своей мухи, как, запыхавшись, прибежал старик.

— Постойте, вы правда не из префектуры?

— Из префектуры?.. Да нет, вы обознались.

"Ну хватит", — решил он и протянул навязчивому старику визитную карточку. Шевеля губами, тот долго читал ее.

— А-а, вы учитель...

— Видите, я совсем не связан с префектурой.

— Угу, значит, вы учитель...

Наконец-то он, кажется, уразумел; сощурившись и держа карточку в вытянутой руке, старик вернулся к остальным. Визитная карточка как будто и их успокоила. Они поднялись и ушли.

Однако старик снова возвратился.

— Ну а теперь что вы собираетесь делать?

— Да вот искать насекомых буду.

— Но ведь вы опоздали на последний автобус.

— А здесь я нигде не мог бы переночевать?

— Переночевать? В этой деревне? — В лице старика что-то дрогнуло.

— Ну, если здесь нельзя, пойду в соседнюю.

— Пойдете?..

— А я, в общем, никуда особенно не тороплюсь...

— Нет, нет, ну зачем же вам затрудняться... — Старик стал вдруг услужливым и продолжал словоохотливо: — Сами видите, деревня бедная, ни одного приличного дома нет, но, если вы не против, я помогу, замолвлю за вас словечко.

Не похоже, что он замышляет дурное. Они, наверное, чего-то опасаются, — может быть, ждут чиновника из префектуры, который должен приехать с проверкой. Теперь страхи их рассеялись, и они снова простые, приветливые рыбаки.

— Буду чрезвычайно признателен. Конечно, отблагодарю вас. Я вообще очень люблю останавливаться в таких вот крестьянских домах.

Солнце село, ветер немного утих. Мужчина бродил по дюне до тех пор, пока были различимы узоры, прочерченные на песке ветром.

Улов, в общем, небогатый.

Сверчок и белоусая уховертка из отряда прямокрылых. Солдатики и еще одно насекомое — он точно не помнил названия, но тоже разновидность солдатиков.

Из жесткокрылых, которых искал, — только долгоносики.

И не попалось ни одного экземпляра из семейства мух, которые, собственно, и были целью поездки. Может быть, завтрашние трофеи принесут радость...

От усталости перед глазами у него плавали какие-то тусклые блики света. Вдруг он непроизвольно остановился и стал всматриваться в поверхность темной дюны. Тут уж ничего не поделаешь: все, что двигалось, казалось ему шпанской мушкой.

Старик, как и обещал, ждал его около правления артели.

— Прошу прощения...

— Да ну что вы. Только бы вам понравилось...

В правлении, по-видимому, о чем-то совещались. Четверо или пятеро мужчин сидели кружком, слышался смех. Над крыльцом висело большое полотнище с надписью: "Будь верен духу любви к родине". Старик буркнул что-то — смех сразу прекратился. Как бы нехотя он пошел вперед, мужчина — за ним. Покрытая ракушками дорога ярко белела в сгущающихся сумерках.

Наконец подошли к одной из ям, расположенных у самого гребня дюны. Здесь деревня кончалась.

Они свернули вправо на узкую тропинку, ведущую от гребня вниз, через некоторое время старик нырнул в темноту, хлопнул в ладоши и громко крикнул:

— Эй, бабка, где ты?

Внизу, прямо под ногами, в кромешной тьме появился фонарь и послышалось:

— Здесь, здесь... Лестница возле мешков.

Действительно, эту кручу без лестницы не одолеешь. Три дома, как тот, внизу, можно, пожалуй, поставить один на другой; даже с лестницей нелегко туда добраться. Склон почти отвесный, а ведь днем, он это ясно помнит, казался совсем пологим. Лестница ненадежна, связана из разных веревок, и, если потеряешь равновесие, она запутается где-нибудь посередине. Все равно что жить в естественной крепости.

— Не беспокойтесь ни о чем, отдыхайте...

Старик не стал спускаться вниз, постоял немного и ушел.

Мужчина с ног до головы был обсыпан песком, и ему вдруг почудилось, что он вернулся в свое детство. Женщину, которая встретила его с фонарем, назвали бабкой, и он уже успел представить себе старуху, но она оказалась приятной, совсем еще молодой, лет тридцати, невысокого роста. Она, видимо, пудрилась — для женщины, живущей у моря, лицо ее было слишком белым. В общем он был благодарен ей за то, что она встретила его приветливо, с непритворной радостью.

Но если бы не радушный прием, он не смог бы заставить себя переступить порог этой лачуги. Он бы, наверное, сразу же сбежал, решив, что его дурачат. Стены облупились, вместо фусума висели циновки, опоры, поддерживавшие крышу, покосились, все окна забиты досками, соломенные маты, устилающие пол, готовы рассыпаться и, когда на них ступаешь, хлюпают, будто мокрая губка. И ко всему этому — отвратительный, какой-то прелый запах спекшегося песка.

Но ведь все зависит от настроения. Он был обезоружен приветливостью женщины. Ничего, говорил он себе, такое случается раз в жизни. А вдруг повезет, и какое-нибудь интересное насекомое удастся встретить... Во всяком случае, в такой среде насекомые живут и радуются.

Предчувствие не обмануло его. Не успел он сесть на предложенное ему место у очага, вырытого прямо в земляном полу, как послышался шорох, будто дождь пошел. Это было скопище блох. Но его этим не запугаешь. Энтомолог всегда подготовлен к подобным неожиданностям. Нужно только изнанку одежды засыпать ДДТ, а открытые части тела перед сном натереть мазью от насекомых.

— Я приготовлю поесть, и поэтому пока... — женщина нагнулась и взяла лампу, — потерпите немножечко в темноте.

— А у вас что, всего одна лампа?

— Да, к сожалению...

Она улыбнулась виновато — на левой щеке появилась ямочка. У нее очень привлекательное лицо, подумал он. Только выражение глаз какое-то странное. Но может быть, они у нее больные. Воспаленные веки не могла скрыть даже пудра. Не забыть бы перед сном закапать в глаза капли...

— Но до еды мне хотелось бы выкупаться.

— Выкупаться?

— А что, это невозможно?

— Очень жаль, но придется подождать до послезавтра.

— До послезавтра? Но ведь послезавтра меня уже здесь не будет, — засмеялся он непроизвольно громко.

— Разве?..

Женщина отвернулась, плечи ее задрожали. Расстроилась, наверное. Эти деревенские жители даже не пытаются притворяться. Чувствуя неловкость, он смущение пожевал губами.

— Ну, если негде выкупаться, достаточно будет просто облиться водой. А то я весь в песке...

— Воды, вы уж простите, осталось одно ведерко... До колодца ведь очень далеко...

Какая-то она забитая. Ладно, ничего больше не буду говорить. Но вскоре он убедился, что купание здесь совершенно бессмысленно.

Женщина принесла вареную рыбу и суп из моллюсков. В общем, пища морского побережья, и это было неплохо. Как только он принялся за еду, она раскрыл над ним большой бумажный зонт.

— Зачем это?

(Наверное, какой-то местный обычай.)

— Иначе песок попадет в еду.

— Почему? — Он посмотрел на потолок и, к своему удивлению, не обнаружил там ни одной щели.

— Песок, понимаете... — Женщина тоже взглянула на потолок. — Он летит отовсюду... Не метешь день, его собирается на три пальца.

— Может быть, крыша прохудилась?

— Да нет, когда она совсем новой была, песок все равно сюда попадал... И вправду нет ничего страшнее этого песка. Он похуже точильщика.

— Точильщика?

— Это такие жучки, которые точат дерево.

— Наверное, термиты?

— Нет, такие, знаете, тверденькие.

— А-а, тогда это жуки-дровосеки.

— Дровосеки?

— Красноватые, с длинными усами. Они?

— Нет, нет, эти как зернышки риса и цветом коричневые.

— Вот оно что! В таком случае это радужный жук.

— Если не следить, то он такую вон балку в два счета сгноит.

— Кто, радужный жук?

— Нет, песок.

— Почему?

— Он проходит сквозь все. А когда ветер дует с плохой стороны, песок наметает на чердак, и, если не убирать, его набьется там столько, что доски на потолке не выдержат.

— Да, не годится, чтобы песок скапливался на чердаке... Но не кажется ли вам немного странным говорить, что песок может сгноить балку?

— Почему же? Сгноит.

— Но ведь песок отличается как раз тем, что он очень сухой.

— Все равно сгноит... Говорю же вам, поставьте новенькие гэта и не сметайте песок — через полмесяца от них ничего не останется.

— Не понимаю почему.

— Дерево гниет, и вместе с ним гниет и песок... Попробуйте откопать потолочные доски дома, который засыпало песком, — там будет жирная земля, хоть огурцы выращивай.

— Чепуха! — презрительно поморщился мужчина. Ему показалось, что его представление о песке оскверняется ее невежеством. — Я ведь и сам кое-что о песке знаю... Видите ли, этот самый песок вот так и движется круглый год... В движении его жизнь... Он нигде не задерживается — ни в воде, ни в воздухе, — он движется сам по себе... Вот почему не всякое живое существо может обитать в песке... Это относится и к бактериям, вызывающим гниение... Песок, если хотите, олицетворение чистоты, он может скорее предотвратить гниение, и считать, что он может что-то сгноить, просто нелепо... А вы еще говорите, что он сам гниет... Начать хотя бы с того, что песок вполне добропорядочный минерал.

Женщина растерянно молчала. Мужчина под зонтом, который она все еще держала над ним, торопливо доедал обед, не проронив больше ни звука. Зонт покрылся таким слоем песка, что на нем можно было писать пальцем.

Просто невыносимая сырость. Нет, песок не сырой, само тело пропитано сыростью. Над крышей завывал ветер. Полез за сигаретами — и в кармане полно песка. Еще не закурив, мужчина ощутил во рту горечь табака.

Выну, пожалуй, насекомых из банки с цианистым калием. Пока они еще не засохли, наколю их на булавку и рас-
правлю хоть лапки. Слышно, как женщина под навесом у
дома моет посуду. Наверное, здесь больше никто не живет.

Женщина вернулась и молча стала расстилать постель в
углу. Если здесь лягу я, где же тогда устроится на ночь она?
Ну конечно, в той дальней комнате за циновкой. Других как
будто нет. Но как-то странно — положить гостя в проход-
ной комнате, где дверь на улицу, а самой спать в дальней. Но,
может быть, там лежит тяжелобольной, который не может
двигаться... Да, это, пожалуй, верное предположение. Во всяком случае, самым естественным было бы думать именно
так. Вряд ли одинокая женщина будет ухаживать за первым
встречным прохожим.

— Здесь кто-нибудь еще есть?

— Кто-нибудь?..

— Из семьи...

— Никого, я совсем одна. — Женщина, казалось, прочла его мысли и неожиданно смущенно засмеялась. — Из-
за этого песка все отсырело, даже одеяло...

— А ваш муж где?

— В прошлогодний тайфун... — Она снова и снова
разглаживала и взбивала уже приготовленную постель, в общем занималась совершенно ненужным делом. — А тайфу-
ны у нас страшные... Песок обрушивается сюда с грохотом,
как водопад. Не успеешь оглянуться, за вечер наметет дзё, а
то и два.

— Но ведь два дзё — это шесть метров...

— В такое время сколько ни отгребай песок, все равно
за ним не угнаться. Так вот, муж крикнул мне: "Курятник в
опасности!" — и вместе с дочкой, она в среднюю школу уже
ходила, выскочил из дому... А сама я выйти не могла —
следила, чтобы хоть дом цел остался... Когда стало светать,
ветер утих, — и я вышла. Курятника и след простыл. Их я
тоже не нашла...

— Засыпало?

— Да, начисто.

— Это ужасно... Страшное дело. Песок — и такое... Это ужасно...

Лампа неожиданно начала гаснуть.

— Опять этот песок. — Женщина встала на четвереньки, протянула руку и, засмеявшись, схватила пальцами фитиль. Лампа сразу ярко загорелась. Оставаясь в том же положении, она пристально смотрела на огонь, на лице ее застыла заученная улыбка. Наверное, это она нарочно, чтобы показать свою ямочку на щеке. Мужчина невольно весь напрягся. Это было чересчур цинично, ведь только что она рассказывала о гибели своих близких.

— Эй, там, мы привезли лопату и бидоны еще для одного.

Голос, доносившийся издалека, был слышен отчетливо — вероятно, говорили в рупор — и рассеял возникшую между ними неловкость. Потом послышался грохот каких-то жестяных предметов, летящих вниз. Женщина поднялась.

Он почувствовал раздражение: за его спиной происходило что-то непонятное.

— В чем дело? Значит, здесь еще кто-то есть!

— Не нужно, прошу вас... — Женщина сжалась вся, как от щекотки.

— Но ведь только сейчас там сказали: "Еще для одного".

— А-а-а. Это... Это они о вас.

— Обо мне?.. Какое отношение я имею к лопате?

— Ничего, ничего, не обращайте внимания... Вечно они суются не в свое дело.

— Наверное, они просто ошиблись?

Однако женщина не ответила и, повернувшись на коленях, спустила ноги на земляной пол.

— Вам еще нужна лампа?

— Пожалуй, обойдусь... А вам она не понадобится?

— Да нет, эта работа мне привычна.

Надев большую соломенную шляпу, в каких обычно работают на поле, женщина скользнула в темноту.

Мужчина закурил новую сигарету. Вокруг творится что-то необъяснимое. Встал и заглянул за циновку. Там действительно была комната, но вместо постели возвышалась горка песка, набившегося сквозь щели в стене. Он застыл, пораженный... И этот дом тоже почти мертв... Его внутренности уже наполовину сожрал проникающий всюду своими щупальцами, вечно текущий песок... Песок, не имеющий собственной формы, кроме среднего диаметра в одну восьмую миллиметра... Но ничто не может противостоять этой сокрушающей силе, лишенной формы... А может быть, как раз отсутствие формы и есть высшее проявление силы...

Однако мужчина быстро вернулся к действительности. Постой, если эту комнату использовать нельзя, где же тогда будет спать женщина? Вот она ходит взад-вперед за дощатой стеной. Стрелки его ручных часов показывали две минуты девятого. Что ей там нужно в такое время?

Мужчина спустился на земляной пол в поисках воды. Ее в баке осталось на донышке, и плавает ржавчина. Но все равно это лучше, чем песок во рту. Он плеснул воду на лицо, протер шею и сразу приободрился.

По земляному полу тянул холодный ветер. На улице его, наверное, легче переносить. С трудом мужчина открыл засыпанную песком дверь и выбрался из дома. Ветер, дувший со стороны дороги, и правда стал значительно свежее. Он донес тарахтение пикапа. Если прислушаться, можно различить голоса людей. Может быть, это только кажется, но там сейчас оживленнее, чем днем. Или это шум моря? Небо было усыпано звездами.

Увидев свет лампы, женщина обернулась. Ловко орудуя лопатой, она насыпала песок в большие бидоны из-под керосина. За ней, нависая, возвышалась темная стена песка. Это примерно то место, над которым он днем ловил насекомых. Наполнив бидоны, женщина подняла сразу оба и понесла их к стене. Проходя мимо него, подняла глаза и сказала сипло: "Песок..." Она опорожнила бидоны около того места, где висела веревочная лестница, а наверху была тропинка, которая вела к этой яме. Ребром ладони стерла пот с лица. Песок, который она уже перенесла сюда, возвышался внушительной горой.

— Отгребаете песок?

— Сколько ни отгребай, конца все равно нет.

Проходя мимо него с пустыми бидонами, женщина слегка толкнула его в бок свободной рукой, как будто пощекотала. От неожиданности он отскочил в сторону, чуть не уронив лампу. Может быть, поставить лампу на землю и ответить женщине тем же? Он заколебался, не зная, как себя вести. В конце концов мужчина решил, что то положение, в котором он находится, самое выгодное. Изобразив на лице подобие улыбки, значения которой и сам не понимал, он неловкой походкой стал приближаться к женщине, снова взявшейся за лопату. Когда подошел, его тень захватила всю песчаную стену.

— Не нужно, — сказала она не оборачиваясь, тяжело дыша. — До того как спустят корзины для песка, надо еще шесть бидонов перетащить.

Мужчина нахмурился. Было неприятно, что с него как будто специально сбили, в общем-то наигранное, бодрое настроение. Но независимо от его воли что-то хлынуло в вены. Казалось, песок, прилипший к коже, проник в вены и изнутри погасил его возбуждение.

— Может, я вам немного помогу?

— Ничего... Не годится заставлять вас работать в первый день, даже немного.

— В первый день?.. Опять о том же.. Я пробуду здесь только одну ночь!

— Да?

— Ну конечно, я ведь работаю... Давайте, давайте лопату!

— Ваша лопата вон там, но, может, не нужно...

Действительно, под навесом недалеко от входа отдельно стояла лопата и два бидона из-под керосина с перевязанными ручками. Это наверняка их недавно сбросили сверху, когда кричали: "Еще для одного". Все было заранее приготовлено, и у него даже создалось впечатление, что они предугадали его намерения. Но ведь тогда он еще и сам не знал, что захочет помочь женщине.

Все же он почувствовал себя униженным, и у него испортилось настроение. Ручка у лопаты была толстая, сучковатая, темная от долгого употребления — никакого желания за нее браться.

— Ой, корзины уже у соседей! — воскликнула женщина, будто и не заметив его колебаний. Голос был радостный и доверчивый, совсем не такой, как раньше. В это время оживленные голоса людей, уже давно доносившиеся издалека, послышались совсем близко. Подряд повторялись ритмичные выкрики, иногда прерываемые громким шепотом вперемежку со сдавленным смехом. Ритм труда неожиданно приободрил его. В этом безыскусном мирке, наверное, не видят ничего особенного в том, что гость, остановившийся всего лишь переночевать, берет в руки лопату. Скорее даже его колебания показались бы здесь странными. Чтобы лампа не упала, он каблуком сделал для нее углубление в песке.

— Копать, пожалуй, можно где угодно, лишь бы копать, верно?

— Да нет, не где угодно...

— Ну, вот здесь?

— Здесь можно, только старайтесь не подкапывать стену.

— По всей деревне отгребают песок в это время?

— Ну да. Ночью песок влажный, и работать легче... А когда песок сухой... — она посмотрела вверх: — Никогда не знаешь, в каком месте и в какую минуту он обвалится.

Действительно, над краем обрыва, подобно снежному наносу, выдавался набухший песчаный козырек.

— Но ведь это же опасно!

— Э-э, ничего, — насмешливо и чуть-чуть кокетливо бросила она. — Смотрите, туман начинает подниматься.

— Туман?..

Пока они разговаривали, звезды на небе поредели и стали постепенно расплываться. Какая-то мутная пелена клубилась там, где была граница между небом и песчаной стеной.

— Это потому, что песок берет в себя очень много тумана... А когда соленый песок набирается тумана, он становится тугим, как крахмал...

— Ну и ну...

— Верно, верно. Так же как морской берег, с которого только сошла волна, — по нему спокойно хоть танк проедет.

— Вот это да!..

— Я правду говорю... Вот потому-то за ночь тот карниз и нарастает... А в дни, когда ветер дует с плохой стороны, правда, он свисает вот так, как шляпка гриба... Днем песок высыхает, и весь этот навес сваливается вниз. И если он упадет неудачно — ну, там, где столбы, подпирающие крышу, тонкие или еще что, — тогда конец.

Интересы этой женщины крайне ограничены. Но как только она касается близких ей понятий и вещей, то оживляется до неузнаваемости. Здесь, наверное, и лежит путь к ее сердцу. И хотя путь этот не особенно его привлекал, была в интонациях женщины какая-то напряженность, пробуждавшая в нем желание ощутить ее тело, упрятанное в грубую рабочую одежду.

Мужчина изо всех сил стал раз за разом втыкать зазубренную лопату в песок.

Когда он оттащил бидоны из-под керосина второй раз, послышались голоса и вверху на дороге закачался фонарь.

Тоном, который мог показаться даже резким, женщина сказала:

— Корзины! Здесь хватит, помогите мне там!

Мужчина только сейчас понял назначение засыпанных песком мешков около лестницы наверху. По ним ходила веревка, когда поднимали и спускали корзины. С каждой корзиной управлялись четыре человека, и таких групп было, по-видимому, две или три. В основном это была, как ему показалось, молодежь, работавшая быстро и споро. Пока корзина одной группы наполнялась, другая корзина уже ждала своей очереди. В шесть заходов куча песка в яме исчезла без следа.

— Ну что за ребята, огонь!

Рукавом рубахи он вытирал пот, тон его был полон добродушия. Мужчина проникся симпатией к этим парням, которые, казалось, целиком отдались своей работе и не проронили ни одного насмешливого слова о его помощи.

— Да, у нас строго придерживаются заповеди: "Будь верен духу любви к родине".

— А что это за дух?

— Дух любви к тому месту, где ты живешь.

— Это очень хорошо.

Мужчина засмеялся. Вслед за ним засмеялась и женщина. Но она, по-видимому, и сама не знала толком, чему смеется.

Наверху послышалось тарахтение отъезжающего пикапа.

— Ну что, перекурим?..

— Нельзя, когда они объедут всех, сразу же вернутся со своими корзинами...

— Ничего, остальное можно и завтра... Он махнул рукой, встал и направился к дому, но женщина и не думала идти вслед за ним.

— Так не годится. Надо хоть разок пройтись с лопатой вокруг всего дома.

— Вокруг дома?

— Ну да. Разве можно позволить, чтобы дом рушился?.. Ведь песок сыплется со всех сторон...

— Но так мы провозимся до самого утра!

Женщина, как будто бросая вызов, резко повернулась и побежала. Собирается, наверное, вернуться к обрыву и продолжить работу. Ну точно шпанская мушка, подумал он. Все понятно, теперь его этим не возьмешь.

— Ужас! И так каждую ночь?

— Песок не отдыхает и не дает отдыха... И корзины и пикап всю ночь в работе.

— Да, видимо, так...

Да, это безусловно так. Песок никогда не отдыхает, никогда не дает отдохнуть. Мужчина растерялся. У него было такое чувство, будто он вдруг обнаружил, что змея, которой он наступил на хвост, легкомысленно считая ее маленькой и безобидной, оказалась неожиданно огромной и ее ядовитая голова угрожает ему сзади.

— Что же получается? Вы живете только для того, чтобы отгребать песок?!

— Но ведь нельзя же взять и сбежать ночью.

Мужчина был потрясен. Он не испытывал никакого желания быть втянутым в такую жизнь.

— Нет, можно!.. Разве это так уж и трудно?.. Вы сможете все, если только захотите!

— Нет, так нельзя... — Женщина, дыша в такт ударам лопаты, продолжала безразличным тоном: — Деревня еще как-то может жить только потому, что мы без устали отгребаем песок. А если мы перестанем копать, ее занесет песком меньше чем за десять дней — и ничего от деревни не останется... Ну и потом... Ой, кажется, очередь уже до соседей дошла...

— Весьма вам признателен за интересный рассказ... По этой же причине и носчики корзин работают так усердно?

— Да, но они, правда, поденно получают что-то от сельской управы...

— Если у деревни есть такие деньги, почему же не ведутся посадки лесных полос для защиты от песка?

— Если посчитать, то выйдет, наверное, что наш способ намного дешевле...

— Способ?.. Разве это способ?! — Мужчина вдруг разозлился. Разозлился на тех, кто привязал женщину к этому месту, и на женщину, позволившую привязать себя. — Если так, то зачем цепляться за эту деревню? Ну не понимаю я причины... Песок не такая уж пустячная штука! Большой ошибкой было бы думать, что ваши старания могут противостоять песку. Нелепость!.. С этим вздором нужно покончить... покончить раз и навсегда. Я даже не могу сочувствовать вам!

Отбросил лопату к валявшимся поодаль бидонам и, не взглянув на женщину, вернулся в дом.

Не спалось. Мужчина прислушивался к тому, что делает женщина. Ему было немного стыдно: ведь такое его поведение в конечном счете — это ревность к тому, что ее здесь удерживает, это понуждение бросить работу и украдкой прийти к нему в постель. Действительно, то, что он остро ощущал, было не просто возмущением глупостью женщины. Все было гораздо глубже. Одеяла становились влажными, песок сильнее лип к телу. Как это несправедливо, как это возмутительно! И поэтому нечего винить себя за то, что бросил лопату и вернулся в дом. Такую ответственность он на себя не возьмет. У него и без этого обязательств более чем достаточно. И то, что его увлек песок и насекомые, в конце концов было лишь попыткой, пусть хоть на время, убежать от нудных обязанностей бесцветного существования...

Никак не заснуть.

Женщина без отдыха ходит взад и вперед. Несколько раз звук спускавшихся корзин приближался, потом снова удалялся. Если так будет продолжаться, завтра он не сможет работать. Ведь нужно встать, как только рассветет, и провести день с пользой. Чем больше он старается заснуть, тем бодрее становится. Появилась резь в глазах — они слезились, моргали, но не могли справиться с беспрерывно сыпавшимся песком. Он расправил полотенце и накрыл им лицо. Стало трудно дышать. Но так все же лучше.

Подумаю о чем-нибудь другом. Закрываешь глаза — и начинают, колеблясь, плавать какие-то длинные нити. Это песчаные узоры, бегущие по дюне. Полдня неотрывно смотрел на них. И, наверное, они отпечатались на сетчатке. Такие же потоки песка погребали, поглощали процветающие города и великие империи. Это называют... да, точно, сабуляцией Римской империи. А города, воспетые Омаром Хайямом... В них были портняжные мастерские, были лавки мясников, базары. Их опутывали, густо переплетаясь, дороги, которые, казалось, ничто не затронет.

Сколько лет нужно было бороться с властями, чтобы изменить направление хотя бы одной из них... Древние города, в незыблемости которых не сомневался ни один человек... Но в конце концов и они не смогли противостоять закону движущегося песка диаметром в одну восьмую миллиметра.

Песок...

Если смотреть сквозь призму песка, все предметы, имеющие форму, нереальны. Реально лишь движение песка, отрицающего всякую форму. Но там, за тонкой стеной в одну доску, женщина продолжает копать. Ну что она может сделать такими тонкими, хрупкими руками? Все равно что пытаться вычерпать море, чтобы на его месте построить дом. Спуская корабль на воду, нужно знать, что представляет собой вода.

Эта мысль неожиданно освободила его от чувства подавленности, вызванного шуршанием песка, который копала женщина. Если корабль пригоден для воды, он должен быть пригоден и для песка. Если освободиться от сковывающей идеи неподвижного дома, то отпадет необходимость бороться с песком... Свободный корабль, плывущий по песку... Плывущие дома... Лишенные формы деревни и города...

Песок, естественно, не жидкость. Поэтому на его поверхности ничто не удержится. Если, к примеру, положить на него пробку, имеющую меньший удельный вес, чем песок, то через некоторое время она утонет. Чтобы плыть по песку, корабль должен обладать совершенно иными, особыми качествами. К примеру, дом, имеющий форму бочки, который может двигаться перекатываясь... Если он будет хотя бы немного вращаться, то сможет стряхивать наваливающийся на него песок и вновь подниматься на поверхность... Конечно, при беспрерывном вращении всего дома живущие в нем люди не могут чувствовать себя устойчиво... Нужно будет, наверное, проявить изобретательность — ну хотя бы одну бочку вложить в другую... Сделать так, чтобы центр тяжести внутренней бочки оставался неизменным и пол всегда был внизу... Внутренняя бочка всегда остается неподвижной, и только внешняя — вращается... Дом, который будет раскачиваться, как маятник огромных часов... Дом-люлька... Корабль песков...

Деревни и города в непрестанном движении, состоящие из скоплений этих кораблей...

Незаметно для себя он задремал.

Мужчину разбудило пение петуха, похожее на скрип заржавевших качелей. Беспокойное, неприятное пробуждение. Казалось, только что рассвело, но стрелки часов показывали одиннадцать часов шестнадцать минут. Действительно, солнце светит, как в полдень. А сумеречно здесь потому, что это дно ямы и солнечные лучи еще не проникли сюда.

Он поспешно вскочил. С лица, с головы, с груди шурша посыпался песок. Вокруг губ и носа налип затвердевший от пота песок. Отирая его тыльной стороной руки, мужчина растерянно мигал. Из воспаленных глаз безостановочно текли слезы, как будто по векам провели чем-то шершавым. Но одних слез было недостаточно, чтобы смыть песок, забившийся во влажные уголки глаз.

Он пошел к баку, стоявшему на земляном полу, чтобы зачерпнуть хоть немного воды, и вдруг заметил женщину, посапывающую около очага. Забыв о рези в глазах, он затаил дыхание.

Женщина была совершенно обнаженной.

Сквозь застилавшую глаза пелену слез она показалась ему неясной, расплывчатой тенью. Она лежала на циновке без всякой подстилки, навзничь, все ее тело, кроме головы, было как будто выставлено напоказ, левая рука чуть прикрывала низ упругого живота. Укромные уголки тела, которые люди обычно прячут, — на виду, и только лицо, которое никто не стеснялся держать открытым, обернуто полотенцем. Это, конечно, чтобы предохранить от песка глаза, рот, нос, но все же подобный контраст еще резче подчеркивал ее наготу.

Все тело покрыто тонким налетом песка. Песок скрыл детали и подчеркнул женственность линий. Она казалась скульптурой, позолоченной песком. Неожиданно из-под языка у него побежала липкая слюна. Но он не мог проглотить ее. Песок, забившийся в рот между губами и зубами, впитал в себя слюну и расползся по всему рту. Он нагнулся к земляному полу и стал выплевывать слюну, смешанную с песком. Но сколько ни сплевывал, ощущение шершавости во рту не исчезало. Как он ни вычищал рот, песок там все равно оставался. Казалось, между зубами непрерывно образуется все новый и новый песок.

2*

К счастью, бак был снова наполнен до краев водой. Ополоснув рот и вымыв лицо, мужчина почувствовал, что возвращается к жизни. Никогда еще он не испытывал так остро чудодейственность воды. Так же как и песок, вода — минерал, но это настолько чистое, прозрачное неорганическое вещество, что оно соединяется с телом гораздо легче, чем любой живой организм... Давая воде медленно вливаться в горло, он представил себе ощущение животного, питающегося камнями...

Мужчина снова повернулся и посмотрел на женщину. Но приблизиться к ней ему не захотелось. На женщину, припорошенную песком, приятно смотреть, но касаться ее едва ли приятно.

Возбуждение и злость, испытанные им ночью, сейчас, при свете дня, казались неправдоподобными. Ему будет что порассказать. Как будто для того чтобы закрепить в памяти все увиденное, он еще раз посмотрел вокруг и стал быстро собираться. Рубаху и брюки не поднять — столько в них набилось песка. Из-за такого пустяка нечего волноваться. Но вытряхнуть песок из одежды оказалось труднее, чем вычесать перхоть из головы.

Ботинки тоже были засыпаны песком. Прежде чем уйти, нужно, наверное, сказать что-нибудь женщине? Но если разбудить спящую, ей будет стыдно. Да, но как же быть с платой за ночлег?.. А может быть, лучше на обратном пути зайти в правление артели и передать деньги старику, который вчера привел его сюда?

Потихоньку, стараясь не шуметь, он вышел из дома. Солнце, как кипящая ртуть, коснулось края песчаной стены и постепенно разлилось по дну ямы. От неожиданно ударившего в лицо ослепительного света он вздрогнул и прикрыл глаза. Но в следующее же мгновение забыл обо всем, растерянно глядя на высившуюся перед ним стену песка.

Невероятно! Висевшая здесь ночью веревочная лестница исчезла.

Мешки, которые он приметил, наполовину засыпанные песком, виднелись на старом месте. Значит, он ничего не путает. Может ли быть, чтобы в песок ушла одна только лестница?.. Он ринулся к стене и стал разгребать ее руками. Песок, не сопротивляясь, рушился и сыпался вниз. Но ведь он ищет не иголку, и если ничего не нашел сразу, то сколько ни рой — результат будет тот же... Стараясь заглушить растущее беспокойство, мужчина, недоумевая, стал снова осматривать песчаный обрыв.

Нет ли такого места, где можно взобраться? Несколько раз он обошел вокруг дома. Если влезть на крышу у северной стены, обращенной к морю, то здесь, пожалуй, ближе всего до верха, но все равно это метров десять, а то и больше, и к тому же стена эта самая обрывистая. Да еще свисает тяжеленный козырек песка, на вид очень опасный.

Сравнительно более пологой кажется западная стена, напоминающая слегка вогнутую внутренность конуса. По самым оптимистическим предположениям, угол здесь пятьдесят или сорок пять градусов. Для пробы надо осторожно сделать первый шаг. Поднялся на один шаг — съехал на полшага. Но все же, если постараться, влезть можно.

Первые пять-шесть шагов все шло, как он и предполагал. Потом ноги начали тонуть в песке. Не успев еще толком понять, продвинулся ли он вперед, мужчина по колени ушел в песок, и уже не было сил идти дальше. Он сделал попытку одолеть склон, карабкаясь на четвереньках. Горячий песок обжигал ладони. Все тело покрылось потом, на пот налип песок, залепило глаза. А потом судорогой свело ноги, и он уже совсем не мог двигаться.

Мужчина остановился, чтобы отдохнуть и перевести дыхание. Думая, что значительно продвинулся вперед, он приоткрыл глаза и, к своему ужасу, обнаружил, что не поднялся и на пять метров. Чего же ради он бился все это время? Да и склон раза в два круче, чем казался снизу. А тот, что над ним, еще страшнее. Нужно было карабкаться вверх, но вместо этого все силы, как видно, ушли на то, чтобы вгрызться в стену. Песчаный выступ, нависавший прямо впереди, преграждал ему путь.

Мужчина дотронулся до пересохшего выступа над головой, и в тот же миг песчаная почва ушла у него из-под ног. Неведомая сила выбросила его из песка, и он упал на дно ямы. В левом плече хрустнуло, как будто сломалась палочка для еды. Он ощутил слабую боль. И словно чтобы унять эту боль, мелкий песок еще некоторое время бежал шурша по склону. Потом остановился. К счастью, повреждение плеча оказалось совсем пустяковым.

Падать духом еще рано.

С трудом сдерживаясь, чтобы не закричать, он медленно вернулся в дом. Женщина спала в прежнем положении. Сначала тихо, потом громче и громче он стал звать ее. Вместо ответа она, как будто проявляя неудовольствие, перевернулась на живот.

С ее тела ссыпался песок, слегка обнажив местами плечи, руки, бока, поясницу. Но ему было не до этого. Подойдя, он сорвал у нее с головы полотенце. Ее лицо, все в каких-то пятнах, было неприятным, грубым, не то что припорошенное песком тело.

Странная белизна этого лица, поразившая его вчера, при свете лампы, несомненно, была достигнута с помощью пудры. Сейчас пудра кое-где стерлась и лежала кусками. На память пришли дешевые, приготовленные без яиц котлеты, на которых белыми пятнами проступает пшеничная мука.

Наконец женщина приоткрыла глаза, щурясь от яркого света. Схватив ее за плечи и тряся изо всех сил, мужчина заговорил быстро, умоляюще:

— Послушайте, лестницы нет! Как можно подняться наверх? Ведь отсюда выбраться без лестницы невозможно!

Женщина схватила полотенце и неожиданно резко несколько раз шлепнула себя по лицу, потом повернулась к нему спиной и упала ничком на циновку. Может быть, она застеснялась? Могла оставить это для другого раза. Мужчина завопил, точно его прорвало:

— Это не шутка! Если сейчас же не отдашь лестницу, плохо будет! Я тороплюсь! Куда ты ее девала, черт тебя возьми? Шути, да знай меру! Отдавай немедленно!

Но женщина не отвечала. Она лежала в той же позе и лишь слегка покачивала головой из стороны в сторону.

И вдруг мужчина как-то сник. Взгляд его потух, спазма перехватила горло, и он почти задохнулся. Он вдруг понял всю бессмысленность этого допроса. Лестница-то веревочная... Веревочная лестница не может сама стоять... Даже если она у тебя в руках, снизу ее не приладишь. Значит, убрала ее не женщина, а кто-то другой, кто был наверху, на дороге... Обсыпанное песком небритое лицо исказилось в жалкой гримасе.

Поведение женщины, ее молчание приобрели неправдоподобно зловещий смысл. Обойдется, думал он, но глубине души понимал, что самые худшие его опасения сбылись. Лестницу унесли скорее всего с ее ведома и, уж конечно, с полного ее согласия. Без всякого сомнения, она — сообщница. И эта ее поза продиктована не стыдом, а двусмысленностью ее положения. Это, несомненно, поза преступницы, а может быть, и жертвы, готовой принять любое наказание. Ловко они все провернули. Попался в эту проклятую ловушку. Доверчиво поддался заманиванию шпанской мушки, и она завлекла в пустыню, откуда нет выхода, — ну точно погибающая от голода мышь...

Он вскочил, кинулся к двери и еще раз выглянул наружу. Поднялся ветер. Солнце было почти над центром ямы. От прокаленного песка плыли вверх волны горячего воздуха, переливаясь, как мокрые негативные пленки. Песчаная стена вырастала все выше и выше. Она-то знала все и словно говорила его мускулам и костям о бессмысленности сопротивления. Горячий воздух вонзался в тело. Жара становилась все более нестерпимой.

И вдруг мужчина закричал как безумный. Он выкрикивал какие-то бессмысленные слова — не было слов, которыми он мог бы выразить свое отчаяние. Он просто вопил изо всей мочи. Ему казалось, что этот страшный сон, испугавшись крика, отлетит и, извиняясь за свою ненамеренную грубую шутку, выбросит его из песчаной ямы. Но голос, не привыкший к крику, был тонким и слабым. Ко всему еще он поглощался песком, рассеивался ветром и вряд ли разносился далеко.

Вдруг раздался ужасающий грохот, и мужчина умолк. Как и предсказывала вчера женщина, песчаный карниз, нависавший с северной стены, пересох и рухнул. Весь дом жалобно застонал, будто его скрутила какая-то неведомая сила, и, точно подчеркивая его страдания, из щелей между потолком и стеной начала шурша сочиться серая кровь. Слюна заполнила рот, мужчина дрожал, как будто удар пришелся по нему самому...

Но все-таки это немыслимо. Какое-то выходящее за всякие рамки происшествие. Можно ли загнать в ловушку, как мышь или насекомое, человека, внесенного в посемейный список, имеющего работу, платящего налоги и пользующегося правом на бесплатное медицинское обслуживание? Невероятно. Наверное, это какая-то ошибка. Да, конечно, это ошибка. Только и оставалось, что считать: это ошибка.

Прежде всего, делать то, что они со мной сделали, — глупо. Я ведь не лошадь и не бык, и против воли меня никто не заставит работать. А коль скоро я не гожусь как рабочая сила, то нет никакого смысла держать меня запертым в этих песчаных стенах. Зачем сажать женщине на шею иждивенца?

Но уверенности почему-то не было... Посмотрев на песчаную стену, окружавшую его со всех сторон, он вспомнил, хоть это и было очень неприятно, неудачную попытку взобраться на нее... Сколько ни мечись у стены — толку никакого. Чувство бессилия парализовало его... Видимо, это какой-то разъедаемый песком особый мир, к которому обычные критерии неприложимы... Если сомневаться, то поводов для сомнений сколько угодно... Например, если верно, что те бидоны и лопата были приготовлены специально для него, верно и то, что веревочную лестницу унесли нарочно. Дальше, разве не говорит об опасности его положения тот факт, что женщина не вымолвила ни слова, чтобы объяснить происшедшее, что она с обреченной покорностью легко и молчаливо довольствуется своей судьбой? Может быть, и ее вчерашние слова, из которых можно было понять, что он застрял здесь надолго, не были простой оговоркой?

Сорвалась еще одна небольшая песчаная лавина.

Испугавшись, мужчина вернулся в дом. Он подошел прямо к женщине, по-прежнему лежавшей ничком на циновке, и со злобой замахнулся на нее. Переполнявшая его ненависть разлилась в глазах, отдалась болью во всем теле. Но вдруг, обессилев, не коснувшись женщины, он тяжело опустил занесенную руку. Пожалуй, он бы не прочь отшлепать ее. Но, может быть, на такое его действие и рассчитывает женщина? Конечно, она этого ждет. Ведь наказание не что иное, как признание того, что преступление искуплено.

Он повернулся спиной к женщине, повалился на пол, обхватил голову руками и тихо застонал. Хотел проглотить наполнившую рот слюну, но не смог — она застряла в горле. Слизистая оболочка стала, наверное, очень чувствительной к вкусу и запаху песка, и, сколько бы он здесь ни пробыл, не сможет привыкнуть к нему. Слюна превратилась в бурые пенящиеся сгустки, собиравшиеся в уголках рта. Выплюнув слюну, он еще сильнее почувствовал шершавость песка, оставшегося во рту. Он пытался освободиться от него, облизывая кончиком языка внутреннюю сторону губ и продолжая сплевывать, но конца этому не было. Только во рту стало сухо и больно, как будто все там воспалилось.

Ладно, ничего не поделаешь. Обязательно надо поговорить с женщиной и заставить ее рассказать обо всем подробно. Только если положение станет совершенно ясным, он сможет найти выход. Нельзя не иметь плана действий. Ну как вынести такое дурацкое положение?.. А что, если женщина не ответит? Это был бы поистине самый страшный ответ. И такая возможность совсем не исключена. Это ее упрямое молчание... и почему она лежит, подогнув колени, с видом беззащитной жертвы?..

Поза лежавшей ничком обнаженной женщины была чересчур непристойна, в ней было что-то животное. Казалось, она готова повернуться на спину, стоит ему коснуться ее. При одной мысли об этом он задохнулся от стыда. Но неожиданно он увидел себя палачом, терзающим женщину, увидел себя на ее теле, кое-где припорошенном песком. И понял... Рано или поздно это случится! И тогда он не вправе будет что-либо сказать...

Резкая боль сковала вдруг низ живота. Готовый лопнуть мочевой пузырь взывал об освобождении.

Помочившись, мужчина с чувством облегчения продолжал стоять, вдыхая тяжелые испарения... Он не рассчитывал, что, пока он стоит, может появиться какая-то надежда. Просто никак не мог заставить себя вернуться в дом. Вдали от женщины он еще отчетливее понял, как опасно быть рядом с ней. Нет, дело было, наверное, не в самой женщине, а в том, как она лежала, в этой позе. Ни разу не приходилось видеть такой бесстыжей женщины. Нет, он ни за что не вернется в дом. Поза женщины слишком опасна.

Существует выражение: уподобиться мертвому. Это состояние паралича, в которое впадают некоторые виды насекомых и пауков, когда на них неожиданно нападут... Изорванный портрет. Аэродром, где диспетчерская захвачена сумасшедшими... Хотелось верить, что неподвижность, в которой он пребывал, сможет приостановить все движение в мире — ведь не существует же зимы для погруженных в зимнюю спячку лягушек.

Пока он мечтал, солнце начало печь еще нестерпимее. Мужчина скрючился в три погибели, будто для того, чтобы уйти от обжигающих лучей. Потом быстро наклонил голову и, ухватившись за ворот рубахи, с силой рванул его. Отлетели три верхние пуговицы. Стряхивая песок, забившийся под ворот рубахи, он снова вспомнил слова женщины, что песок никогда не бывает сухим, что он всегда достаточно влажен, чтобы постепенно гноить все вокруг. Стянув рубаху, мужчина ослабил пояс, чтобы штаны хоть немного продуло ветром. Но в общем вряд ли было необходимо проявлять столько беспокойства. Недомогание как внезапно наступило, так же быстро и исчезло. Видимо, сырой песок теряет свою дьявольскую силу, как только соприкасается с воздухом.

Тут ему пришло на ум, что он совершил серьезную ошибку, чересчур односторонне объяснив наготу женщины. Нельзя, конечно, сказать, что у нее не было тайного стремления поймать его в ловушку. Но не исключено, что это была просто привычка, продиктованная местными условиями. Ясно, что женщина ложится спать только на рассвете. Во сне человек легко потеет. Если же приходится спать днем, да еще в раскаленной песчаной чаше, то совершенно естественно желание обнажиться. На ее месте он бы тоже разделся, если бы была такая возможность.

Это открытие как-то сразу освободило его от тяжелого чувства, подобно тому как порыв ветра освобождает потное тело от песка. Нет смысла усугублять свои страхи. Настоящий мужчина сумеет убежать, разрушив сколько угодно стен из стали и железобетона. Нельзя впадать в отчаяние от одного вида замка, не выяснив точно, есть к нему ключ или нет... Не спеша, увязая в песке, он направился к дому. На этот раз придется говорить спокойно и выведать у нее все, что необходимо... Она была права, что не вымолвила ни слова, когда он набросился на нее с криком... А может быть, она молчала потому, что ей просто стало стыдно: она не позаботилась о том, чтобы он не увидел ее обнаженной?

После ослепительного блеска раскаленного песка комната показалась сумрачной и серой. Спертый горячий воздух пах плесенью — не то что снаружи. Вдруг ему показалось, что у него начинается галлюцинация.

Женщины нигде не было. На миг он остолбенел. Хватит загадывать загадки! Но, в общем-то, никакой загадки и нет. Женщина, конечно, здесь. Опустив голову, она молча стояла спиной к нему перед баком с водой около умывальника.

Она уже оделась. От подобранных в тон бледно-зеленого с яркими узорами кимоно и шаровар, казалось, исходил освежающий аромат мятного бальзама. Да, тут ничего не скажешь. Опять он слишком много думает о женщине. Но в этих совершенно невероятных условиях, да еще притом, что он не выспался как следует, у него не могло не разыграться воображение.

Одной рукой женщина оперлась о край бака и, глядя внутрь, медленно чертила пальцем круги на воде. Мужчина, энергично размахивая потяжелевшей от песка и пота рубахой, плотно намотал ее на руку.

Женщина оглянулась, насторожилась. Ее лицо так непосредственно выражало немой вопрос, мольбу, что казалось: всю свою жизнь она прожила именно с таким выражением. Мужчина хотел по возможности держаться так, будто ничего не произошло.

— Жара, правда?.. В такую жару просто не хочется рубаху надевать.

Но женщина все еще смотрела на него недоверчиво, вопросительно, исподлобья. Наконец с робким, деланным смешком она сказала прерывающимся голосом:

— Да... правда... Когда вспотеешь одетая, вся покрываешься песчаной сыпью...

— Песчаной сыпью?

— Угу... Кожа краснеет... становится как после ожога и слезает.

— Хм, слезает?.. Я думаю, она просто преет от влажности.

— Может, и поэтому... — Похоже было, что женщина немного осмелела, стала словоохотливее. — Как только мы начинаем потеть, стараемся снять с себя все, что только можно... Да ведь видите, как мы живем, — нечего бояться, что попадешься кому-нибудь на глаза...

— Ну конечно... Знаете, мне неудобно, право, но все же я хотел попросить вас выстирать мне эту рубаху.

— Хорошо, завтра как раз привезут воду.

— Завтра?.. Завтра, пожалуй, поздновато... — Мужчина хмыкнул. Ловким маневром ему удалось перевести разговор в нужное русло: — Кстати, когда же наконец меня поднимут наверх? Мне все это крайне неудобно... Для такого обыкновенного служащего, как я, нарушение установленного распорядка даже на полдня может повлечь за собой весьма серьезные последствия. Я не хочу терять ни минуты... Жесткокрылые — это насекомые, которые летают над самой землей... Их очень много в песчаной местности, вы знаете, какие они?.. Я хотел как раз во время отпуска постараться найти хоть какой-нибудь новый вид этого насекомого...

Женщина слегка шевелила губами, но ничего не говорила. Похоже было, что она повторяла про себя незнакомое слово "жесткокрылые". Но мужчина безошибочно почувствовал, что она снова замкнулась. И как будто невзначай он сменил тему.

— Неужели у вас нет никаких средств, чтобы поддерживать связь с другими жителями деревни?.. Что, если, например, бить в бидоны?

Женщина не отвечала. Со скоростью камня, брошенного в воду, она снова погрузилась в свое спасительное молчание.

— В чем дело, а?.. Почему молчите? — Он едва не вышел из себя и с трудом поборол желание заорать. — Не понимаю, в чем дело... Если произошла ошибка, будем считать это ошибкой — и все... Что было, то было, и затевать скандал я не собираюсь. Поэтому молчать — худшее, что вы можете сделать... Хорошо. Есть вот такие же точно школьники, но я им всегда говорю: сколько бы вы ни притворялись, что берете вину на себя, в действительности это самое малодушное поведение... Если вы можете оправдать свой поступок, то в чем же дело, говорите сразу!

— Но... — Женщина отвела глаза, однако голос ее прозвучал неожиданно твердо. — Вы, наверное, и сами уже поняли?

— Понял? — Он даже не пытался скрыть потрясение.

— Да, я думала, вы уже поняли...

— Ничего я не понял! — Мужчина все-таки закричал: — Как я могу понять?! Разве можно понять, когда ничего не говорят?!

— Но ведь и вправду женщине одной не под силу при такой вот жизни...

— Но какое отношение все это имеет ко мне?

— Да, наверное, я виновата перед вами...

— Что значит "виновата"?.. — От волнения у него заплетался язык. — Выходит, был целый заговор?.. В западню положили приманку... Думали, я вскочу в нее, как собака или кошка, стоит только посадить туда женщину...

— Правильно, но ведь скоро начнутся северные ветры и песчаные бури — мы их очень боимся... — Она мельком взглянула на раскрытую настежь дверь. В ее монотонном, тихом голосе чувствовалась тупая убежденность.

— Это не шутка! Даже бессмыслица имеет пределы! Это не что иное, как незаконное задержание... Настоящее преступление... Как будто нельзя было обойтись без насилия: ну, к примеру, взяли бы безработных за поденную плату, их сколько угодно!

— А что хорошего, если там узнают, как у нас здесь...

— А если я, тогда безопасно?.. Чушь!.. Вы заблуждаетесь! Как это ни прискорбно, но я не бродяга! Я и налоги плачу, и имею постоянное местожительство... Скоро подадут заявление о розыске, и вам тогда всем здесь достанется! Неужели не понятно? Даже такая простая вещь?.. Интересно, как вы собираетесь оправдываться... Позови-ка виновника... Я ему хороше-е-нечко объясню, какое дурацкое дело он затеял!

Женщина опустила глаза и тихо вздохнула. Плечи ее поникли, но она даже не шевельнулась. Точно несчастный щенок, которому задали непосильную задачу. Это еще сильнее разъярило мужчину.

— Ну что мешкаешь, решиться никак не можешь?.. Вопрос тут не только во мне. Выходит, ты тоже такая же жертва? Что, не так? Только сейчас сама сказала, что, если узнают о том, какая здесь жизнь, будет плохо... Разве это не доказывает, что ты сама признаешь: так жить нельзя? Перестань делать это всепрощающее лицо — ведь с тобой обращаются как с рабыней! Никто не имел права засадить тебя сюда!.. Ну, быстро зови кого-нибудь! Мы выберемся отсюда!.. Ага, понимаю... Боишься, да?.. Чепуха! Чего тебе бояться?.. Я ведь с тобой!.. У меня есть приятели, которые работают в газете. Мы все это представим как социальную проблему... Ну, что?.. Чего молчишь?.. Говорю же, тебе нечего бояться!..

Немного спустя, как бы в утешение ему, женщина вдруг сказала:

— Я приготовлю обед?..

Исподтишка, лишь краешком глаза наблюдая за тем, как женщина чистит картофель, мужчина мучительно думал, должен ли он принять еду, которую она готовит.

Сейчас как раз такой момент, когда требуются спокойствие и хладнокровие... Намерения женщины ясны, и нужно отбросить всякие колебания, не тешить себя пустыми надеждами, а посмотреть фактам в глаза и выработать реальный план, как выбраться отсюда... Обвинения в незаконных действиях оставим на будущее... А голод лишь убивает волю... мешает собраться с духом. Но если он категорически не приемлет нынешнего положения, видимо, ему следует отказаться от пищи. Было бы просто смешно негодовать и есть одновременно. Даже собака, когда ее кормят, поджимает хвост.

Но не будем спешить... Незачем занимать такую резкую оборонительную позицию, пока неизвестно, как далеко собирается зайти женщина... Не может быть и речи о том, чтобы получить от нее хоть что-нибудь даром, никаких благодеяний... Платить аккуратно за всю еду... И если деньги уплачены, он может не чувствовать себя в долгу, нисколечко... Даже телевизионный комментатор бокса часто говорит, что атака — лучший вид защиты.

Итак, найдя прекрасный предлог, чтобы не отказываться от еды, он вздохнул с облегчением. Внезапно он как будто прозрел, поймал нить мысли, все время ускользавшей от него. Не песок ли его главный враг? А если так, то нечего понапрасну ставить перед собой какие-то неразрешимые задачи — ну, например, прорваться сквозь стальные засовы или еще что-нибудь в этом роде. Поскольку веревочная лестница убрана, можно сделать деревянную. Песчаную стену можно срыть, чтобы она стала более пологой... Если хоть чуть-чуть пошевелить мозгами, все и разрешится... Может быть, это слишком просто, но коль скоро таким способом можно достичь цели, то чем проще, тем лучше. Как видно на примере колумбова яйца — самое правильное решение часто бывает простым до глупости. Если только не бояться трудностей... если только бороться по-настоящему... то еще ничего не потеряно.

Женщина кончила чистить картошку, нарезала ее и, добавив накрошенной вместе с ботвой редьки, опустила в большой железный котел, висевший над очагом. Она аккуратно вынула из полиэтиленового мешочка спички, разожгла огонь, спрятала спички и стянула резинкой мешочек. Потом насыпала рис в дуршлаг и стала поливать его водой. Наверное, чтобы смыть песок. Варево в котле начало булькать, неприятно запахло редькой.

— Воды, правда, осталось немного, но, может быть, вы и лицо помоете?..

— Да нет, чем лицо мыть, я лучше попью...

— Ой, простите... Вода для питья в другом месте. — Она достала из-под умывальника большой котелок, завернутый в полиэтилен. — Она не очень холодная, но зато я ее прокипятила, чтобы можно было пить.

— Но если не оставить хоть немного воды в баке, то нечем будет помыть посуду.

— Нет, посуду я протираю песком, и она становится совсем чистой.

С этими словами женщина набрала у окна пригоршню песка, бросила в тарелку, протерла ее и показала мужчине. Он не разобрал как следует, стала тарелка чище или нет, но решил, что стала. Во всяком случае, такое использование песка вполне соответствовало его давним представлениям.

Ел он опять под зонтом. Вареные овощи и вяленая рыба... Все было слегка приправлено песком. Они могли бы поесть вместе, если бы зонт был подвешен к потолку, подумал он, но побоялся, что она расценит это как попытку к сближению. Низкосортный чай, крепкий только на вид, был почти безвкусным.

Когда он поел, женщина подсела к умывальнику и, накинув на голову кусок полиэтилена, начала тихонько есть. Сейчас она похожа на какое-то насекомое, подумал он. Неужели она собирается до конца дней вести такую жизнь?.. Для тех, кто наверху, это лишь малюсенький клочок огромной земли, но со дна ямы не видно ничего — только бескрайний песок да небо... Монотонная жизнь — как будто картинка, навсегда застывшая в глазах... И ее ведет женщина, которой даже нечего вспомнить,— она за всю жизнь ни от кого не слышала теплого слова. У нее, наверное, сердце забилось, как у девушки, когда ей в виде особого благодеяния отдали его, поймав в западню... Как жаль ее!..

Ему захотелось сказать что-нибудь женщине, и чтобы как-то начать разговор, он решил закурить. Действительно, здесь полиэтилен — предмет первой необходимости, без него не обойдешься. Сколько он ни держал зажженную спичку у сигареты, она никак не раскуривалась. Он сосал изо всех сил, так, что щеки втягивались между зубами, но, как ни старался, чувствовал только привкус дыма. Да и этот дым, жирно-никотинный, лишь раздражал язык, никак не заменяя курения. Настроение испортилось, разговор не клеился, да ему и самому расхотелось беседовать с женщиной.

Собрав и поставив на земляной пол грязную посуду, женщина не спеша стала сыпать на нее песок. С видимым усилием она сказала нерешительно:

— Вы знаете... Пора уже сбрасывать песок с чердака...

— Сбрасывать песок? А-а, ну что ж, пожалуйста... — сказал мужчина безразлично. (При чем тут я? Пусть гниют балки, пусть рушатся опоры — мне-то какое дело?) — Если я вам мешаю, может быть, мне уйти куда-нибудь?

— Извините, пожалуйста, но...

Нечего прикидываться! Ведь не захотела даже виду показать! А у самой на душе — будто гнилую луковицу надкусила... Однако женщина с безотчетной быстротой, присущей лишь очень привычным действиям, повязала нижнюю часть лица сложенным вдвое полотенцем, взяла под мышку веник и обломок доски и взобралась на полку стенного шкафа, в котором осталась одна створка.

— Честно говоря, если хотите знать мое мнение — такой дом пусть лучше разваливается!..

Он сам растерялся от неожиданности вспыхнувшего раздражения, с которым прокричал это, а женщина обернулась к нему еще более растерянная. Смотри ты, вроде не превратилась еще окончательно в насекомое...

— Нет, не думайте, что я сержусь только на вас одну. Вы здесь все решили, что удалось посадить человека на цепь. А я терпеть не могу интриг. Понятно? Да если и непонятно, мне все равно. Хотите, я вам расскажу одну интересную историю... Это было давно. В комнате, которую я снимал, я держал никуда не годную собаку, дворняжку с удивительно густой шерстью. Бедняга не линяла даже летом... У нее всегда был такой мрачный, несчастный вид, что я решил постричь ее... И вот, когда я уже закончил стрижку и собирался выбросить состриженную шерсть, собака — не знаю, что ей померещилось, — вдруг завыла, схватила в зубы ком этой шерсти и убежала на свое обычное место... Может быть, она приняла состриженную шерсть за часть своего тела и жалела расстаться с ней. — Он украдкой посмотрел на женщину: как она это воспримет? Но она оставалась в прежней позе, неестественно изогнувшись на полке шкафа, и даже не сделала попытки обернуться в его сторону. — Ну хорошо... Каждый человек рассуждает по-своему... Будь то копание песка, будь что угодно другое — пожалуйста, поступайте по своему усмотрению. А я решительно не намерен терпеть это. Довольно! Ничего, еще немного — и поминай как звали!.. Напрасно вы меня недооцениваете... Если захочу, сбегу отсюда, и без труда... Да, вот как раз кончились сигареты...

— Сигареты... — Ее простота граничила с глупостью. Это попозже, когда привезут воду...

— Сигареты?.. И сигареты тоже?.. — Мужчина неожиданно для себя фыркнул. — Вопрос не в этом... А в состриженной шерсти, состриженной шерсти... Неужели не понятно?.. Я хочу сказать, что ради состриженной шерсти не стоит и огород городить.

Женщина молчала, и не похоже было, что она собирается сказать что-нибудь в свое оправдание. Она подождала немного и, когда убедилась, что мужчина кончил говорить, с невозмутимым видом снова взялась за работу, от которой ее оторвали. Она отодвинула крышку люка в потолке над шкафом, до пояса влезла в него и, удерживаясь на локтях и неловко болтая ногами, стала взбираться наверх. Тут и там тонкими нитями посыпался песок. Он подумал, что на чердаке, наверное, обитает какое-нибудь необычное насекомое... Песок и гнилое дерево... Но нет, довольно, необычного и так больше чем достаточно!

Потом из потолка, то из одного места, то из другого, устремилось вниз множество ручейков песка. Было очень странно, что этот обильный поток низвергается почти бесшумно. В мгновение ока на покрывающих пол циновках барельефом оттиснулся дощатый потолок со всеми щелями и дырками от сучков. Песок набился в нос, ел глаза. Мужчина поспешно выскочил наружу.

В первый миг было ощущение, что он вбежал в костер и ступни уже начинают плавиться. Но где-то внутри оставалась цилиндрическая льдышка, которая не поддавалась даже такому жару. Где-то внутри копошился стыд. Эта женщина как животное... Нет для нее вчера, нет завтра — живет сегодняшним днем... Мир, где господствует уверенность, что человека можно начисто стереть, как мел с грифельной доски... И во сне не приснится, что в наши дни где-то еще гнездится подобная дикость. Ну ладно... Если считать это признаком того, что он оправился от потрясения и к нему начало возвращаться спокойствие, то этот стыд не так уж и плох.

Однако нечего зря терять время. Хорошо бы покончить с этим еще дотемна. Сощурившись, он прикинул на глаз высоту волнистой стены песка, подернутой тонкой вуалью, напоминавшей расплавленное стекло. Чем дольше он смотрел на стену, тем выше она казалась. Трудно, конечно, идти против природы и пытаться сделать пологий склон крутым, но ведь он-то хочет крутой склон сделать пологим — только и всего. Особых причин идти на попятную как будто нет.

Вернее всего было бы начать сверху. Но поскольку это невозможно, нет другого выхода, как копать снизу. Сначала он подкопает, сколько нужно, в самом низу и подождет, пока сверху обвалится песок, потом снова подкопает снизу, и снова сверху свалится песок... Повторяя это раз за разом, он будет подниматься все выше и в конце концов окажется наверху. Конечно, его ждут обвалы, и песчаные потоки будут сбрасывать его вниз. Но хоть их и называют потоками — песок все же не вода. Ему ни разу не приходилось слышать, чтобы в песке тонули.

Лопата стояла рядом с бидонами у наружной стены дома. Заточенное полукругом острие белело, как осколок фарфора.

Какое-то время он копал безостановочно, весь уйдя в работу. Песок ведь очень податлив, и работа продвигалась быстро. Каждый удар лопаты, вгрызавшейся в песок, каждый вздох отсчитывали время. Но скоро руки все настойчивее стали напоминать об усталости. Ему казалось, что копает он довольно долго, но результатов что-то не было заметно. Обваливались только небольшие куски слежавшегося песка прямо над тем местом, где был сделан подкоп. Все это сильно отличалось от простой геометрической схемы, нарисованной им в уме.

Тревожиться было еще рано, он решил передохнуть и, сделав модель ямы, проверить свои расчеты. Материала, к счастью, сколько угодно. Он выбрал место под карнизом дома, в тени, и стал копать ямку сантиметров в пятьдесят. Но почему-то скаты ее не удавалось сделать под нужным ему углом. Самое большее — сорок пять градусов... как у ступки, расширяющейся кверху.

Когда он попытался подкапывать у дна ямки, по стенкам посыпался песок, но склон оставался неизменным. Оказалось, у песчаной ямы какой-то стабильный угол. Вес и сопротивление песчинок, видимо, пропорциональны. А если так, значит, и эта стена, которую он собирается одолеть, имеет тот же угол наклона.

Нет, этого не может быть... Разве что обман зрения, но нет, так не бывает... На какой склон ни смотри снизу, он всегда будет казаться круче, чем на самом деле.

И вообще, может, все это следует рассматривать как вопрос количества?.. Если разнится количество, естественно, разнится и давление. Если разнится давление, то и пропорции веса и сопротивления неизбежно меняются. Возможно, здесь играет роль и строение песчинок. Взять, например, красную глину. Красная глина в естественном состоянии и красная глина уже после ее добычи имеют совершенно разную величину сопротивления давлению. Да еще нужно принять во внимание влажность... Итак, модель может быть подвержена совершенно иным законам, чем большая яма.

Но тем не менее опыт не был бесполезным. Он понял, что угол склона сверхстабилен — одно это уже крупное достижение. И, в общем, не так уж трудно сверхстабильность превратить в обыкновенную стабильность.

Стоит лишь слегка поболтать перенасыщенный раствор, как выпадают кристаллы и он превращается в насыщенный.

Вдруг почувствовав, что рядом кто-то есть, он обернулся. Женщина стояла в дверях и внимательно смотрела в его сторону. Он даже не слышал, когда она вышла. Застигнутый врасплох, он в замешательстве отступил назад, растерянно озираясь. И вот тогда-то он увидел на краю песчаного обрыва с восточной стороны три головы. Они были обмотаны полотенцами, концы которых закрывали нижнюю часть лица, и поэтому он не был уверен, вчерашние это старики или нет. Как будто они. На миг мужчина опешил, но тут же взял себя в руки и решил, не обращая на них внимания, продолжать работу. То, что на него смотрели, даже подхлестнуло его.

Пот капал с кончика носа, заливал глаза. Не было времени вытирать его, и он продолжал копать с закрытыми глазами. Ни в коем случае нельзя давать отдых рукам. Когда они увидят, как ловко он работает, то поймут, насколько они узколобы, насколько низки.

Он посмотрел на часы. Отер о штаны песок со стекла. Было еще только десять минут третьего. Все те же десять минут третьего, как и раньше, когда он последний раз смотрел на часы. У него сразу же пропала уверенность в своей быстроте. Если смотреть глазами улитки, солнце движется, наверное, со скоростью бейсбольного мяча. Он перехватил лопату и снова набросился на песчаную стену.

Внезапно лавина песка устремилась вниз. Раздался глухой звук, будто падала резина, и что-то с силой навалилось ему на грудь. Чтобы понять, что случилось, он поднял голову и посмотрел вверх, но определить, где верх, так и не сумел. Он лежал, согнутый пополам, в собственной блевотине, а вокруг был разлит какой-то тусклый, молочный свет.

Часть вторая

Дзяб, дзяб, дзяб, дзяб.
Что это за звук?
Звук колокольчика.

Дзяб, дзяб, дзяб, дзяб.
Что это за голос?
Голос дьявола.

Женщина что-то еле слышно мурлычет. Она без устали повторяет одну и ту же фразу, выбирая мутный осадок из бака.

Пение смолкло. Потом стало слышно, как женщина толчет рис. Мужчина тихонько вздыхает, поворачивается на другой бок и ждет, напрягшись, в нетерпении... сейчас она войдет, наверное, с тазом воды, чтобы протереть его тело. От песка и пота кожа так раздражена, что вот-вот воспалится. При одной мысли о холодном, влажном полотенце он весь сжимается.

С тех пор как его придавило песком и он потерял сознание, он все время лежал. В первые два дня его мучил сильный жар, почти тридцать девять, и неукротимая рвота. Но потом температура упала, стал возвращаться аппетит. Заболел он, видимо, не столько от ушиба, причиненного песчаным обвалом, сколько от непривычной для него длительной работы под прямыми лучами солнца. В общем, ничего серьезного.

Может быть, поэтому он быстро поправлялся. На четвертый день боль в ногах и пояснице почти прошла. На пятый день, если не считать некоторой слабости, он уже не ощущал никаких признаков недавней болезни. Но с постели он не вставал и продолжал изображать тяжелобольного. На это были, конечно, причины. Он отнюдь не отказался от мысли бежать.

— Вы уже проснулись?

Голос женщины звучал робко. Он глядел из-под опущенных век на округлость ее коленей, ощущавшуюся сквозь шаровары, и ответил невнятным стоном. Медленно выжимая полотенце над помятым медным тазом, женщина спросила:

— Как чувствуете себя?

— Да так...

— Протрем спину?..

Он покорно отдавал себя в руки женщины, не только пользуясь положением больного, но и потому, что это не было ему неприятно. Он, помнится, читал стихотворение о том, как мальчику, которого била лихорадка, приснилось, что его заворачивают в прохладную серебряную бумагу. Кожа, задохнувшаяся под слоем пота и песка, постепенно охлаждается, начинает дышать. Запах женского тела точно проникает через его ожившую кожу, слегка волнует его.

И все же до конца он так и не простил женщину. То — одно, это — другое, вещи разные, и нечего их смешивать. Трехдневный отпуск давно кончился. Теперь уж торопиться вряд ли стоит. Его первоначальный план подрыть стену ямы и сделать песчаный склон пологим не то чтобы провалился, но просто не был достаточно подготовлен. Если бы не помешали непредвиденные обстоятельства — тот же солнечный удар, — все бы прекрасно удалось. Правда, копать песок оказалось неизмеримо труднее, чем он предполагал, это адский труд, и все теперь будет зависеть от того, найдет ли он более доступный для себя способ. Вот тут-то и пришел ему в голову этот маневр с мнимой болезнью.

Когда он очнулся и увидел, что лежит все там же, в доме женщины, то страшно разозлился. Эти типы из деревни даже и не собираются принять в нем участие. Ему стало это совершенно ясно, и сразу созрело решение. Понимая, что болезнь его не опасна, они не позвали врача. А теперь он воспользуется этим и заставит их еще раскаяться. Ночью, когда женщина работает, он будет спать. Зато днем, когда она должна отдыхать, будет мешать ей спать, жалуясь на невыносимые боли.

— Болит?

— Ну да, болит... Позвоночник, наверное, поврежден...

— Может, попробовать растереть?

— Ни в коем случае! Разве можно доверить это неспециалисту? Этак и навредить недолго. Ведь спинной мозг — канал жизни. А вдруг я умру? Ведь вам же всем хуже будет. Позовите врача, врача! Больно... Нестерпимо больно... Если не поторопитесь, будет поздно!

Женщина не сможет долго выносить такое и выбьется из сил. Ее работоспособность снизится, и дом окажется в опасности. А это и для деревни немалое дело. По собственной глупости, вместо того чтобы получить добавочную рабочую силу, взвалили на себя новую обузу. И если они не избавятся от него сейчас же, то потом упущенное не наверстаешь.

Но и этот план продвигался совсем не так гладко, как он предполагал. Ночь здесь гораздо оживленнее, чем день. Через стену слышен лязг лопаты... тяжелое дыхание женщины... выкрики и цоканье мужчин, вытаскивающих корзины с песком... Вдобавок ветер доносит издалека тарахтение пикапа, лай собак... Как ни старался он заснуть, ничего не получалось — нервы были слишком напряжены, и он не мог сомкнуть глаз.

Ночью он спал плохо, и поэтому ему приходилось досыпать днем. И, что хуже всего, он все больше терял терпение; начинал убеждать себя, что, если и этот план провалится, все равно найдется сколько угодно способов бежать. С того дня прошла уже неделя. Как раз время подавать заявление о розыске. Первые три дня были его законным отпуском. Но дальше — отсутствие без предупреждения. Сослуживцы, часто даже без всякого повода ревниво следящие за тем, что делают их товарищи, вряд ли обойдут молчанием такой факт.

Уж наверное, в один из этих вечеров какой-нибудь доброхот заглянул к нему домой. В душной, раскаленной послеполуденным солнцем комнате царит запустение — ясно, что хозяина нет. Посетитель чувствует еще, пожалуй, инстинктивную зависть к счастливчику, который вырвался из этой дыры. А на следующий день — оскорбительное злословие, гаденький шепоток, приправленный неодобрительно нахмуренными бровями и двусмысленными жестами. И вполне резонно... В глубине души он и тогда еще чувствовал, что этот необычный отпуск вызовет у сослуживцев именно такую реакцию. И неудивительно, ведь учителя ведут своеобразную жизнь, все время отравляемую грибком зависти... Год за годом мимо них, как воды реки, текут ученики и уплывают, а учителя, подобно камням, вынуждены оставаться на дне этого потока. Они говорят о надеждах другим, но сами не смеют питать надежду, даже во сне. Они чувствуют себя ненужным хламом и либо впадают в мазохистское одиночество, либо становятся пуристами, к другим проникаются подозрительностью, обвиняют их в оригинальничанье. Они так тоскуют по свободе действий, что не могут не ненавидеть свободу действий.

...Несчастный случай, наверное?.. Нет, если бы это был несчастный случай, то, видимо, как-нибудь сообщили бы... А может быть, самоубийство?.. Но опять-таки об этом, уж конечно, знала бы полиция!.. Не нужно переоценивать этого недалекого парня!.. Да, да, он пропал без вести по собственной воле, и нечего соваться не в свое дело... Но ведь уже почти неделя... Ну что за человек, обязательно должен причинять людям беспокойство, и ведь не узнаешь, что у него на уме!..

Вряд ли они искренне беспокоятся за него. Просто их неутоленное любопытство перезрело, как хурма, вовремя не снятая с дерева. Дальше события развиваются так.

Старший преподаватель идет в полицию, чтобы выяснить форму заявления о розыске. За постным выражением лица скрыто распирающее его удовольствие... "Фамилия и имя:

Ники Дзюмпэй. Возраст: 31 год. Рост: 1 м 58 см. Вес: 54 кг. Волосы: редкие, зачесаны назад, бриолином не пользуется. Зрение: правый — 0,8, левый — 1,0. Слегка косит. Кожа смуглая. Приметы: лицо продолговатое, нос короткий, челюсти квадратные, под левым ухом заметная родинка. Других особых примет нет. Группа крови: AB. Говорит хрипло, слегка заикаясь. Сосредоточен, упрям, но в обращении с людьми прост. Одежда: вероятно, на нем одежда, используемая при энтомологической работе. Помещенное сверху фото анфас сделано два месяца назад".

Конечно, жители деревни приняли необходимые меры предосторожности, если столь решительно продолжают эту бессмысленную авантюру. Обвести вокруг пальца одного-двух деревенских полицейских — дело нехитрое. Они, безусловно, позаботились о том, чтобы полиция без особой надобности не появлялась в деревне. Но такая дымовая завеса целесообразна и необходима лишь до тех пор, пока он здоров и в состоянии отгребать песок. И нелепо с риском для себя прятать тяжелобольного человека, который уже целую неделю валяется в постели. Если же они решат, что он им ни к чему, то самое благоразумное — побыстрее отделаться от него, пока не возникли всякие осложнения. Сейчас еще можно придумать какую-нибудь правдоподобную версию. Можно, например, заявить, что человек сам упал в яму и из-за сотрясения у него начались какие-то странные галлюцинации. Несомненно, объяснение будет принято гораздо охотнее, чем его совершенно фантастические утверждения, будто его хитростью упрятали в яму.

Замычала корова — словно в глотку ей вставили медную трубу. Где-то прокричал петух. В песчаной яме нет ни расстояния, ни направления. Только там, снаружи, — обычный нормальный мир, где на обочине дороги дети играют в классы, в положенное время наступает рассвет и краски его смешиваются с ароматом варящегося риса.

Женщина протирает его тело с усердием, даже с чрезвычайным усердием. После протирания выкручивает влажное полотенце досуха, так что оно становится твердым, как доска, и сухим трет так старательно, будто полирует запотевшее стекло. От звуков просыпающегося утра и этих ритмичных толчков его начинает клонить ко сну.

— Да, кстати... — Он подавляет зевок, который, будто щипцами, насильно вытащили у него изнутри. — Как бы это... Давно уже хочется почитать газету. Никак этого нельзя устроить?

— Хорошо, я спрошу, попозже.

Он сразу понял: женщина хочет показать свою искренность. В ее застенчивом, робком голосе явно чувствовалось старание не обидеть его. Но это разозлило его еще больше. "Спрошу"?! Значит, и газеты я не имею права читать без разрешения, что ли?.. Ворча, он отбросил руку женщины. Его так и подмывало опрокинуть таз со всем содержимым.

Однако в его положении особенно бушевать не следует — это может разрушить все планы. Ведь тяжелобольной вряд ли будет так волноваться из-за какой-то пустячной газеты. Он, конечно, хочет просмотреть газету. Если нет пейзажа, то посмотреть хоть на картинку — ведь недаром живопись развилась в местах с бедной природой, а газеты получили наибольшее развитие в промышленных районах, где связь между людьми ослабла. Может быть, он найдет объявление о том, что пропал без вести человек. А если повезет, то не исключено, что в углу страницы, посвященной социальным вопросам, он найдет заметку о своем исчезновении. Вряд ли, конечно, эти деревенские дадут ему газету, в которой будет такая статья. Но самое главное сейчас — терпение. Притворяться больным не так уж сладко. Все равно что сжимать в руке готовую вырваться тугую пружину. Долго такого не выдержишь. Смириться тоже нельзя. Он должен во что бы то ни стало заставить этих типов понять, как обременительно для них его пребывание здесь. Вот сегодня, чего бы это ни стоило, не дать женщине ни на минуту закрыть глаза!

Не спи... Спать нельзя!

Мужчина скрючился и притворно застонал.

Под зонтом, который держала женщина, он глотал, обжигаясь, густой суп из овощей и риса, приправленный морскими водорослями. На дне миски осел песок...

Но тут воспоминания обрываются. Дальше все тонет в каком-то бесконечном гнетущем кошмаре. Он верхом на старых потрескавшихся палочках для еды летал по странным незнакомым улицам. На этих палочках он мчался, как на скутере, и было это не так уж и плохо, но, стоило чуть-чуть рассеяться вниманию, его тут же тянуло к земле. Вблизи улица казалась кирпичного цвета, но дальше таяла в зеленой дымке. В этой цветовой гамме было что-то, порождающее беспокойство. Наконец он подлетел к длинному деревянному зданию, напоминавшему казарму. Пахло дешевым мылом. Подтягивая спадающие брюки, он поднялся по лестнице и вошел в пустую комнату, в которой стоял только один длинный стол. Вокруг стола сидело человек десять мужчин и женщин, увлеченных какой-то игрой. Сидевший в центре, лицом к нему, сдавал карты. Кончая сдавать, он вдруг последнюю карту сунул ему и что-то громко крикнул. Невольно взяв ее, он увидел, что это не карта, а письмо. Оно было странно мягким на ощупь, и, когда он чуть сильнее нажал на письмо пальцами, из него брызнула кровь. Он закричал и проснулся.

Какая-то грязная пелена мешает смотреть. Он пошевельнулся, послышался шелест сухой бумаги. Его лицо было прикрыто развернутой газетой. Черт возьми, опять заснул!.. Отбросил газету. С нее побежали струйки песка. Судя по его количеству, прошло немало времени. Направление лучей солнца, пробивающихся сквозь щели в стене, говорит о том, что уже около полудня. Ну и ладно, но что это за запах? Свежая типографская краска?.. Не может быть, подумал он и бросил взгляд на число. Шестнадцатое, среда... Так это же сегодняшняя газета! Не верилось, но факт оставался фактом.

Мужчина приподнялся, опершись локтем о свой насквозь пропитанный потом матрас. В голове вихрем закружились самые разные мысли, и он стал мельком, то и дело отвлекаясь, просматривать с таким трудом добытую газету.

"Дополнена повестка дня Японо-американского объединенного комитета..." Как же все-таки женщине удалось добыть газету?.. Может быть, эти типы почувствовали, что у них есть какие-то обязательства по отношению ко мне?.. Да, но, судя по тому, как было до сих пор, всякая связь с внешним миром прекращается после завтрака. Несомненно одно из двух: либо женщина каким-то неизвестным ему способом может связываться с внешним миром, либо она сама выбралась отсюда и купила газету.

"Действенные меры против застоя на транспорте!"

Ну хорошо... Допустим, женщина выбралась... Это немыслимо без веревочной лестницы. Не знаю, как это ей удалось, но ясно одно — она использовала веревочную лестницу... Ну а если так... Мысль его бешено заработала. Узник, только и думающий о побеге, — это одно дело. Но ведь женщина, жительница деревни, не потерпит, чтобы ее лишили возможности свободно выходить из ямы... то, что убрали лестницу, — не более чем временная мера, чтобы запереть меня здесь... Стало быть, если я сделаю все, чтобы усыпить их бдительность, рано или поздно такая же возможность появится и у меня.

"В репчатом луке — вещества, эффективные при лечении последствий атомной радиации".

Видимо, мой план симуляции болезни был несколько нарушен непредвиденными обстоятельствами. Еще древние очень верно говорили: если удача спит — жди... Но почему-то сердце к ожиданию совсем не лежало. Было как-то неспокойно. Уж не из-за этого ли страшного, какого-то неуютного и странного сна?.. Ему не давала покоя мысль об опасном — почему опасном, он и сам не понимал — письме. К чему бы такой сон?

Но это не дело — принимать так близко к сердцу обыкновенный сон. В любом случае нужно довести начатое до конца.

Женщина, тихонько посапывая, как обычно, спала на полу недалеко от очага, закутавшись с головой в застиранное кимоно, свернувшись калачиком, обняв руками колени. С того дня она ни разу не показывалась ему обнаженной, но под кимоно на ней, видимо, ничего нет.

Мужчина быстро пробежал страницу, посвященную социальным вопросам, колонки местной жизни. Он, конечно, не нашел ни статьи о своем исчезновении, ни объявления о том, что без вести пропал человек. Так он и предполагал и поэтому не особенно огорчился. Тихонько встал и спустился на земляной пол. На нем не было ничего, кроме длинных трусов из искусственного шелка. Так было лучше всего. Песок собирался в том месте, где резинка перехватывала тело, и только здесь появлялись краснота и зуд.

Стоя в дверях, он посмотрел вверх, на песчаную стену. Свет ударил в глаза, и все вокруг точно загорелось желтым пламенем. Ни души. Лестницы, конечно, тоже нет. Ничего удивительного. Он хотел лишь убедиться для верности. Нет никаких признаков, что ее опускали. Правда, при таком ветре пяти минут не пройдет, как любой след исчезнет. Да и сразу же за дверьми верхний слой песка нескончаемо тек — будто с песка сдирали шкурку.

Он вернулся в дом и лег. Летала муха. Маленькая коричневатая дрозофилла. Наверное, что-то где-то гниет. Пополоскав горло водой из завернутого в полиэтилен котелка у изголовья, он позвал женщину:

— Послушайте, может, вы встанете...

Женщина вздрогнула и вскочила. Халат сполз, обнажив грудь, слегка обвисшую, но еще полную, с проступающими голубыми жилками. Суетливым, неуверенным движением женщина натянула халат, взгляд ее блуждал, казалось, она еще не совсем проснулась.

Мужчина заколебался. Должен ли он сердито и без обиняков спросить у нее о лестнице?.. Или, может быть, лучше поблагодарить за газету и одновременно спросить — мирным, доброжелательным тоном? Если он разбудил женщину, только чтобы прервать ее сон, то самое правильное — держаться агрессивно. А поводов для придирок сколько угодно. Но это может увести далеко от главной цели — прикидываться тяжелобольным.

Правда, такое поведение не особенно похоже на поведение человека, у которого поврежден позвоночник. Что ему действительно необходимо — так это заставить их убедиться в полной невозможности использовать его как рабочую силу и любыми средствами усыпить их бдительность; их сердца уже смягчились до того, что они дали ему газету, теперь надо сделать их вообще неспособными к сопротивлению.

Но все его радужные надежды рухнули сразу.

— Да нет, никуда я не выходила. Один из нашей артели принес средство от гниения дерева, которое мне давно уже обещали... Его-то я и попросила... Здесь, в деревне, газету получают всего в четырех-пяти домах... Пришлось ему специально идти в город, чтобы купить ее...

Такое совпадение вполне возможно. Но не означает ли это, что он заперт в клетке замком, к которому не подберешь отмычки? Если даже местные жители должны мириться с подобным заточением, то крутизна этих песчаных стен — дело нешуточное. Мужчиной овладело отчаяние, но он взял себя в руки.

— Вот как?.. Послушайте... Ведь вы здесь хозяйка, верно?.. А не какая-нибудь собака... Не может быть, чтобы вы не могли свободно выходить отсюда и возвращаться, когда захотите? Или вы такое натворили, что в глаза односельчанам смотреть не можете?

Заспанные глаза женщины широко раскрылись от удивления. Они налились кровью, точно раскалились, ему показалось даже, что в комнате стало светлее.

— Ну что вы! Не могу смотреть в глаза?! Чепуха какая!

— Хорошо, но тогда вам нечего быть такой робкой!

— Да если я и выйду отсюда, мне там и делать-то особенно нечего...

— Можно погулять!

— Гулять?..

— Ну да, гулять... Походить туда-сюда, разве этого мало?.. Я говорю, вот вы, до того как я сюда пришел, свободно выходили, когда хотели?

— Но ведь попусту ходить — только зря уставать...

— Я дело говорю! Подумайте хорошенько. Вы должны это понять!.. Ведь даже собака, если ее надолго запереть в клетке, и та с ума сойдет!

— Да гуляла я! — выкрикнула женщина своим глухим монотонным голосом. — Правда же, мне давали гулять, сколько я захочу... Пока сюда не попала... Подолгу гуляла с ребенком на руках... Даже замучилась от этих прогулок...

Мужчина не ожидал такого. Какая-то странная манера разговаривать. Когда она смотрит на него так, нет сил отвечать.

Да, верно... лет десять назад, когда царила разруха, все только и мечтали о том, чтобы никуда не ходить. Такой им представлялась свобода. Но можно ли сказать, что сейчас они уже пресытились этой свободой?.. А может быть, в этот песчаный край тебя и завлекло как раз то, что ты уже изнемогла от погони за этой призрачной свободой... Песок... Бесконечное движение одной восьмой миллиметра... Это значит — все наизнанку: автопортрет на негативной пленке, рассказывающий о свободе жить, никуда не выходя. Ведь даже ребенок, который готов гулять сколько угодно, начинает плакать, если заблудится.

Женщина вдруг резко изменила тон:

— Чувствуете себя как? Все в порядке?

Ну что уставилась как баран? Мужчина разозлился. В три погибели тебя скручу, но заставлю признаться, что ты во всем виновата! При одной мысли об этом по телу пробежали мурашки, и ему даже почудилось потрескивание, точно от кожи отдирали засохший клей. Кожа будто ощущала ассоциации, связанные со словом "скручу". И вдруг женщина превратилась в силуэт, отошедший от фона... Двадцатилетнего мужчину возбуждают мысли. Сорокалетнего — возбуждает кожа. А для тридцатилетнего самое опасное — когда женщина превращается в силуэт. Он может обнять его так же легко, как самого себя... Но за спиной женщины множество глаз... И она лишь кукла, которую водят за нити этих взглядов... Стоит обнять ее, и уже будут водить на ниточке тебя... Тогда и эта ложь с поврежденным позвоночником моментально обнаружится. Разве может он в таком месте, как это, перечеркнуть всю свою прошлую жизнь!

Женщина бочком пододвинулась ближе. Ее округлые колени уперлись ему в бедро. Вокруг разлился густой запах стоялой протухшей воды, исходивший у нее изо рта, носа, ушей, подмышек, от всего ее тела. Робко, нерешительно ее горячие, как огонь, пальцы заскользили вверх и вниз по его позвоночнику. Мужчина весь напрягся. Вдруг пальцы коснулись его бока. Мужчина вскрикнул:

— Щекотно!

Женщина засмеялась. Она и слегка заигрывала, и немного робела. Все это было слишком неожиданно, и он еще не знал, как себя вести. Но чего она хочет?.. Умышленно это делалось или пальцы просто соскользнули?.. Только что она моргала глазами, изо всех сил стараясь проснуться... Но ведь и в первый вечер она так же странно засмеялась, когда, проходя мимо, толкнула его в бок... Может быть, она вкладывает в свои действия какой-то особый смысл? Возможно, в глубине души она не верит в его болезнь и делает все это, чтобы проверить свои сомнения... Не исключено... Зевать нельзя. Ее соблазнительность — самая обыкновенная ловушка, в конце концов точно такая же, как сладкий аромат меда у растений-хищников, питающихся насекомыми. Сначала она спровоцирует его на насилие, вызовет этим скандал, а потом он окажется по рукам и ногам опутан цепями шантажа.

Мужчина взмок и начал плавиться, как воск. Поры его источали пот. Часы остановились, и точного времени он не знал. Там, наверху, возможно, день еще в разгаре. Но на дне двадцатиметровой ямы были уже сумерки.

Женщина еще крепко спала. Ноги и руки у нее нервно вздрагивали — что-то снилось. Он хотел было помешать ей спать, но раздумал. Она все равно уже выспалась.

Мужчина приподнялся, подставляя тело сквозняку. Полотенце, по-видимому, упало с лица, когда он повернулся во сне, и теперь за ушами, около носа, в углах рта налипло столько песка — хоть соскребай. Он накапал в глаза и прикрыл их концом полотенца. Но, только повторив это несколько раз, смог наконец как следует раскрыть их. Еще два-три дня — и глазных капель не останется. Даже из-за одного этого хочется, чтобы скорее уж был какой-нибудь конец. Тело такое тяжелое, будто в железных доспехах лежишь на магните. Он изо всех сил напрягал зрение, но в тусклом свете, пробивавшемся через дверь, иероглифы в газете казались застывшими лапками дохлых мух.

По-настоящему нужно было, конечно, попросить женщину еще днем, чтобы она почитала ему. Это бы и спать ей помешало. Одним выстрелом убил бы двух зайцев. Но, к сожалению, он сам заснул раньше нее. Как ни старался — все испортил.

И вот теперь опять у него будет эта невыносимая бессонница. Он пытался в ритме дыхания считать от ста назад.

Пытался мысленно шаг за шагом пройти привычной дорогой из дома в школу. Пытался в определенном порядке назвать известных ему насекомых, группируя их по видам и семействам. Но, убедившись, что все усилия тщетны, начал еще больше нервничать. Глухое ворчание ветра, несущегося по краю ямы... Скрежет лопаты, пластающей влажный песок... Далекий лай собак... Едва слышные голоса, колеблющиеся, как пламя свечи... Беспрерывно сыплющийся песок, который, как наждак, точит кончики нервов... И все это он должен выносить.

Ничего, как-нибудь вытерпит. Но в тот миг, когда утренние голубые лучи скользнули вниз с края ямы, все стало наоборот — началась схватка со сном, впитывавшимся в него, как вода в губку. И если этот порочный круг не будет где-то разорван, то крупинки песка, чего доброго, остановят не только часы, но и само время.

Статьи в газете были все те же. В ней нельзя было различить даже следов того, что недельный разрыв все же существует. Если это окно во внешний мир, то, видимо, стекла в нем — матовые.

"Широко распространилось взяточничество в связи с налогами на корпорации"... "Университетские городки сделать Меккой индустрии"... "Одно предприятие за другим приостанавливает работу. Заседание Генерального совета профсоюзов приближается: точка зрения будет опубликована"... "Мать убила двух детей и отравилась сама"... "Участившиеся похищения автомобилей — новый стиль жизни или новый вид преступлений"... "Неизвестная девушка уже три года приносит цветы к полицейской будке"... "Трудности олимпийского бюджета Токио"... "Сегодня призрак снова зарезал двух девушек"... "Студенты губят здоровье наркотиками"... "Курса акций коснулся осенний ветер"... "Известный тенор Блю Джексон приезжает в Японию"... "В Южно-Африканской Республике снова волнения: 280 убитых и раненых"... "Воровская школа без платы за обучение:

замешаны женщины; аттестаты об окончании — в случае успешной сдачи экзаменов".

Ни одной статьи, которую было бы жалко пропустить. Призрачная башня с просветами, сложенная из призрачного кирпича. Впрочем, если бы на свете существовало лишь то, что жалко упустить, действительность превратилась бы в хрупкую стеклянную поделку, к которой страшно прикоснуться. Но жизнь — те же газетные статьи. Поэтому каждый, понимая ее бессмысленность, ось компаса помещает в своем доме.

И вдруг на глаза попалась поразительная статья.

"Около восьми часов утра четырнадцатого на строительном участке жилого дома, улица Ёкокава, 30, экскаваторщик Тосиро Цутому (28 лет), работавший в компании Хинохара, был придавлен обвалившимся песком и получил тяжелое увечье. Он был доставлен в ближайшую больницу, но вскоре умер. Согласно расследованию, произведенному полицейским участком Ёкокава, причиной несчастного случая послужило, по всей вероятности, то, что, срывая десятиметровую гору, он выбрал снизу слишком много песка".

Понятно... Они нарочно подсунули мне эту статью. Даром они не стали бы выполнять мою просьбу. Хорошо еще, что не обвели ее красными чернилами. Для слишком скандальных типов можно припасти, мол, и Черного Джека... Кожаный мешок наполняют песком — такой штукой шибанешь не хуже, чем железной или свинцовой палкой... Сколько бы ни говорили, что песок течет, но от воды он отличается... По воде можно плыть, под тяжестью песка человек тонет...

Слишком радужным казалось мне мое положение.

Но изменение тактики было связано с серьезными сомнениями и потребовало немало времени. Прошло, пожалуй, часа четыре, как женщина ушла копать. По времени корзины с песком должны быть подняты уже второй раз, переносчики закончили свою работу и ушли к пикапу. Прислушавшись и убедившись, что они не возвратятся, мужчина встал потихоньку и оделся. Женщина ушла с лампой, поэтому все приходилось делать на ощупь. Ботинки были полны песка. Он заправил брюки в носки, достал гетры и положил их в карман. Ящик для насекомых и другие свои вещи он решил сложить у двери, чтобы потом легче было найти. Земляной пол, на который он спустился, был покрыт песчаным ковром, и он мог не красться — шагов все равно не слышно.

Женщина поглощена работой. Легко орудует лопатой, вонзая ее в песок... Дышит ровно, сильно... В свете лампы, стоящей у ее ног, пляшет длинная тень... Он притаился за углом дома, затаив дыхание. Взяв в руки концы полотенца, сильно растянул его в стороны. Сосчитаю до десяти и выскочу... Нужно сразу напасть — в тот момент, когда она, нагнувшись, начнет поднимать лопату с песком.

Нельзя, конечно, утверждать, что никакой опасности нет. И то сказать — их отношение к нему может через какие-нибудь полчаса резко измениться. Ведь существует же этот самый чиновник из префектуры. Не случайно же старик принял его сначала за этого чиновника и так насторожился. Они, видимо, ожидают, что вот-вот приедут их инспектировать. А если так, то не исключено, что при обследовании мнения в деревне разделятся, скрывать его существование окажется невозможным, и они в конце концов откажутся от мысли держать его взаперти. Правда, нет никакой гарантии, что эти полчаса не растянутся на полгода, на год, а то и больше. Полчаса или год — шансы равны. Он бы не стал биться об заклад, что это не так.

Но если представить себе, что ему протянут руку помощи, то гораздо выгоднее и дальше притворяться больным. Именно к этому вопросу он все время мысленно возвращался. Раз он живет в стране, где существуют закон и порядок, то естественно надеяться на помощь. Те люди, которые скрывались в тумане загадочности и, не подав признаков жизни, попадали в число пропавших без вести, в большинстве случаев сами этого хотели. Кроме того, если ничто не указывает на преступление, исчезновение рассматривается не как уголовное, а как гражданское дело и полиция особенно глубоко в него не вникает. Но в случае с ним обстоятельства совсем иные. Он жаждет помощи, он взывает о ней ко всем — ему безразлично, откуда она придет. Даже для человека, ни разу не видевшего его, не слышавшего его голоса, все станет сразу ясным, как только тот хоть мельком взглянет на его дом, оставшийся без хозяина. Недочитанная книга, раскрытая на той странице, как он ее оставил... Мелочь в карманах костюма, в котором он ходил на работу... Чековая книжка — пусть на очень скромную сумму, — с которой в последнее время не снимали деньги... Ящик с недосушенными насекомыми, еще не приведенными в порядок... Заказ на новые банки для насекомых, приготовленный к отправке, с наклеенной маркой... Все брошено незаконченным и указывает на намерение хозяина вернуться. Посетитель, хочет он того или нет, не может не внять мольбе, которая так и слышится в этих комнатах.

Да... Если бы не было того письма... Если бы только не было того дурацкого письма... Но оно было... Сон оказался вещим, а сейчас он снова старается убедить в чем-то самого себя. Для чего? Довольно уверток. Потерянного не вернешь. Он своими собственными руками уже давно задушил себя.

Все, что касалось этого отпуска, он держал в глубокой тайне и ни одному из сослуживцев намеренно не рассказывал, куда едет. И мало того, что молчал, он сознательно старался окутать свою поездку тайной. Прекрасный способ — лучше и не придумаешь, чтобы подразнить этих людей, которые в своей будничной, серой жизни сами с ног до головы стали серыми. Сейчас он занимался самоуничижением: стоило ему подумать, что среди всей этой серости не он, конечно, а другие могли быть и другого цвета — красного, голубого, зеленого...

Лето, полное ослепительного солнца, бывает ведь только в романах и кинофильмах. А в жизни — это воскресные дни скромного маленького человека, который выехал за город, где все тот же запах едкого дыма, и лежит на земле, подстелив газету, открытую на страницах, посвященных политике... Термос с магнитным стаканчиком и консервированный сок... взятая напрокат после долгого стояния в очереди лодка — пятнадцать йен в час... Побережье, на которое накатывается свинцовая пена прибоя, кишащая дохлой рыбой... А потом электричка, битком набитая до смерти уставшими людьми... Все всё прекрасно понимают, но, не желая прослыть глупцами, позволившими одурачить себя, усердно рисуют на сером холсте какое-то подобие празднества. Жалкие, небритые отцы тормошат своих недовольных детей, заставляя их подтвердить, как прекрасно прошло воскресенье... Сценки, которые каждый хоть раз да видел в углу электрички... Почти трогательная зависть к чужому солнцу.

Но если бы дело было только в этом, особенно близко принимать все к сердцу он не стал бы. Если бы тот человек не реагировал на все так же, как и остальные сослуживцы, едва ли стоило бы упрямиться.

Только тому он оказывал особое доверие. Человеку с ясными, правдивыми глазами, с лицом, всегда казавшимся свежеумытым. Он был активистом профсоюзного движения. С этим человеком однажды он попытался даже серьезно и искренне поделиться своими сокровенными мыслями, которые скрывал от других.

— Ты как считаешь? Меня вот просто мучит проблема образования, подкрепляемого жизнью...

— Что значит "подкрепляемого"?

— Ну, в общем, образование, которое зиждется на иллюзии и заставляет воспринимать несуществующее как существующее. Взять хотя бы песок — он представляет собой твердое тело, но в то же время в значительной мере обладает гидродинамическими свойствами. Это как раз и привлекает к нему мой пристальный интерес.

Человек оторопел. По-кошачьи сутулый, он ссутулился еще больше. Но выражение лица, как всегда, оставалось открытым. Он ничем не показал, что идея противна ему. Кто-то сказал однажды, что он напоминает ленту Мебиуса. Лента Мебиуса — это перекрученная один раз и соединенная концами полоска бумаги, которая превращается таким образом в плоскость, лишенную лицевой и оборотной стороны. Может быть, в это прозвище вкладывали тот смысл, что он, как лента Мебиуса, слил воедино свою профсоюзную деятельность и личную жизнь? Вместе с легкой издевкой в этом прозвище звучало и одобрение.

— Может быть, ты имеешь в виду реалистическое образование?

— Нет, возьми мой пример с песком... разве мир в конечном счете не похож на песок?.. Этот самый песок, когда он в спокойном состоянии, никак не проявляет своего существа... На самом деле не песок движется, а само движение есть песок... Лучше мне не объяснить...

— Я и так понял. Ведь в практике преподавания заключены важнейшие элементы релятивизма.

— Нет, не то. Я сам стану песком... Буду видеть все глазами песка... Умерев раз, нечего беспокоиться, что умрешь снова...

— Уж не идеалист ли ты, а?.. А ты ведь, пожалуй, боишься своих учеников, правда?

— Да потому, что я и учеников считаю чем-то похожими на песок...

Тот человек звонко рассмеялся тогда, обнажив свои белые зубы, ничем не показывая, что ему не по душе разговор, в котором они так и не нашли точек соприкосновения. И без того маленькие глаза совсем упрятались в складках лица. Он, помнится, тоже не мог не улыбнуться в ответ. Этот человек действительно был лентой Мебиуса. И в хорошем смысле, и в плохом. Стоило уважать его хотя бы за хорошую его половину.

Но даже этот Лента Мебиуса, так же как и остальные сослуживцы, явно выказывал черную зависть к его отпуску. Это уж совсем не было похоже на ленту Мебиуса. Завидуя, он в то же время и радовался. Ходячая добродетель часто вызывает раздражение. И поэтому дразнить его доставляло огромное удовольствие.

И тут это письмо... Сданная карта, которую уже не вернешь. Вчерашний кошмар никак нельзя считать беспричинным.

Было бы ложью сказать, что между ним и той, другой женщиной не было никакой любви. Между ними были какие-то тусклые и, пожалуй, неясные отношения, и он никогда не знал, чего можно от нее ждать. Стоило, к примеру, ему сказать, что брак, по существу, сходен с распашкой целины, как она безапелляционно и зло возражала, что брак должен означать расширение дома, который стал тесен. Скажи он наоборот — она бы и на это, безусловно, возразила. Это была игра — кто кого переиграет, которая продолжалась без устали уже два года и четыре месяца. Может быть, правильнее было бы сказать, что они не столько утратили страсть, сколько в конце концов заморозили ее, потому что слишком идеализировали.

И вот тогда-то совершенно неожиданно и созрело решение оставить письмо и сообщить в нем, что на некоторое время он уедет один, не указав места. Таинственность, которой он окутал свой отпуск, так безотказно действовавшая на сослуживцев, не могла не подействовать и на нее. Но в последнюю минуту, уже надписав адрес и наклеив марку, он решил, что это дурачество, и оставил письмо на столе.

Безобидная шутка сыграла роль автоматического замка с секретом, который может открыть только владелец сейфа. Письмо обязательно должно было попасться кому-нибудь на глаза. В нем, конечно, усмотрели нарочно оставленное доказательство того, что он исчез по собственной воле. Он уподобился неумному преступнику, который с тупым упорством уничтожает отпечатки пальцев, хотя его видели на месте преступления, и этим только доказывает свою преступность.

Возможность выбраться из плена отдалилась. И сейчас, хотя он все еще не терял надежды, надежда задыхалась от яда, которым он сам ее отравил. Теперь у него один путь — не дожидаясь, пока ему откроют двери, самому открыть их и вырваться отсюда, пусть даже силой. Сомнения сейчас недопустимы.

Перенеся всю тяжесть тела на пальцы ног, так что они до боли врезались в песок, он решил: сосчитаю до десяти и выскочу... Но досчитал до тринадцати — и все не мог решиться. Наконец, отсчитав еще четыре вздоха, он вышел из-за укрытия.

Для того, что он замышлял, движения его были слишком медленными. Песок поглощал все силы. Тем временем женщина повернулась и, опершись на лопату, с изумлением уставилась на него.

Если бы женщина оказала сопротивление, результат был бы совсем иным. Но его расчет на неожиданность оправдался. Правда, он действовал слишком нервозно, но и женщина была так потрясена, что ее словно парализовало. Ей и в голову не пришло отогнать его лопатой, которую она держала в руках.

— Не поднимай крика!.. Ничего тебе не сделаю... Тихо!.. — шептал он сдавленным голосом, как попало заталкивая ей в рот полотенце. Но она и не пыталась противиться этим неловким, слепым действиям.

Почувствовав ее пассивность, мужчина взял себя в руки. Он вытащил концы полотенца у нее изо рта, плотно обмотал ей голову и завязал их сзади узлом. Потом гетрой, которую приготовил заранее, крепко-накрепко связал ей за спиной руки.

— А теперь быстро в дом!

Женщина, совершенно оцепеневшая, покорно подчинялась не только действиям, но и словам. Какая уж тут враждебность — она и тени сопротивления не оказывала. Видимо, впала в состояние, подобное гипнозу. Мужчина не задумывался над тем, что делал, и не знал, делает ли он то, что нужно, но грубое насилие, видимо, и лишило ее способности сопротивляться. Он заставил женщину подняться с земляного пола наверх. Второй гетрой связал ей ноги у лодыжек. Он все делал в полной тьме, на ощупь, и оставшийся кусок гетры еще раз обмотал для верности вокруг ног.

— Ну вот, сиди спокойно, ясно?.. Будешь себя хорошо вести, ничего тебе не сделаю... Но смотри, со мной шутки плохи...

Всматриваясь в ту сторону, откуда слышалось дыхание женщины, он стал пятиться к двери, потом быстро выскочил наружу, схватил лопату и лампу и тут же вернулся в дом.

Женщина повалилась набок. Она часто и тяжело дышала и в такт дыханию поднимала и опускала голову. При вдохе она вытягивала челюсть — наверное, для того, чтобы не вдыхать песок из циновки. А при выдохе — наоборот, чтобы воздух из ноздрей с большей силой сдувал песок с лица.

— Ладно, потерпишь немного. Дождись, пока вернутся эти, с корзинами. После всего, что я перенес, тебе лучше молчать. Кроме того, я ведь заплачу за то время, что пробыл здесь... Ну а всякие там расходы ты в общем сама подсчитаешь... Не возражаешь?.. Возражаешь?! По правде говоря, мне бы ничего не следовало платить, но я просто люблю, чтобы все было по честному. Поэтому, хочешь или нет, все равно отдам эти деньги.

Обхватив рукой шею, точно помогая себе дышать, мужчина напряженно, с беспокойством прислушивался к какому-то шуму, слышавшемуся снаружи. Да, лампу лучше потушить. Он поднял стекло и уже готов был задуть огонь... Нет, надо проверить еще разок, как там женщина. Ноги перевязаны достаточно крепко — палец не просунешь. С руками тоже все в порядке — запястья побагровели, обломанные до мяса ногти стали цвета старых, загустевших чернил.

Кляп отличный. Ее и без того бесцветные губы так растянуты, что в них не осталось ни кровинки — ну просто призрак. Сочившаяся слюна образовала черное пятно на циновке, как раз под щекой. Оттуда, где виднелась женщина, в колеблющемся свете лампы, казалось, слышался беззвучный вопль.

— Ничего не поделаешь. Сама заварила кашу... — В его торопливо брошенных словах сквозила нервозность. — Ты меня пыталась обмануть, я — тебя. В расчете? Я ведь все ж таки человек, меня нельзя так вот просто посадить на цепь, как собаку... Любой скажет, что это честная, законная самозащита.

Неожиданно женщина повернула голову, стараясь уголком полузакрытого глаза поймать его взгляд.

— Ну что?.. Хочешь что-нибудь сказать?

Женщина как-то неестественно покачала головой. Вроде бы и утвердительно, вроде бы и отрицательно. Он приблизил лампу к ее лицу, пытаясь прочесть по глазам. Сначала он даже не поверил. В них не было ни злобы, ни ненависти, а лишь бесконечная печаль и, казалось, мольба о чем-то.

Быть не может... Наверное, кажется... "Выражение глаз" — это просто-напросто красивый оборот... Разве может быть в глазах какое-то выражение, если глазное яблоко лишено мускулов? Но все же мужчина заколебался и протянул было руки, чтобы ослабить кляп.

И тут же отдернул. Торопливо потушил лампу. Приближались голоса переносчиков корзин с песком. Чтобы потушенную лампу легче было найти, он поставил ее на самый край приподнятого над землей пола и, вынув из-под умывальника котелок с водой, припал к нему и стал жадно пить. Потом, схватив лопату, притаился у двери. Он весь взмок. Вот сейчас... Еще пять-десять минут терпения... Решительно подтянул к себе ящик с коллекцией насекомых.

— Эй, — раздался хриплый голос.

— Чего вы там делаете? — точно эхо, послышался другой, еще сохранивший молодые нотки.

Яма была погружена в такой густой мрак, что его, казалось, можно было почувствовать на ощупь, а снаружи уже, наверное, взошла луна, потому что на границе между песком и небом расплывчатым пятном темнела группа людей.

С лопатой в правой руке мужчина пополз по дну ямы.

Наверху раздались непристойные шуточки. Вниз опустилась веревка с крюком, чтобы поднимать бидоны.

— Тетка, давай побыстрей!

В ту же минуту мужчина, напружинившись, кинулся к веревке, подняв за собой клубы песка.

— Эй, поднимай, — заорал он, вцепившись обеими руками в шершавую веревку с такой силой, что, будь это камень, пальцы все равно вошли бы в него. — Поднимай! Поднимай! Пока не поднимете, не отпущу... Женщина в доме валяется связанная! Хотите помочь ей — быстрее тяните веревку! А до тех пор никого не подпущу к ней!.. Если кто попробует сюда сунуться, лопатой башку раскрою... Суд будет — я выиграю! Снисхождения не ждите!.. Ну, что мешкаете? Если сейчас поднимете меня, не подам в суд, буду обо всем молчать... Незаконное задержание — преступление немалое!.. Ну что там? Давайте тащите!

Падающий песок бьет в лицо. Под рубахой, от шеи вниз, ползет что-то неприятное, липкое. Горячее дыхание обжигает губы.

Наверху как будто совещаются. И вдруг — сильный рывок, и веревка поползла вверх. Тяжесть его болтающегося тела, значительно бо́льшая, чем он предполагал, вырывает веревку из рук. Он вцепился в нее с двойной силой. Спазма, точно от сдерживаемого смеха, сдавила живот, и изо рта веером вырвались брызги... Продолжавшийся неделю дурной сон рассыпался и улетает... Хорошо... Хорошо... Теперь спасен!

Неожиданно он почувствовал невесомость и поплыл в пространстве... Ощущение как при морской болезни разлилось по всему телу; веревка, которая до этого чуть ли не сдирала кожу с рук, теперь бессильно лежала в ладонях.

Эти мерзавцы отпустили ее!.. Перевернувшись через голову, он неловко упал в песок. Ящик для насекомых издал под ним противный треск. Потом что-то пролетело, задев щеку. Очевидно, крюк, привязанный к концу веревки. Что делают, негодяи! Хорошо, хоть не задел. Пощупал бок, которым упал на ящик, — кажется, нигде особенно не болит. Вскочил как подброшенный и стал искать веревку. Ее уже подняли наверх.

— Дурачье!

Мужчина завопил не своим голосом.

— Дурачье! Ведь раскаиваться-то будете вы!

Никакой реакции. Только тихий шепот — не различишь слов — плывет, точно дым. Что в этом шепоте — враждебность или насмешка, — не разберешь. И это невыносимо.

Злоба и унижение, точно стальными обручами, сковали его тело. Он продолжал кричать, сжав кулаки так, что ногти впились во взмокшие ладони.

— Еще не поняли?! Слов вы, верно, не понимаете, но ведь я сделал такое, что даже вы поймете! Женщина связана! Слышите?.. Пока не поднимете меня наверх или лестницу не спустите, она так и останется связанной!.. И некому будет песок отгребать... Ну как, нравится?.. Подумайте хорошенько... Если все здесь засыплет песком, вам же хуже будет, верно?.. Песок пересыплется через яму и начнет надвигаться на деревню!..

Вместо ответа они просто ушли, слышался только скрип корзин, которые они волокли по песку.

— Почему?.. Почему вы уходите, так ничего и не сказав?!

Жалкий вопль, который уже никто, кроме него, не слышал. Дрожа всем телом, мужчина нагнулся и стал на ощупь собирать содержимое разбитого ящика для коллекционирования насекомых. Бутылка со спиртом, видимо, треснула: когда он коснулся ее, между пальцами разлилась приятная прохлада. Он беззвучно заплакал. Горевал он не особенно сильно. Да и казалось ему, что плачет кто-то другой.

Песок полз за ним, как хитрый зверь. Блуждая в кромешной тьме, еле передвигая ноги, он с трудом добрался до двери. Ящик с отломанной крышкой тихонько положил рядом с очагом. Рев ветра разорвал воздух. Из банки у очага он вынул завернутые в полиэтилен спички и зажег лампу.

Женщина лежала все в той же позе, чуть больше наклонившись к полу. Она слегка повернула голову в сторону двери, стараясь, видимо, выяснить, что делается снаружи. Заморгала от света и сразу же снова плотно закрыла глаза. Как восприняла она жестокость и грубость, которую и он только что испытал на себе?.. Хочет плакать — пусть плачет, хочет смеяться — пусть смеется... Еще не все потеряно. Я, и никто другой, держу запал к мине замедленного действия.

Мужчина опустился на колено за спиной женщины. Чуть поколебался, потом развязал полотенце, стягивавшее ей рот. И не потому, что почувствовал вдруг угрызения совести. И уж конечно, не из жалости или сочувствия.

Он просто обессилел. И уже не мог выносить этого бесконечного напряжения. Кляп, в сущности, был ни к чему.

Если бы тогда женщина и кричала о помощи, это, может быть, наоборот, вызвало бы растерянность среди его врагов и заставило бы их скорее решить все дело.

Женщина, вытянув подбородок, тяжело дышала. От ее слюны, смешанной с песком, полотенце стало серым и тяжелым, как дохлая крыса. Синие следы от врезавшегося полотенца, казалось, никогда не исчезнут. Чтобы размять одеревеневшие щеки, ставшие твердыми, как вяленая рыба, она беспрерывно двигала нижней челюстью.

— Уже время... — Взяв двумя пальцами полотенце, он отбросил его. — Пора им кончить совещаться. Сейчас прибегут с веревочной лестницей. Ведь если все останется как есть, им же самим хуже будет. Да, это точно... Не хотели беспокойства — нечего было тогда заманивать меня в эту ловушку.

Женщина проглотила слюну и облизнула губы.

— Но... — Язык еще плохо ее слушался, и она говорила глухо, точно с яйцом во рту. — Звезды взошли?

— Звезды?.. При чем тут звезды?..

— А вдруг звезды не взошли...

— Ну и что, если не взошли?

Женщина, обессилев, снова замолчала.

— В чем дело? Начали — договаривайте! Хотите составить гороскоп? Или, может быть, это местное суеверие?.. Еще скажете, что в беззвездные ночи нельзя спускать лестницу?.. Ну так как же? Я не понимаю, когда молчат!.. Может, вы заговорите, когда взойдут звезды? Ждите, дело ваше... Но что будет, если в это время разразится тайфун? Тогда уж нечего будет беспокоиться о звездах!

— Звезды... — Женщина точно по капле выдавливала из себя слова, как из полупустого тюбика. — Если к этому времени звезды еще не взошли, особо сильного ветра не будет...

— Почему?

— Звезд-то не видно из-за тумана.

— Нужно же сказать такое! Разве сейчас ветер дует не так же, как раньше?

— Нет, тогда был намного сильнее. Слышите, он стихает...

Может быть, и верно, что она говорит. Звезды видны как в тумане потому, что у ветра не хватает сил разогнать испарения в воздухе. Нынешней ночью вряд ли будет сильный ветер... Значит, и они там, в деревне, не будут торопиться с решением... И то, что ему представлялось сначала вздором, глупостью, оказалось неожиданно разумным ответом.

— В самом деле... Но я совершенно спокоен... Если они так, то и я могу выжидать. Где неделя, там и десять дней, и пятнадцать дней — разница невелика...

Женщина с силой поджала пальцы ног. Они стали похожи на присоски-прилипалы. Мужчина рассмеялся. И, рассмеявшись, почувствовал, как к горлу подступила тошнота.

Ну что себя изводить?.. Разве ты не нащупал слабое место своих врагов?.. Почему же ты не успокаиваешься, не наблюдаешь?! Ведь когда ты наконец благополучно возвратишься домой, безусловно, стоит описать все пережитое.

...О! Мы поражены. Наконец-то вы решились что-то написать. Действительно, пережили вы немало. Но на опыте мы учимся — ведь даже дождевой червь не вытянется, если не раздражать его кожицу... Спасибо. Мне и правда многое пришлось продумать, даже заглавие уже есть... О! Ну и какое заглавие?.. "Дьявол дюн" или "Ужас муравьиного ада"... Да, интригующие заглавия. Но не создают ли они впечатление некоторой несерьезности?.. Вы так считаете?.. Какими бы ужасными ни были испытания, нет смысла обрисовывать лишь внешнюю сторону событий. Кроме того, герои трагедии — это люди, которые там живут, и, если в написанном вами не будет хотя бы намечен путь к решению проблемы, плакали тогда все эти ваши тяжелые испытания... Свинство!.. Что?.. Кажется, где-то чистят сточную канаву? Или, может быть, происходит какая-то особая химическая реакция между хлоркой, разбрызганной в коридоре, и запахом чеснока, который исходит у вас изо рта?.. Что?.. Ничего, ничего, не беспокойтесь, пожалуйста. Сколько бы я ни писал, вижу, что не гожусь в писатели... Это снова совершенно излишняя скромность, не к лицу она вам. Мне кажется, не нужно смотреть на писателей как на людей особой категории. Если пишешь, значит, ты писатель... Существует устоявшееся мнение, что кто-кто, а уж эти учителя любят писать — дай им только волю. Это, наверное, потому, что профессионально они сравнительно близки к писателям... Это и есть творческое обучение? И несмотря на то что сами они даже коробочку для мелков смастерить не умеют... Коробочка для мелков — благодарю покорно. Разве одно то, что тебе открывают глаза на тебя самого, не есть прекрасное творчество?.. И поэтому меня заставляют испытывать новые ощущения, несущие новую боль... Но и надежду!.. Не неся никакой ответственности за то, оправдается эта надежда или нет... Если с самого начала каждый не будет верить в собственные силы... Ну, хватит заниматься самообольщением. Ни одному учителю не позволителен подобный порок... Порок?.. Это я о писательстве. Желание стать писателем — самый обыкновенный эгоизм: стремление стать кукловодом и тем самым отделить себя от остальных марионеток. С той же целью женщины прибегают к косметике... Не слишком ли строго? Но если слово "писатель" вы употребляете в таком смысле, то быть писателем и просто писать, пожалуй, и в самом деле не одно и то же... Пожалуй. И именно поэтому я хотел стать писателем! А если не смогу, то и писать не стоит!..

Кстати, как выглядит ребенок, которому не дали обещанного?

Снаружи послышался звук, напоминающий хлопанье крыльев. Схватив лампу, мужчина выскочил за дверь. На дне ямы валялось что-то, завернутое в рогожу. Наверху — ни души. Не притрагиваясь к свертку, он громко закричал. Никакого ответа. Он развязал веревку, стягивавшую рогожу. Пакет с неизвестным содержимым — это взрывчатка, к которой поднесен запал, именуемый любопытством. Против воли в глубине души затеплилась надежда: может быть, какие-нибудь приспособления, чтобы выбраться из ямы?.. Эти деревенские сбросили сюда все необходимое и поспешно убежали...

Но там был лишь маленький пакет, завернутый в газетную бумагу, и примерно литровая бутыль, заткнутая деревянной пробкой. В пакете три пачки, по двадцать штук, сигарет "Синсэй". И больше ничего. Просто не хотелось верить. Он снова взял рогожу за край и с силой встряхнул ее — посыпался только песок... На худой конец, хоть записочка должна быть, все еще надеялся он, но и ее не оказалось. В бутыли была дрянная водка, пахнувшая прокисшей рисовой лепешкой.

Для чего все это?.. Какая-нибудь сделка?.. Он когда-то слыхал, что индейцы в знак дружбы обмениваются трубками. Да и водка — везде знак празднества. Итак, можно с полным основанием предположить, что в такой форме они выражают свое стремление как-то договориться.

Обычно деревенские жители стесняются выражать свои чувства словами. В этом смысле они очень простодушны.

Но пока всякие соглашения в сторону — сначала сигареты. Как это он целую неделю вытерпел без них? Привычным движением надрывая уголок пачки, он ощутил глянцевитость бумаги. Щелкнул по дну и выбил сигарету. Пальцы, взявшие ее, слегка дрожали.

Прикурив от лампы, он медленно и глубоко затянулся, и аромат опавших листьев разлился по всему телу. Губы онемели, перед глазами повис тяжелый бархатный занавес. Будто от удара, у него закружилась голова, охватил озноб.

Крепко прижав к себе бутылку, с трудом сохраняя равновесие, он медленно пошел в дом. Ноги не слушались. Голова, точно стянутая обручем, все еще кружилась. Он хотел посмотреть туда, где была женщина, но никак не мог повернуть голову. Лицо женщины, которое он увидел краешком глаза, показалось удивительно маленьким.

— Подарок вот... — Он высоко поднял бутылку и потряс ею. — Здорово сообразили, верно? Теперь, спасибо им, мы можем заранее все отпраздновать... Без слов ясно... Я с самого начала все понял... Что прошло, то прошло... ну как, может, за компанию рюмочку?

Вместо ответа женщина крепко закрыла глаза. Возможно, она сердится за то, что он не развязал ее? Глупая женщина. Ведь если бы она хоть на один вопрос как следует ответила, он бы сразу развязал ее. А может, ей просто обидно? Из-за того, что она не может удержать с таким трудом добытого мужчину и вынуждена — тут уж ничего не поделаешь — отпустить его. Какие-то основания у нее, пожалуй, есть... Ей ведь лет около тридцати, вдова. Сзади на щиколотках у нее какие-то странные, резко очерченные впадины. Он опять почувствовал прилив беспричинного веселья. Почему ноги у нее такие чудны́е?

— Хотите закурить? Дам огоньку.

— Нет, не хочу, и так в горле сохнет... — тихо ответила она, покачав головой.

— Может, дать попить?

— Да ничего не надо.

— Не стесняйтесь. Я ведь с вами сделал такое не потому, что питаю какую-то особую злобу именно к вам. Вы сами должны понять, что это было необходимо точки зрения стратегии. И вот теперь они как будто уступили...

— Мужчинам раз в неделю выдают водку и табак.

— Выдают?.. — Большая муха, которой кажется, что она летит, когда на самом деле она бьется головой о стекло... Научное название Mushina stabulans. Почти не видящие глаза, которые воспринимают предметы по частям... Даже не стараясь скрыть растерянность, он спросил: — Но зачем же так затрудняться ради нас?! Разве не лучше дать людям возможность самим покупать, что им нужно?

— Работа очень тяжелая, и много ее — ни для чего другого не остается времени... Да и деревне выгодно: часть расходов берет на себя Лига.

Если так, все это означало не соглашение, а совсем наоборот — рекомендацию капитулировать!.. Да нет, пожалуй, еще хуже. Может быть, он уже превратился в колесико, одно из тех, что приводят в движение повседневную жизнь, и в качестве такового внесен во все списки?

— Да, мне бы еще хотелось для верности спросить. Я первый, с которым вот такое случилось здесь?

— Нет. Что ни говори, а рук-то ведь не хватает... И люди, у которых хозяйство, и бедняки — все, кто может работать, один за другим уходят из деревни... Нищая деревушка — песок один...

— Ну так как же... — Даже голос его приобрел защитную окраску — под цвет песка. — Кроме меня есть еще кто-нибудь, кого вы поймали?

— Да, это было в прошлом году, в начале осени... Открыточник...

— Открыточник?

— Ну да, агент одной компании, которая выпускает открытки для туристов, приехал в гости к здешнему руководителю кооператива... Чудесный пейзаж, говорит, только разрекламировать для городских...

— И его поймали?

— Как раз в одном доме в нашем же ряду не хватало рабочих рук...

— И что же дальше?

— Да вроде сразу же и умер... Нет, он с самого начала не очень крепкий был... А тут еще, как назло, время тайфунов, вот и перетрудился...

— Чего ж он сразу не сбежал?

Женщина не ответила. Так все ясно, что и отвечать нечего. Не убежал потому, что не смог убежать... Дело, конечно, только в этом.

— А кроме него?

— Да... в самом начале года был здесь студент, он, кажется, продавал книги.

— Коробейник, что ли?

— Какие-то тонюсенькие книжечки, всего по десять йен. В них было против кого-то написано...

— Студент — участник движения за возвращение на родину... Его тоже поймали?

— Он и сейчас, наверное, живет в третьем от нас доме.

— И веревочная лестница тоже убрана?

— Молодежь никак у нас не приживается... Что же поделаешь, в городе платят лучше, да и кино и рестораны каждый день открыты...

— Но ведь не может быть, чтобы ни одному человеку еще не удалось убежать отсюда?

— Почему же, был один молодой парень, которого сбили с пути дружки, и он убежал в город... Кого-то он там ножом пырнул — даже в газетах об этом писали... Срок ему дали, а после сюда обратно вернули, живет, наверное, спокойно под родительским кровом...

— Не об этом я спрашиваю! Я спрашиваю о тех, которые убежали отсюда и не вернулись!

— Это давно было... Помню, целая семья сбежала ночью... Дом долго пустовал, и это стало очень опасно, но уже ничего не сделаешь... правда, очень опасно... Если хоть одно место здесь рушится — это все равно что трещина в плотине..

— И после этого, говорите, не было?

— Думаю, что нет...

— Абсурд какой-то! — Жилы у него на шее вздулись, стало трудно дышать.

Вдруг женщина перегнулась пополам, точно оса, кладущая яйца.

— Что такое?.. Болит?

— Да, больно...

Он дотронулся до ее побелевшей руки. Потом просунул пальцы сквозь узел и пощупал пульс.

— Чувствуете? Пульс вполне хороший... По-моему, ничего серьезного. Понимаю, что поступаю плохо, но мне нужно, чтобы вы пожаловались тем, из деревни, которые во всем виноваты.

— Простите, вы не почешете мне шею, там, за ухом?

Застигнутый врасплох, он не мог отказать. Между кожей и коркой песка был слой густого пота, напоминавшего масло. Было ощущение, что ногти проходят сквозь кожу персика.

— Простите... Но правда, отсюда еще никто не выбирался.

Внезапно очертания двери превратились в бесцветную, неясную линию и уплыли. Это была луна. Осколки тусклого света — точно крылышко муравья. И по мере того как глаза привыкали, все дно песчаной чаши приобретало влажную глянцевитость, какая бывает на сочных молодых листьях.

— Ну что ж, в таком случае я буду первым!

Ждать было тяжело. Время лежало нескончаемыми петлями, похожими на кольца змеи. Вперед можно двигаться лишь из кольца в кольцо. И в каждом кольце сомнение, а у каждого сомнения — свое собственное оружие. И очень нелегко было продвигаться вперед, споря с этими сомнениями, игнорируя их или отбрасывая.

В мучительном ожидании прошла ночь. Рассвело. Из окна над ним смеялось утро, ползшее, как белая улитка, по его лбу и носу.

— Простите, водички бы...

Что такое? Наверное, задремал на какой-то миг. Рубаха, штаны на коленях взмокли. Песок, налипший на пот, и цветом и на ощупь — точно недопеченная пшеничная лепешка. Он забыл прикрыть лицо, поэтому в носу и во рту пересохло, как на рисовом поле зимой.

— Простите, очень прошу...

Женщина, с ног до головы засыпанная песком, тряслась как в лихорадке. Ее страдания, будто по проводам, передавались и ему. Он снял с котелка полиэтилен и сначала сам жадно припал к нему. Набрал немного воды, чтобы прополоскать рот, но одного раза, даже двух было недостаточно. Он все время выплевывал комья песка. Потом махнул рукой и проглотил песок вместе с водой. Это было все равно что глотать камни.

Выпитая вода тут же проступила потом. Воспаленная кожа — на спине сверху донизу, на груди и на боках до самой поясницы — болела так, точно ее сдирали слоями.

Он попил и с виноватым видом поднес котелок ко рту женщины. Она схватила его зубами и, не прополоскав рот, стала пить, постанывая, как голубь. В три глотка она опорожнила котелок. Глаза ее, смотревшие на мужчину из-под припухших век, впервые наполнились беспощадным осуждением. Опустевший котелок стал легким, точно был сделан из бумаги.

Чтобы избавиться от гнетущего чувства вины, мужчина спустился на земляной пол, отряхивая песок. Может, хоть лицо протереть ей влажным полотенцем? Конечно, это гораздо разумнее, чем давать ей задыхаться от пота. Считается, что уровень цивилизации пропорционален степени чистоты кожи. Если у человека есть душа, она, несомненно, обитает в коже. Стоит только подумать о воде, как грязная кожа покрывается десятками тысяч сосков, готовых всосать ее. Холодная и прозрачная как лед, мягкая как пух — великолепное вместилище для души... Еще минута — и кожа на всем его теле сгниет и отвалится.

Он заглянул в бак и отчаянно закричал:

— Там пусто!.. Совсем пусто!

Он засунул в бак руку. Черный песок, скопившийся на дне, лишь испачкал кончики пальцев. Под кожей, жаждавшей воды, закопошились мириады раненых тысяченожек.

— Сволочи, про воду забыли?.. Может, они ее попозже собираются привезти?

Он хорошо понимал, что хочет этим успокоить себя. Пикап всегда заканчивает работу и возвращается в деревню, как только рассветет. Замысел этих негодяев понятен. Они, видимо, решили прекратить доставку воды и довести его до исступления. И он вспомнил — ведь эти люди, прекрасно зная, как опасно подрывать песчаный обрыв, не сочли даже нужным предостеречь его. У них и в мыслях нет заботиться о том, чтоб с ним ничего не случилось. Они, наверное, и в самом деле не собираются выпускать его отсюда живым, человека, так глубоко проникшего в их тайну, и если уж встали на этот путь, то не сойдут с него до конца.

Мужчина остановился в дверях и посмотрел на небо. В розовой краске, разлитой утренним солнцем, с трудом можно было различить пушистые застенчивые облака... Небо не предвещает дождя. С каждым выдохом тело, казалось, теряет воду.

— Да что же они задумали?! Хотят убить меня, что ли?

Женщина по-прежнему дрожала. Она молчит, наверное, потому, что все прекрасно знает. Короче — соучастница преступления, прикидывающаяся жертвой. Помучайся!.. Твои мучения — лишь справедливое возмездие.

Но все ее мучения ни к чему, если о них не узнают те подлецы из деревни. А ведь нет никакой гарантии, что они узнают. Мало того, если понадобится, они, вполне возможно, и женщину, не задумываясь, принесут в жертву. Может быть, поэтому она и напугана так. Зверь слишком поздно обнаружил, что щель, в которую он полез, надеясь убежать на волю, оказалась входом в клетку... Рыба поняла наконец, что стекло аквариума, в которое она то и дело тыкалась носом, — непреодолимая преграда... Он второй раз остался ни с чем. И сейчас оружие в руках у них.

Но пугаться нечего. Потерпевшие кораблекрушение гибнут не столько от голода и жажды, сколько от страха, что пищи и воды не хватит. Стоит только подумать, что проиграл, и в тот же миг начинается поражение. С кончика носа упала капля пота. Обращать внимание на то, сколько кубических сантиметров влаги потеряно, — значит попасться на удочку врага. Надо бы подумать, сколько потребуется времени, чтобы испарился стакан воды. Ненужные волнения ведь не подгонят эту клячу — время.

— Может, развязать, а?

Женщина настороженно замерла, затаив дыхание.

— Не хотите — мне все равно... Хотите — развяжу... Но с одним условием... Без разрешения лопату в руки не брать... Ну как, обещаете?

— Очень прошу, ну пожалуйста! — стала жалобно просить женщина, до того терпеливо сносившая все. Это было неожиданно, точно зонт вывернуло порывом ветра. — Что хотите обещаю! Очень прошу, ну пожалуйста... пожалуйста!..

На теле остались багровые рубцы, сверху покрытые белесоватой пленкой. Лежа в том же положении, лицом вверх, женщина терла лодыжки одну о другую. Потом начала пальцами разминать запястья. Чтобы не стонать, она стиснула зубы, на лице выступил пот. Вот она медленно перевернулась и встала на четвереньки: сначала на колени, потом на руки. Наконец с трудом подняла голову. Некоторое время она оставалась в этом положении, слегка раскачиваясь.

Мужчина тихо сидел на возвышенной части пола. Он собирал во рту слюну и глотал. После нескольких глотков слюна стала вязкой, как клей, и застряла в горле. Ему не хотелось спать, но от усталости в мозгу все расплывалось, как чернила на влажной бумаге. Перед глазами мелькали какие-то мутные пятна и линии. Точно загадочная картинка. Есть

женщина... Есть песок... Есть пустой бак из-под воды... Есть
распустившее слюни животное... Есть солнце... И где-то, —
где, он и сам не знает, — есть, конечно, и районы циклонов, и
переходные слои между течениями воздушных масс. С какой же стороны подступиться к этому уравнению с множеством неизвестных?

Женщина встала и медленно пошла к двери.

— Куда идешь?!

Лишь бы отвязаться, она пробормотала что-то, чего он
не разобрал. Ему стало понятно, почему все это время ей
было так плохо. За деревянной стеной сразу же послышалось, что она тихонько мочится. И вдруг все показалось ему
до ужаса никчемным.

Это очень верно: время не начинает вдруг лететь га-
лопом, как лошадь. Но и не тащится медленнее
ручной тележки. Постепенно жара достигла своей высшей
точки; она довела до кипения глаза и мозг, расплавила внутренности, подожгла легкие.

Песок, впитавший в себя ночную влагу, выпускает ее в
виде испарений в атмосферу... Благодаря преломлению света он сверкает, как мокрый асфальт... Но на самом деле эта,
без всяких примесей, одна восьмая миллиметра — суше под-
жаренной на сковородке мухи.

И вот первый песчаный обвал... Привычный звук, без
которого не начинается ни один день, но мужчина невольно
переглянулся с женщиной. Один день песок не отгребали
— какие будут последствия?.. Ничего особенного, подумал
он, но все же забеспокоился. Женщина, опустив глаза, молчит. Всем своим видом показывает — сам беспокойся сколько
угодно. Ну, раз так — пропади все пропадом, не станет он ее
расспрашивать. Песчаный поток, сузившись было до тонень-
кой нитки, снова разросся, превратившись в оби, и так несколько раз. Потом наконец иссяк.

В общем ничего страшного. Он облегченно вздохнул. Внезапно в щеке началась пульсация и жжение. Дешевая водка, о которой он до этого старался не вспоминать, стала вдруг неодолимо манить его к себе, точно светильник во тьме. Что бы там ни было, а горло промочить не мешает. Не то вся кровь из тела испарится. Он прекрасно сознавал, что сеет семена будущих мучений, но больше не мог противиться желанию. Вытащил пробку, поднес бутылку ко рту и стал пить прямо из горлышка. Но язык все еще оставался верным сторожевым псом — заметался, испугавшись неожиданного вторжения. И он захлебнулся. Будто от избытка кислорода. Но не остановился перед соблазном сделать и третий глоток. Пьет в честь чего-то страшного...

Пришлось и женщине предложить. Но она, конечно, решительно отказалась. И с таким видом, будто ей отраву предлагают выпить. Как он и опасался, упавший в желудок алкоголь тотчас же, как шарик пинг-понга, подскочил к голове и зажужжал в ушах, точно оса. Кожа становится жесткой, как шкура свиньи. Кровь разлагается!.. Кровь испаряется!

— Нужно что-то делать! Самой, наверное, тоже не сладко? Веревки я ведь развязал — делай теперь что-нибудь!

— Хорошо... Но если я не попрошу кого-нибудь из деревни привезти воды...

— А разве этого нельзя сделать?!

— Только если работу начнем, тогда...

— Мне не до шуток! Ну скажи... Разве есть у кого-нибудь такие права?

Женщина опустила глаза и плотно сжала губы. Ну что ты будешь делать?! Клочок неба, видневшийся сквозь щель над дверью, из ярко-голубого превратился в блестяще-белесый, как внутренность морской раковины. Допустим, долг — это паспорт человека, но почему он должен визировать его у этих типов!.. Жизнь человека — не разбросанные обрывки бумаги... Она закрытый, тщательно сброшюрованный дневник... Одной первой страницы для единственного экземпляра вполне достаточно... И незачем выполнять свой долг на тех страницах, которые не будут иметь продолжения... Если каждый раз спасать ближних, умирающих от голода, ни на что другое времени не останется... Черт, как хочется пить!.. А какое множество людей умирает от жажды, — если бы ему нужно было хоронить всех умерших, то, сколькими бы телами он ни обладал, их все равно не хватило бы.

Начался новый обвал.

Женщина поднялась и взяла веник, стоявший у стены.

— Не вздумай работать! Ведь, кажется, обещала?

— Нет, с одеяла...

— С одеяла?

— Если вы немножко не поспите...

— Захочу спать — сам сделаю все, что нужно!

Неожиданный толчок, точно всколыхнулась земля, потряс дом. На миг глаза, как дымом, застлало песком, посыпавшимся с потолка. Вот он наконец, результат того, что песок не отгребали. Не имея стока, он прорвался вниз. Балки и столбы дома, сдерживая напор, жалобно застонали всеми суставами. Но женщина, пристально уставившись на притолоку двери, не выказала особого беспокойства. Наверное, потому, что давление испытывал еще только фундамент.

— Сволочи, негодяи... Сколько же можно?.. Им, видно, все нипочем...

Как сердце колотится!.. Ему не терпится ускакать, точно испуганному зайчонку... Не в силах усидеть в своей норе, оно готово забиться куда угодно — в рот, в уши, в кишки. Слюна стала еще более вязкой. Но в горле не очень пересохло. Наверное, потому, что выпил водки и слегка опьянел. Но как только алкоголь выветрится, оно начнет гореть огнем. И огонь испепелит его.

— Сделали такое... и радуются... Потому что и мышиных-то мозгов у них нет... Ну что они будут делать, если я здесь подохну?!

Женщина подняла голову, собираясь что-то сказать, но опять промолчала. Подумала, должно быть, что отвечать бесполезно. Это ее молчание как бы подтверждало, что разговоры бесцельны, что ответ может быть только плохим. Хорошо... если конец все равно один, почему бы ему не испробовать все, что только возможно?!

Мужчина еще раз глотнул из бутылки и, приободрившись, выскочил наружу. В глаза ударила струя расплавленного свинца, он пошатнулся. В следах, оставленных ногами, сразу же закружились водовороты песка. Вон там он бросился ночью на женщину и связал ее... Где-то должна быть засыпана и лопата. Обвал как будто приостановился, но со склона ямы, обращенного к морю, песок продолжал беспрерывно сыпаться. Временами, из-за ветра, что ли, этот поток отрывался от стены и развевался в воздухе, точно кусок полотна. Следя за тем, чтобы не вызвать новую лавину, он стал осторожно носком ботинка шарить в песке.

Недавно был обвал, значит, искать нужно глубже, однако нога нигде не встречала сопротивления. Прямые лучи солнца жгли нестерпимо. Сузившиеся до точки зрачки... Желудок, дрожащий, как медуза... Острая боль, сковывающая лоб... Нельзя больше терять ни капли пота... Это предел. Да, но куда же запропастилась моя лопата?.. Точно, я ее держал в руках, собираясь использовать как оружие... Ну, значит, ее засыпало где-то там... Он стал осматривать дно ямы и сразу же увидел, что в одном месте песок возвышается в форме лопаты.

Мужчина собрался было сплюнуть, но тут же одернул себя. Все, что содержит хоть каплю влаги, нужно стараться удержать в организме. Между зубами и губами он постарался отделить песок от слюны и только то, что налипло на зубах, счистил пальцем.

В углу комнаты женщина, повернувшись лицом к стене, что-то делала со своим кимоно. Может, ослабила пояс и вытряхивает песок? Мужчина взял лопату за середину ручки и поднял ее вровень с плечом. И нацелился острием в наружную стену у дверей...

За его спиной раздался крик женщины. Он ударил лопатой, навалившись на нее всей тяжестью. Лопата легко прошла сквозь деревянную стену. Сопротивление не больше того, какое оказала бы сырая вафля. Омытая снаружи песком, стена выглядит как новая, но на самом деле уже почти совсем сгнила.

— Что вы делаете?

— Разломаю ее на куски, и у меня будет материал для лестницы.

Выбрал другое место и попробовал еще раз. То же самое. Видимо, женщина была права, когда говорила, что песок гноит дерево. Если гниет даже эта стена, на солнечной стороне, то можно себе представить, каковы остальные. Как только эта развалюха еще стоит... Покосившаяся набок, точно одна сторона у нее парализована... Может быть, в самое последнее время, когда стали строить дома из бумаги и пластика, и существуют конструкции, которые держатся неизвестно как...

— Ну что ж, если доски не годятся, попробуем поперечные балки.

— Нельзя! Перестаньте, пожалуйста!

— Да чего там, песок все равно вот-вот раздавит.

Не обращая на нее внимания, он размахнулся, чтобы ударить по бревну, но женщина с криком бросилась вперед и повисла у него на руке. Он вырвал локоть и развернулся, стараясь стряхнуть ее. Но, видимо, не рассчитал — вместо того чтобы свалить женщину, упал сам. Тут же вскочил и набросился на нее, но она впилась в лопату железной хваткой. Что такое?.. Ведь пересилить его она не может... Они несколько раз перекатились по земляному молу, и в тот короткий момент, когда ему уже казалось, что он ее одолел и прижал к полу, женщина, орудуя лопатой, как щитом, легко сбросила его с себя. Что ты будешь делать!.. Наверное, из-за того, что водки выпил... И, уже не считаясь с тем, что его противник — женщина, он изо всех сил ударил ее согнутым коленом в живот.

Женщина закричала и сразу обмякла. Не теряя ни минуты, он навалился на нее. Грудь ее обнажилась, и руки мужчины скользили по вспотевшему голому телу.

Вдруг они замерли, как бывает в кино, когда испортился кинопроектор. Еще минута — и драка за лопату могла превратиться в нечто совсем иное. Но тут она вдруг сказала хрипло:

— А ведь городские женщины все красивые, правда?

— Городские женщины?.. — Он вдруг смутился... И угас... Опасность как будто миновала... Он не представлял себе, что мелодрама может существовать и здесь, в этих песках. Но, видимо, нет такой женщины, которая, даже раздвигая колени, не была бы убеждена, что мужчина оценит ее по достоинству, только если будет разыграна мелодрама. Эта трогательная и наивная иллюзия как раз и делает женщину жертвой одностороннего духовного насилия... Наивность женщины превращает мужчину в ее врага.

Жесткое, точно накрахмаленное, лицо, дыхание, вырывающееся со скоростью урагана, слюна вкуса жженого сахара... Ужасная затрата энергии. Потом вышло не меньше стакана влаги. Женщина медленно поднялась, опустив голову. Ее засыпанное песком лицо было на уровне его глаз. Неожиданно она высморкалась пальцами и вытерла руку песком. Потом наклонилась, и шаровары соскользнули вниз.

Мужчина с раздражением отвел глаза. Хотя сказать "с раздражением" было бы не совсем верно. На языке осталось какое-то странное ощущение, но не жажда — другое...

Он смутно чувствовал, что существуют два вида полового влечения. Например, люди типа Ленты Мебиуса, ухаживая за девушкой, начинают, как правило, с лекций о питании и вкусе. Если взять голодного человека, рассуждают они, для него существует лишь пища вообще, для него все имеет один вкус — и говядина из Кобэ, и хиросимские устрицы... Но стоит ему насытиться, как он начинает различать вкус пищи... То же самое и в половом влечении: существует половое влечение вообще, и уже потом возникает половое влечение в частности... Секс тоже нельзя рассматривать вообще. Все зависит от места и времени: иногда необходимы витамины, в других случаях — угорь с рисом. Это была совершенная, глубоко продуманная теория, но, как ни печально, пока не нашлось ни одной девушки, которая предложила бы ему себя, чтобы испытать в соответствии с этой теорией половое влечение вообще или в частности. И совершенно естественно. Ни мужчину, ни женщину нельзя увлечь с помощью одной теории. Да и этот дурацки прямодушный Мебиус прекрасно все понимал, и только потому, что ему было противно духовное насилие, он продолжал звонить у дверей пустых домов.

Он и сам не был, конечно, настолько романтичным, чтобы мечтать о не замутненных ничем половых отношениях... Они возможны, лишь когда уже стоишь одной ногой в могиле... Начинающий засыхать бамбук спешит принести плоды... Умирающие от голода мыши во время миграции неистово совокупляются... Больные туберкулезом все как один страдают повышенной возбудимостью... Живущий в башне король или правитель, способный лишь на то, чтобы спускаться по лестнице, всего себя отдает постройке гарема...

Но, к счастью, человек не всегда находится под угрозой смерти. Человек, которому уже не нужно было испытывать страха перед зимой, смог освободиться и от сезонных периодов любви. Но когда заканчивается борьба, оружие превращается в бремя. Пришел тот, кого именуют порядком, и вместо природы он дал человеку право контроля над клыками, когтями и потребностью пола. И половые отношения уподобились сезонному билету на пригородный поезд: при каждой поездке обязательно компостировать. Причем необходимо еще убедиться, что билет не поддельный. И эта проверка точно соответствует громоздкости установленного порядка. Она до невероятности обременительна. Самые различные документы: контракты, лицензии, удостоверение личности, пропуск, удостоверение об утверждении в звании, документ о регистрации, членский билет, документы о награждении, векселя, долговые обязательства, страховой полис, декларация о доходах, квитанции и даже родословная — в общем, необходимо мобилизовать все бумажки, какие только могут прийти на ум.

Из-за этого половые отношения оказываются погребенными под грудой документов, как личинки бабочки-мешочницы. И все бы ничего, если бы дело ограничивалось этим. Но, может быть, бумажки нужны и дальше?.. Не забыты ли еще какие-нибудь?.. И мужчина и женщина снедаемы мрачными подозрениями, что противная сторона недостаточно ревностно собирала документы... И вот, чтобы показать свою честность, они выдумывают все новые и новые... И никто не знает, где же он, этот последний документ... И нет предела этим документам...

(Та женщина обвиняла меня в излишней придирчивости. Но я не придираюсь, это так и есть!

— Но не таковы разве обязанности любви?

— Ни в коем случае! Любовь — это то, что остается, когда методом исключения отбрасываются запреты. Если не верить в это, — значит, не верить ни во что.)

Было бы, конечно, нерезонным доходить до того, чтобы терпеть вещи дурного вкуса: прикреплять ко всему, что связано с сексом, наклейки, будто это подарок. Будем каждое утро тщательно разглаживать любовь утюгом... Чуть поношенная, она становится старой... Но разгладишь складки — и она опять как новая... И как только она становится новой — тут же начинает стареть... Разве кто-нибудь обязан серьезно слушать подобные непристойности?

Конечно, если бы порядок гарантировал жизнь тем, кто его поддерживает, то еще имело бы смысл идти на уступки. Но на самом-то деле как? Шипы смерти падают с небес. Да и на земле видам смерти нет числа. То же начинает смутно ощущаться ив половой жизни. Будто в руках — фиктивный вексель. Тогда-то и начинается подделка сезонного билета — когда один не удовлетворен. Ну что ж, это деловой подход. Или же как неизбежное зло признается необходимость духовного насилия. Без этого почти ни один брак не был бы возможен. Примерно так же поступают и те, кто проповедует свободную любовь. Они лишь под благовидным предлогом до предела рационализируют взаимное насилие. Если принять это как должное, то в нем, по-видимому, можно найти определенное удовольствие. Но свобода, сопровождающаяся беспрерывным беспокойством о плохо задернутых занавесках, приводит лишь к психическому расстройству.

Женщина, казалось, тонко уловила чувства, владевшие мужчиной. Она как будто раздумала завязывать шнурок, поддерживавший шаровары. Конец распущенного шнурка висел у нее между пальцами. Своими кроличьими глазами она посмотрела на мужчину. Глаза ее походили на кроличьи не только из-за покрасневших век. Мужчина ответил ей взглядом, в котором время остановилось. Вокруг женщины распространялся резкий запах: так пахнет, когда варят жилистое мясо.

По-прежнему придерживая руками шнурок, она прошла мимо мужчины, поднялась в комнату и стала снимать шаровары. И так непринужденно, естественно, будто просто продолжала делать то, что начала раньше. А ведь это и есть настоящая женщина, промелькнуло у него в голове. И он решился. Болван, помедлишь еще немного — и все пропало. Он тоже быстро распустил ремень.

Еще вчера он бы, наверное, решил, что это очередной спектакль, который устраивает женщина, — как и та ямочка на щеке, и тот застенчивый смех. А может, так оно и есть. Но ему не хотелось так думать. Время, когда он мог использовать ее как предмет торга, уже прошло... Сейчас решить все может только сила... У него были все основания думать, что от торга нужно отказаться, что их отношения будут строиться на взаимном доверии...

Опустившись на одно колено, женщина скрученным полотенцем сметала песок с шеи. Неожиданно сорвалась новая лавина. Весь дом вздрогнул и заскрипел. Досадная помеха?.. Голову женщины в мгновение ока засыпало белой пудрой. Песок плавал о воздухе, точно туман. Плечи и руки тоже покрылись тонким слоем песка. Обнявшись, они ждали, когда кончится обвал.

Налипший песок пропитывался потом, а сверху сыпался новый и новый... Плечи женщины дрожали, мужчина тоже был раскален — вот-вот закипит... И все же непонятно, почему его с такой силой влекут к себе ее бедра?.. Настолько, что он готов вытягивать из себя нерв за нервом и обвивать вокруг ее бедер... Это напоминало прожорливость хищного зверя. Он весь был налит силой, точно скрученная пружина... С той он ни разу не испытывал такого...

Обвал прекратился. Мужчина, будто только этого и ждал, начал помогать женщине сметать песок с тела. Она хрипло смеялась. От груди к подмышкам, а оттуда к бедрам — руки мужчины становились все настойчивей. Пальцы женщины с силой впились в его шею; иногда она тихонько вскрикивала.

Когда он закончил, настала очередь женщины счищать песок с него. Он прикрыл глаза и ждал, перебирая ее волосы. Они были густые и жесткие.

Судорога... Повторяется то же самое... Она неизменно приходит, когда он, отдаваясь мечтам о чем-то, занимается другим делом: ест, ходит, спит, икает, кричит, соединяется с женщиной...

идимо, он ненадолго задремал, беспокойно ворочаясь, весь в поту и слизи, напоминавшей прогорклый рыбий жир. Он видел сон. Ему снился разбитый стакан, длинный коридор с разъехавшимся полом, упорная с унитазом, доверху полным испражнений, ванная комната, которую он никак не мог найти, хотя шум воды был все время слышен. Какой-то мужчина пробежал с флягой. Он попросил глоточек воды, но тот злобно посмотрел на него и, как кузнечик, ускакал.

Мужчина проснулся. Что-то клейкое и горячее жгло язык. С удвоенной силой вернулась жажда... Пить!.. Сверкающая кристальная вода... Серебристые пузырьки воздуха, поднимающиеся со дна стакана... А сам он — водопроводная труба в заброшенном полуразрушенном доме, запыленная, затянутая паутиной, задохнувшаяся, как выброшенная из воды рыба...

Он встал. Руки и ноги тяжелые, как резиновые подушки, полные воды... Он подобрал валявшийся на земляном полу котелок и, запрокинув, поднес его ко рту. Секунд через тридцать на кончик языка упали две-три капли. Но язык впитал их, как промокательная бумага. А горло, так ждавшее этих капель, конвульсивно сжималось, безуспешно стараясь проглотить их.

В поисках воды мужчина перерыл около умывальника все, что попадалось под руку. Среди всех химических соединений вода — самое простое. Нельзя не найти ее, как нельзя не найти в ящике стола завалявшуюся десятийеновую монету. Ага, запахло водой. Точно, запас воды. Мужчина стремительно сгреб со дна бака влажный песок и набил им рот. Подступила тошнота. Он нагнулся, живот сжала спазма. Его вырвало желчью, потекли слезы.

Головная боль точно свинцовым листом придавила глаза... Физическая близость в конечном счете лишь сократила путь к гибели. Вдруг мужчина, встав на четвереньки, начал по-собачьи разгребать песок у выхода. Вырыв яму до локтя, он увидел, что песок стал темным и сырым. Опустив туда голову, прижавшись к нему горячим лбом, он глубоко вдыхал запах песка. Если как следует подышать так, то в желудке кислород и водород непременно соединятся.

— Черт возьми, руки до чего грязные! — Он вцепился ногтями в ладонь и повернулся к женщине. — Ну что же наконец делать?! Воды, правда, больше нигде нет?!

Натянув на ноги кимоно и скрючившись, женщина прошептала:

— Нету, нету совсем...

— Нету? Что ж, с этим "нету" ты так и собираешься оставаться?! Ведь здесь и жизни лишиться недолго... Дерьмо собачье! Быстро достань где хочешь!.. Прошу тебя... Слышишь? Я пока говорю "прошу".

— Но ведь стоит нам только начать работу, и сразу же...

— Ладно, сдаюсь!.. Никуда не денешься, сдаюсь!.. Не хочу стать вяленой селедкой... Так подохнуть — ни за что. Ведь это капитуляция не от чистого сердца. Чтобы добыть воду, можно даже обезьяний танец исполнить — пусть смотрят. Сдаюсь, честное слово... Но ждать обычного времени, когда подвозят воду, — благодарю покорно... Во-первых, в таком высушенном состоянии мы и работать-то не можем. Верно? Любым способом немедленно свяжись с ними... У самой, наверное, тоже в горле пересохло?

— Если начнем работать, они сразу узнают... Всегда кто-нибудь с пожарной вышки в бинокль смотрит.

— Пожарная вышка?

Не железные ворота, не глухие стены, а маленький глазок в двери камеры — вот что больше всего напоминает человеку о неволе. Мужчина, сжавшись, стал мысленно осматривать окрестности. На горизонте — небо и песок, больше ничего... Нет там никакой пожарной вышки. А если ее не видно отсюда, то вряд ли оттуда видят нас.

— Если посмотрите с той стороны обрыва, сразу все поймете...

Мужчина быстро нагнулся и поднял лопату. Думать сейчас о собственном достоинстве — все равно что старательно гладить утюгом вывалянную в грязи рубаху. Он выскочил наружу, будто за ним гнались.

Песок горел, как пустая сковорода на огне. От жара перехватило дыхание. Воздух отдавал мылом. Но нужно идти. Только так можно приблизиться к воде. Когда он остановился у обрыва, обращенного к морю, и посмотрел вверх, то действительно различил самую верхушку черной вышки, не больше кончика мизинца. А малюсенький выступ сверху — возможно, наблюдатель. Уже, наверное, заметил. Он небось с нетерпением ждал этого момента.

Мужчина повернулся к черному выступу и, подняв лопату, энергично замахал ею. Он старался держать ее под таким углом, чтобы наблюдатель заметил блеск отточенного края... В глазах разливается горячая ртуть... Что там делает эта женщина? Могла бы прийти помочь...

Вдруг, точно влажный платок, упала тень: облако, не больше опавшего листа, которое ветер гнал в уголке неба. Черт возьми, пошел бы дождь, не пришлось бы делать все это... Эх, вытянул бы он обе руки, а они полны воды!.. Потоки воды на оконном стекле... Струя воды, бьющая из желоба... Брызги дождя, дымящиеся на асфальте...

Снится ему или видение претворилось в действительность — неожиданно вокруг него возник шум и движение. Когда он пришел в себя, то увидел, что стоит внутри песчаной лавины. Он бросился к навесу дома и прижался к стене. Кости стали мягкими, как у консервированной рыбы. Жажда билась уже где-то в висках. И мелкие ее кусочки рассыпались по поверхности сознания темными пятнами. Вытянув вперед подбородок, положив руки на живот, он боролся с рвотой.

Послышался голос женщины. Повернувшись к обрыву, она что-то кричала. Мужчина с трудом поднял отяжелевшие веки и посмотрел в ту сторону. Тот самый старик, который привел его сюда, осторожно опускал на веревке ведро. Вода!.. Принесли наконец!.. Ведро наклонилось, и на песчаном склоне образовалось мокрое пятно. Настоящая, самая настоящая вода!.. Мужчина закричал и бросился к ведру.

Когда ведро опустилось настолько, что его можно было достать, он оттолкнул женщину и, расставив ноги, стал осторожно, двумя руками придерживать его. Он отвязал веревку и — весь нетерпение — сразу же опустил в ведро лицо, и все его тело превратилось в насос. Он поднимал голову, передыхал и снова припадал к ведру. Когда он в третий раз оторвался от ведра, с его носа и губ лилась вода, он задыхался. У него подогнулись колени, глаза закрылись. Теперь была очередь женщины. Она ему не уступала: издавая звуки, будто тело ее — резиновый поршень, она мгновенно отпила чуть ли не половину ведра.

Женщина, взяв ведро, возвратилась в дом, а старик стал вытягивать веревку. Но тут мужчина повис на ней и начал жалобно:

— Постойте, я хочу, чтобы вы меня выслушали! Только выслушали. Прошу вас, подождите!

Старик, не противясь, перестал тянуть. Он заморгал, но лицо у него по-прежнему ничего не выражало.

— Поскольку вы принесли воду, я сделаю то, что должен сделать. Я это обещаю и хочу, чтобы вы выслушали меня. Вы решительно ошибаетесь... Я школьный учитель... У меня есть друзья, есть профсоюз, педагогический совет и Ассоциация родителей и педагогов, и все ждут меня... Что ж вы думаете, общественность будет молчать о моем исчезновении?

Старик провел кончиком языка по верхней губе и равнодушно улыбнулся. Нет, пожалуй, это и не была улыбка — просто он сощурил глаза, чтобы в них не попал песок, несшийся вместе с ветром. Но сейчас от мужчины не укрылась бы даже морщинка.

— Что? В чем дело?.. Разве вам не понятно, что вы на грани преступления?

— Преступления? Уж десять дней прошло с тех пор, а полиция молчит... — Старик говорил размеренно, слово за словом. — А уж если целых десять дней молчит, то чего уж там...

— Не десять дней, неделя!

Но старик не ответил. Действительно, такой разговор ничего сейчас не даст... Мужчина погасил возбуждение и продолжал голосом, которому постарался придать спокойствие:

— Да ладно, это несущественно... Лучше, может быть, вы спуститесь сюда и мы с вами сядем и спокойно поговорим? Я вам ничего не сделаю. Да если бы и хотел что-нибудь сделать — все равно не смог бы. Против вас я бессилен... Обещаю.

Старик по-прежнему хранил молчание. Мужчина задышал чаще:

— Ведь я понимаю, как важно для деревни отгребать песок... Что ни говори — вопрос жизни... Очень острый вопрос... Прекрасно понимаю... Если бы меня не заставляли насильно, может быть, я сам, по собственному почину, остался бы здесь... Уверяю вас!.. Стоит увидеть, какова здесь жизнь, — и всякий из простой человечности захочет вам помочь. Но разве то что я делаю, может считаться настоящей помощью?.. Сомневаюсь... Почему вы не подумаете о каких-то других, более приемлемых способах сотрудничества?.. Людей нужно расставлять разумно... Самое благое желание помочь будет сломлено, если человеку не найдется правильного места... Верно ведь? Разве нельзя было найти лучший способ использовать меня, не прибегая к столь рискованному предприятию?

Старик с таким видом, что не поймешь, слушает он или нет, повернул голову и сделал движение, будто отгонял разыгравшегося котенка. А может быть, он волнуется из-за наблюдателя на вышке? Может быть, боится на виду у того заниматься здесь разговорами?

— Согласитесь... Отгребать песок — дело действительно немаловажное... Но это средство, а не цель... Цель — предотвратить страшную опасность... Верно ведь? К счастью, я довольно много занимался исследованием песка. Я глубоко интересовался этим вопросом. Поэтому я и приехал в такое место. Да, что ни говори, а песок в наши дни привлекает человека... Можно с успехом этим воспользоваться. Превратить здешние места в новый туристский район. Использовать песок, следуя за ним, а не противясь ему... Короче говоря, попытайтесь мыслить по-другому...

Старик поднял глаза и сказал с безразличным видом:

— Какой там туристский район, если здесь нет горячих источников... Да и всем известно, что на туризме наживаются одни торговцы да приезжие...

Мужчине почудилась в его словах насмешка, и тут же он вспомнил рассказ женщины об открыточнике, которого постигла такая же участь, и что потом он заболел и умер.

— Да... Конечно, то, что я сказал, — это только к примеру... Думали ли вы о специальных сельскохозяйственных культурах, соответствующих свойствам песка?.. В общем, нет никакой необходимости во что бы то ни стало цепляться за старый образ жизни...

— Мы здесь по-разному прикидываем. Пробуем сажать и земляной орех, и растения, у которых корень луковицей... Посмотрели бы, как здесь тюльпаны растут...

— А как ведутся работы по защите от песков?.. Настоящие работы по защите от песков... Один мой товарищ журналист... С помощью газеты удастся поднять общественное мнение. В этом нет ничего невозможного.

— Сколько бы это ваше общественное мнение ни жалело нас, оно ничего не стоит, если мы не получим денежной помощи.

— Вот я как раз и предлагаю начать кампанию за получение таких субсидий.

— Пески, которые несет ветер, власти не считают стихийным бедствием и убытков нам не возмещают.

— Нужно их заставить!

— Да разве в нашей нищей префектуре можно чего-нибудь добиться... Мы изверились... То, что мы сейчас делаем, — самое дешевое... А если надеяться на власти, так, пока они там будут считать да прикидывать, нас песок как раз и накроет...

— Но ведь у меня-то, у меня-то есть совершенно определенное социальное положение! — закричал мужчина во всю силу своего голоса. — Вы вот, разве вы не родители своим детям? Вы не можете не понимать, что такое долг учителя!

В этот самый момент старик дернул веревку вверх. Застигнутый врасплох, мужчина выпустил ее. Что же это такое?.. Неужели старик делал вид, что слушает его, только для того, чтобы улучить момент и выдернуть у него из рук веревку? В растерянности он водил в воздухе вытянутыми руками.

— Вы сумасшедшие... Вы ненормальные... Ведь даже обезьяна, если ее научить, сможет отгребать песок... Я способен на большее... А человек обязан полностью использовать свои возможности...

— Угу... — бросил старик небрежно, показывая всем своим видом, что ему надоела эта болтовня. — Ну ладно, простите, если что не так. Все, что мы можем, мы для вас сделаем...

— Подождите! Я ведь серьезно? Эй, подождите, пожалуйста!.. Пожалеете! Вы ведь еще ничего не поняли!.. Прошу... Ну подождите!..

Но старик ни разу даже не оглянулся. Сгорбившись, будто нес на плечах тяжелый груз, он повернулся и пошел. Через три шага исчезли его плечи, а после четвертого он совсем скрылся из виду.

Мужчина в изнеможении прислонился к стене ямы. Руки и голову он погрузил в песок, и песок посыпался за ворот, подушкой раздулся в том месте, где брючный пояс стягивал рубаху. Вдруг обильный пот выступил на шее, лице, между ног. Из него вышла вся только что выпитая вода. Соединившись, пот и песок образовали подобие горчичника, плотно прилипшего к коже. Кожа распухла и стала похожа на гладкий резиновый плащ.

Женщина уже приступила к работе. Мужчина вдруг заподозрил, что она допила остаток воды. В панике он бросился в дом.

Вода стояла нетронутой. Одним духом он отпил три-четыре глотка и опять поразился вкусу этого прозрачного минерала. Он не мог скрыть беспокойства. К вечеру воды уже не будет. А на приготовление еды, уж точно, не хватит. Верно эти типы рассчитали. Страх перед жаждой — это вожжи, на которых они собираются водить меня как захотят.

Надвинув на самые глаза большую соломенную шляпу, он выскочил наружу, будто за ним гнались. Его мысли и суждения перед угрозой жажды превратились в жалкие снежинки, упавшие на горячий лоб. Если десять стаканов — приторный сироп, то один стакан — скорее кнут.

— Ну где она там, эта лопата?..

Женщина указала под навес и, устало улыбнувшись, отерла рукавом пот со лба. Хоть она была вся изломана, но ни на миг не забыла, где стоят инструменты. Это привычный образ мышления, естественно приобретаемый человеком, живущим в песках.

В тот миг, как он взял в руки лопату, его усталые кости укоротились, точно ноги складного треножника. Наверное, потому, что в прошлую ночь он почти не сомкнул глаз.

При любых обстоятельствах нужно, видимо, прежде всего договориться с женщиной о минимальном объеме работы. Но ему было просто трудно разговаривать. Может быть, потому, что разговору со стариком он отдал так много сил, голосовые связки расползались на кусочки, как прелая пряжа. Точно автомат, он встал рядом с женщиной и заработал лопатой.

Они копали, согласно продвигаясь вперед между обрывом и домом, будто их связали друг с другом. Дощатые стены дома, мягкие, как недопеченная рисовая лепешка, превратились в рассадник грибов. Наконец они сгребли песок в одну кучу. Потом стали насыпать его в бидоны и оттаскивать на очищенное место. Оттащив все бидоны, они снова принялись копать.

Бездумные, почти автоматические движения. Рот полон вспененной слюны, напоминающей по вкусу сырой белок... Слюна бежит по подбородку и капает на грудь, но он не обращает на это внимания.

— Знаете, перехватите левой рукой вот так, чуть пониже... — тихо заметила женщина. — Тогда лопатой можно не двигать, а правая рука будет как рычаг, и устанете вы гораздо меньше.

Каркнула ворона. Свет из желтого внезапно превратился в голубой. Боль, точно снятая крупным планом, растворилась в окружающем ландшафте. Вдоль побережья низко пролетели четыре вороны. Концы их крыльев отливали темной зеленью, и мужчина почему-то вспомнил о цианистом калии в банках для насекомых. Да, пока не забыл, нужно переложить их в другую коробку и завернуть в полиэтилен. А то от жары они в два счета рассыплются...

— На сегодня, пожалуй, хватит...

Сказав это, женщина посмотрела на верх обрыва. Ее лицо стало совсем сухим, и, хотя оно было покрыто слоем песка, мужчина понял, что в нем нет ни кровинки. Вокруг все потемнело, будто покрылось ржавчиной. Ощупью, сквозь тоннель помутившегося сознания он добрался до своей засаленной постели. Когда вернулась женщина — он не слышал.

Если промежутки между мускулами залить гипсом, то, наверное, самочувствие будет примерно такое же. Глаза как будто открыты, но почему так темно? Где-то мышь тащит что-то в свою нору... В горле жжет, будто рашпилем провели... Изо рта запах как из выгребной ямы... Покурить хочется... Нет, раньше, пожалуй, попью... Вода!.. Он тут же возвращается к действительности... Вот оно что. Это была не мышь — женщина начала работать!.. Сколько же времени он проспал?.. Пробовал подняться, но какая-то страшная сила снова бросила его на матрас... Вдруг он сообразил и сорвал с лица полотенце. Сквозь раскрытую настежь дверь проникал свежий лунный свет, точно пропущенный через желатин. Незаметно снова наступила ночь.

Рядом с постелью стоял котелок, лампа и бутылка с водкой. Он быстро приподнялся на локте и прополоскал рот. Воду выплюнул подальше — к очагу. Медленно, со смаком сделал несколько глотков. Пошарил около лампы, нащупал мягкий сверток — спички и сигареты. Зажег лампу, поднес огонь к сигарете. Отпил немного из бутылки. Разбитое на куски сознание стало постепенно складываться в нечто целое.

В свертке была и еда. Еще теплые три рисовых колобка, две вяленые селедки, сморщенная маринованная редька и немного вареных овощей, горьких на вкус, — кажется, листья той же редьки. Одной селедки и колобка было достаточно. Желудок слипся, словно резиновая перчатка.

Когда он встал, суставы затрещали, как железная крыша под порывом ветра. С опаской мужчина заглянул в бак. Он был снова наполнен до краев. Мужчина смочил полотенце и приложил его к лицу. Дрожь пронзила все тело, как искра — лампу дневного света. Он протер шею бока, стер песок между пальцами. Может быть, такими мгновениями и нужно определять смысл жизни?!

— Чайку не хотите? — В дверях стояла женщина.

— Не стоит... Живот как барабан — водой налит.

— Спали хорошо?

— Когда вставала, надо было и меня разбудить...

Опустив голову, женщина сказала со смешком в голосе, будто ее щекотали:

— Я за ночь три раза вставала, поправляла у вас на лице полотенце.

Это было кокетство трехлетнего ребенка, с трудом научившегося наконец подражать смеху взрослых. Ее растерянный вид ясно показывал, что она просто не знает, как лучше выразить переполнявшую ее радость. Мужчина хмуро отвел глаза.

— Помочь копать?.. Или лучше носить бидоны?

— Да уже время. Вот-вот должны корзины спускать...

Начав работать, он удивился, что не ощутил того сопротивления, которого ждал от себя. В чем причина этой перемены? Может быть, в боязни остаться без воды или в долге перед женщиной, а возможно, в характере самого труда? Действительно, труд помогает человеку примириться с бегущим временем, даже когда оно бежит бесцельно.

Однажды Лента Мебиуса затащил его на какую-то лекцию. Место, где она проводилась, было огорожено ржавой железной решеткой, за которой валялось столько обрывков бумаги, пустых банок, каких-то тряпок, что земли совсем не было видно. Кому взбрело в голову возводить здесь ограду? И, как бы отвечая на этот его недоуменный вопрос, появился какой-то человек в поношенном пиджаке, который перегнулся через железную ограду и старательно скреб ее пальцами. Лента Мебиуса шепнул, что это переодетый в штатское полицейский. На потолке расплылись кофейного цвета потеки от дождя — таких огромных он никогда не видел. И вот в этой обстановке лектор говорил: "Нет иного пути возвыситься над трудом, как посредством самого труда. Не труд сам по себе имеет ценность, а преодоление труда трудом... Истинная ценность труда в силе его самоотрицания..."

Послышался резкий свист. Кто-то подавал условный сигнал. Беззаботные выкрики, сопровождающие подъем корзин с песком, по мере приближения к их яме становились все тише. Опускались корзины уже в полной тишине. Он чувствовал, что за ним наблюдают, но кричать, обратившись к стене, сейчас было еще бессмысленнее, чем раньше. Когда нужное количество песка было благополучно поднято наверх, напряженность исчезла, атмосфера как будто разрядилась. Никто ничего не сказал, но было впечатление, что необходимое взаимопонимание достигнуто.

В поведении женщины тоже произошла заметная перемена.

— Передохнем... Я чайку принесу...

И в ее голосе, и в движениях чувствовалась бодрость. Она была полна игривости, которую даже не старалась скрыть. Мужчина был пресыщен, будто объелся сахару. Но все же, когда женщина проходила мимо него, он слегка похлопал ее по заду. Если напряжение достигает предела, предохранитель перегорает. Ни в коем случае не нужно ее так обманывать. Он ей как-нибудь расскажет о страже, защищавшем призрачную крепость.

Была крепость... Нет, не обязательно крепость — завод, банк, игорный дом — неважно. И вместо стража вполне мог быть охранник или просто сторож. Итак, страж, постоянно ожидая нападения врага, всегда был начеку. И вот однажды враг пришел. Страж тотчас же затрубил в сигнальную трубу. Однако, как ни странно, от главных сил помощи не пришло. Ясно, что страж был повержен без труда. В свои последние минуты он видел, как враг, не встречая сопротивления. Словно воздух, прорывался сквозь ворота, стены, дома... На самом деле воздухом был не враг, а крепость. Страж, одинокий, как сухое дерево в диком поле, всю жизнь охранял видение...

Мужчина сел на лопату и стал закуривать. С третьей спички он наконец закурил. Усталость, точно тушь, налитая в воду, расходилась кругами, расползалась, как медуза, превращалась в причудливый орнамент, в схемы атомных ядер и наконец растворилась. Ночная птица, заметив полевую мышь, противным голосом зовет свою подругу. Глухо лает обеспокоенная чем-то собака. Завывают, сталкиваясь высоко в небе, потоки воздуха. А на земле резкий ветер, как нож, слой за слоем сдирает тонкую шкуру песка. Мужчина стер пот, высморкался пальцами, стряхнул песок с головы. Песчаные узоры у него под ногами были похожи на гребни разом застывших волн. Будь это звуковые волны, какая бы здесь звучала сейчас мелодия? Если зажать нос щипцами для угля, забить уши сгустками крови, выбить молотком зуб за зубом, то тогда и человек смог бы, наверное, напеть ее. Но это слишком жестоко, да и все равно музыка будет не та... Вдруг ему показалось, что его глаза, подобно птицам, взвились высоко в небо и оттуда внимательно смотрят на него. И не кто иной, как он сам, думающий о странности всего происходящего, ведет очень странную жизнь.

Got a one way ticket to the blues, woo, woo... (Я купил билет в один конец на небеса, вуу, вуу...) Хочешь петь — пой, пожалуйста. На самом деле человек, которому всучили билет в один конец, ни за что не станет так петь. Подошва у людей, имеющих билет лишь в один конец, очень тонка, и они вскрикивают, наступая даже на самый маленький камешек. Дальше — ни шагу. Им хотелось бы спеть о билете на небеса в оба конца. Билет в один конец — это распавшаяся на части жизнь без связи между вчерашним днем и сегодняшним, между сегодняшним и завтрашним. И только человек, зажавший в кулаке обратный билет, может напевать чуть грустную песенку о билете в один конец. Это уж точно. Именно поэтому он в постоянной тревоге — боится, что потеряет билет для поездки назад или его украдут; он покупает акции, страхует жизнь, двуличничает с профсоюзом и начальством. Он затыкает уши, чтобы не слышать истошных криков о помощи, доносящихся из сточных канав и выгребных ям, — криков тех, кому достались билеты в один конец. Чтобы не думать, он на всю мощь включает телевизор и во весь голос поет блюз о билете в один конец. И можно быть уверенным, что каждый заключенный будет петь блюз о билете в оба конца.

Теперь, как только выдавалась свободная минута, мужчина украдкой делал веревку. Он разорвал на полосы верхнюю рубаху, связал, привязал к ним пояс от кимоно покойного мужа женщины — и получилось метров пять. Придет время, и он привяжет к концу веревки старые ржавые ножницы, которые должны быть полуоткрыты, для чего он вложит в них щепку и закрепит. Веревка пока еще коротка. Чтобы получилась нужная длина, придется привязать и соломенную веревку, натянутую над земляным полом, — на ней сушится рыба и зерно, — и еще бельевую веревку.

Эта идея возникла совершенно неожиданно. Но ведь совсем не обязательно, чтобы осуществлялись лишь планы, вынашиваемые длительное время. Поскольку невозможно осознать путь, по которому движется мысль при разработке плана, подобное неожиданное прозрение имеет основу в самом себе. У неожиданных решений гораздо больше шансов на успех, чем у тех, которые бесконечно обдумываются и взвешиваются.

Теперь оставался лишь один вопрос — время осуществления плана. Выбраться из ямы всего удобнее днем пока женщина спит. Это решено. Но проходить через деревню засветло — никуда не годится. Лучше всего наверное, сделать так: вылезти наверх перед самым пробуждением женщины, спрятаться в надежном месте и подождав захода солнца, начать выбираться из деревни. Воспользовавшись темнотой, пока не взошла луна, можно будет довольно легко добраться до шоссе, по которому ходят автобусы.

Все это время мужчина старался выведать у женщины рельеф местности и расположение деревни. Как ведет хозяйство деревня, которая не имеет ни одного рыбачьего судна, хотя и стоит на берегу моря? С какого времени оказалась она в таком положении? Сколько всего народу живет в деревне? Кто и где выращивает тюльпаны? Какой дорогой ходят в школу дети?.. Соединив полученные таким путем косвенные сведения о деревне со своими смутными воспоминаниями того единственного дня, когда он видел ее своими глазами, он смог мысленно нарисовать примерный план местности.

Идеальным было бы, конечно, совершить побег, не проходя через деревню, а минуя ее. Но с запада путь преграждает обрывистый мыс, и, хотя он не особенно высок, вгрызавшиеся в него с незапамятных времен волны превратили его в нагромождение отвесных скал. Там, правда, есть тропки, по которым карабкаются жители деревни, когда ходят собирать хворост, но они скрыты в зарослях, и не так-то просто их отыскать. Слишком же назойливые расспросы могли вызвать у женщины подозрение. А к востоку от деревни в сушу глубоко, километров на десять, вдается залив, окаймленной пустынными дюнами. Он делает резкий поворот и подходит почти к самой деревне. Таким образом, она находится как бы в песчаном мешке, стянутом у горла отвесными скалами и заливом. Поэтому, чем терять время на блуждания и давать возможность этим типам организовать погоню, гораздо безопаснее осуществить смелый прорыв по центру.

Но все это еще не означает, что проблема решена. Ну, хотя бы наблюдатель на этой злополучной пожарной вышке. Кроме того, следовало опасаться, что женщина, обнаружив его побег, поднимет шум и выход из деревни будет перекрыт раньше, чем он ее минует. Может быть, две эти проблемы удастся в конечном счете свести к одной. Первые переносчики песка всегда привозят воду и все необходимое значительно позже захода солнца. И если женщина захочет сообщить о его исчезновении до их прихода, она может сделать это только через наблюдателя на пожарной вышке. Поэтому вопрос сводится к тому, как быть с наблюдателем.

К счастью, в этой местности, видимо из-за резкой смены температуры, примерно в течение тридцати минут, а иногда и целого часа перед заходом солнца землю застилает легкий туман. Происходит это потому, что кремниевая кислота, содержащаяся в песке, который обладает малой теплоемкостью, быстро отдает впитанное за день тепло. Если смотреть с вышки, весь этот край деревни находится по отношению к ней под углом отражения света, и даже малейший туман превращается для наблюдателя в толстую белую пелену, сквозь которую невозможно ничего разглядеть. Для верности он еще раз убедился в этом позавчера. У подножия обрыва, с той стороны, где должно было быть море, он несколько минут размахивал полотенцем, как будто сигналя о чем-то, но, как и предполагал, никакой реакции не последовало.

Осуществить свой план он решил на четвертый день после того, как придумал его: выбрал субботний вечер, когда привозят воду для мытья. В ночь перед побегом он решил притвориться простуженным, чтобы как следует выспаться. Из предосторожности сделал даже так, что женщина заставила его выпить аспирин. Таблетки, похоже, долго валялись где-то в дальнем углу мелочной лавки — совсем пожелтели. Он принял две таблетки, запив их водкой, и результат не замедлил сказаться. Пока женщина не возвратилась, закончив работу, он не слышал ни звука, только один раз — как поднимали корзины с песком.

Женщине после долгого перерыва снова пришлось работать одной, и она валилась с ног от усталости. Пока она спешила с приготовлением и так уже запоздавшей еды, он лениво болтал о разных разностях — говорил, например, что хорошо бы починить умывальник, давно прохудившийся. Женщина не выказывала досады, боясь повредить его здоровью и считая, наверное, его эгоизм свидетельством того, что он уже пустил здесь корни. После работы ей, видимо, и самой хочется помыться. А его раздражал песок, прилипший к коже, вспотевшей во время сна... К тому же сегодня как раз день, когда привозят воду для мытья, да и для нее удовольствие мыть его, так что сегодня она, вероятно, будет покладистой.

Пока женщина мыла его, он внезапно почувствовал желание и сорвал с нее кимоно. Он тоже захотел помыть ее. Женщина замерла в растерянности и ожидании. Потом протестующе подняла руку, но было неясно, чему, собственно, она противится. Мужчина поспешно вылил на нее ковш горячей воды и без мочалки, мыльными руками начал тереть ей тело. Руки скользили от шеи к подбородку, по плечам, и одна добралась до груди. Женщина вскрикнула и приникла к нему. Она ждала. Но мужчина медлил. Его руки все еще блуждали по ее телу.

Возбуждение женщины передалось наконец и ему. Но вдруг им овладела какая-то непонятная тоска. Женщина вся светилась изнутри, точно в ней горели светлячки. Предать ее сейчас — все равно что позволить приговоренному к смерти бежать и тут же выстрелить ему в спину. Он неистово набросился на нее, подстегивая вновь проснувшееся желание. Но любая страсть имеет границы. Сначала женщина, так ждавшая ласки, испугалась ярости мужчины, и он впал в прострацию, будто уже удовлетворил желание. Потом снова стал распалять себя, будоража воображение соблазнительными картинами, целуя ее грудь, терзая тело, которое от мыла, пота и песка казалось покрытым машинным маслом, смешанным с железными опилками. Он готов был продолжать так хоть два часа. Но женщина наконец даже зубами заскрипела от боли и опустилась на корточки. Он бросился на нее... В мгновение все было кончено. Он стал поливать ее водой, чтобы смыть мыло, а потом насильно заставил выпить водки с растворенными в ней тремя таблетками аспирина. Теперь до самого захода солнца, а если повезет, то и до тех пор, пока ее не разбудят криками переносчики песка, она будет крепко спать.

Женщина сопела во сне, будто нос ей заткнули бумажной пробкой... Она глубоко дышала. Мужчина слегка тронул ее за пятку, но она даже не шевельнулась... Пустой тюбик, из которого выдавили чувственность. Он поправил полотенце, прикрывавшее ей лицо, и сдернул к коленям кимоно, скрученное, как веревка, и задранное вверх. К счастью, он занят последними приготовлениями, и у него нет времени предаваться сантиментам. Когда он кончил колдовать со старыми ножницами, как раз настал нужный момент. В последний раз взглянув на женщину, он, как и ожидал, почувствовал, что у него сжалось сердце.

По стенам ямы, примерно в метре от верха, разливался слабый свет. По расчетам, должно быть половина седьмого — без двадцати семь. Самое время. Он с силой завел руки назад и сделал несколько движений шеей, расправляя затекшую спину.

Сначала нужно подняться на крышу. Дальше всего летит предмет, брошенный под углом, близким к сорока пяти градусам. Он хотел попробовать влезть на крышу с помощью веревки, но не решился — стук ножниц о крышу мог разбудить женщину. Поэтому лучше отказаться от такого эксперимента и обойти дом вокруг, взобраться на него, пользуясь полуразвалившимся навесом, под которым когда-то сушили белье. Тонкие четырехгранные перекладины почти сгнили, и это его пугало. Но самое опасное было впереди. Крыша, отполированная носившимся в воздухе песком, сверкала белым тесом, как новая. Но стоило ему туда взобраться, оказалось, что она мягкая, как бисквит. Вот будет дело, если провалится! Распластавшись, он осторожно пополз вперед. Наконец добрался до конька и оседлал его, встав на колени. Уже и верх крыши был в тени, и ярко выделившиеся на краю ямы с западной стороны зерна песка цвета засахаренного меда указывали на то, что начинает опускаться туман. Теперь можно не опасаться наблюдателя с вышки.

Взявшись правой рукой за веревку примерно в метре от ножниц, он стал вращать ее над головой, метя в те самые мешки, которые использовали вместо блоков для подъема корзин. Раз они выдерживают веревочную лестницу — значит, врыты достаточно прочно. Он вращал веревку все быстрее, потом, прицелившись, бросил ее. Но она полетела в противоположную сторону. Не рассчитал. Ножницы должны лететь по касательной к окружности, поэтому веревку нужно выпускать из рук в тот момент, когда она будет под прямым углом к цели или за мгновение до этого. Да, это точно!.. Жаль, на этот раз ножницы, ударившись о середину обрыва, упали вниз. Видно, была недостаточной скорость и неверной — плоскость вращения.

Делая новые и новые попытки, он наконец точно определил расстояние и направление. До успеха было, правда, еще далеко. Он был бы рад даже малейшему обнадеживающему результату. Но пока не похоже, чтобы он приближался к успеху, — наоборот, усталость и нервозность уводили все дальше от нее. Да, все это представлялось ему значительно проще. Он нервничал, злился и готов был расплакаться, хотя его никто и не обнадеживал.

А ведь, пожалуй, закон вероятности, согласно которому возможность прямо пропорциональна количеству попыток, не так уж неверен. И когда он, неизвестно даже в который раз, просто так, без всякой надежды бросил веревку, она неожиданно попала прямо на мешки. Мужчина замер с раскрытым ртом. Побежала переполнившая рот слюна. Но радоваться еще рано... У него в руках пока лишь деньги для покупки лотерейного билета... Выиграет билет или не выиграет — покажет будущее. Каждый его нерв был словно привязан к веревке. Он потянул ее к себе, осторожно, будто нитью паутины подтягивая звезду.

Почувствовал сопротивление. Сначала трудно было в это поверить, но веревка действительно не шелохнулась. Потянул сильнее... Напрягшись, ждал — вот-вот сорвется... Но уже никаких сомнений не было. Ножницы, превращенные в крюк, крепко впились в мешки. Как повезло!.. Как невероятно повезло!.. С этой минуты все пойдет хорошо! Непременно!

Мужчина быстро слез с крыши и подбежал к веревке, которая теперь спокойно свисала вниз, перерезая песчаную стену. Вон там, там поверхность земли... Так близко, что просто не верится... Лицо напряглось, губы дрожали. Колумбово яйцо было, несомненно, сварено вкрутую. Но если переваришь яйцо, то все испортишь.

Ухватившись за веревку, он повис на ней всей тяжестью. И сразу же она стала тянуться, как резиновая. От испуга он весь покрылся потом. К счастью, вытянувшись сантиметров на тридцать, веревка перестала растягиваться. Он снова повис на ней. На этот раз оснований для беспокойства не было. Поплевав на ладони, он обхватил веревку ногами и стал подниматься. Он взбирался, точно игрушечная обезьянка на игрушечную пальму. Может быть, от возбуждения пот, выступивший на лбу, был холодным. Чтобы песок не сыпался на него, мужчина взбирался, цепляясь только за веревку, отчего тело его вращалось. Все шло гораздо медленнее, чем он предполагал. Земное притяжение поистине ужасно. И откуда взялась эта дрожь? Руки двигались помимо его воли, казалось, он сам себя выбрасывает наверх. В этом не было ничего странного, если вспомнить сорок шесть дней, пропитанных ядом. Когда он поднялся на метр, дно ямы ушло в глубину на сто метров, когда он поднялся на два — оно ушло на двести. Глубина все увеличивалась и стала наконец головокружительной... Смертельно устал... Не нужно смотреть вниз!.. Но вот уже и поверхность... Земля, опоясанная дорогами, по которым можно свободно шагать куда угодно, хоть на край света... Когда он доберется до поверхности, все, что здесь было, превратится в маленькие цветки, засушенные на память между страницами записной книжки... И ядовитые и плотоядные — все они превратятся в тонкие, полупрозрачные клочки цветной бумаги, и, попивая чай у себя дома, разглядывая их на свет, он будет с удовольствием рассказывать обо всем, что с ними связано.

И как раз поэтому у него пропало всякое желание обвинять женщину. Можно дать полную гарантию, что она не отличалась добродетелью, но не была и проституткой. Если потребуются рекомендательные письма, он готов дать их ей с радостью — сколько угодно, хоть десяток. Но как глупа эта женщина, которая только и могла, что ухватиться с ним за один-единственный билет в оба конца! Ведь даже если билет один и тот же, когда место отправления противоположное, противоположным будет, естественно, и место назначения. И нет ничего удивительного в том, что его обратный билет будет ей билетом туда.

Пусть женщина совершила какую-то ошибку... Но ведь ошибка — это ошибка, и не больше.

...Не смотри вниз! Нельзя смотреть вниз!

Альпинист, мойщик окон, монтер на телевизионной вышке, цирковой гимнаст на трапеции, трубочист на высокой трубе электростанции — стоит любому из них глянуть вниз, и он разобьется.

Все в порядке! Вцепившись ногтями в мешок, сдирая в кровь руки, он выкарабкался из ямы. Ну вот он и наверху! Сейчас уже можно не бояться, что упадешь, если разожмешь пальцы. Но пальцы, еще не в силах разжаться, продолжали крепко держать мешок.

Свобода, обретенная на сорок шестой день, встретила его сильным, порывистым ветром. Когда он пополз, песчинки стали больно бить по лицу и шее. Он не принял в расчет этот ужасный ветер!.. В яме только шум моря казался намного сильнее обычного. Но ведь сейчас как раз время вечернего штиля. Иначе нет никакой надежды на туман. А может быть, небо казалось подернутым дымкой, только когда он смотрел на него из ямы? Или это песок, тучами носившийся в воздухе, он принимал за туман? В любом случае — ничего хорошего.

Не поднимая головы, он стал тревожно оглядываться по сторонам... В тусклом свете пожарная вышка казалась чуть покосившейся. Она выглядела какой-то жалкой, и до нее было довольно далеко. Но оттуда смотрят в бинокль, поэтому нельзя полагаться на расстояние. Интересно, увидели его уже или нет?.. Нет, наверное. А то бы сразу зазвонили в колокол.

Женщина рассказывала ему как-то, что с полгода назад разыгралась буря, стена одной ямы на западной окраине деревни рухнула и дом оказался наполовину погребенным под песком. А потом хлынул дождь, мокрый песок стал во много раз тяжелее. Дом развалился, как спичечная коробка. К счастью, жертв не было, и наутро обитатели дома попытались выбраться из ямы. Тотчас зазвонил колокол; не прошло и пяти минут, как послышался плач старухи, которую волокли обратно... "Говорят, у этой семьи какая-то наследственная болезнь мозга", — добавила она лукаво...

Ну ладно, нечего мешкать. Он решительно поднял голову. Вдоль песчаных волн, окрашенных в красноватый цвет, легли длинные тени. Пелена песка, поднятая ветром с одной тени, втягивалась следующей и следующей. Может быть, эта пелена летящего песка и помешает заметить его?.. Оглянувшись, чтобы проверить, сильно ли бьет свет в глаза, мужчина даже замер от удивления. Значит, не только из-за летящего песка на закате небо казалось раскрашенным цветными карандашами, а все вокруг — затянутым молочной дымкой. От земли здесь и там поднимались рваные клочья тумана. Развеянные в одном месте, они поднимались в другом, разогнанные там, снова клубились здесь... Сидя в яме, он сам убедился в том, что песок притягивает влагу, но не представлял, что до такой степени... Все это напоминало пепелище

после ухода пожарных... Туман, правда, редкий и, когда стоишь спиной к солнцу, не особенно заметен, но все же этого
достаточно, чтобы укрыться от глаз наблюдателя.

Он надел ботинки, висевшие на поясе, свернул веревку и
спрятал в карман. Ножницы, в случае чего, могли послужить
и оружием. Бежать следует на запад — свет, бьющий наблю-
дателю в глаза, будет прикрывать его. Нужно где-то спрятаться и пересидеть до захода солнца.

Ну быстрей же!.. Пригнись и беги по низине!.. Теперь
не теряйся... Торопись, только смотри в оба... Залягу вон в
той лощине!.. Что за подозрительный звук?.. Плохое
предзнаменование?.. А может быть, нет... Встану — и вперед... Не забирай особенно вправо!.. Правый склон слишком низкий, уже на середине могут заметить...

Благодаря еженощной переноске корзин с песком между
ямами протоптаны глубокие прямые ходы. Правая их сторона кое-где обвалилась и стала пологой. Ниже чуть виднелись верхушки крыш второго ряда домов, спрятанных в ямах.
Их загораживал третий ряд, ближайший к морю. От этого и
ямы были гораздо мельче, и плетень для защиты от песка
мог еще служить здесь свою службу. В сторону деревни из
ям, очевидно, можно свободно выходить. Стоило ему чуть
приподняться, как стала видна почти вся деревня. У подножия волнистых дюн, расходясь веером, громоздились чере-
пичные, оцинкованные, тесовые крыши... Виднелась и сосно-
вая рощица, правда редкая, и что-то похожее на пруд. И вот,
для того чтобы сберечь этот жалкий клочок земли, несколько
десятков домов у побережья обречены на рабскую жизнь.

Ямы рабов тянулись сейчас по левую сторону от дороги... Изредка попадались ответвляющиеся ходы, проделан-
ные волочившимися корзинами, а в самом их конце — мешки с песком, по которым можно было определить, где начи-
налась яма... Даже смотреть на это больно. Почти везде к
мешкам были прикреплены веревочные лестницы. Видимо,

многие обитатели этих ям уже отказались от мысли бежать. Теперь он легко мог представить себе, что и такая жизнь, в общем, возможна. Кухни, печи, в которых горит огонь, вместо письменного стола — корзины из-под яблок, полные учебников; кухни, очаги, вырытые в полу, лампы, печи, в которых горит огонь, сломанные раздвижные перегородки, закопченные потолки кухонь, идущие часы и остановившиеся часы, орущие приемники и поломанные приемники; кухни и печи, в которых горит огонь... И во все это, как в оправу, вставлены скот, дети, физическое влечение, долговые обязательства, дешевые украшения, измены, воскурение фимиама, фотография на память... До ужаса однообразное повторение одного и того же... И хотя это было повторением, неизбежным в жизни, как биение сердца, но ведь биение сердца — еще не вся жизнь.

Ложись!.. Да нет, ничего. Обыкновенная ворона... Ему еще не приходилось ловить ворон и делать из них чучела, но сейчас это неважно. О татуировке, медалях, орденах мечтают лишь тогда, когда снятся немыслимые сны.

Дошел, кажется, до окраины деревни. Дорога влезла на гребень дюны, слева показалось море. Ветер принес горький запах прибоя, в ушах и ноздрях зазвенело, точно завертелись волчки. Концы полотенца, которым он повязал голову, трепетали на ветру и били по щекам. Здесь уже и туман терял силу, не мог подняться. Море было покрыто толстыми свинцовыми листами, собранными в мелкую складку, как пенка вскипевшего молока. Солнце, сдавленное облаками, напоминавшими лягушачью икру, замерло, не желая тонуть. На горизонте черной точкой застыл корабль, расстояние до него и размеры — не определить.

Перед ним до самого мыса нескончаемыми волнами лежали пологие дюны. Дальше идти так, пожалуй, опасно. В нерешительности он оглянулся. К счастью, пожарную вышку загораживал невысокий песчаный холм, и увидеть оттуда его не могли. Поднявшись потихоньку на носки, он заметил справа в тени песчаного склона покосившуюся, почти до крыши ушедшую в песок лачугу, которую можно было увидеть только с того места, где он стоял. С подветренной стороны — глубокая впадина, как будто ее вычерпали ложкой.

Отличное укрытие... Поверхность песка гладкая, как внутренняя сторона раковины, и нигде ни следа человека... Но как быть с собственными следами?.. Он пошел назад по своим следам, но метров через тридцать увидел, что они полностью исчезли... И даже у его ног прямо на глазах оседали и меняли форму... На что-то и ветер пригодился.

Он собрался уже было обойти лачугу, но вдруг из нее выползло что-то темное. Это оказалась рыжая собака, жирная, как свинья. Нечего бояться. Пошла отсюда! Но собака, уставившись на человека, и не думала уходить. Одно ухо у нее было разорвано, непропорционально маленькие глаза глядели зло. Собака стала обнюхивать его. Не собирается ли она залаять? Попробуй залай... Он опустил руку в карман и сжал ножницы... Если только залает, продырявлю ей башку этой штукой! Но собака продолжала злобно смотреть на него, не подавая голоса. Может быть, она дикая?.. Шерсть лохматая, висит клочьями... Какая-то болезнь у нее, что ли, — вся морда в струпьях... Говорят, собака, которая не лает, опасна... черт возьми! Надо было припасти какой-нибудь еды... Да, еды, ах ты, забыл взять цианистый калий... Ну ничего, он так его запрятал, что женщина вряд ли найдет... Мужчина тихо свистнул и протянул руку, пытаясь завоевать расположение собаки... В ответ она растянула тонкие губы и оскалила желтые клыки, на которые налип песок... Да нет, вряд ли собака эта на него позарится... Какой у нее противный, прожорливый вид... Хорошо бы стукнуть ее так, чтоб она с одного удара сдохла.

Неожиданно собака повернулась, наклонила голову и как ни в чем не бывало лениво затрусила прочь. Испугалась, наверное, его угрожающего вида. Если он заставил отступить дикую собаку, значит, дух его еще силен. Он съехал в низину и остался лежать на склоне. Ветер теперь не доставал его, и, может быть, поэтому он почувствовал облегчение. Шатаясь от ветра, собака скрылась за пеленой носившегося в воздухе песка. Видно, люди сюда и близко не подходят, иначе в этой хибаре не поселилась бы дикая собака... И пока собака не пойдет доносить на него в правление артели, он в безопасности. По телу заструился пот, но это было даже приятно. Какая тишина!.. Точно его положили на дно сосуда и сверху залили желатином... В его руках бомба с часовым механизмом, время взрыва — неизвестно, но это тревожит не больше, чем тиканье будильника... Будь на его месте Лента Мебиуса, он бы сразу же проанализировал обстановку и сказал:

— Ты, друг мой, типичный образец человека, находящего удовлетворение в том, чтобы превращать средства в цель.

— Совершенно верно, — согласился бы он. — Но нужно ли так уж разграничивать средства и цель?.. Их надо использовать соответствующим образом в зависимости от условий...

— Ну, это совсем никуда не годится. Нельзя же прожить время по вертикали. Время — такая штука, которая течет горизонтально. Это общеизвестно.

— А что, если попытаться прожить его по вертикали?

— Превратишься в мумию. Разве нет?

Посмеиваясь, мужчина стал снимать ботинки. А ведь и правда время течет горизонтально. В ботинки набился песок и стал влажным от пота — терпеть больше было невозможно. Он с трудом стянул носки и подставил ноги ветру. Почему там, где обитает животное, такой отвратительный запах?.. Хорошо бы животные благоухали цветами... Да нет, это пахнут его ноги... И как ни парадоксально, мысль эта почему-то была ему приятна... Кто-то говорил, что нет ничего лучше серы из своего уха — она вкуснее, чем сыр... Ну, может, это преувеличение, но и в запахе своих гнилых зубов есть что-то притягательное — его хочется вдыхать и вдыхать без конца.

Вход в лачугу был больше чем наполовину засыпан песком, и ему не сразу удалось заглянуть внутрь. Может быть, это развалины старого колодца? Нет ничего удивительного, что над колодцем выстроен домик, это чтобы колодец не засыпало песком. Правда, вряд ли здесь есть вода... Он снова попытался заглянуть внутрь, и тут в нос ему ударил настоящий запах псины. Запах животного сильнее философии. Был один социалист, говоривший, что ему близка душа корейца, но он не может выносить его запаха... Ну ладно, если время течет горизонтально, пусть бы оно показало ему, как быстро оно может течь!.. Надежда и беспокойство... Чувство свободы и нетерпение... Муки эти — самые невыносимые. Он прикрыл лицо полотенцем и лег на спину. Запах здесь, пожалуй, его собственный, но при всем желании сделать себе комплимент он не смог бы назвать его приятным.

Что-то ползет по ноге... Судя по "походке", это не шпанская мушка... Скорее всего земляной жук, с трудом волочащий себя шестью слабенькими ножками... Уточнять ему не хотелось. Да если бы, паче чаяния, это и оказалась шпанская мушка, вряд ли ему захотелось бы поймать ее. Во всяком случае, точно ответить на этот вопрос он бы не смог.

Ветер сорвал с его лица полотенце. Краем глаза он увидел блестевший золотом гребень дюны. Плавно поднимавшийся склон доходил до этой золотой линии и резко обрывался в тень. В таком построении пространства было что-то невыразимо напряженное, и мужчина даже содрогнулся от переполнившей его тоски по людям. (Да, ландшафт и в самом деле романтический! Именно такой ландшафт привлекает в последнее время молодых туристов... Надежные акции... Как опытный человек могу полностью гарантировать будущее развитие этого района... Но прежде всего нужна реклама! Без рекламы даже мухи не прилетят... Не знать — все равно что не иметь... Владеть драгоценным камнем и зарыть его в землю. Так что же делать?.. Поручить умелому фотографу изготовить художественные открытки. В старые времена художественные открытки изготовлялись уже после того, как достопримечательное место становилось широко известным... А сейчас — сначала открытки, а потом уже — создание достопримечательности. Такой порядок стал теперь обычным. Здесь несколько образцов, посмотрите их, пожалуйста.) Бедный продавец открыток собирался расставить ловушки другим и сам попал в ловушку, а потом заболел и умер. Правда, он не был особым ловкачом... Наверное, возлагал огромные надежды на здешние места и вложил в дело все свои средства... В чем же истинная сущность этой прелести?.. Может быть, она в физической гармонии и точности, которой обладает природа, или, наоборот, — в безжалостном сопротивлении природы попыткам человека познать ее.

До вчерашнего дня его буквально тошнило при одной мысли об этом пейзаже. И он думал со злобой, что яма и вправду — вполне подходящее место для такой мошенника, как тот открыточник.

Но к чему, думая о жизни в яме и о пейзаже, противопоставлять одно другому? Красивый пейзаж не обязательно должен быть великодушен к человеку.

Наконец, и его основная идея рассматривать песок как отрицание стабильности не так уж безумна. Движение одной восьмой миллиметра. Мир, где существование — цепь состояний... Другими словами, прелесть его принадлежит смерти. Прелесть смерти, великолепие огромной разрушительной силы песка, оставленные им развалины... Нет, постой. Так можно попасть впросак, если ему скажут, что именно поэтому он схватил и не выпускает из рук билет в оба конца. Фильмы о диких зверях, о войне так правдивы, что могут даже довести до сердечного припадка, но выходишь из кино — и снаружи тебя ждет сегодняшний день, продолжение вчерашнего. В этом их прелесть... Где найдется дурак, который пойдет в кино, захватив винтовку, заряженную настоящими патронами?.. Кто может приспособиться к жизни в пустыне? Некоторые виды мышей, которые вместо воды пьют собственную мочу, насекомые, питающиеся тухлым мясом, да еще, пожалуй, кочевники, которым известно о существовании билета лишь в один конец. Если с самого начала быть уверенным, что билет всегда в один конец, то можно спокойно жить, не делая бесплодных попыток ползти, прижавшись к песку, точно устрица к скале. А ведь эти кочевники даже наименование свое изменили и называются теперь скотоводами...

Да, следовало бы, пожалуй, обо всем этом рассказать женщине... Спеть ей песню, неважно, если немного и переврал бы мотив, песню песков, не имеющую ничего общего с билетом в оба конца... В лучшем случае он был бы не больше чем жалким подражателем этакому сердцееду, пытающемуся поймать женщину на крючок, наживленный другой, особой жизнью. С ног до головы засыпанный песком, не в силах пошевелиться, он похож на кошку, посаженную в бумажный мешок.

Внезапно гребень дюны погас... Все вокруг погрузилось в темноту. В какой-то миг ветер утих, и тогда, набрав новые силы, возвратился туман. Может быть, поэтому так стремительно и зашло солнце.

...Ну, теперь в путь.

Нужно пройти всю деревню до того, как переносчики корзин приступят к работе. Остается еще около часа. Для большей безопасности, скажем, минут сорок пять. Мыс, как бы охватывая деревню, делает глубокий изгиб и доходит до залива, что к востоку от деревни. Поэтому через нее проходит лишь одна узенькая дорога. Но там уже кончаются отвесные скалы, громоздившиеся на мысе, они сглаживаются и сменяются невысокими песчаными дюнами. Оставив по правую руку мелькающие сквозь дымку огни деревни и продолжая двигаться прямо, попадешь именно в это место. Расстояние... километра два. Там кончается деревня, кое-где попадаются поля земляного ореха, снова песок и никакого жилья. А когда перевалишь через холм, можно идти и по дороге. Это укатанная глинистая дорога, и если бежать по ней изо всех сил, то минут через пятнадцать будешь на шоссе. А там уже все в порядке. Там и автобусы ходят, и люди нормальные.

У него остается тридцать минут, чтобы пройти деревню. Идти по песку четыре километра в час нелегко. И даже не столько потому, что вязнут ноги, сколько из-за ненужных усилий, которые приходится делать, когда ступаешь. А если бежишь, то еще больше сил тратишь попусту. Лучше всего, пожалуй, идти широким шагом. Но, высасывая силы, песок как бы в награду за это поглощает звук шагов. Идти же, не опасаясь шума шагов, — в этом тоже есть свои преимущества. Да, именно преимущества.

Смотри под ноги!.. Упасть не страшно, а споткнешься о какую-нибудь малюсенькую кочку или выбоинку — и ушибешь колено. Да если только колено ушибешь — чепуха, а вдруг свалишься в новую песчаную яму, тогда что?!

Кругом тьма. Насколько хватает глаз — беспорядочно застывшие волны песка. Огромные волны изборождены более мелкими, а те, в свою очередь, как бы подернуты песчаной рябью. Огни деревни, которые должны были служить ориентиром, скрывались за гребнями этих нескончаемых волн и лишь изредка попадали в поле зрения. Нужно идти вперед, интуитивно придерживаясь правильного направления. Но всякий раз оказывалось что допущена чересчур большая ошибка. Может быть, потому, что стремление увидеть эти огни бессознательно заставляло искать высокие места.

Ну вот, опять сбился! Нужно левее!.. Пройди он так еще немного — и оказался бы прямо в деревне... Здоровенные три дюны уже перевалил, а огни почти совсем не приблизились... похоже, что ходишь кругами. Пот заливает глаза... Остановиться хоть на миг и вдохнуть полной грудью.

Женщина, наверное, уже проснулась... Что она подумала, когда открыла глаза и увидела, что его нет?.. Хотя вряд ли сразу хватилась... Подумала небось, что пошел за дом по своим надобностям... Сегодня женщина устала... Удивилась, что проспала дотемна, и поспешно вылезла из-под одеяла... Не остывшее от поцелуев тело напомнило о том, что было между ними в это утро... Нащупывая рукой лампу, женщина, вероятно, улыбнулась.

Но все же у него нет причин чувствовать себя обязанным ей или ответственным за ее улыбку. Что потеряет женщина с его исчезновением? Лишь малюсенький кусочек жизни. Радио и зеркало заменят ей меня.

"Вы ведь для меня и вправду огромная подмога... Все изменилось с тех пор, как я не одна. По утрам я могу спокойно, не торопясь заниматься своими делами, и работу теперь удается закончить часа на два быстрее... Я думаю, что скоро смогу попросить артель дать мне какую-нибудь дополнительную работу, которую я могла бы делать дома... Накоплю денег... И, может быть, куплю наконец радио, зеркало или еще что-нибудь..." Радио и зеркало... Радио и зеркало... Какая-то навязчивая идея — как будто вся жизнь человека состоит из этих двух предметов. Да, радио и зеркало действительно имеют что-то общее: они связывают людей. А возможно, они отражают жгучее желание проникнуть в сущность человеческого существования. Ладно, как только выберусь отсюда, сразу же куплю приемник и пошлю ей. Истрачу все свои деньги, но куплю ей лучший транзистор.

А вот зеркало — не знаю, стоит ли обещать. Зеркало здесь быстро станет непригодным... Уже через полгода отстанет амальгама, а через год оно потускнеет от песка, который все время носится в воздухе... Как и то зеркало, что сейчас у нее: если видишь в нем глаз, то не видишь носа, если видишь нос, то не видишь рта. Нет, дело не только в том, что зеркало быстро станет непригодным. Зеркало отличается от радио: чтобы оно стало средством связи, нужен прежде всего человек, который будет смотреть на нее. Какой теперь толк в зеркале, если ее никто не увидит?

Постой, нужно прислушаться!.. Что-то он слишком долго ходит по своим делам... А может?.. Вот мошенник, сбежал-таки... Интересно, подняла она шум?.. Ошеломлена она, подавлена?.. А может быть, она просто тихо плачет?.. Ладно, что бы она ни делала — это уже не его забота... Ведь он же сам отказался признать, что зеркало необходимо.

— Я где-то прочел об этом... Сейчас как будто очень часто уходят из дому?.. Это, я думаю, потому, что жизнь уж очень тяжелая, а может быть, и не только поэтому... Там вот как раз писали об одной такой совсем не бедной крестьянской семье. И земли они себе прикупили, и машинами обзавелись, и хозяйство, казалось, вели хорошо, а старший сын, несмотря на все это, ушел из дому. Был такой положительный, работящий парень. Родители голову ломали: с чего он вдруг ушел? В деревне люди лучше сознают свой долг, думают о том, чтобы сохранить доброе имя. Поэтому должны, наверное, быть какие-то особые причины, чтобы наследник ушел из дому...

— Да, конечно... Долг есть долг...

— Ну и как будто кто-то из родных нашел парня и попытался узнать, почему он это сделал. Оказалось, что он не убежал с женщиной, его не выгнали из дому ни любовные похождения, ни долги, — в общем, не было никакой особой причины. Так в чем же дело?.. То, что сказал парень, просто не имеет никакого смысла. Да он и сам толком не знал, как объяснить свой поступок, сказал только, что не мог больше терпеть.

— И верно, есть же на свете бестолковые люди...

— Но если подумать, то этого парня понять можно. Ну что такое крестьянин? Работая изо всех сил и увеличивая свой участок, он только прибавляет себе работы... Предела его тяжелому труду нет, и единственное, что он приобретает, — это труд еще более тяжкий... Правда, к крестьянину его труд возвращается — урожай риса и картошки. Чего же еще ему надо? С работой крестьянина нашу возню с песком сравнить нельзя. Ведь это все равно что строить каменную запруду на реке в преисподней — черти разбросают камни.

— А чем кончается эта история с рекой?

— Да ничем... именно в этом и состоит наказание за грехи!

— А что потом было с этим парнем, который должен был стать наследником?

— Он все заранее обдумал и, наверное, еще до того, как ушел из дому, устроился на работу.

— Ну и?..

— Ну и стал работать.

— А дальше что?

— Дальше? В дни зарплаты, вероятно, получал свои деньги, а по воскресеньям надевал чистую рубаху и шел в кино.

— А потом?

— Трудно сказать, надо спросить у самого парня.

— Но ведь когда он скопил денег, то, уж наверное, купил себе радио...

...Ну вот, взобрался наконец. Хотя, пожалуй, это лишь полпути... Нет, ошибся... Здесь уже ровное место... Да, но куда же девались огни?.. Он продолжал идти вперед без всякой уверенности... Казалось, это вершина огромной дюны... Почему же тогда отсюда не видны огни? При мысли, что случилась беда, у него подкосились ноги. Поленился — вот и расплата. Съехал по крутому склону, не зная точного направления. Лощина оказалась больше, чем он предполагал. Она была не только глубокой, но и широкой. Вдобавок многоярусные волны песка на дне были нагромождены беспорядочно и мешали выбрать правильное направление. Но все равно никак не сообразишь, почему огни не видны... Если и сбился с пути, то не больше чем на полкилометра в ту или другую сторону. Его все время тянуло налево, — возможно, потому, что он боялся деревни. Он чувствовал: для того чтобы приблизиться к огням, нужно решиться пойти направо... Скоро туман рассеется, выглянут звезды... В общем, что бы то ни было, самый лучший и быстрый способ осмотреть все вокруг — подняться на дюну, неважно на какую, лишь бы она возвышалась над остальными...

Все-таки непонятно... Ну совершенно непонятно, почему женщину так интересует эта река в преисподней... Ведь разговоры о любви к родине, о долге имеют смысл лишь в том случае, если, отрекаясь, отказываясь от них, что-то теряешь. А что терять этой женщине?

(Радио и зеркало... Радио и зеркало...)

Приемник я ей, конечно, пришлю... Но не приведет ли это к обратным результатам: не потеряла ли она больше, чем приобретет? Кончилась, например, церемония приготовлений для мытья, которую она так любила. Даже жертвуя стиркой, всегда оставляла воду, чтобы я мог помыться. Плескала теплую воду мне между ног и, скорчившись, громко смеялась, как будто это ее мыли... Теперь уж не придется так смеяться.

Нет, отбрось иллюзии... Между мной и тобой с самого начала не было никакого договора. А если не было договора, не могло быть и нарушения договора. К тому же нельзя сказать, что меня самого это никак не коснулось. Например, запах дешевой, точно выжатой из дерьма водки, которую мы получали раз в неделю... твои неподатливые, сплетенные из тугих мускулов ляжки... чувство стыда, когда я пальцем, смоченным слюной, выбирал песок, напоминавший спекшуюся резину... И твоя застенчивая улыбка, делавшая все это еще более непристойным... И многое другое. Подсчитать все вместе — получится немало. Верь не верь, но факт остается фактом. Мужчина больше, чем женщина, склонен придавать значение мелочам.

А если вспомнить о том, что сделала со мной деревня, то нанесенный мне ущерб невозможно и подсчитать. По сравнению с этим мои отношения с женщиной — пустяк.

Но им он рано или поздно отплатит за все сполна... Он, правда, еще не знает, какой удар нанести, чтобы было поболь-ней... Может, поджечь деревню, или отравить колодцы, или понаделать ловушек и по одному сбросить в песчаные ямы всех, кто виноват в его злоключениях — таким нехитрым способом он на первых порах распалял свое воображение и воодушевлял себя. Но сейчас, когда ему представился случай осуществить задуманное, он уже не мог предаваться этим ребяческим мечтам. Да к тому же что может сделать один человек? Нет иного выхода, как прибегнуть к закону. Правда, в этом случае не исключена опасность, что закон окажется не в состоянии понять всю глубину жестокости происшед-шего... Ладно, не теряя времени, он сообщит обо всем снача-ла хоть в местную полицию.

Да, было, наконец, еще одно...

Стой! Что это за звук?.. Нет, все тихо... Может, просто показалось. Но все же куда девались огни деревни? Даже если они не видны за высокими дюнами, все равно это ужасно. Можно себе представить, что произошло: у моего руля при-вычка забирать влево, я зашел слишком далеко в сторону мыса, и деревню теперь заслоняет какая-то высокая скала... Нечего мешкать... Решил. Попробую пойти вправо.

...Ну и, наконец, не хотелось бы, чтобы ты забыла еще об одном. Помнишь, ты ведь так и не ответила на мой вопрос. Тогда два дня подряд шел дождь. Когда идет дождь, оползни становятся угрожающими, но зато песок почти совсем не ле-тит. В первый день мы сделали больше, чем обычно, и поэтому на другой день смогли передохнуть. Используя долгождан-ный отдых, я решил во что бы то ни стало докопаться до истины. Упрямо, будто сдирая с тела струпья, решил обнажить правду, чего бы мне это ни стоило, узнать, почему ты оказалась в этой яме. Я сам был поражен своим упорством. Сначала ты весело подставляла обнаженное тело потокам дождя, но в конце концов, вынужденная отвечать, заплакала. И стала говорить, что не можешь уйти отсюда только потому, что здесь погибли муж и ребенок, засыпанные вместе с курятником во время тайфуна. Если так, тебя действительно можно было понять. Причина вполне правдоподобная, и ясно, почему до сих пор ты избегала говорить об этом. Мне хотелось поверить тебе. И я решил на следующий же день урвать немного времени от сна и заняться поисками погибших.

Два дня я копал в указанном тобой месте. Но не нашел не только никаких останков, но даже и следов разрушенного курятника. Тогда ты показала другое место. Но и там я ничего не обнаружил. Ты стала приводить меня на все новые и новые места. В пяти разных местах в течение девяти дней продолжались бесцельные поиски. И тогда снова, готовая заплакать, ты начала оправдываться. Ты сказала, что, наверное, дом стоял на другом месте, что непрекращающееся давление песка сдвинуло его и повернуло, а возможно, и сама яма переместилась. Может, и курятник, и останки мужа и ребенка погребены под толстенной стеной песка, отделяющей дом от соседнего, а очень может быть, что они оказались теперь в яме соседа. Теоретически это было возможно. Но твой несчастный, подавленный вид ясно показывал, что ты не столько собиралась обмануть меня, сколько с самого начала не хотела рассказать правду. Погибшие были, в общем, не более чем отговоркой. У меня уже просто не было сил рассердиться. И я решил больше не ломать голову над тем, кто у кого в долгу. Мне кажется, что и ты должна была это понять...

Что это?! Мужчина в страхе бросился на землю... Все произошло слишком быстро, он ничего не мог понять... Перед ним неожиданно выросла деревня!.. Он, видимо, шел прямо к вершине дюны, подступающей к деревне... И в тот момент, когда перед его глазами открылась вся панорама, он увидел, что находится в самой деревне... Не успел он опомниться, как рядом с ним из-за плетня раздался лай собаки. Подхватила вторая, а потом еще и еще — как цепная реакция. В кромешной тьме на него надвигалась, скаля клыки, плотная стая. Он вынул веревку, к которой были привязаны ножницы, и побежал. У него не было выбора. Единственное, что ему оставалось, — кратчайшим путем пробежать через деревню.

Человек бежал. Мелькавшие тусклым светом дома, мимо которых он бежал, то пропускали его, то вырастали препятствием. Вкус ветра, с шумом врывающегося в узкую щель горла... Вкус ржавчины... Опасный номер на тонком стекле, готовом разлететься вдребезги. Слишком поздно, чтобы надеяться, что переносчики песка еще не вышли из домов, и слишком рано, чтобы надеяться, что они уже добрались до побережья. Пикап как будто еще не проезжал. Не может быть, чтобы он не обратил внимания на это сумасшедшее тарахтение двухтактного мотора в километре отсюда. Положение отвратительное.

Неожиданно из мрака вылетел черный ком. Судя по громкому сопению, наверное, большая собака. Она, казалось, не была приучена к нападению и, прежде чем вцепиться в него, начала громко лаять. Мужчина хлестнул ее веревкой с привязанными ножницами и попал. С жалобным визгом она скрылась в темноте. К счастью, собака вырвала лишь клок из его брюк. Он сделал резкое движение, ноги заплелись, и он упал, покатился, но тут же вскочил и побежал дальше.

Оказалось, собака не одна, их пять или шесть. Напуганные неудачей первой, они с громким лаем вертелись вокруг него, выжидая удобный момент для нападения. Может быть, та самая рыжая собака из развалившейся лачуги подзуживала их сзади. Взявшись за веревку сантиметрах в пятидесяти от конца, он стал изо всех сил вертеть ее над головой. Защитившись таким образом от собак, он перемахнул через кучу колотых ракушек, пробежал узкий проход между плетнями, какой-то двор, где сушилась на земле солома, и наконец выбежал на широкую дорогу. Еще немного — и деревня кончится!

Вдоль дороги шла узкая канава. Из нее вдруг вылезли двое ребят — похоже, брат и сестра. Он увидел их слишком поздно. Дернул веревку, чтобы ножницы не задели их, но ничего не вышло, и все трое полетели в канаву. По дну канавы был проложен желоб. Раздался треск дерева. Дети завопили... Черти, чего они так орут!.. Изо всех сил он оттолкнул их и вылез. И в этот миг лучи карманных фонарей, три в ряд, преградили ему дорогу.

Ударил колокол. Дети громко плакали... Собаки продолжали лаять... От каждого удара колокола сердце больно сжималось. Бесчисленные насекомые, как зерна риса, поползли из раскрывшихся нор. Один из карманных фонарей, по-видимому, имел приспособление для концентрирования света — луч его то расплывался, то вдруг прокалывал тонкой раскаленной иглой.

Броситься, что ли, прямо на них и разбросать пинками?.. Если удастся прорваться, то там уж он будет за деревней... Придется ему раскаиваться или нет — все зависит от этой минуты... Ну, хватит мешкать!.. Не то будет поздно... Еще немного, и преследователи могут оказаться сзади — тогда все пропало!

Пока он колебался, фонари начали окружать его, подступая справа и слева, все сокращая и сокращая расстояние. Мужчина крепче сжал веревку и весь напрягся, но никак не мог решиться. Носки ног все глубже уходили в мягкую почву. Увеличившееся пространство между фонарями заполнено тенями людей. Сколько их? А на краю дороги что-то похожее очертаниями на яму — ах нет, это пикап. Если он и прорвется вперед, его схватят сзади. За спиной он услышал топот убегавших детей — они уже не плакали. Мелькнула отчаянная мысль. Схватить их и использовать как щит! Они будут заложниками, и он не даст этой сволочи приблизиться! Но когда повернулся, чтобы схватить их, увидел новые огни, подстерегавшие его. Путь отрезан!

Точно отпущенная пружина, он бросился назад, со всех ног побежал по той же самой дороге, по которой добрался сюда. Он делал это почти бессознательно, надеясь найти место, где бы мог пересечь дюну, которая была продолжением мыса. С воплями за ним гналась, казалось, вся деревня. От слишком большого напряжения ноги ослабли, будто из них вытянули сухожилия. Но, может быть, потому, что его преследователи были застигнуты врасплох, ему все еще удавалось сохранять достаточную дистанцию, позволявшую время от времени оглядываться и смотреть, где они.

Сколько он пробежал?.. Уже пересек несколько дюн. И чем больше тратил сил, тем больше ему казалось, что все напрасно, что он бежит на месте, как во сне. Но сейчас не время рассуждать о том, насколько эффективно он расходует свои силы. Во рту появился вкус крови, смешанной с медом. Он хотел сплюнуть, но слюна была вязкой и никак не выплевывалась. Пришлось выгребать пальцем.

Колокол продолжал звонить, но до него уже было далеко, и временами звук совсем исчезал. Собаки тоже отстали и лаяли откуда-то издали. Слышен был лишь звук собственного дыхания, напоминавший скрежет напильника о металл. Фонари преследователей — все три, — по-прежнему растянувшись цепочкой и покачиваясь вверх и вниз, как будто не приближались, но, и не отдалялись. И беглецу, и тем, кто гнался за ним, было одинаково трудно бежать. Теперь победит тот, кто дольше выдержит. Но это не утешает. Может быть, от слишком длительного напряжения воля надломилась, подкралась слабость — желание, чтобы силы поскорее оставили его. Опасный симптом... Но пока он сознает эту опасность, еще ничего...

Ботинки полны песка, пальцы болят... Оглянулся. Преследователи отстали метров на семьдесят-восемьдесят, чуть вправо. Почему они сбились в сторону? Старались, наверное, избежать подъемов, вот и вышло такое. Похоже, что и они здорово устали... Говорят, что преследователь устает быстрее. Мужчина в момент разулся и побежал босиком... Если положить ботинки в карманы, будут мешать, и он заткнул их за пояс. Передохнув, одним махом одолел довольно крутой подъем. Если так пойдет, то он, пожалуй, сможет убежать от этих гадов...

Луна еще не взошла, но свет звезд испещрил все вокруг темными и светлыми пятнами, и гребни дальних дюн были ясно различимы. Он бежал как будто к мысу. Опять руль забирает влево. Только он собрался изменить направление, как вдруг сообразил, что этим он сократит расстояние между собой и преследователями. Тогда-то он понял наконец их план и испугался.

Да, на первый взгляд неумело избранный ими путь на самом деле хорошо продуман: они старались прижать его к морю. Не зная того, он все время был у них в руках. Подумав, он понял, что и карманные фонари служили им для того, чтобы показывать ему, где они находятся. Значит, и то, что они не приближаются и не отдаляются, а все время держатся на одном расстоянии, — тоже неспроста.

Нет, сдаваться еще рано. Где-то должна быть дорога, чтобы подняться на скалы, и, если не будет другого выхода, можно морем вплавь обогнуть мыс. Нужно отбросить всякие колебания — стоит только представить себе, как его схватят и водворят обратно в яму.

За длинным пологим подъемом — крутой спуск... За крутым подъемом — длинный пологий спуск... Шаг, еще шаг — точно бусы нанизываются одна к одной — испытание терпения. На какой-то миг колокол умолк. Невозможно определить, что он слышит: вой ветра, шум моря или это просто звон в ушах. Поднявшись на одну из дюн, он обернулся. Огни преследователей исчезли. Подождал немного — не появляются.

Здорово. Неужели удалось убежать от них?

Надежда заставила сердце биться сильнее. Если это правда, то отдыхать сейчас тем более не следует... Вздохнуть еще разок — и вперед, до следующей дюны!

Но почему-то очень трудно бежать. Ноги отяжелели. И тяжесть какая-то необычная. Он не просто чувствовал ее — ноги действительно стали уходить в песок. Точно снег, подумал он, когда ноги до половины голени были уже в песке. Испугавшись, он попытался вытащить одну ногу, но другая увязла до колена. Что такое? Он слышал, будто существуют пески, заглатывающие человека... Он изо всех сил старался выбраться, но чем больше бился, тем глубже погружался. Ноги утонули уже почти до бедер.

А может, это просто ловушка?! Они и загоняли его не к морю, а именно сюда!.. Они просто хотят уничтожить его, не тратя времени на поимку!.. Это самое настоящее уничтожение... Фокусник со своим платком не мог бы сработать чище... Еще порыв ветра — и он с головой уйдет в песок... И тогда его не найти даже полицейской собаке, получившей на конкурсе первую премию... Эти негодяи теперь уже наверняка не покажутся!.. Они ничего не видели, ничего не слышали... Какой-то дурак, нездешний, сам заблудился и пропал... И всё, сволочи, сработают, даже рук не запачкав.

Тону... Тону... Вот уж и по пояс в песке... Что же делать? Если удастся увеличить площадь соприкосновения с песком, давление тела в каждой точке уменьшится, — он, пожалуй, перестанет погружаться... Раскинув руки, он лег грудью на песок... Но было поздно. И хотя он лежал на животе, нижняя часть тела застыла в вертикальном положении. У него болела поясница, и он уже не мог больше оставаться изогнутым под прямым углом. Да и любой, даже тренированный спортсмен не сумел бы долго пробыть в таком положении.

Темно-то как... Вся вселенная закрыла глаза и заткнула уши. Подохнешь здесь, и никто даже не взглянет в твою сторону! Страх, затаившийся где-то глубоко в горле, вдруг вырвался наружу. Мужчина раскрыл рот и взвыл, как животное:

— Помогите!

Избитая фраза!.. Ну и пусть избитая... На краю гибели не до оригинальности. Жить во что бы то ни стало — даже если твоя жизнь будет в точности похожа на жизнь всех остальных, как дешевое печенье, выпеченное в одной и той же форме! Скоро песок дойдет до груди, до подбородка, до кончика носа... Больше нет сил!

— Помогите!.. Обещаю все, что угодно!.. Умоляю, помогите!.. Умоляю!

Мужчина не выдержал. Сначала он только всхлипывал, а потом заплакал навзрыд. Он с ужасом понял, что все пропало. Теперь безразлично — никто его не видит... Жаль, конечно, что все это происходит без необходимой в таких случаях процедуры... Когда умирает приговоренный к смерти, он может оставить свои записки... Здесь, сколько ни кричи... никто не обратит внимания. Плохо!

Он даже не очень удивился, когда сзади вдруг послышались голоса. Он был побежден. Чувство стыда перегорело и превратилось в пепел, как крылышко стрекозы, к которому поднесли огонь.

— Эй, хватайся!

Вниз сползла длинная доска и уперлась ему в бок. Луч света прочертил в темноте круг и осветил доску. Мужчина с трудом повернул скованное туловище в ту сторону, откуда слышались голоса, и жалобно попросил:

— Простите, может, вы вытащите меня этой веревкой...

— Да нет, вы же не пень, чтобы вас корчевать...

Сзади засмеялись. Точно не определишь, но их человек пять-шесть.

— Потерпите еще немного, уже пошли за лопатами... Упритесь локтями в доску, и все будет в порядке...

Как ему и посоветовали, он оперся локтями о доску и опустил голову на ладони. Волосы взмокли от пота. Он ничего не чувствовал, только хотелось как можно скорее выйти из этого унизительного положения.

— А знаете... Вам еще повезло, что мы бежали следом. Здесь такая трясина — собаки и те близко не подходят... Вы были в большой опасности... Даже не знаю, сколько людей, ничего не подозревая, забредали сюда да так и не возвращались... Здесь, за горами, место затишное, вот и наметает сюда песок... Когда приходит зима — наносит снег... На него опять песок... Потом снова снег, и так лет сто — как недопеченная слоеная вафля... Об этом говорил нам сын бывшего председателя артели, тот, что уехал в город учиться... Интересно, верно?.. Если попробовать докопаться до дна, может, добудешь что-нибудь стоящее.

К чему это он?! Говорит с таким видом, будто сам чистенький и ни в чем не виноват. Мог бы кончить свои разглагольствования... Гораздо уместнее сейчас было бы просто позубоскалить... Или уж лучше пусть уйдет и оставит его наедине с рухнувшими надеждами.

Какое-то оживление — видно, принесли лопаты. Трое мужчин, прикрепив к подошвам доски и с трудом удерживая равновесие, на некотором расстоянии стали откапывать вокруг него песок. Пласт за пластом. И мечты, и стыд, и отчаяние — все было погребено под этим песком. И он даже не удивился, когда его взяли за плечи. Прикажи они, и он мог бы спустить штаны и на их глазах начать испражняться. Небо посветлело — сейчас, наверное, выглянет луна. С каким лицом встретит его женщина?.. Все равно с каким... Теперь его могут хлестать как угодно — он должен терпеть.

Мужчину обвязали под мышками веревкой и, как мешок, снова опустили в яму. Никто не проронил ни слова. Казалось, они присутствуют при его погребении. Яма глубокая, темная. Лунный свет затянул дюны тонким блестящим шелком; узоры, прочерченные ветром, даже следы от ног превратил он в переливающееся, застывшее складками стекло. И только яма, не желая влиться в этот пейзаж, оставалась погруженной во мрак. Но все это мужчину не трогало. Когда он поднял голову и посмотрел на луну, то сразу почувствовал тошноту и головокружение — так смертельно он устал.

В этой кромешной тьме женщина вырисовывалась еще более темным пятном. Поддерживаемый ею, он едва доплелся до постели, но саму женщину почему-то не видел. И не только ее — все вокруг расплывалось, точно в тумане. Даже повалившись на матрас, он все еще бежал по песку... Во сне он тоже продолжал бежать. Спал беспокойно. Отчетливо помнил шум спускавшихся и поднимавшихся корзин, далекий лай собак. Знал, что женщина возвращалась среди ночи, чтобы поесть, и зажигала лампу, стоявшую около его постели. Но окончательно проснулся, только когда встал попить воды. Пойти помочь женщине сил у него не было.

Он зажег лампу и закурил, рассеянно оглядываясь по сторонам. Толстенький, но проворный паучок забегал вокруг лампы. Будь это бабочка — он бы не удивился, но чтобы свет привлекал паука — странно. Он хотел уже было прижечь его сигаретой, но передумал. Паук с точностью секундной стрелки кружил вокруг лампы на расстоянии пятнадцати-двадцати сантиметров. Может быть, не только свет привлекал его? Нет, он ждал и дождался, когда на огонь прилетела ночная бабочка. Несколько раз ударилась о стекло лампы, и тень ее крупно отпечаталась на потолке, потом она упала на металлическую подставку и больше не двигалась. Какая-то странная бабочка — противная очень. Он прижал к ней сигарету. Нервные центры были парализованы, и он подбросил еще корчившееся насекомое на ту дорожку, где бегал паук. Разыгралась драма, которую он предвидел. В мгновение паук подскочил и вцепился в еще живую бабочку. Потом снова стал кружить вокруг лампы, таща свою жертву, теперь уже неподвижную. Наверное, наслаждался, предвкушая, как сожрет сочную бабочку.

Он и не знал, что есть такие пауки. Как умно использовать вместо паутины лампу. Если сплетешь паутину, останется только ждать, чтобы кто-нибудь попал в нее, а с помощью лампы жертву можно самому завлечь. Нужен только подходящий источник света. В природе, к сожалению, их нет. Луна или лесные пожары вряд ли подойдут. Не исключено, что этот паук представляет собой какой-то новый вид, выработавший свои инстинкты, эволюционируя вслед за человеком... Объяснение, пожалуй, неплохое... Но как тогда объяснить, что свет привлекает мотыльков?.. Бабочка не то что паук, едва ли свет лампы способствует сохранению вида. Однако явление это возникло опять-таки после того, как появился искусственный свет. Доказательством может служить хотя бы то, что бабочки не собрались в стаи и не улетели к Луне.

Было бы еще понятно, если бы подобным инстинктом обладал какой-то один вид насекомых. Но ведь это общее для всех мотыльков, которых насчитывается десять тысяч видов. Значит, это какой-то определенный неизменный закон. Слепое, бешеное трепетание крыльев, вызываемое искусственным светом. Таинственная связь между светом, пауками и бабочками... Если закон может проявляться так неразумно, то во что же тогда верить?

Мужчина закрыл глаза... Поплыли мутные блики... Когда он протягивал руку, чтобы схватить их, они начинали метаться и исчезать... Точно тени шпанских мушек на песке...

Он проснулся от рыданий.

— Что плачешь?

Женщина, стараясь скрыть замешательство, поспешно поднялась.

— Простите... Хотела приготовить вам чаю...

Ее сдавленный голос, пропитанный слезами, озадачил мужчину. Когда она наклонилась и стала разжигать печурку, спина ее как-то странно подрагивала, и он долго не мог понять, в чем дело. Соображал он с трудом, будто вяло перелистывал страницы покрытой плесенью книги. Но хорошо еще, что мог переворачивать страницы. Неожиданно ему стало нестерпимо жаль себя.

Не вышло...

— И так глупо все провалилось.

— Но ведь никому не удавалось... ни разу еще.

Она говорила сквозь слезы, но в ее голосе звучали нотки уверенности, точно она оправдывала и объясняла его провал. Что ни говори — трогательное сочувствие. Было бы чересчур несправедливо не отозваться на него.

— Жаль все-таки... Я уже решил, если удастся убежать, сразу же куплю и пришлю тебе приемник...

— Приемник?

— Ты же давно о нем мечтала.

— Да ничего не нужно... — Женщина говорила робко, точно извиняясь. — Если я как следует поработаю, смогу и здесь купить. Если в рассрочку, то на первый взнос денег хватит, наверное.

— Да, конечно, если в рассрочку...

— Когда вода согреется, помоемся?

Внезапно в нем поднялась тоска, серая, как рассвет... Нужно зализывать раны друг друга. Но если бесконечно зализывать незаживающие раны, то от языка ничего не останется.

— Ну ладно, не нужно утешать... Жизнь не такая штука, чтобы прожить ее в утешении... Там своя жизнь, здесь — своя, и всегда кажется, что чужая жизнь слаще... Самое противное — думать: что, если жизнь вот так и будет идти?.. Что это за жизнь? Этого ведь никто не знает... Эх, лучше быть по горло заваленным работой и не думать обо всем этом...

— Помоемся?..

Женщина сказала это точно для того, чтобы приободрить его. Мягко, успокаивающе. Мужчина медленно стал расстегивать пуговицы на рубахе, снимать брюки. Он весь с головы до ног был покрыт песком. (Что делает сейчас та, другая?) Все, что было до вчерашнего дня, казалось далеким прошлым.

Женщина начала намыливать полотенце.

Часть третья

Октябрь. В течение дня лето, все еще не желавшее уходить, так раскаляло песок, что босиком на нем и пяти минут не простоишь. Но стоило солнцу сесть, как промозглый холод проникал сквозь дырявые стены, и, прежде чем растопить очаг, приходилось высушивать отсыревшую золу. Утром и вечером в безветренную погоду из-за резких скачков температуры поднимался туман, напоминавший мутную реку.

Мужчина соорудил за домом ловушку для ворон. Он назвал ее "Надежда". Устройство это было очень простое, с учетом свойств песка. Он вырыл довольно глубокую яму и закопал туда деревянный бочонок. Тремя клинышками, величиной со спичку, закрепил крышку, которая по размеру была чуть меньше бочонка. К каждому клинышку привязал тонкую нитку. Нитки проходили через отверстие в центре крышки и скреплялись с проволокой, находившейся снаружи. На конец проволоки насадил наживку — вяленую рыбу. Все сооружение тщательно засыпал песком, оставив снаружи только наживку в небольшом песчаном углублении. Стоит вороне схватить наживку, как моментально слетают клинышки, крышка падает на дно бочонка и происходит песчаный обвал; ворона заживо погребена... Испытал несколько раз свое сооружение. Действовало оно безотказно. Ему уже отчетливо виделась несчастная ворона, так стремительно засыпанная песком, что даже крыльями не успела взмахнуть.

...Если повезет и удастся поймать ворону, можно будет написать письмо и привязать к ее лапке... Но, конечно, все дело в везении. Во-первых, очень мало шансов, что выпущенная ворона второй раз попадет в руки человека... Да и не узнаешь, куда она полетит... Как правило, район полета ворон крайне ограничен... И не исключено, что если эти типы из деревни сопоставят два факта: моя ворона сбежала, а в стае появилась ворона, у которой к ноге привязан кусок белой бумаги, — то им сразу же станут ясны мои намерения... И все, что было так тщательно продумано, с таким терпением выполнено, окажется напрасным...

После неудачного побега мужчина стал очень осторожен. Он приспособился к жизни в яме, будто впал в зимнюю спячку, и заботился только о том, чтобы рассеять подозрительность жителей деревни. Говорят, что бесконечное повторение одного и того же — самая лучшая маскировка. И если вести жизнь, которая будет состоять из простых повторений одного и того же, то, может быть, в конце концов о нем забудут.

Повторение может принести и такую пользу. Ну, например, два последних месяца женщина изо дня в день, не поднимая головы, нижет бусы и так поглощена этой работой, что у нее даже лицо опухло. Длинная игла так и мелькает, когда она острым концом поддевает отливающие металлом бусинки, насыпанные в картонную коробку. Ее сбережения достигли, пожалуй, двух тысяч йен. Поработает она так еще с полмесяца — и хватит денег для первого взноса за приемник.

В игле, пляшущей вокруг коробки с бусинками, столько значительности, будто эта коробка была центром вселенной. Повторение окрашивало настоящее, вселяло ощущение реальности окружающего. И мужчина решил тоже целиком отдаться однообразной физической работе. Сметать песок с чердака, просеивать рис, стирать — все это стало его повседневной обязанностью. Пока он работал, напевая себе под нос, время летело быстрее. Ради собственного удовольствия он соорудил небольшой полог из полиэтилена, чтобы, когда они спят, на них не сыпался песок, и придумал приспособление для варки рыбы в горячем песке...

Чтобы не расстраиваться, он с тех пор не читал газет. Достаточно было потерпеть неделю — и читать уже почти не хотелось. А через месяц он вообще забыл об их существовании. Когда-то он видел репродукцию гравюры, которая называлась "Ад одиночества", и она его поразила. Там был изображен человек в странной позе, плывущий по небу. Его широко открытые глаза полны страха. Все пространство вокруг заполнено полупризрачными тенями покойников. Ему трудно пробираться сквозь их толпу. Покойники, жестикулируя, отталкивая друг друга, что-то беспрерывно говорят человеку. Почему же это "Ад одиночества"? Он тогда подумал, что перепутано название. Но теперь понял, одиночество — это неутоленная жажда мечты.

Именно поэтому грызут ногти, не находя успокоения в биении сердца. Курят табак, не в состоянии удовлетвориться ритмом мышления. Нервно дрожат, не находя удовлетворения в половом акте. И дыхание, и ходьба, и перистальтика кишечника, и ежедневное расписание, и воскресенье, наступающее каждый седьмой день, и школьные экзамены, повторяющиеся каждые четыре месяца, — все это не только не успокаивало его, но, напротив, толкало на все новое и новое повторение. Вскоре количество выкуриваемых сигарет увеличилось, ему снились кошмарные сны, в которых он вместе с какой-то женщиной, у которой были грязные ногти, все время искал укромные, укрытые от посторонних глаз уголки. И когда в конце концов он обнаружил симптомы отравления, то сразу же обратился мыслями к небесам, поддерживаемым простым цикличным эллиптическим движением, к песчаным дюнам, где господствуют волны длиной в одну восьмую миллиметра.

Он испытывал некоторое удовольствие от нескончаемой борьбы с песком, от своей ежедневной работы, превращенной им в урок, но нельзя сказать, что это было чистое самоистязание. Он бы не удивился, найдя в этом путь к выздоровлению.

Но однажды утром вместе с продуктами, которые доставлялись регулярно, к нему попал журнал карикатур. Журнал как журнал, ничего особенного. Обложка порвана, весь он захватан грязными пальцами — не иначе добыли его у какого-нибудь старьевщика. И хотя вид у журнала неприглядный, само его появление можно было расценивать как заботу о нем жителей деревни. Больше всего он был озадачен тем, что, читая журнал, катался от смеха по полу, бил ногами, точно у него начались конвульсии.

Карикатуры были самые дурацкие. Бессмысленные, вульгарные, плохо выполненные — спроси у него, что в них забавного, он не смог бы ответить. Удачной была лишь одна карикатура, изображавшая лошадь, у которой подкосились ноги, и она упала, когда на нее взобрался огромный мужчина. Морда у лошади действительно была смешная. Но все равно, разве в его положении можно смеяться? Постыдился бы. Приспособляться можно до определенного предела. Причем это должно быть средством, но ни в коем случае не целью. Одно дело разглагольствовать о зимней спячке, а другое — превратиться в крота и убить в себе всякое желание выйти на свет.

Правда, если вдуматься, нет никакой надежды, что представится случай когда-либо каким-либо способом выбраться отсюда. Но ведь не исключено, что можно привыкнуть просто к ожиданию, лишенному всякой цели, а когда кончится время зимней спячки, окажется, что свет ослепил тебя и ты не можешь выйти наружу. Говорят ведь: нищий три дня — нищий навсегда... Внутренняя ржавчина появляется удивительно быстро... Он глубоко задумался, но стоило вспомнить уморительную морду лошади, как снова им овладел дурацкий смех. Женщина под лампой, как всегда поглощенная кропотливым нанизыванием бус, подняла голову и простодушно улыбнулась. Мужчина, не в состоянии вынести собственное предательство, отбросил журнал и вышел. Над ямой клубился молочный туман. Остатки ночи — разбросанные клочки теней... клочки, сверкающие, как раскаленная металлическая нить... плывущие клочки, превратившиеся в блестящие капельки пара... И это сказочное сочетание теней будило мечту, предела которой не было. Он смотрел и не мог насмотреться. Каждое мгновение было наполнено все новыми и новыми открытиями. Здесь было все — и образы, существовавшие в действительности, и фантастические образы, которых он никогда не видел.

Повернувшись к этому водовороту теней, мужчина стал взывать:

— Господин председатель суда, познакомьте меня с обвинением! Скажите мне, каковы причины такого приговора?! Подсудимый стоя ждет вашего ответа!

Из тумана раздался голос, показавшийся ему знакомым. Он был глухой, словно звучал из телефонной трубки.

— Один из сотни в конце-то концов...

— Что?

— Я говорю, в Японии на сто человек приходится один шизофреник.

— Простите, вы о чем?..

— Кстати, клептоманов тоже один на сто...

— Да о чем это вы?

— Если однополой любви среди мужчин подвержен один процент, то, естественно, таким же должен быть и процент женщин. И если продолжить — один процент поджигателей, один процент алкоголиков, один процент психически отсталых, один процент сексуальных маньяков, один процент страдающих манией величия, один процент закоренелых преступников, один процент импотентов, один процент террористов, один процент параноиков...

— Прошу вас, довольно этих несуразностей...

— Хорошо, слушай спокойно. Прибавим боязнь высоты, боязнь скорости, наркоманию, истерию, одержимых мыслью об убийстве, сифилитиков, слабоумных... — тоже по одному проценту — и получим в общем двадцать процентов... И если ты можешь таким же образом перечислить еще восемьдесят аномалий — а нет никаких сомнений, что сделать это можно, — значит, совершенно точно, статистически доказано, что все сто процентов людей ненормальны.

— Ну что за глупость! Если бы не было какого-то эталона нормальности, то невозможно было бы установить и ненормальность!

— Не нужно так, ведь я просто хотел тебя защитить...

— Защитить?..

— Но ведь ты сам вряд ли будете настаивать на своей виновности?

— Конечно, не буду!

— Тогда веди себя более покладисто. Каким бы исключительным ни было положение, терзать себя нет никакого смысла. Люди не обязаны спасать диковинную гусеницу, но у них нет права и судить ее...

— Гусеницу?.. Почему протест против незаконного задержания превратил меня в диковинную гусеницу?

— Не прикидывайся простачком... В Японии, типичном районе высокой влажности и температуры, восемьдесят семь процентов стихийных бедствий приходится на наводнения, и в этих условиях ущерб от разносимого ветром песка составит тысячную долю процента. Принимать это в расчет — все равно что устанавливать специальное законодательство по борьбе с наводнениями в Сахаре. Глупый разговор!

— Я об этом и не говорю. Речь идет о моих мучениях. Незаконное задержание везде незаконно — будь то в пустыне, будь то в болоте!

— А, незаконное задержание... Но ведь предела людской жадности нет... И ты — лакомый кусок для жителей деревни.

— Дерьмо тоже еда! Но для меня смысл существования в чем-то более высоком!

— Все это так. Значит, ты считаешь, что тебе не повезло с твоим обожаемым песком?

— Не повезло?..

— Я слышал, на свете есть люди, которые чуть ли не десять лет жизни посвятили тому, чтобы найти число с точностью до нескольких сотен знаков... Прекрасно... В этом, наверное, тоже может быть смысл существования... Но именно потому, что ты отвергаешь подобный смысл существования, ты в конце концов и забрел в эти места.

— Неверно! И у песка тоже есть совершенно иной облик!.. Разве не идет он, к примеру, на формы для отливки?.. Потом — он необходимое сырье, придающее твердость бетону... Легкость, с которой удаляются из песка бактерии и сорняки, позволяет использовать его для исследований в области сельского хозяйства... Наконец, проводились опыты по превращению песка в плодородную почву путем внесения в него энзимов... В общем, о песке так просто не скажешь...

— Ну и ну, ревностно же ты обращаешь в свою веру... Но если ты изменишь собственную точку зрения, я не буду знать, чему же наконец верить.

— Мне противно подохнуть как собаке!

— А разве не все равно... Сорвавшаяся с крючка рыба всегда кажется больше пойманной.

— Черт тебя подери, кто же ты наконец?

Но клочья тумана взвились вверх, и ответа он не расслышал. Теперь пучком скользнули вниз лучи света. Свет ослепил его. Сжав зубы, он не позволил усталости, комку вязкой сажи, подступившему к горлу, вырваться наружу.

Каркнула ворона. Вспомнив о ловушке, он решил пойти за дом и осмотреть свою "Надежду". Надежды на успех почти нет, но это занятие интереснее, чем журнал с карикатурами.

Приманка по-прежнему была не тронута. Запах протухшей рыбы ударил в нос. С тех пор как он соорудил "Надежду", прошло больше двух недель — и никаких результатов. В чем же, собственно, причина? В конструкции ловушки он был уверен. Если бы ворона схватила приманку, все было бы в порядке. Но вороны даже не смотрели в эту сторону, и тут уж ничего не поделаешь...

Что же не нравилось им в его "Надежде"? Ведь с какой стороны ни посмотри — подозрительного в приманке нет ничего. Вороны отличаются тем, что, охотясь за отбросами, оставляемыми человеком, все время вертятся вокруг человеческого жилья, соблюдая при этом крайнюю осторожность. Они точно состязаются в терпении с человеком. Пока в их сознании тухлая рыба в этой яме не превратится в нечто совершенно обычное... В общем, терпение — это далеко еще не капитуляция... Наоборот, когда терпеливость начинаешь воспринимать как поражение, тогда-то настоящее поражение и начинается. Ведь именно поэтому он и выбрал название "Надежда". Мыс Доброй Надежды — не Гибралтар, а Кейптаун...

Медленно волоча ноги, мужчина вернулся в дом... Снова пришло время сна.

К огда женщина увидела его, она задула лампу, будто только сейчас вспомнив об этом, и пересела ближе к двери, где было посветлее. Неужели она еще собирается продолжать работу? Ему вдруг нестерпимо захотелось сделать что-нибудь. Подскочив к женщине, он сбросил с ее колен коробку с бусами. Черные шарики, похожие на плоды какого-то растения, рассыпались по земляному полу и мгновенно погрузились в песок. Женщина испуганно смотрела на него, не проронив ни слова. Мужчина стоял с тупым выражением лица. С обмякших губ вместе с желтой слюной сорвался жалобный стон.

— Бесполезно... Ненужная трата сил... Совершенно бесполезный разговор... Ты уже отравлена...

Женщина молчала. Она тихо перебирала пальцами уже нанизанные на нитку бусы. Они сверкали, как кусочки желе. Мужчину охватил озноб: дрожь снизу от ног поднималась выше и выше.

— Да, это точно. Скоро уже ничего нельзя будет изменить. В один прекрасный день мы обнаружим, что в деревне не осталось ни одного человека, только мы... Мне все понятно... Правда... Правда... Теперь нас это ждет, и очень скоро... И когда поймем, что нас предали, будет поздно... Мы отдали все силы, но им на это наплевать.

Женщина, неотрывно глядя на зажатые в руках бусы, тихонько покачивала головой.

— Нет, не может этого быть. Как они будут жить, если уйдут отсюда, — сразу ведь не устроишься?..

— А не все ли равно? Разве существование здесь хоть сколько-нибудь похоже на жизнь?

— Но есть песок, и поэтому...

— Песок? — Мужчина, стиснув зубы, повел подбородком. — Песок, а для чего он? Ломаного гроша на нем не заработаешь, только жизнь утяжеляет.

— Нет, его продают.

— Продают?.. Кому же они его продают?

— Ну, на это, на строительство, что ли... Его в бетон добавляют...

— Не болтай! Здорово было бы, если бы в цемент добавляли этот песок — в нем ведь полно соли. Во-первых, это было бы нарушением строительных законов или там инструкций...

— Ну, конечно, тайно продают... Доставляют за полцены...

— Болтаешь что на ум взбредет! Ведь когда фундамент или плотина развалится, их не спасет то, что песок был за полцены или даже даровой!

Женщина бросила на него сердитый взгляд. Потом опустила глаза, в тоне ее уже не было покорности.

— А нам что, не все равно? Не наше это дело, и нечего соваться!

Мужчина оторопел. Происшедшая в ней перемена была разительна — будто с лица ее упала маска. Это было лицо деревни, представшей перед ним в облике женщины. До сих пор деревня была для него лишь палачом. Или бесполезным хищным растением, прожорливой актинией. Себя же он считал несчастной, случайно схваченной жертвой. Однако жители деревни считали, что именно они брошены и покинуты всеми. Естественно, у них не было никаких обязательств по отношению к остальному миру. Значит, поскольку он принадлежал к тем, кто причиняет им вред, выставленные деревней клыки были направлены на него. Он еще ни разу не думал так о своих отношениях с деревней. Неудивительно, что он растерялся. Но отступить из-за этого — все равно что перечеркнуть свою правоту!

— Может, и правда о других нечего беспокоиться. — В возбуждении он приподнялся. — Но на мошеннической торговле ведь кто-то здорово наживается, а? Можно и не гнуть спину на этих типов...

— Нет, продажа песка — это дело артели.

— Ну да... Но все равно в конце-то концов у кого больше акций, кто денег больше вложил, тот...

— Хозяева, у которых были деньги, чтобы купить себе шхуну, давно отсюда уехали... А к нам относятся очень хорошо... Правда, обмана никакого нет... Если думаете, что я вру, велите им показать записи, и вы сразу поймете.

Мужчина стоял растерянный, взволнованный. Он вдруг почувствовал себя жалким и беспомощным. Карта операции, где противник и свои войска были обозначены разным цветом, превратилась в какую-то загадочную картинку, на которой ничего нельзя разобрать. И не стоило так уж расстраиваться из-за этого журнала с карикатурами. Никого здесь не волнует, заливаешься ты дурацким смехом или нет... Он забормотал отрывисто, с трудом ворочая языком:

— Ну да... Да, конечно... Чужие дела... Это верно...

Потом с его губ сорвались слова, неожиданные для него самого, не связанные с тем, что говорилось раньше.

— Надо бы не откладывая купить горшок с каким-нибудь растением. — Он сам поразился, но лицо женщины было еще более озадаченным, и он уже не мог отступить. — Мертво вокруг, даже глазу не на чем отдохнуть...

Женщина ответила тревожно:

— Может, сосну?

— Сосну?.. Нет, сосну я не люблю... В общем все равно что, можно хоть траву какую... Около мыса много ее растет, как она называется?

— Пушица, что ли. Но все-таки деревце лучше, а?

— Если дерево, то, может, клен или павлонию с тонкими ветками и большими листьями... Чтобы они развевались на ветру...

Развевались... Трепещущие гроздья листьев. Захоти они убежать, не убегут — прочно прикреплены к стволу...

Неизвестно почему, дыхание его вдруг стало прерывистым. Он готов был расплакаться. Быстро наклонившись к земляному полу, где были рассыпаны бусинки, он неловкими движениями начал шарить в песке. Женщина поспешно поднялась.

— Ничего, ничего. Я сама... Через сито все быстро просею.

Однажды, когда мужчина зашел по нужде за дом и смотрел на висевшую над краем ямы пепельную луну, такую близкую, что, казалось, ее можно потрогать рукой, он неожиданно почувствовал сильный озноб. Может, простудился?.. Да нет, не похоже. У него много раз бывал озноб перед тем, как повышалась температура, но сейчас было что-то другое. Ему не казалось, что воздух колючий, не покрылся он и гусиной кожей. Дрожь ощущалась не в коже, а где-то в костях. Она расходилась кругами, как рябь на воде от брошенного камня. Тупая боль передавалась от одной кости к другой, и было не похоже, что она пройдет. Такое ощущение, будто вместе с ветром в него залетел ржавый жестяной бидон и с грохотом гуляет по телу.

Пока он стоял так, весь дрожа, и смотрел на луну, в голову пришли самые неожиданные ассоциации. На что похожа эта плоская луна? Болячка, покрытая рубцами и кое-где припудренная грубо смолотой мукой... Высохшее дешевое мыло... Или, может быть, заплесневевшая круглая алюминиевая коробка для завтраков... А ближе к центру совсем уж невероятные образы. Череп... Общая во всех странах эмблема яда... Присыпанные порошком белые кристаллы на дне бутылки для насекомых... Удивительное сходство между поверхностью луны и кристаллами, остающимися после того, как испарится цианистый калий. Бутыль эта, наверное, все еще стоит около двери, засыпанная песком...

Сердце стало давать перебои, точно треснувший шарик пинг-понга. Какие-то жалкие ассоциации. Почему он думает все время о таких зловещих вещах? И без того в октябрьском ветре слышится горечь и отчаяние. Он проносится с воем, будто играя на дудке, сделанной из пустого стручка.

Глядя на край обрыва, чуть освещенный луной, мужчина подумал, что, может быть, испытываемое им чувство, будто внутри у него все спалено, — просто зависть. Зависть ко всему, что олицетворяет оставленное им наверху, — к улицам, трамваям, светофорам на перекрестках, рекламе на телеграфных столбах, дохлым кошкам, аптекам, где торгуют сигарета-

ми. И так же как песок сожрал внутренности стен и столбов дома, зависть изъела его собственные внутренности и
превратила его в пустую кастрюлю, оставленную на горящей
печке. Кастрюля все больше раскаляется. Жар становится
нестерпимым, вот-вот она расплавится. И раньше чем говорить о надежде, нужно подумать, как преодолеть это мгновение и стоит ли его преодолевать.

Хочется более легкого воздуха! Хочется хотя бы чистого воздуха, не смешанного с тем, который я вдыхаю. Если
бы можно было раз в день, взобравшись на обрыв, хоть по
полчаса смотреть на море, как бы это было прекрасно! Ну
это-то уж могли бы разрешить. Деревня стережет его слишком строго. Желание его совершенно естественно, тем более
что он так добросовестно работал эти последние три месяца. Даже заключенному разрешают прогулки...

— Это невыносимо! Жить так круглый год, уткнувшись
носом в песок. Это значит быть заживо законсервированным.
Неужели мне не разрешат хоть изредка гулять около ямы?

Но женщина, не находя ответа, молчала. У нее было
такое выражение лица, точно она не знала, что делать с ребенком, который капризничает, потеряв конфетку.

— Пусть попробуют сказать, что нельзя! — Мужчина
разозлился. Он снова заговорил об этой ненавистной веревочной лестнице, вызывающей такие горестные воспоминания. — Когда я в тот день бежал, то видел их собственными глазами... И в нашем ряду есть несколько домов,
к которым спущены лестницы!

— Да, но... — Она говорила робко, точно оправдываясь. — Большинство из них какое уж поколение живет в
этих домах.

— А на нас они, что ж, не надеются, что ли?!

Женщина покорно опустила голову, словно собака, готовая ко всему. Если бы мужчина пил у нее на глазах цианистый калий, Она бы, наверное, молчала так же покорно.

— Ладно, попробую сам договориться с этими под-
лецами!

Правда, в глубине души он не питал особых надежд, что переговоры будут успешными. Он уже привык к разочарованиям. Поэтому, когда все тот же старик пришел со вторыми переносчиками песка и принес ответ, он даже немного растерялся.

Но растерянность не шла ни в какое сравнение с тем, что он испытал, уразумев смысл ответа.

— Ну ладно... — Старик говорил медленно, запинаясь, будто перебирая в уме старые бумаги. — Это, ну, в общем, чтобы совсем уж нельзя было договориться, — такого нет... Я, к примеру, конечно, но если вы двое выйдете из дома и перед нами, перед всеми... будете это делать, а мы смотреть... Ну а то, что вы просите, это правильно, это можно будет сделать, ладно...

— А что мы должны делать?

— Ну, это... как его, самец и самка что? Спариваются... Вот так.

Переносчики песка дико захохотали. Мужчина замер, будто ему стиснули горло. Он с трудом начал соображать, о чем идет речь. Начал понимать, что он понимает. И когда понял, то предложение не показалось ему таким уж чудовищным.

Луч карманного фонаря, точно золотая птица, пролетел у ног мужчины. Это был какой-то сигнал. Вслед за ним еще семь или восемь лучей стали кружить по дну ямы. Подавленный этим нетерпением стоявших наверху людей, которые разве что не горели, как смола, он, еще не найдя слов, чтобы отвергнуть предложение, уже сам точно заразился их безумием.

Он медленно повернулся к женщине. Только что она размахивала здесь своей лопатой, но сейчас куда-то исчезла. Может, убежала в дом? Он заглянул в дверь и позвал ее.

— Что же нам делать?

Из-за стены раздался ее приглушенный голос:

— Ну их к черту!

— Но хочется же выйти отсюда...

— Нельзя так!

— Да ладно, нужно смотреть на это проще...

Вдруг женщина, задыхаясь, подступила к нему.

— Вы что, с ума сошли?.. Не иначе с ума сошли... Просто разум потеряли! Ну разве можно такое делать!.. Я же еще не рехнулась!

Может, и правда?.. Может, и правда я сошел с ума?.. Ожесточенность женщины заставила его отступить, но внутри росла и ширилась какая-то пустота... Я получил столько пинков! Какое же значение имеют теперь честь, достоинство?.. Когда на тебя смотрят, а ты делаешь что-то гадкое — это гадкое в той же степени марает и тех, кто смотрит... Быть увиденным и видеть — незачем возводить стену между этими двумя понятиями... Некоторое различие между ними, конечно, есть, но, чтобы оно исчезло, я устрою им это маленькое представление... Нужно подумать еще и о том, какую награду ты получишь за это!.. Свободно разгуливать по земле!.. Я хочу вытащить голову из этого затхлого болота и вздохнуть полной грудью!

Определив, где находится женщина, он неожиданно бросился на нее. Крик женщины, шум падения их сплетенных тел около стены дома вызвали наверху животное возбуждение. Раздался свист, хлопанье в ладоши, похотливые выкрики... Количество людей там значительно возросло, среди них были, кажется, и молодые женщины. Число фонарей, скользивших по двери дома, стало раза в три больше, чем вначале.

Благодаря тому что он застиг женщину врасплох, ему удалось выволочить ее наружу. Он сдавил ей шею, и женщина обмякла, как мешок. Полукруг огней над ямой напоминал праздничную иллюминацию. Хотя не было особенно жарко, у него из-под мышек струился пот, волосы взмокли, будто на него вылили ушат воды. Вопли зрителей, точно эхо отдаваясь в ушах, огромными черными крыльями застилали небо. Мужчине казалось, что это его крылья. Он ощущал этих людей, напряженно смотревших с обрыва, так же явственно, как самого себя. Они были частью его. Это от его вожделения у них бежала слюна. Он уже чувствовал себя не жертвой, а скорее представителем палачей.

Было темно, да и руки дрожали, и пальцы стали будто в два раза толще. Когда наконец он обхватил ее, она выгнулась и ловко выскользнула из его рук. Утопая в песке, он бросился за ней. Но она снова отбросила его, точно стальная пружина. Опять схватив ее, мужчина начал молить:

— Прошу... Прошу тебя... Ведь я же все равно не могу... Давай сделаем только вид...

Но ему уже не нужно было удерживать ее. У женщины, казалось, пропало желание убегать. Вдруг он услышал звук рвущейся материи и в то же мгновение почувствовал резкий удар в низ живота, который нанесла локтем женщина, вложив в него всю свою злость, всю силу своего тела. Мужчина беззвучно согнулся пополам и обхватил руками колени. Склонившись над ним, женщина стала кулаками молотить его по лицу. На первый взгляд могло показаться, что движения у нее вялые, но каждый удар был увесистым, точно она толкла отсыревшие и слежавшиеся комки соли. Из носа у него хлынула кровь. На кровь налип песок, и его лицо превратилось в ком земли.

Возбуждение наверху спало, точно зонт, у которого обломали спицы. Смещались воедино выкрики негодования, насмешки, подбадривания, но они были какими-то нестройными, отрывочными. Пьяные, непристойные возгласы тоже не могли поднять настроение зрителей. Кто-то бросил что-то вниз, но его тут же обругали. Конец был таким же неожиданным, как и начало. Издали раздались голоса, призывающие к работе, длинный хвост огней растаял, будто его потянули вверх. И только дул темный северный ветер, унося последние следы возбуждения.

Мужчина, избитый и засыпанный песком, смутно ощущал, что все шло как по писаному. Эта мысль теплилась где-то в уголке сознания, напоминавшего пропитанное потом белье, под которым лишь биение сердца было до боли отчетливым. Горячие, как огонь, руки женщины лежат у него под мышками, и запах ее тела точно колючками бьет в нос. Ему представилось, что он в ее ласковых руках — как маленький камешек в русле спокойной реки.

Проходили однообразные ночи песка, шли недели. Вороны по-прежнему игнорировали "Надежду". Приманка — вяленая рыба — уже перестала быть вяленой рыбой. Вороны не соблазнились ею, но бактерии, видимо, были менее разборчивы. Однажды утром он тронул приманку концом палки — от рыбы осталась только кожа, а сама она превратилась в черное липкое месиво. Сменив приманку, он решил еще раз проверить, не испортилось ли его устройство. Он отгреб песок, открыл крышку и замер, пораженный. На дне бочонка скопилась вода. Ее было всего сантиметров десять, но это была почти совсем прозрачная вода, гораздо чище той ржавой, которую им ежедневно привозили. Разве в последнее время шел дождь?.. Нет, дождя не было недели две, не меньше... Тогда, может быть, это вода, оставшаяся от дождей, которые шли раньше?.. Ему бы хотелось так думать, но смущало то, что бочонок протекал. Действительно, когда он поднял его, сквозь днище полилась вода. Поскольку на такой глубине не могло быть подземного родника, напрашивалась мысль, что вытекавшая из бочонка вода все время откуда-то пополняется. Во всяком случае, так выходит теоретически. Но откуда ей пополняться в этих пересохших песках?

Мужчина с трудом сдерживал все возрастающее волнение. Можно было представить себе только один ответ. Капиллярность песка. Поверхность песка из-за высокой удельной теплоемкости обычно высушена, но, если немного углубиться, там песок всегда влажный. Это происходит, несомненно, потому, что испарение с его поверхности действует как помпа, выкачивающая влагу из нижних слоев. Представив себе это, можно легко объяснить и обильный туман, поднимающийся с дюн утром и вечером, и необычную влажность, пронизывающую деревянные стены и столбы дома и вызывающую гниение. В конце концов, сухость песков объясняется не просто недостатком воды, а скорее тем, что всасывание песка через капилляры никогда не достигает скорости испарения. Другими словами, пополнение воды идет непрерывно. Только эта циркуляция происходит со скоростью, немыслимой в обычной почве. И наверное, его "Надежда" где-то нарушила эту циркуляцию воды. Видимо, расположение вкопанного бочонка, ширина щели между ним и крышкой — все это не позволяло просачивающейся снизу воде испаряться, и она скапливалась. Каково это расположение и как все это связано между собой, он не мог еще точно объяснить, но после тщательного изучения сумел бы, несомненно, повторить свой опыт. И не исключено, что ему удалось бы построить еще более эффективное сооружение для скапливания воды.

Окажись опыты удачными — и ему не придется больше капитулировать, если перестанут подвозить воду. Но еще важнее другое: оказывается, весь песок — огромный насос. Ему казалось, что он сидит на всасывающей помпе. Чтобы успокоить бешеные удары сердца, ему пришлось сесть и перевести дух. Пока нельзя никому об этом говорить. В случае чего — это сильное оружие.

Он не мог сдержать радостного смеха. Хотя он должен был молчать о своей "Надежде", очень трудно было скрыть переполнявшую его сердце гордость. Неожиданно мужчина закричал тонким голосом, обхватил женщину, стелившую постель. Но она вывернулась, а он упал на спину и стал смеяться, дрыгая ногами, будто живот ему щекотал бумажный шар, наполненный легким газом. Ему казалось, что рука, которую он держал у лица, свободно плавает в воздухе.

Женщина тоже смеялась, но как-то принужденно — просто чтобы не портить ему настроение. Мужчина представлял себе простирающуюся без предела чистую сеть подземных ручейков, тонкими серебристыми нитями поднимающихся вверх по узким промежуткам между песчинками. Женщина же подумала о другом — не иначе о половом акте, который должен последовать за этим. Ну и ладно. Только потерпевший кораблекрушение и чудом не утонувший в состоянии понять психологию человека, которому хочется смеяться уже потому, что он дышит.

По-прежнему находясь на дне ямы, он испытывал такое чувство, будто поднялся на высокую башню. Может быть, весь свет вывернулся наизнанку, и теперь возвышенности и впадины поменялись местами. Во всяком случае, он нашел в песке воду. А это значит, что жителям деревни не справиться с ним так просто. Пусть прекращают теперь доставку воды, он обойдется без них сколько угодно. И он снова начинал безудержно хохотать, стоило ему подумать о том, как они забегают. Ему даже казалось, что он уже выбрался из ямы. Он огляделся, и вся яма предстала перед его взором. Очень трудно судить о мозаике, если не смотреть на нее с расстояния. Подойдя вплотную, вы заблудитесь в деталях. Оторвавшись от одной детали, спотыкаетесь о другую. До сих пор он видел скорее всего не песок, а лишь отдельные песчинки.

То же он мог бы сказать о той, другой женщине и о своих сослуживцах. До сих пор он вспоминал только отдельные мелкие детали, необычайно разросшиеся в его воображении: ноздри мясистого носа... Сморщенные губы... гладкие тонкие Губы... тупые пальцы... Тонкие пальцы... звезды в глазах... длинная бородавка под ключицей... бегущие по груди лиловые жилки... Смотреть в упор вблизи — тошно. Но на расстоянии все это кажется крошечным, не больше малюсенького насекомого. Вон там далеко копошатся сослуживцы, пьющие чай в учительской. А вон там, в уголке, — та женщина, обнаженная, лежит в сырой постели, полузакрыв глаза, не шевелясь, хотя попел с ее сигареты вот-вот упадет. Без всякой зависти он думал об этих маленьких насекомых, будто это были формы для печенья, пустые внутри. И не нужно быть настолько фанатичным пирожником, чтобы настойчиво печь печенье, которого никто не просил, — лишь бы использовать формы. Если ему случится еще раз завязать с ними отношения, то придется начинать все с самого начала. Перемены, происшедшие в песке, были в то же время и переменами в нем самом. В песке вместе с водой он словно обнаружил нового человека.

Так к его ежедневному уроку прибавилась работа над сооружением для сбора воды. Стали скапливаться цифры и диаграммы: место, где должен быть закопан бочонок... форма бочонка... связь между временем, когда светит солнце, и скоростью скопления воды... влияние температуры и атмосферного давления на эффективность сооружения. Женщина никак не могла понять, почему он так усердно возился с ловушкой для ворон. Она убеждала себя, что ни один мужчина не может обойтись без какой-нибудь игрушки, и, если он находит в этом удовлетворение, — прекрасно. Кроме того, он почему-то стал проявлять большой интерес к ее надомной работе. Во всем этом не было ничего плохого. Так что пусть забавляется. Но и у мужчины были на этот счет свои соображения и мотивы. Его исследование неожиданно натолкнулось на серьезное препятствие, потребовав сопоставления и увязки целого ряда условий. И хотя количество собранного материала росло, он никак не мог найти закономерность, которая позволила бы объединить все в стройную систему. К тому же, если он хотел получить верный результат, необходимо было иметь радиоприемник, чтобы слушать сводку и прогнозы погоды. Так приемник стал общей целью обоих.

В начале ноября воды в бочонке скапливалось по четыре литра в день, а затем день ото дня воды стало прибывать все меньше. Может быть, под влиянием температуры? Но для проведения опытов в полном объеме надо, видимо, ждать весны. Наступила долгая жестокая зима, и вместе с песком в воздухе начали носиться льдинки. Чтобы купить приемник получше, он решил хоть немного помочь женщине. Яма тоже имела свои преимущества — в нее не залетал ветер. Но зато и солнце почти не заглядывало. Даже в те дни, когда песок промерзал, в воздухе его носилось ничуть не меньше, чем обычно, и нужно было без устали отгребать его от дома. Кожа на руках потрескалась и кровоточила.

Наконец зима кончилась. Наступила весна. В начале марта приемник был куплен. На крыше установили высокую антенну. Женщина радостно и удивленно крутила полдня ручки. В конце месяца она почувствовала, что беременна. Прошло еще два месяца. Огромные белые птицы три дня летели с запада на восток. И еще через день женщина пожаловалась на нестерпимую боль. Она увидела, что вся в крови. Какой-то человек из деревни — у него в родне был ветеринар — поставил диагноз: выкидыш. Решили отвезти на пикапе в город, в больницу. Ожидая машину, мужчина сел рядом, позволив взять себя за руку, а другой поглаживал ей живот.

Но вот к яме подъехал пикап. Впервые за полгода была спущена лестница. Женщину, запеленатую в одеяло, как кокон, на веревке подняли наверх. До последней минуты она с мольбой смотрела на него глазами, полными слез. Будто не замечая, он отвернулся.

После того как ее увезли, веревочная лестница продолжала висеть. Мужчина робко подошел к ней и прикоснулся кончиком пальца. Убедившись, что она не исчезает, он стал медленно подниматься. Небо было какого-то грязно-желтого цвета. Руки и ноги тяжелые, будто он вышел из воды... Вот она, долгожданная лестница...

Ветер, казалось, вырывал дыхание изо рта. Обойдя вокруг ямы, он поднялся выше, откуда видно было море. Море тоже было мутно-желтое. Он глубоко вздохнул, но воздух был шершавый, совсем не такой, каким представлялся ему. Обернувшись, он увидел облако пыли на краю деревни. Наверное, пикап с женщиной... Да, зря он, пожалуй, не рассказал ей все о ловушке до того как уйти.

На дне ямы что-то зашевелилось. Это была его тень. Чуть выше тени — сооружение для сбора воды. Одна планка отошла. Вероятно, наступили, когда несли женщину. Он поспешил обратно, чтобы исправить поломку. Вода, как он и рассчитывал, поднялась до четвертой отметки. Поломка не так уж серьезна.\В доме трескучим голосом пело радио. С трудом сдерживая слезы, он опустил руки в бочонок. Вода обожгла холодом. Но он остался в том же положении, на корточках, даже не пошевелившись.

Спешить с побегом особой необходимости нет. Теперь в его руках билет в оба конца — чистый бланк, и он может сам, по своему усмотрению заполнить в нем и время отправления, и место назначения. К тому же непреодолимо тянет рассказать о своем сооружении для сбора воды. И если он решит это сделать, благодарнее слушателей, чем жители деревни, ему не найти. Не сегодня, так завтра он кому-нибудь все расскажет. А побег — об этом еще будет время подумать.

Объявление в связи с заявлением об исчезновении

Имя исчезнувшего — *Ники Дзюмпэй*
Год, месяц и день рождения — *1924, март, 7*

Поскольку Ники Сино было подано заявление об исчезновении вышеуказанного Ники Дзюмпэя, последнему предлагается до 21 сентября 1962 года известить суд о своем местонахождении. В случае если подобное сообщение не поступит, он будет признан умершим. Всех, кому известно что-либо об исчезнувшем, просят до указанного срока сообщить об этом суду.

1962, февраль, 18   *Гражданский суд*

Постановление

Истец — *Ники Сино*
Пропавший без вести — *Ники Дзюмпэй, родился
— 1924, март, 7*

Настоящим подтверждается, что после выполнения процедуры публичного объявления в связи с заявлением об исчезновении вышеназванного лица об указанном лице с 18 августа 1955 года, то есть более семи лет, не поступало никаких сведений. В связи с вышеизложенным выносится следующее постановление: исчезнувшего Ники Дзюмпэя считать умершим.

1962, октябрь, 5   *Гражданский суд*

Подпись судьи

Чужое лицо

Роман

Преодолев запутанный лабиринт, ты все же пришла, доверившись полученному от *него* плану, ты наконец пришла в это убежище. Несмело ступая, ты поднялась по лестнице, поскрипывающей, как педали органа; и вот комната. Затаив дыхание, постучала — ответа почему-то не последовало. Вместо ответа вприпрыжку, как котенок, подбежала девочка и открыла тебе дверь. Ты окликаешь ее, пытаясь узнать, не передавал ли он тебе что-нибудь, но девочка, ничего не ответив, только улыбнулась и убежала.

Тебе был нужен *он*, и ты заглянула в дверь. Но не увидела его, не увидела ничего, что напоминало бы *о нем*, — мертвая комната, в которой витает дух запустения. Вид тусклой стены заставил тебя вздрогнуть. Ты собралась было уйти, хотя испытывала чувство вины, но вдруг тебе попались на глаза три тетради, лежащие на столе, и рядом — письмо. Тут ты сообразила, что попала все-таки в ловушку. Какие бы горькие мысли ни овладели тобой в эту минуту, все равно — соблазн непреодолим. Дрожащими руками разрываешь конверт и начинаешь читать письмо...

Ты почувствовала, наверно, злость, почувствовала, наверно, обиду. Но я выдержу твой взгляд, упругий, как сдавленная пружина: я во что бы то ни стало хочу, чтобы ты продолжала читать. У меня нет никакой надежды, что ты благополучно преодолеешь эти минуты и сделаешь шаг в мою сторону. Я уничтожен *им* или *он* уничтожен мной? — так или иначе занавес в трагедии масок упал. Я убил *его*, признал себя преступником и хочу сознаться во всем до конца. Из великодушия или наоборот, но я хочу, чтобы ты продолжала читать. Тот, кто обладает правом казнить, обязан выслушать показания обвиняемого. И так просто отвернуться от меня, стоящего перед тобой на коленях, — не заподозрят ли тебя в том, что ты соучастница преступления? Ну ладно, садись, чувствуй себя как дома. Если воздух в комнате спертый, сразу же открой окно. Чайник и чашки, если понадобятся, на кухне. Как только ты спокойно усядешься, это убежище, запрятанное в конце лабиринта, превратится в зал суда. И пока ты будешь просматривать показания, я, чтобы сделать конец трагедии масок еще более достоверным, готов ждать сколько угодно, латая прорехи в занавесе. Да и одни воспоминания *о нем* не дадут мне скучать.

Итак, возвратимся к тому, что произошло со мной совсем недавно. Было утро, за три дня до того момента, который для тебя "сейчас". И в ту ночь ветер, смешанный с дождем, в котором будто растворили мед, с жалобным стоном сотрясал окно. Весь день я обливался потом, а когда зашло солнце, захотелось погреться у огня. Газеты писали, что еще вернутся холода, но как бы то ни было, дни стали длиннее, и только кончится этот дождь, сразу почувствуешь, что наступило лето. Стоило подумать об этом, и сердце начинало тревожно биться. В нынешнем моем положении я похож на фигурку из воска, бессильную перед жарой. При одной лишь мысли об ослепительном солнце вся моя кожа вздувалась волдырями.

Тогда я решил любым способом покончить со всем, пока не наступило лето. По долгосрочному прогнозу, в течение трех-четырех дней распространится высокое атмосферное давление с материка и возникнут метеорологические явления, характерные для лета. Мое единственное желание — в течение трех дней закончить приготовления для твоей встречи и сделать так, чтобы ты начала читать это письмо. Но нельзя сказать, что три дня — срок достаточный. Как ты сама видишь, показания, о которых я упоминал, — это три исписанные убористым почерком тетради, которые охватывают события целого года. В день я должен обработать по тетради, добавлять, вычеркивать, переделывать и оставить тебе в таком виде, который бы удовлетворил меня, — труд поистине огромный. Я настроился на работу и, купив на ужин пирожки с мясом, обильно сдобренные чесноком, вернулся сегодня домой часа на два раньше обычного.

Ну и какой же результат?.. Отвратительный... Я вновь ощутил, к чему может привести убийственный недостаток времени. Пробежал написанное и почувствовал омерзение к себе — записки выглядят почти как попытка оправдаться. Но такое неизбежно в эту залитую дождем, будто созданную для гибели ночь, когда промозглая сырость тревожит душу. Не стану отрицать — финал выглядит достаточно жалким, но я тешу себя надеждой, что всегда полностью отдавал себе отчет в происходящем. Без этой уверенности я вряд ли мог бы писать с такой неутолимой жадностью, независимо от того, послужат мои записки подтверждением алиби или, наоборот, вещественным доказательством виновности. Я до сих пор твердо убежден в одном, и не потому, что нелегко признать свое поражение: лабиринт, в который я сам себя загнал, был моим логически неизбежным страшным судом. Но вопреки ожиданиям мои записки взывают жалким голосом, похожим на голос приблудной кошки, запертой в комнате. Не знаю, удастся ли мне, забыв, что я располагаю всего тремя днями, обработать записки настолько, чтобы они меня удовлетворили.

Ну, хватит. Настал момент, когда я утвердился в мысли откровенно рассказать обо всем — ощущение, точно в горле застрял непрожеванный кусок жилистого мяса, стало для меня невыносимым. Если те страницы, которые вопиют, покажутся тебе никчемными и ты их только пролистаешь — ну что ж. Ты, например, не переносишь визг электрической дрели, шуршание тараканов, скрежет металла по стеклу. Но вряд ли можно сказать, что это самое важное в жизни. Почему визг электрической дрели — понять можно: он, видимо, ассоциируется с бормашиной. Два же других звука вызывают — не назовешь иначе — какую-то нервную сыпь. Но мне еще не приходилось слышать, чтобы сыпь была опасна для жизни.

Однако всему есть мера, пора, пожалуй, кончать. Сколько ни нагромождай оправданий, оправданиям — они ни к чему. Куда важнее то, чтобы ты не бросила на полдороге это письмо — мое время кончается, оно накладывается на твое настоящее, — а потом перешла к чтению записок... Я буду неотступно следовать за течением твоего времени, читай их не отрываясь до последней страницы...

Сейчас ты уже, наверное, успокоилась? Чай — в низкой зеленой банке. Кипяток — в термосе.

Черная тетрадь

Прежде всего — последовательность тетрадей по цвету обложек: черная, белая, серая. Между цветом и содержанием нет, конечно, никакой связи. Я выбрал их наугад. просто чтобы легче было различать.

Начну, пожалуй, с рассказа об убежище. Да, собственно, какая разница, с чего начать. Легче всего начать рассказ с того самого дня. Это было примерно полмесяца назад, когда я, как я тебе объяснил, на неделю должен был поехать в командировку. Моя первая большая поездка, с тех пор как я вышел из больницы. Я думаю, для тебя это тоже был памятный день. Я придумал и цель командировки — проверка хода работ по сооружению завода полиграфической краски в Осаке. Первое, что пришло мне в голову. На самом же деле с того дня я укрылся в доме S. и стал готовиться к осуществлению своего плана.

В тот день я писал в своем дневнике:

"26 мая. Дождь. По газетному объявлению посетил дом. Увидев мое лицо, девочка, игравшая во дворе, заплакала. Решил остановить выбор на этом доме — место прекрасное, расположение квартиры почти идеальное. Бодрит запах нового дерева и краски. Соседняя квартира как будто еще не занята. Хорошо бы и ее снять, но..."

Но я не собирался скрываться в доме S. под чужим именем, не собирался выдавать себя за другого. Это, может быть, покажется неразумным, но у меня был свой расчет. Мое лицо сейчас уж никак не годилось для мелких плутней. Действительно, игравшая у подъезда девочка, по виду уже школьница, только увидела меня, начала всхлипывать, будто перед ее глазами еще плыл страшный сон. Правда, управляющий, стараясь как можно лучше обслужить клиента, был невероятно приветлив...

Нет, приветлив был не только управляющий. Как это ни печально, почти все люди, встречавшиеся со мной, были приветливы. И поскольку их не тянуло слишком глубоко вникать в мои дела, каждый делал хорошую мину. И это понятно. Если они не решались взглянуть мне прямо в лицо, им ничего не оставалось, как быть приветливыми. Потому-то я и имел возможность избегать бессмысленных расспросов. Окруженный непреодолимой стеной приветливости, я всегда был совершенно одинок.

Дом только что построили, так что примерно половина из его восемнадцати квартир еще была не занята. Управляющий, сделав понимающее лицо, без всякой моей просьбы услужливо выбрал самую дальнюю квартиру на втором этаже, рядом с черной лестницей. Во всяком случае, внешне он был чрезвычайно услужлив. Квартира мне понравилась, хотя бы потому, что ее выбрали для меня специально. Разумеется, там была и ванная, а в самой комнате стояли, хотя и не особо изысканные, стол и два стула, и к тому же она в отличие от других квартир имела эркер, очень большой — почти как застекленная терраса. Черная лестница вела к стоянке для пяти-шести машин, и оттуда можно было выйти на другую улицу. Это, конечно, очень удобно и еще больше повышало ценность квартиры. Я должен был с самого начала все предусмотреть и потому тут же заплатил за три месяца вперед. Потом я попросил купить мне в ближайшем магазине постельные принадлежности. Управляющий, изображая безмерную радость, болтал без умолку, рассказывал, как хорошо устроена вентиляция, какая квартира солнечная. А покончив с этой темой, готов был начать рассказ уже о своей жизни. Но к счастью, ключ от квартиры, который он протянул, выскользнул из его пальцев и со звоном покатился по полу. Управляющий в замешательстве ретировался. Я вздохнул с облегчением... Как хорошо, если бы с людей всегда вот так легко можно было сдирать налет лжи.

Стемнело, стало невозможно разглядеть пальцы на руке, даже поднесенной к самому лицу. Комната, которая не знала еще человеческого тепла, была безжизненно холодной и неприветливой. Но она казалась мне лучше, чем приветливые люди. К тому же, с тех пор как случилось это несчастье, я больше всего полюбил темноту. Правда, как было бы хорошо, если б все люди на земле вдруг лишились глаз или забыли о существовании света. Наконец удалось бы достигнуть единодушия относительно *формы*. Все люди согласились бы, что хлеб — это хлеб, независимо от того, треугольный он или круглый... Да вот, например, как было бы хорошо, если б та маленькая девочка, еще не видя меня, зажмурилась и услыхала только мой голос. Тогда, может быть, мы привыкли бы друг к другу, стали друзьями — вместе ходили в парк, ели мороженое... И только потому, что всюду лез этот назойливый свет, девочка ошиблась, приняв треугольный хлеб не за хлеб, а за треугольник. То, что называют светом, само по себе прозрачно, но все предметы, попадая в его лучи, становятся непрозрачными.

Однако свет все же существует, и тьма — это лишь строго ограниченная временем отсрочка исполнения приговора. Когда я открыл окно, в комнату, как клуб черного пара, ворвался пропитанный дождем ветер. Захлебнувшись им, я закашлялся, снял темные очки и вытер слезы. Электрические провода, верхушки столбов, карнизы стоящих в ряд домов вдали, на широкой улице, слабо поблескивали, когда на них падал свет фар проносившихся мимо автомобилей, точно следы мела на черной доске.

В коридоре послышались шаги. Привычным движением я снова надел очки. Из магазина принесли постельные принадлежности, которые я заказал через управляющего. Деньги я подсунул под дверь и попросил оставить покупки в коридоре.

Итак, приготовления к старту как будто закончены. Я разделся и открыл платяной шкаф. В створку с внутренней стороны было вделано зеркало. Я снова снял очки, сбросил повязку и, пристально вглядываясь в зеркало, начал разбинтовывать лицо. Намотанные в три слоя бинты насквозь пропитались потом и стали вдвое тяжелее, чем утром, когда я их наматывал.

Как только я освободил лицо от бинтов, на него выползли полчища пиявок — багровые, переплетающиеся коллоидные рубцы... Ну что за отвратительное зрелище!.. Все это повторяется каждый день, как урок, — пора бы привыкнуть.

Меня еще больше разозлил мой, казалось бы, беспричинный испуг. Если вдуматься — не имеющая никаких оснований, неразумная чувствительность. Стоит ли поднимать такой шум из-за какой-то оболочки человека, да еще из-за ее небольшой части — кожи лица? Честно говоря, подобный предрассудок, устоявшийся взгляд ничуть не удивителен. Например, вера в колдовство... расовые предрассудки... безотчетный страх перед змеями (или тот же болезненный страх перед тараканами, о котором я уже писал)... Вот потому-то не прыщавый желторотый юнец, живущий иллюзиями, но я, заведующий важной лабораторией в солидном институте и накрепко, чуть ли не корабельным канатом привязанный к обществу, страдал от охватившей меня душевной аллергии. Прекрасно сознавая, что для особой ненависти к этому обиталищу пиявок нет никаких оснований, я ничего не мог поделать с собой и испытывал к нему непреодолимое отвращение.

Я, разумеется, предпринимал бесчисленные попытки преодолеть себя. Чем пройти мимо, отвернувшись, гораздо лучше посмотреть правде в глаза и привыкнуть к своему положению раз и навсегда. Если сам перестанешь обращать внимание, другие начнут поступать так же. Это несомненно. Исходя из этого, я и в институте стал часто говорить о своем лице. Я, например, с наигранной веселостью сравнивал себя с чудовищем в маске, которое показывают в телевизионных мультфильмах. С той же наигранной веселостью говорил, как удобно видеть и не быть видимым, когда можешь подсматривать за другими, для которых выражение твоего лица скрыто. Самый быстрый способ привыкнуть самому — приучать других.

Такой результат был, пожалуй, достигнут. Очень скоро в лаборатории я уже не чувствовал прежней напряженности. Дошло до того, что чудовище в маске тоже перестало быть пугалом, и в бесконечном его появлении на экранах телевизоров и в комиксах мои товарищи стали даже усматривать определенный резон. Действительно, маска, если, конечно, под ней не гнездятся пиявки, безусловно, имеет свои удобства. Если облачение тела в одежды знаменует прогресс цивилизации, то вряд ли можно быть гарантированным от того, что в будущем маска не станет самой обыденной вещью. Даже теперь маски часто используются в важнейших обрядах, на празднествах, и я затрудняюсь дать этому факту исчерпывающее объяснение, но мне представляется, что маска, видимо, делает взаимоотношения между людьми значительно более универсальными, менее индивидуальными, чем когда лицо открыто...

Временами я начинал верить, что хоть и медленно, но все же пошел на поправку. Однако я еще по-настоящему не представлял себе, сколь ужасно мое лицо. А все это время под бинтами продолжалось беспрерывное наступление пиявок. Обмораживание жидким воздухом не поражает так глубоко, как ожог, и, следовательно, заживление должно идти сравнительно быстро. Однако вопреки уверениям врачей, сокрушив все возможные оборонительные рубежи — прием теразина, инъекции кортизона, радиотерапия, — орды пиявок, бросая в бой все новые и новые силы, расширяли и без того обширный плацдарм на моем лице.

Однажды, например... Это случилось в обеденный перерыв, в тот день, когда я возвратился после совещания по согласованию работы нашей лаборатории с другими. Молодая лаборантка, только в этом году окончившая институт, подошла ко мне, перелистывая страницы книги, всем своим видом показывая, что хочет мне что-то сказать.

"Посмотрите, сэнсэй, какая забавная картинка". В книжке, которую она мне со смехом протянула, под ее тоненьким пальчиком был рисунок Клее, названный "Фальшивое лицо". Лицо было расчерчено параллельными горизонтальными линиями, и, если смотреть на него с определенной точки, казалось, что оно все обмотано бинтами. Оставались лишь узкие щелочки для глаз и рта — все это безжалостно подчеркивало отсутствие в лице всякого выражения. Я неожиданно почувствовал себя глубоко уязвленным. Девушка не имела, конечно, злого умысла. Я ведь сам сознательно своими разговорами спровоцировал се на такой поступок. Ничего, успокойся!.. Если раздражаться из-за подобного пустяка, то все мои усилия будут лопаться, как пузырьки на воде... Так я уговаривал себя, но вынести этого не мог — рисунок даже начал казаться мне моим собственным лицом, отражавшимся в глазах девушки... "Фальшивое лицо", видное другим, но само неспособное посмотреть... Меня мучила мысль, что девушке я кажусь именно таким.

Неожиданно для себя я выхватил книжку из рук девушки и разорвал ее пополам. Вместе с ней разорвалось и мое сердце. Из раны, точно содержимое протухшего яйца, вылилось мое нутро. Опустошенный, я собрал разорванные страницы и с извинениями вернул их девушке. Но было уже поздно. Раздался звук, который в обычных условиях, даже напрягаясь, невозможно услышать: будто в термостате зашуршала, изогнувшись, металлическая пластинка. Наверно, это девушка плотно сжала под юбкой колени, точно стараясь слить их в одно целое.

Я еще, по всей вероятности, не осознал всего, что скрывалось за моей тогдашней тоской. Буквально физически ощущая муки стыда, я все же не мог точно определить, чего же, собственно, я так стыжусь. Нет, пожалуй, если бы захотел, то смог, но я инстинктивно избегал заглядывать в пучину и спасался в тени избитой, банальной фразы: подобное поведение недостойно взрослого человека. Я убежден, что в жизни человека лицо не должно занимать такое уж большое место. Значимость человека в конечном счете нужно измерять содержанием выполняемой им работы, и это связано с уровнем интеллекта, лицо же тут ни при чем. И если из-за того, что человек лишился лица, его общественный вес уменьшается, причиной может быть лишь одно — убогое внутреннее содержание этого человека.

Однако вскоре... Да, через несколько дней после этого случая с рисунком... Волей-неволей я стал все яснее сознавать, что удельный вес лица значительно больше, чем я наивно предполагал. Это предостережение подкралось внезапно, откуда-то изнутри. Все мое внимание было поглощено подготовкой к защите от нападения извне, поэтому я был застигнут врасплох и в мгновение ока повержен. Причем атака была столь резкой и неожиданной, что я не сразу осознал свое поражение.

Когда я возвратился вечером домой, мне непреодолимо захотелось послушать Баха. И не то чтобы я не мог жить без Баха — просто мне казалось, что моему неровному, зазубренному, что ли, настроению, у которого неимоверно сократилась амплитуда колебаний, больше всего подходит именно Бах, а не джазовая музыка или Моцарт. Я не такой уж тонкий ценитель музыки — скорее ревностный ее потребитель. Когда работа у меня не клеится, я выбираю музыку, больше всего соответствующую нерабочему настроению. Если мне нужно на какое-то время прервать размышления — зажигательный джаз; если я хочу напружинить всего себя — раздумчивый Барток; если стремлюсь испытать чувство внутренней свободы — струнный квартет Бетховена; если мне нужно на чем-то сосредоточиться — нарастающий по спирали Моцарт; ну а Бах — прежде всего, когда.необходимо душевное равновесие.

Но вдруг меня охватило сомнение — не спутал ли я пластинку. А если нет, то, значит, проигрыватель неисправен. Настолько была искажена мелодия. Такого Баха я еще никогда не слышал. Бах — бальзам, пролитый на душу, но то, что я услышал, не было ни ядом, ни бальзамом, а каким-то бесформенным комом глины. Это было нечто лишенное смысла, глупое, все музыкальные фразы до одной представлялись мне вывалянными в пыли, приторными леденцами.

Это случилось как раз в тот момент, когда ты с двумя чашками чаю пошла в комнату. Я ничего не сказал, и ты, видимо, подумала, что я погрузился в музыку. Ты тут же тихонько вышла. Значит, это я сошел с ума! И все равно не мог поверить в это... Неужели изуродованное лицо способно влиять на восприятие музыки?.. Сколько я ни вслушивался, умиротворяющий Бах не возвращался, и мне не оставалось ничего другого, как примириться с этой мыслью. Вставляя сигарету в щель между бинтами, я нервно спрашивал себя, не потерял ли я еще чего-то вместе с лицом. Моя философия, касающаяся лица, нуждалась, кажется, в коренном пересмотре.

Потом, точно из-под ног вдруг выскользнул пол времени, я погрузился в воспоминания тридцатилетней давности. Этот случай, о котором я с тех пор ни разу не вспоминал, внезапно ожил, отчетливо, точно цветная гравюра. Все вышло из-за парика моей старшей сестры. Трудно объяснить почему, но эти чужие волосы казались мне чем-то невыразимо непристойным, аморальным. Однажды я потихоньку стащил его и бросил в огонь. Но мать как-то это обнаружила. Она приняла мой поступок очень близко к сердцу и учинила допрос. И хотя мне казалось, что я поступил правильно, когда меня стали расспрашивать, я не знал что ответить и стоял растерянный, красный. Нет, если бы я попытался, то смог бы, конечно, ответить. Но мне казалось, что даже говорить об этом неприлично, брезгливость сковывала язык... Ну, и если заменить слово *парик* словом *лицо*, то станет ясно, почему непереносимое внутреннее напряжение так точно совпало с пустым звучанием разрушенного Баха.

Когда я, остановив пластинку, выбежал из кабинета, точно спасаясь от погони, ты вытирала стоящие на обеденном столе стаканы. То, что произошло дальше, было настолько внезапно, что сейчас я не могу восстановить в памяти, как все это случилось. Столкнувшись с твоим противодействием, я смог наконец полностью осознать, в каком положении оказался. Правой рукой я сжал твои плечи, левой попытался залезть под юбку. Ты закричала и вдруг, напрягшись, как пружина, вскочила. Стул отлетел в сторону, стакан упал на пол и разбился.

Схватившись за упавший стул, мы, не дыша, замерли друг против друга. Мои действия, может быть, и правда были слишком грубыми. Но я находил им и некоторое оправдание. Это была отчаянная попытка одним усилием вернуть то, что я начал терять из-за искалеченного лица. Ведь с тех пор, как это случилось, физической близости между нами не было. Хотя теоретически я признавал, что лицо имеет лишь подчиненное значение, но все же избегал посмотреть на себя со стороны, уходил от этого. Я был загнан в угол, и у меня не оставалось другого выхода, кроме как броситься в лобовую атаку. Видимо, своим поступком я хотел доказать, что барьер, воздвигнутый между нами моим лицом, призрачен, что его не существует.

Но и эта попытка окончилась неудачей. Ощущение твоего лона, точно припорошенного алебастровой пылью, блуждающими огоньками до сих пор покалывает кончики моих пальцев. В горле у меня, будто пучок колючек, застрял хриплый вопль. Я хотел сказать что-нибудь, Мне хотелось многое сказать... Но я не мог вымолвить ни слова. Оправдание?.. Сожаление?.. А может быть, обвинение? Если уж говорить — нужно было выбрать что-нибудь из этого, но сделать выбор я, кажется, уже не успевал. Если выбрать оправдания или сожаление, то лучше уж просто улетучиться, как дым. Если же выбрать наступление, то я бы разодрал твое лицо, и ты бы стала подобна мне или даже еще страшнее. Вдруг ты заплакала навзрыд. Это был жалобный, безысходный плач, похожий на урчанье воздуха в кране, из которого перестала течь вода.

Внезапно на моем лице разверзлась глубокая дыра. Она была такой глубокой, что в ней, казалось, могло легко поместиться все мое тело и еще осталось бы место. Откуда-то засочилась жидкость, похожая на гной из гнилого зуба, и застучала каплями. Сопровождающее этот звук зловоние, наполнившее комнату, ползло, будто полчища тараканов, отовсюду: из обивки стульев, из шкафа, из водопроводного крана, из выцветшего, засиженного мухами абажура. У меня возникло непреодолимое желание заткнуть на лице все дыры. Захотелось прекратить эту пародию на игру в прятки, когда не от кого прятаться.

Отсюда был лишь один шаг до моего плана изготовить маску. В том, что такая идея появилась, не было ничего удивительного. Ведь для сорняка вполне достаточно клочка земли и капли влаги. Не принимая близко к сердцу, не придавая этому серьезного значения, со следующего дня, как и намечал, я стал просматривать оглавления старых научных журналов. Нужная мне статья об искусственных органах из пластика должна быть примерно в летних номерах за позапрошлый год. Да, моей целью было сделать пластиковую маску и прикрыть ею дыры на лице. Согласно одной теории, маска служит не простым заменителем, а выразителем весьма метафизического желания заменить свой облик каким-то другим превосходящим собственный. Я тоже не мыслил категориями рубахи и брюк, которые можно менять, когда захочется. Не знаю, как поступили бы древние, поклонявшиеся идолам, или юнцы, вступающие в пору половой зрелости, я же не собирался возложить маску на алтарь своей второй жизни. Сколько бы ни было лиц, я неизменно должен был оставаться самим собой. Маленькой "комедией масок" я пытался лишь заполнить затянувшийся антракт в моей жизни.

Мне без особого труда удалось найти нужный журнал. Согласно статье, можно создать части тела, внешне почти не отличающиеся от настоящих. Правда, все это относилось лишь к воспроизведению формы, что же касается подвижности, то здесь оставалось еще много нерешенных проблем. Нужно постараться, чтобы маска, если мне удастся ее создать, обладала мимикой. Мне бы хотелось, чтобы она могла свободно растягиваться и сокращаться в плаче и смехе, следуя за движением мускулов лица, управляющих мимикой. И хотя нынешний уровень высокомолекулярной химии вполне позволяет добиться этого, наши возможности в области технологии несколько отстают. Но одно то, что надежда существовала, уже было для меня в то время прекрасным жаропонижающим. Когда нет возможности лечить зубы, не остается ничего иного, как глотать болеутоляющее.

Прежде всего я решил встретиться с К., автором статьи об искусственных органах, и поговорить с ним. К. сам подошел к телефону, но был очень неприветлив и разговаривал со мной без всякого интереса. Может быть, он испытывал предубеждение против меня — человека, тоже занимающегося высокомолекулярными соединениями. Но все же обещал уделить мне час после четырех.

Поручив дежурному проследить за приборами и просмотрев несколько документов, я быстро ушел. Улица сверкала, точно отполированная, ветер разносил запах маслин. Эта сверкающая улица, этот запах вызывали у меня острое чувство зависти. Пока я ждал такси, мне казалось, что со всех сторон на меня глазеют, будто видят перед собой незаконно вторгшегося пришельца. Но я терпел этот слишком яркий солнечный свет — пока все было лишь негативом, в котором черное — белое, а белое — черное, и, если удастся получить маску, я сразу же смогу получить позитив.

Нужный мне дом находился на улице, тесно застроенной жилыми зданиями, недалеко от станции кольцевой железной дороги. Это был обыкновенный, ничем не примечательный дом, на котором висела малозаметная табличка "Научно-исследовательский институт высокомолекулярной химии К.". Во дворе у ворот как попало были расставлены клетки с кроликами.

В тесной приемной стояла лишь истертая деревянная скамья и пепельница на ножках, лежало несколько старых журналов. Я почему-то пожалел, что пришел сюда. Институт — звучало внушительно, но вряд ли это было то место, где следовало выбирать лечащего врача. Может быть. К. — обыкновенный шарлатан, пользующийся доверчивостью своих пациентов. Обернувшись, я увидел на стене две фотографии в замусоленных рамках. На одной — в профиль лицо женщины без подбородка, напоминающее мордочку полевой мыши. На другой — оно же, чуть улыбающееся, ставшее несколько привлекательнее, видимо, после пластической операции.

Сказывалась длительная бессонница — что-то давило на переносицу, сидеть на твердой скамье было невыносимо. Наконец вошла сестра и проводила меня в соседнюю комнату. В ней разливался молочный свет, проникающий сквозь жалюзи. На столе у окна никаких шприцев не было, зато устрашающе блестели какие-то незнакомые инструменты.

Около стола стояли шкаф с историями болезней и вращающееся кресло с подлокотниками, напротив — такое же кресло для пациентов. Несколько поодаль — невысокая ширма и рядом кабинка на колесиках для переодевания. Стандартное оборудование кабинета врача. Оно привело меня в уныние.

Я закурил. Приподнявшись в поисках пепельницы, я замер от неожиданности, увидев содержимое эмалированного лотка. Ухо, три пальца, кисть руки, щека от века до губы... Они лежали как попало в лотке, еще дыша жизнью, будто только что отрезанные. Мне стало не по себе. Они казались более настоящими, чем настоящие. Честно говоря, даже и в голову не приходило, что слишком точная копия может производить такое тягостное впечатление. Хотя достаточно было посмотреть на стены, чтобы убедиться, что это всего лишь пластиковые муляжи, мне все равно казалось, что я ощущаю запах смерти.

Из-за ширмы вдруг появился К. Меня поразила его неожиданно приятная внешность. Вьющиеся волосы, очки без оправы с толстыми стеклами, похожими на донышки стаканов, мясистый подбородок... И к тому же от К. исходил родной, привычный мне запах химикатов...

Теперь была его очередь испытать беспокойство. Некоторое время он молчал, в замешательстве глядя то на мою визитную карточку, то на мое лицо.

— Итак, вы... — К. замолчал, снова бросил взгляд на мою визитную карточку и голосом уже совсем другим, нежели по телефону, сдержанно закончил: — Вы пришли ко мне как пациент?

Конечно же, я пациент. Но каким бы превосходным ни было искусство К., я не смел питать ни малейшей надежды, что ему удастся выполнить мое желание. Единственное, на что я мог рассчитывать, — это на совет. С другой стороны, сказать об этом прямо, в лоб и обидеть собеседника тоже было бы невежливо. К., видимо, объяснил мое молчание робостью и продолжал участливо:

— Садитесь, пожалуйста... На что жалуетесь?

— Во время эксперимента произошел взрыв жидкого кислорода. Обычно мы использовали жидкий азот, поэтому по привычке я был не особенно осторожен...

— Келоидные рубцы?

— Как видите, по всему лицу. Наверно, я предрасположен к появлению келоидов. Мой врач решил отказаться от дальнейшего лечения, так как малейшая неосторожность может вызвать рецидив.

— Вокруг губ лицо как будто не пострадало?

Я снял темные очки и показал ему.

— Благодаря очкам глаза тоже уцелели. Мое счастье, что я близорук и ношу очки.

— Да, вам повезло! — И с жаром, будто это касалось его самого: — Ведь речь идет о глазах и губах... Если они теряют подвижность — очень плохо... Одной формой обмануть никого не удастся.

Вроде бы увлеченный своим делом человек. Пристально разглядывая мое лицо, он, казалось, в уме уже вырабатывал план. Чтобы не разочаровывать его, я поспешил переменить тему разговора:

— Мне попалась написанная вами работа. По-моему, летом прошлого года.

— Да, в прошлом году.

— Я был потрясен, просто не мог представить себе, что достижимо такое искусство.

К. с видимым удовольствием взял из миски согнутый палец и, слегка перекатывая его на ладони, сказал:

— Знали бы вы, какая это кропотливая работа. Разве чем-нибудь отличается дактилограмма этого пальца от настоящего? Потому-то я и получил на первый взгляд странное распоряжение полиции — регистрировать все дактилограммы...

— Формой служит гипс?

— Нет, я использую вязкий кремний. Дело в том, что гипс не позволяет передать мельчайшие детали... А здесь, смотрите, даже заусенцы у основания ногтей и те ясно вырисовываются.

Я боязливо прикоснулся к нему кончиками пальцев — ощущение, точно потрогал что-то живое. И хотя я понимал, что это нечто искусственное, меня все равно охватил какой-то суеверный страх, будто я прикоснулся к *смерти.*

— Все-таки мне это представляется кощунством...

— И тем не менее все это — куски человеческого тела...

К. с гордым видом взял другой палец и срезом вниз поставил его вертикально на стол. Казалось, что мертвец, проткнув доску стола, высунул наружу палец.

— Попробуйте-ка сделать, чтобы он был вот таким, чуть грязноватым, это не так-то просто. Призываешь все свое мастерство, чтобы предельно точно воспроизвести тот или иной орган пациента, стараешься передать почти неуловимое, только ему присущее своеобразие... Это, например, средний палец, и поэтому внутренней стороне первой фаланги придан вот такой оттенок. Разве он не напоминает следы никотина?

— Наносили кисточкой или еще чем-нибудь?

— Отнюдь... — К. впервые громко рассмеялся. — Краска ведь сотрется моментально. Изнутри, слой за слоем, накладываются вещества разных цветов. Например, ногти — тут поливинилацетат... Если нужно — полоска грязи под ногтями... суставы и линии морщин... вены — здесь нужна легкая синева... Вот так-то.

— Чем же они отличаются от обыкновенных ремесленных поделок? Их ведь может изготовить кто угодно?..

— Это конечно. — И, почесывая колено: — Но в сравнении с изготовлением лица все эти вещицы — лишь первые неуверенные шаги. Лицо есть лицо... Во-первых, существует такая вещь, как выражение. Верно? Морщинка или бугорок в какую-то десятую долю миллиметра, оказавшись на лице, приобретает огромное значение.

— Но подвижность-то вы ему не можете придать?

— Вы хотите слишком многого. — К., расставив ноги, повернулся ко мне. — Я отдал все силы, чтобы создать внешний облик, а вот подвижность — до этого еще не дошло.

Частично это компенсируется путем выбора наименее подвижных участков лица. И еще одно — существует такая проблема, как вентиляция. Возьмем, например, ваш случай. Без детального осмотра сделать окончательное заключение трудно, но, судя по тому, что я вижу, даже сквозь бинты у вас выделяется значительное количество пота... Наверное, потовые железы не затронуты и продолжают исправно функционировать. И поскольку они функционируют, закрыть лицо чем-то таким, что затрудняет вентиляцию, нельзя. Это не только вызовет нарушения физиологического характера, но и приведет к тому, что человек начнет задыхаться и больше чем полдня вряд ли выдержит. Тут нужна большая осторожность. Смешно, когда у старика зубы белые, как у ребенка. То же самое и здесь. Гораздо большего эффекта можно достичь исправлениями, незаметными для посторонних... Вы можете снять бинт сами?

— Могу... но, видите ли... — И, размышляя о том, как бы лучше объяснить ему, что я не тот пациент, каким ему показался: — По правде говоря, я не принял еще окончательного решения, и меня это очень мучит... И пока я не решил, стоит ли делать что-либо с рубцами на лице.

— Конечно, стоит, — К., точно подбадривая меня, стал еще настойчивее. — Шрамы — особенно на лице — нельзя рассматривать лишь как проблему косметическую. Нужно признать, что эта проблема соприкасается с областью профилактики душевных заболеваний. В противном случае разве по доброй воле кто-нибудь стал бы отдавать свои силы подобной ереси? Я же уважаю себя как врач. И никогда не удовлетворился бы ролью ремесленника, изготавливающего муляжи.

— Да, да, понимаю.

— Ну вот, видите? — Он иронически скривил губы. — А ведь не кто иной, как вы, называли мои работы ремесленными поделками.

— Нет, я говорил не в таком смысле.

— Ничего. — И нравоучительно, с видом понимающего все педагога: — Вы не единственный, кто в последнюю минуту начинает колебаться. Внутренний протест против изготовления лица -- это обычное явление. Пожалуй, начиная с позднего средневековья... да и сейчас еще, люди, находящиеся на низкой ступени развития, охотно меняют свои лица... Корни этого мне, к сожалению, не известны, поскольку я не специалист... Но статистически они выявляются достаточно точно... Если взять, например, ранения, то повреждений лица по сравнению с повреждениями конечностей больше примерно в полтора раза. А между тем восемьдесят процентов из всех, кто получил такие ранения, обращаются к врачам по поводу потери конечностей, главным образом пальцев. Ясно, что в отношении лица существует определенное табу. Примерно то же наблюдают и мои коллеги. И самое ужасное — к моей работе относятся как к работе высококвалифицированного косметолога, одержимого страстью наживы...

— Но нет ведь ничего удивительного в том, что содержание предпочитают внешней форме...

— Значит, предпочитается содержание, лишенное формы? Не верю. Я твердо убежден, что душа человека заключена в коже.

— Возможно, выражаясь фигурально...

— Почему фигурально?.. — И спокойным, но решительным тоном: — Душа человека — в коже. Я убежден в этом. Убедился на собственном опыте, приобретенном во время войны, когда я был в армии военным врачом. На войне отрывало руки и ноги, калечило лица — там это происходило изо дня в день. Но что, вы думаете, заботило раненых солдат больше всего? Не жизнь, не восстановление функций организма, нет. Прежде всего их беспокоило, сохранится ли их первоначальный облик или нет. Сначала я тоже смеялся над ними. Ведь все, о чем я говорю, происходило на войне, где ничто не имело цены, кроме количества звездочек в петлицах и здоровья... Но однажды произошел такой случай: какой-то солдат, у которого было сильно изувечено лицо, хотя других явных повреждений и не было, перед самой выпиской из госпиталя неожиданно покончил с собой. До этого он был в состоянии шока... и вот с тех пор я стал внимательно изучать внешний вид раненых солдат... И наконец пришел к совершенно определенному выводу. К тому печальному выводу, что серьезное ранение, особенно ранение лица, подобно переводной картинке, отпечатывается душевной травмой...

— Да, такие случаи, видимо, бывают... Но, основываясь на том, что подобных примеров можно привести сколько угодно, нельзя, мне думается, рассматривать это явление как общий закон, пока ему не будет найдено точное научное объяснение. — Во мне вдруг поднялось непреодолимое раздражение. Ведь я пришел сюда не для того, чтобы вести разговоры о том, что меня ждет. — Впрочем, я еще не разобрался как следует во всем этом... Простите, наговорил, наверно, всяких несуразностей. Совершенно бесцельно отнял у вас так много драгоценного времени, виноват...

— Подождите, подождите, — И самоуверенно, со смешком: — Может быть, вы воспримете это как принуждение, но я хочу сказать вам, и совершенно уверен, что прав... если вы все оставите так, как есть, вам придется всю жизнь прожить в бинтах. Они ведь и сейчас на вас. Это как раз и доказывает: вы сами считаете — лучше пусть бинты, чем то, что под ними. Сейчас в памяти окружающих вас людей живет ваше лицо таким, каким оно было до увечья... Но ведь время вас не будет ждать... да и память постепенно тускнеет... появляются все новые и новые люди, которые не знали вашего лица... и в конце концов вас объявят несостоятельным должником за то, что вы не платите по векселю бинтов... и хотя вы останетесь в живых, общество похоронит вас.

— Ну, это уж слишком! Что, собственно, вы хотите этим сказать?

— Людей, имеющих одинаковые увечья, если это касается повреждений рук или ног, можно встретить сколько угодно. Никого не удивит слепой или глухой... Но видели ли вы когда-нибудь человека без лица? Нет, наверное. Вы что же, думаете, все они испарились?

— Не знаю. Другие меня не интересуют!

Мой ответ прозвучал непреднамеренно грубо. Пришел в полицейский участок заявить о грабеже — а там, вместо того, чтобы помочь, пристают с поучениями и на прощание предлагают купить замок понадежней. Но и мой собеседник не сложил оружия.

— К сожалению, вы меня, по-видимому, не совсем поняли. Лицо — это в конечном счете его выражение. А выражение... как бы это лучше сказать... В общем, это своего рода уравнение, выражающее отношения с другими людьми. Это тропинка, связывающая с ними. И если тропинка преграждена обвалом, то люди, даже пробравшись кое-как по ней, скорее всего, пройдут мимо вашего дома, приняв его за необитаемую развалюху.

— Ну и прекрасно. Мне и не нужно, чтобы попусту заходили.

— Значит, вы хотите сказать, что пойдете своей собственной дорогой?

— А что, нельзя?

— Даже ребенок не может игнорировать устоявшийся взгляд, согласно которому человек узнает, что он собой представляет, только посмотрев на себя глазами другого. Вам случалось когда-нибудь видеть выражение лица идиота или шизофреника? Если перегородить тропинку и надолго оставить ее так, то в конце концов забудут, что тропинка существовала.

Чтобы не оказаться окончательно припертым к стене, я попытался наугад броситься в контратаку.

— Ну что ж, это верно. Предположим, выражение лица представляет собой именно то, что вы говорите. Но вы ведь сами себе противоречите. Почему за неимением лучшего, прикрывая какую-то часть лица, вы считаете, что восстанавливаете его выражение?

— Не беспокойтесь. Прошу вас довериться мне. Это уж по моей специальности. Во всяком случае, я убежден, что смогу дать вам нечто лучшее, чем бинты... Ну что ж, давайте снимем их? Мне бы хотелось сделать несколько фотоснимков. С их помощью методом исключения удастся последовательно отобрать важнейшие элементы, необходимые для восстановления выражения лица. А из них — наименее подвижные, легко фиксируемые...

— Простите... — Теперь у меня в мыслях было одно: бежать отсюда. Отбросив чувство собственного достоинства, я начал упрашивать: — Уступите мне лучше вот этот палец. Пожалуйста!

К. удивленно потирал ладонью колено.

— Палец, вот этот палец?

— Если нельзя палец, я удовлетворюсь ухом или еще чем-нибудь...

— Но ведь вы пришли ко мне по поводу келоидных рубцов на лице.

— Ну что ж, прошу извинить. Нельзя так нельзя...

— Вы не поняли меня, простите... дело не в том, что я не могу продать... но, верите ли, цена непомерно высока... ведь для каждого из них приходится изготовлять отдельную форму... только расходы на материал достигают пяти-шести тысяч йен... по самым скромным подсчетам.

— Прекрасно.

— Не понимаю, что у вас на уме?

Он и не мог понять... Наш разговор напоминал два рельса, проложенных без точного расчета и расходящихся в разные стороны. Я вынул бумажник и, отсчитывая деньги, без конца извинялся самым искренним образом.

Когда, крепко, будто нож, сжимая в кармане искусственный палец, я вышел на улицу, резкая граница между светом и тенью показалась мне неестественной, прочерченной рукой человека. Дети, игравшие в переулке в мяч, увидев меня, побледнели и прижались к забору. У них были лица, точно их подвесили за уши прищепками для белья. Сними я бинты, у них бы поджилки затряслись. А меня так и подмывало ворваться в этот ландшафт, точно сошедший с рекламной открытки. Но для меня, лишенного лица, было немыслимо отойти хоть на шаг от своих бинтов. Представляя себе, как бы я раскромсал этот пейзаж, размахивая искусственным пальцем, который лежал сейчас у меня в кармане, я с трудом переваривал отвратительные слова К. "похоронить себя заживо". Ничего, посмотрим. Если теперь мне удастся прикрыть лицо чем-то таким, что сделает неотличимым от настоящего, то, каким бы бутафорским ни был ландшафт, он не сможет превратить меня в отверженного...

В ту ночь... поставив искусственный палец на стол, словно свечку, я, не смыкая глаз, думал об этой "подделке", более похожей на настоящий палец, чем настоящий.

Возможно, я воображал костюмированный бал из какой-то чудесной сказки, на котором я неожиданно появлюсь. Но даже в воображении я не мог не сделать маленького примечания: "сказка". Не символично ли это? Я уже писал, что разработал этот план, не особенно задумываясь о последствиях, точно переправлялся через узенькую речушку. И уж конечно, у меня не было никакого окончательного решения. Может быть, из-за бессознательного стремления легко относиться к маске, успокаивая себя тем, что потеря лица еще не означает потери чего-то весьма существенного? Поэтому проблему составляет в некотором роде не сама маска — самодовлеющее значение приобретает смысл вызова, который она бросает лицу, авторитету лица. Если бы, столкнувшись с разрушенным Бахом, с твоим отказом, я не был доведен до такого затравленного состояния, то, может быть, посмотрел бы на все более спокойно и даже нашел бы в себе силы подшучивать над своим лицом.

А пока черный мрак, как тушь в стакане воды, разливался в моем сердце. Лицо — тропинка между людьми, такова точка зрения К. Как мне сейчас представляется, если К. и произвел на меня неблагоприятное впечатление, то не из-за самодовольства или стремления навязать свое лечение, а из-за этой идеи. Согласиться с ним — значило признать, что, потеряв лицо, я навечно замурован в одиночной камере, и, следовательно, маска приобретает уже весьма глубокий смысл. Мой план превращался в попытку бежать из тюрьмы, попытку, где на карту было поставлено существование человека. Значит, мое нынешнее положение становится безнадежным и, следовательно, подходящим для подобного плана. По-настоящему угрожающая обстановка — это обстановка, воспринимаемая тобой как угрожающая. При всем желании трудно было согласиться с такой точкой зрения.

Я сам признаю, что не кто иной, как я, нуждаюсь в тропинке, которая связывала бы меня с людьми. И как раз поэтому продолжаю писать тебе эти строки. Но разве лицо — единственная тропинка? Не верится. Моя диссертация, посвященная реологии, получила поддержку среди людей, которые ни разу не видели моего лица. Конечно, устанавливать связь с людьми можно не только с помощью научных трудов. От тебя, например, я хочу совсем другого. То, что называют душой, сердцем, не имеет четких очертаний, но представляет собой куда более ощутимый символ человеческих отношений. Эти отношения значительно сложнее, чем отношения между животными, которым, для того чтобы обозначить себя, достаточно запаха, и потому наиболее приемлемый и распространенный путь установления отношений между людьми — выражение лица. По-видимому, так же, как денежная система обмена является шагом вперед по сравнению с натуральной. Но в конечном счете и деньги не более чем средство, и вряд ли можно утверждать, что они всесильны при любых обстоятельствах. В одних случаях маленькая почтовая марка и телеграфный перевод, в других — драгоценные камни и благородные металлы гораздо удобнее денег.

Не предвзятое ли это мнение, объяснимое привычкой считать, что душа и сердце нечто идентичное и связь с ними может быть установлена только с помощью лица? Ведь совсем не редки случаи, когда дорога к тесному единству сердец — не бесконечное взаимное лицезрение, а четверостишие, книга, граммпластинка. Если считать, что лицо совершенно необходимо, тогда в первую очередь слепые лишены возможности судить о человеке. Разве я не прав? Меня беспокоит скорее другое — не приведет ли склонность слишком бездумно опираться на привычное представление о лице к обратным результатам — к сужению, к формальному восприятию связей между людьми. Прекрасным примером может служить известное всем идиотское предубеждение против цвета кожи. Поручать несовершенному лицу, функции которого ограничены тем, чтобы можно было различить черного, белого и желтого, поручать ему великую миссию быть тропинкой к душе — это-то и означает пренебрегать душой.

Постскриптум.

Прочитал написанное и увидел, что, отвергая всякую связь с лицом, я прибег к довольно откровенной уловке. Ну, к примеру, тот неопровержимый факт, что впервые я обратил на тебя внимание прежде всего благодаря твоему лицу. И теперь тоже, когда я думаю о том расстоянии, которое нас разделяет, меркой служит не что иное, как моя неспособность увидеть выражение твоего лица. Да, видимо, с самого начала мне следовало сделать попытку поменяться с тобой местами и откровенно представить себе, что бы случилось, если бы лица лишилась ты. Недооценка лица, так же как и его переоценка, всегда несет в себе элемент искусственности. Взять хотя бы ту историю с накладными волосами моей сестры. Я привел ее, наверно, для того, чтобы объяснить свое желание не придавать слишком большого значения лицу. Но, если вдуматься, она вряд ли подходит для данного случая. Может быть, это был просто интерес и в то же время отвращение ко всему искусственному, что часто наблюдается у подростков, и история эта скорее говорит о том, что я придавал лицу слишком большое значение. А может быть, я просто ревновал сестру, которая намеревалась распахнуть створки своего лица перед кем-то чужим.

И еще одно. Как-то мне довелось в газете или журнале прочесть статью, где, как ни странно, доказывалось, что корейцы с примесью японской крови делают себе пластическую операцию, чтобы быть больше похожими на корейцев. Это уж явное стремление к реабилитации лица, а ведь о корейцах при всем желании не скажешь, что они подвержены предрассудкам. В общем, я так и не сумел разобраться в самых простых

вещах. И если предс...
телось спросить корейц...
муся лица.

В конце концов я... ...
о лице, разговора, котор...
решению вопроса. Но в то ...
чины отказываться от моего ...
рение технической стороны пр...

С технической точки зрен...
представлял значительный интер...
ривался к нему, тем больше пораж... ...с которым
он был сделан. Он рассказывал об о... ...ом, словно обыкновенный живой палец. Судя по том... ...как натянута кожа, он
мог бы, пожалуй, принадлежать тридцатилетнему. Прямой
ноготь... впадины с боков... глубокие складки на суставах...
четыре маленьких пореза в ряд, точно жаберные щели акулы... человек, бесспорно занимавшийся легким физическим
трудом.

...В чем же тогда его уродство?.. Уродство!.. Какое-то
особое уродство — он ни живой, ни мертвый! Нет, видимо, не
потому, что в чем-то он отличается от настоящего. А может
быть, воспроизведение слишком скрупулезно (значит, и моя
маска тоже)?.. Значит, именно слишком большая приверженность форме приводит к противоположному результату — к
отходу от реального. Можно придавать большое значение лицу,
но лишь после того, как увидишь его уродство!

Да, утверждение, что слишком похожая копия недостоверна,
совершенно справедливо. Но разве мыслимо воссоздать в
своей памяти палец, лишенный формы? Змея, лишенная длины, котелок, лишенный объема, треугольник, лишенный углов...
нет, такое не встретишь, пока не полетишь к далеким звездам,
где подобное существует. Иначе лицо без выражения не было
бы чем-то необычным. И то, что мы когда-то назвали лицом,
уже не было бы лицом. В этом смысле и маска имеет право
на существование.

ть, проблема состоит в подвижности? Ведь
...обную двигаться, странно называть формой.
...тот палец — он выглядел бы значительно лучше,
...адал бы подвижностью. В подтверждение я взял
...и подвигал им. Действительно, он казался намного ес-
...ственнее, чем когда стоял на столе. Об этом, значит, беспокоиться нечего. Таким образом, с самого начала я твердо решил,
что маска должна быть *подвижной*.

Но оставалось еще нечто такое, что не удовлетворяло. В
пальце было что-то отталкивающее. Я стал сравнивать его со
своим пальцем, сконцентрировав все внимание, пристально
всматриваясь. Да, разница есть... если это не из-за того, что
он отрезан и неподвижен, то... может быть, ощущение вещественности кожи? Возможно, нечто присущее только живой
коже, что не может быть имитировано лишь цветом и формой?

Заметки на полях I. Об ощущении вещественности
эпидермы.

Эпидерма человека, как я представляю, предохраняется
прозрачным слоем, лишенным пигмента. Следовательно, ощущение вещественности эпидермы — это, возможно, ложный
эффект, вызываемый лучами, отраженными поверхностью эпидермы, и лучами, частично проникшими внутрь и вторично
отраженными слоем эпидермы, содержащим пигмент. В случае же с этой моделью пальца подобный эффект не наблюдается, поскольку слой, имитирующий пигментную окраску, выходит непосредственно наружу.

О прозрачном слое эпидермы и об ее оптических свойствах нужно будет расспросить специалистов.

Заметки на полях II. Проблемы, которые нужно изу-
чить в первую очередь:
Проблема изнашиваемости.
Проблема упругости и эластичности.
Средство фиксации.
Способ соединения края маски с лицом.

...ли неболь-
...ов. Теперь о спо-
..., чтобы толщина краев мас-
...ности меньше глубины мельчайших мор-
...и потом наложить на место соединения искусственную
бороду, то выйти из положения вполне удастся. Далее проблема эластичности, которая представлялась мне наименее сложной, — она тоже была вполне разрешима, если рассматривать
механизм мимики биологически.

Основой выражения лица является, безусловно, мимическая
мускулатура. Она зафиксирована в определенном направлении, в котором растягивается и сокращается. Помимо этого,
существует еще кожная ткань, также имеющая определенное
направление волокон, и эти волокна перекрещиваются почти
перпендикулярно. Из медицинской книги, взятой мной в библиотеке, я узнал, что подобное расположение волокон называется "линиями Лангера". Соединением двух этих направлений создаются характерные морщины, характерные очертания. Следовательно, если хочешь придать маске живую подвижность, нужно пучки волокон соединять в соответствии с
"линиями Лангера". К счастью, некоторые виды пластмасс,
если их вытягивать в определенном направлении, обнаруживают большую эластичность. Если не пожалеть времени и
труда, и эту проблему можно считать разрешенной.

Я тут же решил использовать свою лабораторию и начать опыты на растяжимость эпителиальных клеток. И в дан-

Только в отношении выбора про-модели" мне не хотелось ограничиваться лишь техническими средствами. Дело в том, что, если я хотел воспроизвести мельчайшие детали кожи, я должен был волей-неволей взять чье-то чужое лицо. Только таким мог быть для меня прототип, то есть изначальный вид. Взять у другого не означало, конечно, просто нацепить на себя чужое лицо, поскольку речь шла только о поверхности кожи на глубину сальных и потовых желез и о ее видоизменении в соответствии со строением моего лица. С самого начала не должно быть ни малейших опасений, что я собирался нарушить авторское право чужого лица.

Однако в таком случае... возникал весьма серьезный вопрос... не станет ли тогда маска моим прежним лицом в совершенно не измененном виде? Любой опытный ремесленник вылепит по черепу лицо и воспроизведет внешний его вид точно таким, каким он был при жизни. Если это соответствует действительности, значит, внешний вид определяет в конечном счете находящийся под кожей костяк, и, значит, нужно либо стесать кости, либо игнорировать анатомические основы выражения лица (но тогда нельзя называть это выражением лица) — других способов уйти от лица, с которым родился, нет.

Эти мысли привели меня в замешательство. Выходило, что, с каким бы искусством ни была сделана маска, я надевал маску самого себя и ни о какой маске в полном смысле этого слова не могло быть и речи.

К счастью, я вспомнил о своем школьном товарище, который стал специалистом в области палеонтологии. В работу палеонтолога входит, как известно, восстановление первоначального облика по окаменелостям, найденным при раскопках. Полистав адресную книгу, я узнал, что он продолжает работать в университете. Я собирался ограничиться телефонным разговором, но, может быть, потому, что после окончания школы прошло так много времени, или потому, что те, кто занимается палеонтологией, проникаются человеколюбием, он как нечто само собой разумеющееся предложил где-нибудь встретиться и не захотел продолжать разговор по телефону. В конце концов я согласился. Я не отказался из протеста против чувства стыда, которое испытывал, ни на минуту не забывая о своем забинтованном лице. Но тут же меня обожгло жестокое раскаяние. Ну что за дурацкая гордыня. Одни мои бинты и те возбудят его любопытство, а тут еще этот забинтованный человек начинает дотошно выспрашивать об анатомии лица, технике восстановления первоначального облика, что не является его специальностью. Он, пожалуй, подумает, не жулик ли перед ним, который, надев маску, хочет спокойно разгуливать по городу среди бела дня. Если у него действительно возникнут подобные подозрения, то лучше бы с самого начала отказаться от встречи. К тому же я ненавидел улицу. В любом смущенном или даже безразличном взгляде — не коснись это меня, я бы и не почувствовал — были запрятаны ржавые, отравленные иглы. Улица изматывает меня. Однако момент, когда я мог взять свои слова назад, был упущен. Сгорая со стыда, я поплелся в условленное место. Ничего другого не оставалось.

Кафе, где мы договорились встретиться, находилось на углу хорошо знакомой мне улицы, и поэтому я безошибочно остановил такси у самых его дверей и таким образом смог добраться туда, не привлекая ничьего внимания. Зато товарищ мой так смутился, что теперь уже мне захотелось ему посочувствовать. И может быть, потому, что я увидел его смущение, ко мне вернулось злое хладнокровие. Нет, хладнокровие не то слово. Мне хочется, чтобы ты представила себе — это совсем не трудно, — как я был жалок, точно бездомная собака, как чувствовал, что само мое существование вызывает отвращение окружающих. Я испытывал отчаянное одиночество, какое можно увидеть в глазах старой подыхающей собаки, безысходность, которая слышится в разносимом рельсами звоне, когда глубокой ночью ремонтируют пути. Я весь был скован, понимая, что, какое бы выражение ни пытался я придать своему лицу, спрятанному под бинтами и темными очками, оно не дойдет до моего собеседника.

— Что, испугался? — И, почувствовав его душевное состояние, уже другим, успокаивающим, как ночной ветерок, голосом: — Опрокинул на себя баллон с жидким кислородом. Видимо, я имею предрасположение к образованию келоидных рубцов... Да, в общем, паршиво... Все лицо изрыто, точно пиявками. Бинты тоже не выход, но лучше, чем выставлять его на всеобщее обозрение...

Мой собеседник что-то пролепетал с растерянным видом, но я ничего не расслышал. Его предложение, встретившись, завернуть куда-нибудь выпить вина, несколько раз повторенное бодрым голосом каких-то полчаса назад, сейчас, казалось, рыбьей костью застряло у него в горле. Но раздражать его не входило в мои планы, и поэтому я быстро переменил тему разговора и перешел к делу. Товарищ мой, конечно, тут же прыгнул в эту спасательную лодку. Объяснения его сводились в основном к следующему. Было бы большим преувеличением сказать, что палеонтолог в состоянии до мельчайших подробностей воссоздать первоначальный облик. Общее расположение мышц — вот что он может достаточно точно представить себе, исходя из анатомического строения скелета. Поэтому, например, если попытаться по скелету реконструировать хотя бы только строение такого животного, как кит" имеющего особенно развитые подножные образования и жировой слой, получится невообразимое, ни на что не похожее животное, некая помесь собаки с тюленем.

— Значит, можно представить себе, что и при восстановлении лица неизбежны существенные ошибки?

— Если бы безошибочное восстановление первоначального облика было возможным, загадки многих окаменелостей перестали бы существовать. Лицо человека, хотя до кита ему и далеко, вещь достаточно деликатная. Здесь невозможна подделка, как, например, в фотомонтаже. Ведь если бы нельзя было полностью отойти от строения черепа, то прежде всего не были бы возможны пластические операции косметического характера...

Тут он скользнул взглядом по моим бинтам, как-то неловко запнулся и прикусил язык. Можно было не спрашивать, что мешает ему продолжать. Пусть думает что хочет. Не интересовало меня это потому, что он, не пряча неловкости и даже не пытаясь как-то оправдаться, сидел насупившийся, красный.

Постскриптум. В чем истинная сущность чувства стыда? Здесь, может быть, стоит еще раз вспомнить тот случай с сожженным париком. Сейчас все было как раз наоборот: теперь я ношу "парик" и сам же заставляю собеседника краснеть. Но стоит ли принимать это так близко к сердцу? А вдруг как раз тут и спрятан удивительный ключ для разрешения загадки лица?

Какой он, однако, неловкий. Я нарочно выбрал совершенно безобидную, нейтральную тему и ничем уже не мог помочь, когда он сам забрел куда не следует и покраснел. Поскольку я в основном выведал все самое необходимое для моего плана, то не моя забота, какой осадок останется у него от нашей встречи. Но то, что вызывает чувство стыда, часто становится источником сплетни. А я терпеть не могу, когда рассказывают о чем-нибудь с таким видом, будто сообщают о подсмотренном через замочную скважину. Кроме того, скованность моего собеседника постепенно стала заражать и меня. И в конце концов с отвратительным чувством я стал ни с того ни с сего оправдываться, а этого уж совсем не следовало делать.

— О чем ты думаешь сейчас, я, в общем, представляю себе. Ведь если попытаться найти связь между вот этими бинтами и моими вопросами, то можно прекрасно все сообразить. Но предупреждаю, ты глубоко ошибаешься. Я уже не в том возрасте, когда страдают из-за искалеченного лица...

— Сам ты ошибаешься. Нечего приписывать мне мысли, которых у меня нет.

— Если ошибаюсь — прекрасно. Но, видимо, ты непроизвольно судишь о людях по лицу. Правда? Совершенно естественно, что ты принял мои дела так близко к сердцу. Но если вдуматься, удостоверения личности далеко не достаточно, чтобы удостоверить человека. После того, что произошло со мной, мне пришлось многое передумать. Не слишком ли мы привержены этим удостоверениям личности? Потому-то и появляются все время калеки, занимающиеся фальсификациями и подделками, чтобы скрыть свое уродство.

— Согласен, полностью... Фальсификации и подделки ни к чему, совершенно... Среди слишком размалеванных женщин много, говорят, истеричек...

— Но с другой стороны, разве можно представить себе лицо человека гладким, как яйцо — без глаз, без носа, без рта?..

— Да, тогда никого нельзя будет отличить.

— Вора от полицейского... Преступника от пострадавшего...

— Да, и свою жену от жены ближнего своего... — Точно ища спасения, он закурил и тихо засмеялся. — Это было бы здорово. Здорово, но возникают кое-какие вопросы. Вот, кстати, станет жизнь от этого более удобной или, наоборот, неудобной?..

Я засмеялся вместе с ним и решил, что на этом разговор нужно кончать. Но меня вдруг захватил круговорот, в центре которого было лицо, и тут уж тормоза оказались бессильны. Пока центробежная сила не вырвала из моих рук веревку, я, прекрасно сознавая опасность, продолжал стремительно мчаться вперед. И ничего не мог поделать с собой.

— Ни то ни другое. На такой вопрос однозначный ответ немыслим даже логически. Коль скоро противоречия отпадут, станет невозможным и сравнение.

— Если отпадут противоречия, это будет означать деградацию.

— А что, тебе они очень необходимы? Разве можно утверждать, что, например, различия в цвете кожи принесли истории какую-либо пользу? Я абсолютно не признаю значения такого рода противоречий.

вещах. И если представится случай, мне бы обязательно хотелось спросить корейца, какой совет дал бы он мне, лишившемуся лица.

В конце концов я... я устал от разговора с самим собой о лице, разговора, который ни на шаг не приблизил меня к решению вопроса. Но в то же время не было и особой причины отказываться от моего плана... и я весь ушел в рассмотрение технической стороны проблемы.

С технической точки зрения искусственный палец тоже представлял значительный интерес. Чем больше я присматривался к нему, тем больше поражался мастерству, с которым он был сделан. Он рассказывал об очень многом, словно обыкновенный живой палец. Судя по тому, как натянута кожа, он мог бы, пожалуй, принадлежать тридцатилетнему. Прямой ноготь... впадины с боков... глубокие складки на суставах... четыре маленьких пореза в ряд, точно жаберные щели акулы... человек, бесспорно занимавшийся легким физическим трудом.

...В чем же тогда его уродство?.. Уродство!.. Какое-то особое уродство — он ни живой, ни мертвый! Нет, видимо, не потому, что в чем-то он отличается от настоящего. А может быть, воспроизведение слишком скрупулезно (значит, и моя маска тоже)?.. Значит, именно слишком большая приверженность форме приводит к противоположному результату — к отходу от реального. Можно придавать большое значение лицу, но лишь после того, как увидишь его уродство!

Да, утверждение, что слишком похожая копия недостоверна, совершенно справедливо. Но разве мыслимо воссоздать в своей памяти палец, лишенный формы? Змея, лишенная длины, котелок, лишенный объема, треугольник, лишенный углов... нет, такое не встретишь, пока не полетишь к далеким звездам, где подобное существует. Иначе лицо без выражения не было бы чем-то необычным. И то, что мы когда-то назвали лицом, уже не было бы лицом. В этом смысле и маска имеет право на существование.

Тогда, может быть, проблема состоит в подвижности? Ведь "форму", не способную двигаться, странно называть формой. Вот хотя бы этот палец — он выглядел бы значительно лучше, если обладал бы подвижностью. В подтверждение я взял палец и подвигал им. Действительно, он казался намного естественнее, чем когда стоял на столе. Об этом, значит, беспокоиться нечего. Таким образом, с самого начала я твердо решил, что маска должна быть *подвижной*.

Но оставалось еще нечто такое, что не удовлетворяло. В пальце было что-то отталкивающее. Я стал сравнивать его со своим пальцем, сконцентрировав все внимание, пристально всматриваясь. Да, разница есть... если это не из-за того, что он отрезан и неподвижен, то... может быть, ощущение вещественности кожи? Возможно, нечто присущее только живой коже, что не может быть имитировано лишь цветом и формой?

Заметки на полях I. Об ощущении вещественности эпидермы.

Эпидерма человека, как я представляю, предохраняется прозрачным слоем, лишенным пигмента. Следовательно, ощущение вещественности эпидермы — это, возможно, ложный эффект, вызываемый лучами, отраженными поверхностью эпидермы, и лучами, частично проникшими внутрь и вторично отраженными слоем эпидермы, содержащим пигмент. В случае же с этой моделью пальца подобный эффект не наблюдается, поскольку слой, имитирующий пигментную окраску, выходит непосредственно наружу.

О прозрачном слое эпидермы и об ее оптических свойствах нужно будет расспросить специалистов.

Заметки на полях II. Проблемы, которые нужно изучить в первую очередь:

Проблема изнашиваемости.

Проблема упругости и эластичности.

Средство фиксации.

Способ соединения края маски с лицом.

Проблема вентиляции.
Выбор прототипа и создание модели.

Мне кажется, чем добросовестнее и обстоятельнее я веду свои записки, тем большую скуку нагоняю на тебя, и ты, видимо, уже перестала следить за рассказом. Но я все же хочу, чтобы ты, отвлекшись от моего внутреннего состояния, почувствовала хотя бы ту атмосферу, в которой родилась маска, созданная мной в совершенном одиночестве.

Прежде всего, если говорить о прозрачном слое эпидермы, то он представляет собой кератин, содержащий небольшое количество флюоресцирующих элементов. Теперь о способе соединения — если добиться, чтобы толщина краев маски была по возможности меньше глубины мельчайших морщин, и потом наложить на место соединения искусственную бороду, то выйти из положения вполне удастся. Далее проблема эластичности, которая представлялась мне наименее сложной, — она тоже была вполне разрешима, если рассматривать механизм мимики биологически.

Основой выражения лица является, безусловно, мимическая мускулатура. Она зафиксирована в определенном направлении, в котором растягивается и сокращается. Помимо этого, существует еще кожная ткань, также имеющая определенное направление волокон, и эти волокна перекрещиваются почти перпендикулярно. Из медицинской книги, взятой мной в библиотеке, я узнал, что подобное расположение волокон называется "линиями Лангера". Соединением двух этих направлений создаются характерные морщины, характерные очертания. Следовательно, если хочешь придать маске живую подвижность, нужно пучки волокон соединять в соответствии с "линиями Лангера". К счастью, некоторые виды пластмасс, если их вытягивать в определенном направлении, обнаруживают большую эластичность. Если не пожалеть времени и труда, и эту проблему можно считать разрешенной.

Я тут же решил использовать свою лабораторию и начать опыты на растяжимость эпителиальных клеток. И в данном случае мои коллеги проявили трогательную деликатность. Почти не привлекая ничьего внимания, я мог широко пользоваться необходимым мне оборудованием.

Только в отношении "выбора прототипа и создания модели" мне не хотелось ограничиваться лишь техническими средствами. Дело в том, что, если я хотел воспроизвести мельчайшие детали кожи, я должен был волей-неволей взять чье-то чужое лицо. Только таким мог быть для меня прототип, то есть изначальный вид. Взять у другого не означало, конечно, просто нацепить на себя чужое лицо, поскольку речь шла только о поверхности кожи на глубину сальных и потовых желез и о ее видоизменении в соответствии со строением моего лица. С самого начала не должно быть ни малейших опасений, что я собирался нарушить авторское право чужого лица.

Однако в таком случае... возникал весьма серьезный вопрос... не станет ли тогда маска моим прежним лицом в совершенно не измененном виде? Любой опытный ремесленник вылепит по черепу лицо и воспроизведет внешний его вид точно таким, каким он был при жизни. Если это соответствует действительности, значит, внешний вид определяет в конечном счете находящийся под кожей костяк, и, значит, нужно либо стесать кости, либо игнорировать анатомические основы выражения лица (но тогда нельзя называть это выражением лица) — других способов уйти от лица, с которым родился, нет.

Эти мысли привели меня в замешательство. Выходило, что, с каким бы искусством ни была сделана маска, я надевал маску самого себя и ни о какой маске в полном смысле этого слова не могло быть и речи.

К счастью, я вспомнил о своем школьном товарище, который стал специалистом в области палеонтологии. В работу палеонтолога входит, как известно, восстановление первоначального облика по окаменелостям, найденным при раскопках. Полистав адресную книгу, я узнал, что он продолжает работать в университете. Я собирался ограничиться телефонным разговором, но, может быть, потому, что после окончания школы прошло так много времени, или потому, что те, кто занимается палеонтологией, проникаются человеколюбием, он как нечто само собой разумеющееся предложил где-нибудь встретиться и не захотел продолжать разговор по телефону. В конце концов я согласился. Я не отказался из протеста против чувства стыда, которое испытывал, ни на минуту не забывая о своем забинтованном лице. Но тут же меня обожгло жестокое раскаяние. Ну что за дурацкая гордыня. Одни мои бинты и те возбудят его любопытство, а тут еще этот забинтованный человек начинает дотошно выспрашивать об анатомии лица, технике восстановления первоначального облика, что не является его специальностью. Он, пожалуй, подумает, не жулик ли перед ним, который, надев маску, хочет спокойно разгуливать по городу среди бела дня. Если у него действительно возникнут подобные подозрения, то лучше бы с самого начала отказаться от встречи. К тому же я ненавидел улицу. В любом смущенном или даже безразличном взгляде — не коснись это меня, я бы и не почувствовал — были запрятаны ржавые, отравленные иглы. Улица изматывает меня. Однако момент, когда я мог взять свои слова назад, был упущен. Сгорая со стыда, я поплелся в условленное место. Ничего другого не оставалось.

Кафе, где мы договорились встретиться, находилось на углу хорошо знакомой мне улицы, и поэтому я безошибочно остановил такси у самых его дверей и таким образом смог добраться туда, не привлекая ничьего внимания. Зато товарищ мой так смутился, что теперь уже мне захотелось ему посочувствовать. И может быть, потому, что я увидел его смущение, ко мне вернулось злое хладнокровие. Нет, хладнокровие не то слово. Мне хочется, чтобы ты представила себе — это совсем не трудно, — как я был жалок, точно бездомная собака, как чувствовал, что само мое существование вызывает отвращение окружающих. Я испытывал отчаянное одиночество, какое можно увидеть в глазах старой подыхающей собаки, безысходность, которая слышится в разносимом рельсами звоне, когда глубокой ночью ремонтируют пути. Я весь был скован, понимая, что, какое бы выражение ни пытался я придать своему лицу, спрятанному под бинтами и темными очками, оно не дойдет до моего собеседника.

— Что, испугался? — И, почувствовав его душевное состояние, уже другим, успокаивающим, как ночной ветерок, голосом: — Опрокинул на себя баллон с жидким кислородом. Видимо, я имею предрасположение к образованию келоидных рубцов... Да, в общем, паршиво... Все лицо изрыто, точно пиявками. Бинты тоже не выход, но лучше, чем выставлять его на всеобщее обозрение...

Мой собеседник что-то пролепетал с растерянным видом, но я ничего не расслышал. Его предложение, встретившись, завернуть куда-нибудь выпить вина, несколько раз повторенное бодрым голосом каких-то полчаса назад, сейчас, казалось, рыбьей костью застряло у него в горле. Но раздражать его не входило в мои планы, и поэтому я быстро переменил тему разговора и перешел к делу. Товарищ мой, конечно, тут же прыгнул в эту спасательную лодку. Объяснения его сводились в основном к следующему. Было бы большим преувеличением сказать, что палеонтолог в состоянии до мельчайших подробностей воссоздать первоначальный облик. Общее расположение мышц — вот что он может достаточно точно представить себе, исходя из анатомического строения скелета. Поэтому, например, если попытаться по скелету реконструировать хотя бы только строение такого животного, как кит" имеющего особенно развитые подножные образования и жировой слой, получится невообразимое, ни на что не похожее животное, некая помесь собаки с тюленем.

— Значит, можно представить себе, что и при восстановлении лица неизбежны существенные ошибки?

— Если бы безошибочное восстановление первоначального облика было возможным, загадки многих окаменелостей перестали бы существовать. Лицо человека, хотя до кита ему и далеко, вещь достаточно деликатная. Здесь невозможна подделка, как, например, в фотомонтаже. Ведь если бы нельзя было полностью отойти от строения черепа, то прежде всего не были бы возможны пластические операции косметического характера...

Тут он скользнул взглядом по моим бинтам, как-то неловко запнулся и прикусил язык. Можно было не спрашивать, что мешает ему продолжать. Пусть думает что хочет. Не интересовало меня это потому, что он, не пряча неловкости и даже не пытаясь как-то оправдаться, сидел насупившийся, красный.

Постскриптум. В чем истинная сущность чувства стыда? Здесь, может быть, стоит еще раз вспомнить тот случай с сожженным париком. Сейчас все было как раз наоборот: теперь я ношу "парик" и сам же заставляю собеседника краснеть. Но стоит ли принимать это так близко к сердцу? А вдруг как раз тут и спрятан удивительный ключ для разрешения загадки лица?

Какой он, однако, неловкий. Я нарочно выбрал совершенно безобидную, нейтральную тему и ничем уже не мог помочь, когда он сам забрел куда не следует и покраснел. Поскольку я в основном выведал все самое необходимое для моего плана, то не моя забота, какой осадок останется у него от нашей встречи. Но то, что вызывает чувство стыда, часто становится источником сплетни. А я терпеть не могу, когда рассказывают о чем-нибудь с таким видом, будто сообщают о подсмотренном через замочную скважину. Кроме того, скованность моего собеседника постепенно стала заражать и меня. И в конце концов с отвратительным чувством я стал ни с того ни с сего оправдываться, а этого уж совсем не следовало делать.

— О чем ты думаешь сейчас, я, в общем, представляю себе. Ведь если попытаться найти связь между вот этими бинтами и моими вопросами, то можно прекрасно все сообразить. Но предупреждаю, ты глубоко ошибаешься. Я уже не в том возрасте, когда страдают из-за искалеченного лица...

— Сам ты ошибаешься. Нечего приписывать мне мысли, которых у меня нет.

— Если ошибаюсь — прекрасно. Но, видимо, ты непроизвольно судишь о людях по лицу. Правда? Совершенно естественно, что ты принял мои дела так близко к сердцу. Но если вдуматься, удостоверения личности далеко не достаточно, чтобы удостоверить человека. После того, что произошло со мной, мне пришлось многое передумать. Не слишком ли мы привержены этим удостоверениям личности? Потому-то и появляются все время калеки, занимающиеся фальсификациями и подделками, чтобы скрыть свое уродство.

— Согласен, полностью... Фальсификации и подделки ни к чему, совершенно... Среди слишком размалеванных женщин много, говорят, истеричек...

— Но с другой стороны, разве можно представить себе лицо человека гладким, как яйцо — без глаз, без носа, без рта?..

— Да, тогда никого нельзя будет отличить.

— Вора от полицейского... Преступника от пострадавшего...

— Да, и свою жену от жены ближнего своего... — Точно ища спасения, он закурил и тихо засмеялся. — Это было бы здорово. Здорово, но возникают кое-какие вопросы. Вот, кстати, станет жизнь от этого более удобной или, наоборот, неудобной?..

Я засмеялся вместе с ним и решил, что на этом разговор нужно кончать. Но меня вдруг захватил круговорот, в центре которого было лицо, и тут уж тормоза оказались бессильны. Пока центробежная сила не вырвала из моих рук веревку, я, прекрасно сознавая опасность, продолжал стремительно мчаться вперед. И ничего не мог поделать с собой.

— Ни то ни другое. На такой вопрос однозначный ответ немыслим даже логически. Коль скоро противоречия отпадут, станет невозможным и сравнение.

— Если отпадут противоречия, это будет означать деградацию.

— А что, тебе они очень необходимы? Разве можно утверждать, что, например, различия в цвете кожи принесли истории какую-либо пользу? Я абсолютно не признаю значения такого рода противоречий.

— О-о, ты, я вижу, начал обсуждать национальный вопрос. Но толкуешь его слишком широко.

— Если бы это было возможно, я расширил бы его еще больше. До каждого отдельного лица, существующего в этом мире... Только с такой вот физиономией, чем больше говоришь, тем больше это похоже на монотонную песню преступника, доказывающего свою невиновность.

— Если ты разрешишь коснуться только национального вопроса... Может, это зря — всю ответственность возлагать лишь на лицо...

— А я хочу вот что спросить. Почему, когда мы начинаем фантазировать о жителях других миров, то прежде всего пытаемся представить себе их внешний вид?

— Этот разговор нас далеко заведет... — И, сминая в пепельнице сигарету, которой затянулся всего раза три: — Чтобы закончить его, объясним это хотя бы любопытством.

Я до боли остро ощутил неожиданно изменившийся тон собеседника, и мое фальшивое лицо покатилось с того места, где оно должно быть, как падает тарелка, которую жонглер перестает вращать.

— Постой, посмотри на ту картину. — Я снова ничему не научился. И, указывая пальцем на довольно приятную репродукцию портрета эпохи Возрождения: — Что ты о ней скажешь?

— Ты, вижу, готов укусить меня, если я отвечу необдуманно. В общем, довольно глупое лицо.

— Да, верно, пожалуй. А нимб над головой? В этом ведь тоже есть определенная идея. Идея лжи и обмана. Благодаря этой идее лицо погрязло во лжи...

На лице моего собеседника появилась легкая улыбка. Тонкая, все понимающая улыбка, лишенная уже и тени смущения.

— Ну что я за человек! Какие бы высокие слова ты ни употреблял, пока я сам не пойму что к чему, ничего не в состоянии почувствовать. Может быть, мы просто не находим общего языка? Я занимаюсь ископаемыми, но, когда речь идет об искусстве, тут я модернист.

Сетовать бессмысленно. Лучше побыстрее осознать то, что я услышал от товарища. Ждать более значительных результатов означало только обольщать себя. Ведь помимо всего прочего я получил нужную информацию, а преодолеть унижение, собственно, тоже было моей целью, входило в задуманный план. Но я до глубины души возненавидел палеонтологию, лишь когда понял: то, что я считал добычей и приволок домой, на самом деле несъедобная приманка. Нет, она была похожа на настоящую пищу, но, к сожалению, никто не знал способа ее приготовления — раздразнили, а есть невозможно.

Признание закономерности множества нюансов при восстановлении облика по одному и тому же скелету было еще одним шагом на пути к возможности создания маски. Значит, независимо от основы можно выбирать любое лицо по своему усмотрению? Выбирать по своему вкусу приятно, но ведь выбирать-то все равно нужно. Необходимо просеять сквозь сито бесчисленные возможности и решить, каким, тем единственным, будет твое лицо. Какую избрать единицу измерения, взвешивая на весах лица?

Я не собирался придавать лицу особое, исключительное значение, и поэтому, по мне, какое ни лицо — все равно... Но когда лицо делают специально, никто не захочет, чтобы оно было отечным, как у сердечника. И уж конечно, не нужен в качестве модели киноактер.

Идеальное лицо — желать его бессмысленно. Да такого, в общем, и не существует. Но поскольку я должен был сделать выбор, необходим был какой-то эталон. Имей я даже самый неподходящий эталон, который, возможно, поставил бы меня в затруднительное положение, все равно это было бы уже что-то... Ни субъективно, ни объективно представить себе подобный эталон невозможно... Но в конце концов примерно через полгода блужданий я наконец нашел решение.

Заметки на полях. Было бы неверно сводить все к отсутствию эталона. Скорее следовало принять в расчет мое внутреннее стремление отказаться от всякого эталона вообще. Выбрать эталон неизбежно означает отдать себя на волю другого. Но человек имеет в то же время и противоположное желание — быть отличным от других. Две эти проблемы должны находиться в следующих отношениях:

$$A/B = f(1/n),$$

где A — показатель чужой воли, B — показатель сопротивления чужой воле, n — возраст, f — степень приспособляемости. (Ее снижение означает, что человек самоутверждается и одновременно растет его склонность к консерватизму. Она, как правило, обратно пропорциональна возрасту, но отмечаются значительные индивидуальные отклонения, кривая которых строится в зависимости от пола, характера, профессии и т. д.).

Даже исходя из возраста степень моей приспособляемости значительно снизилась, и я уже испытывал сильное сопротивление самой идее перемены лица. Нужно сказать, что к данному случаю вполне подходила точка зрения того самого палеонтолога, считавшего, что слишком накрашенные женщины — истерички. Поскольку, согласно психоанализу, истерия представляет собой один из видов впадения в детство.

Все это время я, конечно, не сидел сложа руки. Эксперименты над материалом для гладкого эпителия... стоило погрузиться в них, и они стали прекрасным предлогом, чтобы отдалить мою очную ставку с проблемой. В общем, копились и копились горы технической работы.

Гладкий эпителий потребовал значительно больше времени, чем я предполагал. Он и в количественном отношении занимает значительное место в коже, а кроме того, определяет успех или неудачу в достижении ощущения вещественности подвижной кожи. Воспользовавшись деликатностью коллег по лаборатории, я по собственному усмотрению стал использовать оборудование и материалы, и все же эксперименты потребовали добрых три месяца. В то время меня не особенно беспокоило несколько комическое противоречие: я осуществлял план создания маски, не решив, каким будет лицо.

Но нельзя до бесконечности укрываться от дождя под чужим навесом. Когда этот период окончится и работа начнет продвигаться вперед, я окажусь в тупике.

Для кератинового слоя эпидермы прекрасно подойдут акриловые смолы — это я обнаружил сразу же. Что касается внутренних слоев кожи, то, видимо, для них вполне можно использовать тот же материал, что и для эпителия, предварительно вспенив его. Жировой слой, безусловно, будет отвечать своим требованиям, если в тот же материал добавить раствор кремния и, заключив в оболочку, сделать его воздухонепроницаемым. Наконец ко второй неделе нового года вся необходимая подготовка материала была завершена.

Дольше медлить было нельзя. Если не решишь, каким должно быть лицо, ни на шаг не продвинешься вперед. Но сколько я ни размышлял, в голове у меня беспорядочно, как в запаснике музея, громоздилось множество самых разных лиц. Однако проблему разрешить невозможно, если пятиться от нее назад. Другого способа, кроме как настойчиво перебирать лицо за лицом, не было, и я достал каталог музейных фондов. На первой же странице было помещено неожиданное любезное заглавие: "Правила систематизации", и я, сдерживая волнение, прочел:

1. Критерии оценки лица предельно объективны. Ни в коем случае не следует допускать такой ошибки: поддавшись личному впечатлению, приобрести подделку.

2. Лицо не имеет критериев оценки. Оно может лишь доставлять удовольствие или неудовольствие. Критерии отбора должны вырабатываться путем совершенствования вкуса.

Как я и ожидал, утверждают, что черное одновременно является и белым. Чем такой совет лучше никакого? Причем, когда я сравнивал два эти правила, казалось, что каждое из них одинаково справедливо, и поэтому положение запуталось еще больше. В конце концов мне стало не по себе от мысли, сколько существует на свете самых разных лиц. До сих пор не перестаю ломать голову, почему я не отказался раз и навсегда от своего плана?

Снова о портретной живописи. Палеонтолог, может быть, наградит меня кислой улыбкой, но я не могу не коснуться этого. В идее портрета, мне кажется — я оставляю в стороне его художественную сторону, — существует философия, над которой стоит задуматься.

Например, чтобы портрет воспроизводил универсальный образ, нужно исходить из универсальности выражения лица людей. Значит, необходимо, чтобы большинство людей были убеждены в том, что за одинаковым выражением обязательно должен проглядывать одинаковый образ. Подобное убеждение поддерживается, несомненно, опытом, уверенностью, что лицо и душа находятся в совершенно определенной взаимосвязи. Нет, конечно, никакой гарантии, что опыт — всегда истина. Но вместе с тем невозможно и утверждать, что опыт — это обычно сгусток заблуждений. И не уместнее ли считать, что, чем сильнее опыт захватан грязными руками, тем больший процент истины он, как правило, содержит. В этом смысле, в общем, представляется неоспоримым утверждение, что существует объективный критерий ценности.

С другой стороны, нельзя также игнорировать и тот факт, что все та же портретная живопись с веками меняла свой характер: перемещала точку зрения от классической гармонии лица и души к индивидуальному выражению, скорее лишенному этой гармонии, и дошла до окончательного разрушения в восьмиугольных лицах Пикассо или "Фальшивом лице" Клее.

Но во что же тогда верить? Если бы меня спросили, каково мое личное желание, я бы, разумеется, остановился на последней точке зрения. Я думаю, было бы слишком наивно вырабатывать для лица какие-то объективные критерии — это ведь не выставка собак. Даже я в детстве ассоциировал идеальную личность, какой бы я хотел стать, с определенным лицом.

Заметка на полях. Высокая сопротивляемость благодаря высокой степени приспособляемости.

Естественно, романтический, неординарный облик фокусировался в моем воображении сквозь затертую линзу... Но я не должен был вечно пребывать в блаженном сне. Наличные деньги дороже любого векселя. Не оставалось ничего иного, как платить только за то, что я мог оплатить тем лицом, которым обладал на самом деле. Может быть, мужчины избегают косметики, противясь стремлению не быть ответственными за свое лицо. (Конечно, женщина... женская косметика... если вдуматься, не потому ли они прибегают к ней, что наличные деньги у них на исходе?..)

Итак, я не приходил ни к какому решению... испытывая что-то вроде недомогания, точно перед простудой... но все мои трудности были связаны только с моим будущим внешним обликом, и поэтому я продолжал биться в одиночку над техническими проблемами, касающимися других сторон изготовления маски.

После выбора материала нужно было подумать о формовке внутренней стороны маски. Хотя я и говорил, что мне предоставили все возможности, я не хотел заниматься этим на работе и решил перевезти все необходимое оборудование домой и установить его в кабинете. (А ты, кажется, подумала, что рвение, с каким я работаю, — это компенсация за раны на лице, и, прослезившись, пыталась помочь мне. Разумеется, это была компенсация, но рвение было не то, о котором ты думала. Я закрыл дверь кабинета, дошел до того, что запер ее на замок, отвергая даже твою доброту, когда ты пыталась приносить мне ужин.)

Работа, в которую я ушел с головой за закрытой дверью, заключалась вот в чем. Прежде всего я приготовил таз такого размера, чтобы в него входило целиком все лицо, налил в него раствор альгинокислого калия, гипса, фосфата натрия и кремния и, ослабив мимическую мускулатуру, медленно погрузил туда лицо. Раствор застывает в течение трех-пяти минут. Столько времени не дышать я не мог и поэтому взял в рот тонкую резиновую трубку, а конец ее вывел за край таза.

Представь, что тебе нужно в течение нескольких минут неподвижно, с застывшим выражением лица сидеть перед фотоаппаратом. Это неимоверно трудно. После множества неудач — то чесался нос, то дергался глаз — на четвертый день я наконец добился удовлетворительного результата.

Теперь на очереди было покрытие полученной формы никелем в вакууме. Сделать это дома было невозможно; я тайком принес форму в лабораторию и, прячась от посторонних глаз, проделал всю необходимую работу.

Наконец остались последние доделки. В ту ночь, убедившись, что ты пошла спать, я поставил на переносную газовую плитку железную кастрюлю со свинцом и сурьмой. Расплавленная сурьма приняла цвет какао, в которое плеснули слишком много молока. Когда я стал осторожно вливать раствор в форму из альгинокислого калия, покрытую слоем никеля, вверх медленно поплыли струйки белого пара. Из отверстия, оставленного резиновой трубкой, через которую я дышал, а потом и отовсюду, вдоль края формы, обильно пошел голубоватый, прозрачный дымок. Видимо, сгорала альгиновая кислота. Запах был отвратительный, и я открыл окно. Морозный январский ветер, будто ногтями, зацарапал ноздри. Перевернув форму, я высвободил затвердевший сделок из сурьмы и остудил еще дымившуюся форму, погрузив ее в таз с водой. Со стола на мое кроваво-красное обиталище пиявок смотрели скопища пиявок, тускло поблескивающие серебром.

Но все же никак не верилось, что это мое лицо. Другое... Совсем другое... Я не мог представить себе, что это те самые пиявки, которые благодаря зеркалу до отвращения мне знакомы... Конечно, между слепком лица из сурьмы и моим отражением в зеркале, возможно из-за того, что в них левая и правая стороны поменялись местами, чувствовалась определенная разница. Однако такую же разницу можно сколько угодно наблюдать с помощью фотографии, и это не так уж важно.

Потом, как ты понимаешь, возникла проблема цвета. Из книги французского врача Анри Блана "Лицо", которую я нашел в библиотеке, следовало, что между цветом лица и его выражением существует связь, значительно более тесная, чем это можно предположить. Например, гипсовая посмертная маска только путем придания ей того или иного цвета может быть превращена и в маску мужчины, и в маску женщины. Это можно видеть и на таком примере: стоит сделать черно-белую фотографию мужчины, переодетого женщиной, и маскарад сразу же будет разгадан. Значит, все дело действительно в цвете. Чуть заметные утолщения на слепке из сурьмы — если не падает свет, их и не обнаружить... Совсем незначительные неровности — они не стоят, пожалуй, всех этих волнений с маской... На какое-то мгновение я даже подумал, не шарахаюсь ли я от призрака, не сражаюсь ли с врагом, созданным моим воображением. Но может быть, если даже эти сплетения металлических пиявок окрасить в кроваво-красный цвет мяса, то они моментально обнаружат свое уродство. Возможно, и так. Как жаль, что человек сделан не из металла.

Но коль скоро цвет так важен, при окончательной обработке маски нужно с особым вниманием отнестись к окрашиванию. Точно слепой, радующийся любому ощущению, я, нежно поглаживая хранящий еще остатки тепла слепок из сурьмы, остро ощутил, как тернист путь к изготовлению маски, когда завершение одной работы сразу же оборачивается началом новых трудностей. Действительно, я замыслил бросить дерзкий вызов. Исходя даже из объема проделанной работы и затраченного времени я должен бы уйти очень далеко, но следовало помнить, что до сих пор я еще не брался за главное — выбор прототипа. К этому прибавилась новая трудность — цвет. Такие-то дела... Наступит ли мгновение, когда я смогу осуществить свою мечту — начать новую жизнь в образе другого человека?..

Были, конечно, не только огорчения. Мысленно блуждая между складками металлических пиявок, я думал о том, как нелепа роль, которую играет лицо: из-за утолщений в какие-то несколько миллиметров человек должен терпеть преследования, словно бездомная шелудивая собака, и вдруг, точно с глаз спала пелена, я обнаружил уязвимое место у самого главного своего врага.

Эти металлические пиявки сами по себе могут существовать только в виде негатива для создания внутренней стороны маски. Другими словами — отрицательное существование, которое должно быть прикрыто и уничтожено с помощью маски. Но только ли это? Да, отрицательное существование, это несомненно. Но если не сделать его основой, не может существовать и маска, которая должна его уничтожить. Итак, металлическая основа — это цель, которую маска должна уничтожить, и в то же время — отправная точка для создания маски.

Представим себе проблему несколько конкретнее. Например, если говорить о глазах — их остается только использовать, не изменяя ни расположение, ни форму, ни величину. Но предположим, я осмелился и занялся ими, тогда должен ли я, определив в качестве границы расположение глаз, сделать выпуклым только лежащий над ней лоб или, наоборот, сделать выступающей только лежащую под ней часть лица, а если ни то ни другое — может быть, сделать выпученные глаза и сильно выдающееся вперед лицо? Возможны только эти варианты. То же можно сказать, когда дело идет о носе или рте. Тогда выбор типа лица уже не покажется таким неопределенным. Ограничение? Может быть, и ограничение. Но, по мне, это гораздо лучше, чем дешевая, эфемерная свобода. Во всяком случае, оно указывало мне цель, которую я должен достичь. И даже если я пойду кружным путем заблуждений и ошибок, сначала лучше всего попытаться по-настоящему смоделировать лицо и, подгоняя его к оригиналу, изучить, какой тип представляется возможным. Этот путь был для меня самым подходящим. (Не ученый, а всего только ремесленник — так отзываются обо мне коллеги, и, может быть, они отчасти правы.)

Прикладывая палец к разным частям металлической основы, прикрывая ее обеими руками, затеняя ее, я незаметно для себя предался мечтам. Какая все-таки это тонкая штука... Достаточно тронуть пальцем — и вот уже другой человек, и даже не похожий на родного или двоюродного брата... Приложишь ладонь — совсем другой, незнакомый... С тех пор как я занялся изготовлением маски, пожалуй, впервые у меня было такое бодрое, рабочее настроение.

...Да, можно смело сказать: то, чего я достиг в ту ночь, было очень важной вершиной всей моей работы. Гора не была такой уж крутой, не была и величественно-высокой, но зато, кажется мне, представляла собой важную точку рельефа, определявшую направление вод, вытекающих из источника, и, в общем, достаточно выдающуюся, чтобы указать путь потоку. И это потому, что с того момента между проблемой критерия выбора лица и проблемой технического воплощения плана в жизнь, которые до сих пор шли как две параллельные линии, действительно пролегло нечто подобное чуть намеченному каналу. Слепок из сурьмы, хотя и не давал никаких перспектив в смысле метода изготовления маски, ободрил меня, вселил уверенность в том что благодаря конкретной работе изо дня в день мои возможности будут все больше расширяться.

Я решил на следующее же утро купить глины и начать практиковаться в моделировании лица. Ясной цели у меня не было, и я шел к ней на ощупь. Сверяясь с анатомическим атласом мимической мускулатуры, я накладывал один на другой тонкие слои глины. Работа трагическая, напряженная, будто участвуешь во внутреннем процессе рождения человека, будто критерий выбора, который в общем-то и не ухватишь, начинает затвердевать, точно остывающий желатин, — с таким чувством я постепенно придавал форму податливому материалу. Есть гениальные детективы, которые находят преступника, сидя в кресле, а есть заурядные сыщики, которые, не жалея ног, гоняются за уликами. Я тоже больше всего люблю действовать, работать руками.

Как раз в это время я снова стал испытывать интерес к книге Анри Блана "Лицо", о которой уже упоминал. Когда она впервые попалась мне на глаза, я принял содержащийся в ней анализ за скрупулезную классификацию, которую так любят ученые, и даже подумал с раздражением: ну что могут дать все эти рассуждения мне, человеку, занятому конкретным делом. Но когда я буквально на ощупь подошел к проблеме создания лица, то обнаружил наконец, что в блановой теории форм содержится нечто большее, чем то, что можно обнаружить в обыкновенном справочнике. Такое случается, когда смотришь карту знакомой местности и карту чужой страны.

В общих чертах классификация Блана выглядит следующим образом. Сначала рисуется большая окружность, центром которой служит нос, а радиусом — расстояние от кончика носа до конца подбородка. Затем рисуется малая окружность, радиус которой — расстояние между носом и губами. В зависимости от соотношения этих окружностей лица подразделяются на два типа: с центром, смещенным вниз, и с центром, смещенным вверх. А они, в свою очередь, распадаются на худые и полные. Таким образом, всего существует четыре типа лица:

1. Центр смещен вниз, худое — на лбу, щеках, подбородке мощные мускулистые выпуклости.

2. Центр смещен вниз, полное — на лбу, щеках, подбородке мягкие жировые отложения.

3. Центр смещен вверх, худое — заостренное к носу лицо.

4. Центр смещен вверх, полное — лицо, мягко выдающееся вперед у носа.

Все типы лица ими, разумеется, не исчерпываются. Эти четыре ствола бесконечно разветвляются в зависимости от сочетания ряда взаимоисключающих важных элементов, подчеркивания определенных частей, затушевывания деталей. Но мне не было нужды вдаваться в тонкости. И поскольку я накладывал слой за слоем, начиная с нижнего, можно было не принимать всего этого в расчет. Главное — не забыть основного, а дальше пусть идет как идет.

Если рассмотреть приведенные выше четыре основных типа в свете психоморфологии, то получим следующее. Первые два — это тип людей интровертных, сосредоточенных на своем внутреннем мире, а два последних — экстравертных, сосредоточенных на том, что происходит вокруг них. Типы под нечетными номерами враждебны или, во всяком случае, сопротивляются внешнему миру. Типы же под четными номерами, наоборот, имеют тенденцию примириться с ним или даже находиться в согласии. Путем сочетания двух этих видов классификации можно установить специфические особенности каждого типа.

Если же прибавить к методу классификации идею того же Блана о коэффициенте мимики, то проблема приобретет еще большую стройность. Коэффициент мимики — это количественное определение влияния, оказываемого на выражение лица каждой из расположенных по степени, подвижности девятнадцати точек, выбранных из более чем тридцати мимических мускулов. Весьма интересен и метод, каким проводился подсчет. Последовательно сфотографировав примерно 12 000 случаев выражения радости и печали и методом проецирования разделив их на горизонтали, как топографическую карту, Блан определил среднюю величину подвижности каждой точки. Выводы, к которым он пришел, в общих чертах следующие. Плотность коэффициента мимики особенно высока в треугольнике, ограниченном кончиком носа и углами губ. Затем она постепенно уменьшается в такой последовательности: участок между ртом и скулами, участки под глазами и, наконец, у переносицы. Самым низким коэффициентом обладает лоб. Таким образом, мимическая функция концентрируется в нижней части лица, в первую очередь вокруг губ.

Все это объясняется распределением коэффициента мимики в зависимости от места. Но на него влияет, вносит свои коррективы также и характер подкожного слоя. Коэффициент снижается пропорционально его толщине. Вместе с тем нельзя, видимо, отождествлять незначительность коэффициента с отсутствием мимики. Даже при высокой плотности коэффициента может быть сколько угодно случаев отсутствия мимики, а при незначительном коэффициенте наблюдается богатство мимики. Следовательно, может быть отсутствие мимики и при высоком и при низком коэффициенте.

Постскриптум.
Может быть, попробуем применить метод классификации Блана к нашим лицам? Сначала — к твоему. Если говорить, каково оно, то его следует, видимо, причислить к лицам с центром, смещенным вверх. Подкожная ткань имеет жировые отложения. Следовательно, оно приближается к четвертому типу: к носу лицо выдается слегка вперед. С точки зрения психоморфологии ты относишься к людям экстравертным, сосредоточенным на том, что происходит вокруг них, и находишься в согласии с окружающим. Коэффициент мимики сравнительно низок, и выражение твоего лица стабильно и мало подвержено колебаниям.

Ну как? Надеюсь, попал в самую точку, а? Ты, кажется, сама рассказывала, что в школе тебя прозвали Бодисатвой. Когда я первый раз услышал это, то рассмеялся. Что же все-таки меня рассмешило? Если вдуматься, я, видимо, совершенно неверно представлял себе и Бодисатву и тебя. Внешне, конечно, ты ни капельки не была на него похожа. Да если бы и захотела, не смогла бы стать такой же холодной и неприступной. Я бы сказал, что у тебя скорее темпераментное, чувственное лицо. Если же посмотреть на тебя изнутри, то, согласно классификации Блана, в тебе действительно есть черты Бодисатвы. Сосредоточенность на том, что происходит вокруг, согласие с внешним миром — все равно, что быть живой резиновой стеной толщиной в метр. Беспредельно мягкая — она никогда не причинит боли. Чуть улыбающееся, с полузакрытыми глазами лицо, как у статуи Будды, — человек с таким лицом побеждает голыми руками. Издали это такая привлекательная, располагающая улыбка. Но по мере приближения она начинает расплываться в туман, заволакивающий глаза. Я от души хочу выразить свое восхищение человеком, который придумал тебе прозвище Бодисатва.

...Тебе это кажется ехидством? Может быть, если кое-где и оказались колючки, виноват в этом только я, ты здесь совершенно ни при чем. Наверно, я отношусь к людям, болезненно воспринимающим доброту других.

Теперь мое лицо... да ладно... стоит ли говорить о лице, которое потеряно. Если бы мне представился случай, я бы предпочел послушать, как по теории Блана рассматривать лица людей племени саракаба, которые так видоизменяют свои лица, что их невозможно подвести ни под один пункт классификации.

Как я и ожидал, руки привели меня к первым проблескам успеха, чего никак не могла добиться моя голова. В результате десятидневных предварительных опытов с каждым из четырех типов лица два из них я признал непригодными.

Сначала отпал четвертый тип. "Лицо, мягко выдающееся вперед у носа". Этот тип лица имеет жировые отложения вокруг участков с высоким коэффициентом мимики и поэтому обладает большей стабильностью. Оно трудно приспособляемо — будучи однажды сделано, требует точного следования своей форме. И я столкнулся бы со слишком серьезными трудностями, если бы мне пришлось с самого начала совершенно точно запланировать всю работу до конца. Потому-то я, хоть и с некоторым сожалением, все же решил отказаться от этого типа лица.

Постскриптум к постскриптуму. Тебе, может быть, показалось, что в предыдущем постскриптуме я хотел еще что-то сказать. Но клянусь, никаких задних мыслей у меня не было. Ведь между моими основными записками и постскриптумом — разрыв почти в три месяца...

Теперь первый тип лица с центром, смещенным вниз при наличии "мощных мускульных выпуклостей на лбу, щеках и подбородке". С точки зрения психоморфологии такое лицо принадлежит человеку интровертному, сосредоточенному на своем внутреннем мире, противоречиво, страдает недостатком стабильности. Даже при самом пристрастном отношении нельзя было бы сказать, что это лицо ростовщика, ни разу не потерпевшего убытка. Но уж никак не маска обольстителя. Исходя лишь из внешнего впечатления, я без сожаления отбросил и этот тип.

Осталось еще два...

"На лбу, щеках и подбородке мягкие жировые отложения"... С точки зрения психоморфологии это лица людей интровертных, сосредоточенных на своем внутреннем мире, гармоничных или отличающихся интроспективностью при большом самообладании.

Лицо, "заостренное к носу"... С точки зрения психоморфологии — лица людей экстравертных, сосредоточенных на окружающем, негармоничных или волевых, склонных к действию.

Мне казалось, что передо мной развернулась вполне ясная картина. Выбирать из четырех или из двух — большая разница. Четыре — не просто два и два, в них содержится шесть комбинаций. Таким образом, я смог свести свою работу к одной шестой. Да к тому же два оставшихся типа представляли собой прямую противоположность друг другу: по ошибке принять один за другой было совершенно невозможно. Только путем экспериментального моделирования, что я и делаю, удастся узнать, какое лицо мне нужно.

На некоторое время я весь ушел в сравнительное изучение этих двух типов лица. Но так как у меня был лишь один слепок, служивший основой, я испытывал большое неудобство, когда каждый раз приходилось ломать одно и делать другое. Подумав, я купил поляроидную фотокамеру. Достаточно нажать на спуск, и в руках у тебя уже готовая проявленная фотография. Удобство состояло в том, что тут же, не теряя времени, можно было не только сравнивать фотографии, но и фиксировать шаг за шагом весь процесс создания маски.

Да, в те дни мое сердце пело, как цикада, почувствовавшая, что у нее выросли крылья.

И мне даже в голову не приходило, что в любую минуту моя работа может зайти в тупик...

Однажды небо клубилось в южном ветре, невыключенное отопление дышало непереносимым жаром. Взглянул на календарь — уже вторая половина февраля. Я даже растерялся. Хотел ведь закончить все, пока стоят холода. Что касается передачи ощущения вещественности и подвижности моей маски, я уже мог действовать почти наверняка, а вот как быть с вентиляцией, я еще не знал. В общем, время года, когда истекаешь пóтом, ничего хорошего не предвещало. И закреплять маску в этих условиях трудно, возникнет, как я предполагал, целый ряд препятствий физиологического характера. Но я должен был еще сделать крюк в три месяца, прежде чем подошел к тому, с чего начал эти записки, — прежде чем нашел убежище в этом доме.

Почему все же я должен был пойти таким кружным путем? На первый взгляд работа шла вполне успешно. Я так напрактиковался, что мог мысленно представлять себе каждый из двух типов лиц, мог даже, увидев лицо, принадлежащее к тому или иному типу, тут же разложить его в своем воображении на основные элементы и начать вносить в них поправки. Что ж, материал был у меня в руках, и я мог выбрать то, что мне понравится. Но не выберешь ведь одно из двух, если не располагаешь определенным критерием. Нечего и пытаться выбрать красное или белое, если не знаешь, о чем идет речь — о цвете билета или цвете флага. Ох уж эти мне критерии, исчезающие во мгле! Неужели есть загадка, которую не разрешить простым хождением из угла в угол? Теперь критерий приобрел, конечно, совсем не тот смысл, что прежде. Но чем яснее становилось мое представление об объекте, тем больше я раздражался. В гармоничном типе есть прелесть гармонии, в негармоничном типе тоже есть своя прелесть. Решать вопрос с точки зрения ценности того или иного типа здесь совершенно невозможно. И чем больше я узнавал, тем больший интерес начинал испытывать к обоим этим типам. Оказавшись в безвыходном положении, отчаявшись, я много раз думал: не бросить ли мне кости? Но поскольку в лице заключен определенный метафизический смысл, решить вопрос так безответственно я не мог. Исходя из результатов даже тех исследований, которые я до сих пор провел, нельзя не признать, как это ни прискорбно, что внешний вид в той или иной мере связан с психологией и индивидуальными чертами.

Но стоило мне вспомнить изъеденные пиявками, ищербленные остатки своего лица, как я отметал всякую его значимость, и кончалось это тем, что меня била дрожь, как продрогшую до костей собаку. Да что же это такое — психологии, индивидуальные черты? Разве, когда я работал в институте, такие вещи имели какое-нибудь значение? Какие бы ни были у человека индивидуальные черты, один плюс один всегда два. Есть совершенно особые случаи, когда мерилом человека является лицо, — например, актер, дипломат, работник отеля или ресторана, личный секретарь, жулик. Но если он не принадлежит ни к одной из этих категорий, то могут ли иметь индивидуальные черты большее значение, чем рисунок листьев?

Тогда я плюнул на все и решил подбросить монету. Но сколько ни подбрасывал, орел и решка выпадали поровну.

К счастью или к несчастью, оставалась еще работа, которую нужно было сделать до того, как принимать решение о типе лица. Работа такая: найти материал для поверхности кожного покрова лица, которую можно будет использовать при завершении маски. Мне не оставалось ничего иного, как купить его у незнакомого человека, с которым я никогда больше не увижусь. Но характер этого предприятия был такой, что психологически его было очень трудно осуществить, и если бы я не оказался в безвыходном положении, то, несомненно, не смог бы заставить себя взяться за него. В этом смысле момент был исключительно подходящий.

Я, конечно, прекрасно знал, что в тот миг, как я закончу эту работу, мне неизбежно будет вручен ультиматум, но, как говорят, на яд действуют ядом — один яд уничтожает другой, — и тогда на какое-то время я мог обрести покой. Наступил март, и в первое же воскресенье я уложил в чемодан свои мудреные инструменты и решил с самого утра поехать наконец на электричке в город.

Электрички, идущие за город, были переполнены, те же, что шли к центру, — сравнительно пустые. И все же для меня было мучением через столько месяцев снова оказаться в толпе. Мне бы надо быть готовым ко всему, но я тем не менее стоял у двери, глядя наружу, не в силах заставить себя оглянуться и посмотреть, что делается в вагоне, и понимая, как комично я выгляжу, спрятавшись по уши в поднятый воротник пальто — хотя отопление работало так, что нечем было дышать, — не в силах шевельнуться, как насекомое, прикинувшееся мертвым. Как же смогу я тогда обратиться к незнакомому человеку? Каждый раз, когда вагон останавливался, я, вцепившись в ручку двери, должен был буквально бороться с малодушным желанием возвратиться домой.

В конце концов, чего мне бояться? Никто ни в чем меня не обвиняет, но все равно я весь сжался от стыда, точно и в самом деле совершил преступление. Если выражение лица столь незаменимо для идентификации личности, то можно ли утверждать, что немыслимо установить личность человека, только услышав его голос по телефону? Можно ли сказать, что в темноте все люди боятся, подозревают друг друга, враждуют между собой? Чепуха. В конце концов, такая штука, как лицо, имеет глаза, рот, нос, уши, и, если функционируют они нормально, это больше чем достаточно! Лицо служит не для того, чтобы демонстрировать его окружающим, а только для самого себя! (Нечего принимать это близко к сердцу... Так брюзгливо оправдывалось мое второе "я"... Стеснялся я только без нужды нагонять на посторонних людей страх, показывая им лицо, лишенное выражения...) Но по правде говоря, только ли в этом было дело? Темные очки, изготовленные по специальному заказу, были темнее обычных, и можно было совершенно не беспокоиться, что кто-нибудь почувствует на себе мой взгляд. И все же...

Поезд повернул, и та сторона вагона, где я стоял, оказалась обращенной к западу, в стекле двери отразилась семья с ребенком, позади меня. Мальчик лет пяти, который сидел между молодыми родителями, горячо что-то обсуждавшими, показывая пальцами на висящую в вагоне рекламу (я потом прочитал: рекламировалась продажа ванн в рассрочку), округлившимися глазами неотрывно смотрел на меня из-под темно-синей матросской шапочки. Удивление, тревога, страх, неуверенность, понимание, недоверие, зачарованность и, наконец, все оттенки любопытства собрались в его глазах. Он был точно в трансе. Я начал терять самообладание. И родители тоже хороши — сидят и не пытаются даже одернуть его. Я резко повернул к ребенку лицо, и он, как я и ожидал, в страхе прижался к матери, а та, оттолкнув его локтем, начала бранить.

...А что, если бы я молча встал перед этими родителями и ребенком, с презрением глядя на их замешательство, снял очки, сбросил повязку и начал разматывать бинты? Замешательство перешло бы в растерянность, а потом в ужас. Но я, не обращая на них внимания, продолжал бы разматывать. Чтобы усилить эффект, последние витки я сорвал бы разом. Взял бы за верхний край бинта и рванул вниз. Но лицо, которое они увидят, будет совсем иным, нежели мое прежнее лицо. Нет, оно будет отличаться не только от моего лица — оно будет отличаться вообще от человеческих лиц. Мертвенно-белое, как воск, сквозь который просвечивает бронза или золото. Но они не смогут позволить себе дальнейших уточнений. Не успеют они сообразить, кто перед ними, Бог или черт, как все трое превратятся в камни, слитки свинца, а может быть, просто в насекомых. А за ними последуют и другие пассажиры, присутствовавшие при этом...

Неожиданный шум в вагоне заставил меня очнуться. Поезд подошел к нужной мне станции. Я выскочил на платформу, будто за мной гнались. Опустошающая усталость охватила меня. В конце платформы стояла скамейка. Как только я сел на нее, вся она оказалась в моем распоряжении: или меня избегали, или просто не хотели сидеть с кем-то рядом. Задумчиво глядя на беспорядочный поток пассажиров, я чувствовал, что вот-вот разрыдаюсь от переполняющего меня отчаяния.

Видимо, я слишком радужно рисовал себе свое положение. Найдется ли в этой бессердечной и капризной толпе добрая душа, которая согласится продать мне свое лицо? Едва ли. Даже если я и выберу какого-то человека и позову его, вся эта толпа на платформе злобно воззрится на меня. Огромные часы под навесом платформы... общее время для всех людей... что же это, однако, такое — равнодушие тех, кто обладает лицом? Неужели обладание лицом имеет столь решающее значение? Можно ли сказать, что быть видимым — это цена, которую платишь за право видеть?.. Нет, хуже всего то, что моя судьба слишком необычна, слишком индивидуальна. В отличие от голода, безответной любви, безработицы, болезни, банкротства, стихийного бедствия, разоблаченного преступления в моем горе не было того, что позволило бы разделить его с другими. Мое несчастье навсегда останется только моим, и я ни с кем не смогу им поделиться. Поэтому кто угодно может без тени угрызения совести игнорировать меня. А мне не позволено даже протестовать.

...Не тогда ли я начал превращаться в чудовище? И разве не душа чудовища, цепляясь острыми когтями, взбиралась вверх по моему позвоночнику, от чего тело покрывалось холодными мурашками, будто от звука электрической пилы? Несомненно. Именно тогда я стал превращаться в чудовище. Карлейль, кажется, сказал: сутана делает священника, мундир делает солдата. Может быть, лицо чудовища создает сердце чудовища? Лицо чудовища обрекает на одиночество, а это одиночество создает душу чудовища. И стоит температуре моего ледяного одиночества чуть понизиться, как все узлы, связывающие меня с обществом, с треском разорвутся, и я превращусь в чудовище, которому безразличен внешний вид. Если мне суждено превратиться в чудовище, то какого рода чудовищем я стану, что я натворю? Не узнаешь, пока не станешь им. Но одна мысль об этом была так страшна, что хотелось выть.

Заметки на полях.

Интересен роман, в котором описано чудовище Франкенштейна. Когда чудовище бьет тарелки, это обычно относят за счет инстинкта разрушения, которым оно наделено. Здесь же наоборот — объяснение находят в хрупкости тарелок. Осознавая себя чудовищем, оно хотело одного — похоронить себя в одиночестве, и только хрупкость жертв без конца превращала его в убийцу, вот в чем дело. Значит, пока в этом мире существует то, над чем можно совершить насилие — что можно разломать, разорвать, сжечь, чему можно пустить кровь, что можно задушить, — чудовищу лишь остается без конца совершать насилия. В поведении чудовища, в общем, не содержалось ничего нового. Само чудовище не что иное, как изобретение своих жертв...

Нет, изо рта моего не вырвалось ни звука, но, думаю, к тому моменту я уже безмолвно выл. Помогите! Не смотрите на меня так! Если вы и дальше будете так на меня смотреть, я ведь и вправду превращусь в чудовище!.. Наконец я не выдержал и, как зверь, ищущий спасения в норе, продираясь сквозь чащу людей, в отчаянии устремился в ближайший кинотеатр — туда, где продают темноту, единственное место, где может укрыться чудовище.

Какой шел фильм, не помню. Я забился в самый угол балкона и плотно укутался, точно в шарф, в искусственную темноту. Постепенно начал успокаиваться, как крот, нашедший наконец свою нору. Кинотеатр был похож на длинный бесконечный туннель. Кресло казалось мне бешено мчащимся экипажем. Разрывая темноту, я неудержимо несусь вперед. Я лечу с такой скоростью, что никакие люди не могут догнать меня. Я обгоняю их, и они застывают марионетками. Я буду первым в мире Вечной Ночи. Я провозглашу себя императором страны, где нет ничего, кроме света звезд, светлячков и росы... Точно украдкой смакуя сладкий плод, я упивался мечтами, похожими на детские каракули. И не надо смеяться надо мной из-за того, что темноты-то этой был всего лишь маленький клочок. Ведь если мыслить космическими масштабами, то тьма — важнейшая субстанция, занимающая бóльшую часть Вселенной...

Вдруг в креслах передо мной началась какая-то неестественная возня. Из темноты послышался приглушенный смех женщины. "Ш-ш", — оборвал ее мужчина, и движение прекратилось. Зрителей было мало, произошло это в тот момент, когда музыка всей мощью, на какую только была способна, потрясала зал, и поэтому никто, кроме меня, наверно, не обратил на них внимания. Хотя это касалось не меня, я вздохнул с облегчением. И все же продолжал пристально смотреть в ту сторону, не в силах оторвать глаз. Экран посветлел, и отчетливо всплыли силуэты двух человек. Женщина высвободила из-под воротника белого лохматого пальто подстриженные, как у девочки, волосы; к ее плечу, чуть опущенная вниз, прижималась голова мужчины. Причем оба они были укутаны до половины в его черное пальто. Что происходило под ним?

Особенно бросалась в глаза белая шея женщины. Этот белый клочок во тьме, казалось, то тонул, то снова всплывал в воротнике такого же белого пальто, мои глаза никак не находили фокус, и в них все мелькало. А вот что делал мужчина, было совсем неясно. Положение его головы такое, будто он что-то рассматривает на груди у женщины... Я впился глазами в его правое плечо — от напряжения даже слезы выступили. Но передо мной была картина, написанная черной тушью на черной доске. И если мне казалось, что плечо вздрагивает, то потому, что мне хотелось, чтобы так было, и если мне казалось, что оно движется ритмично, то только потому, что я хотел этого. В конце концов я сам увлекся собственным увлечением.

Неожиданно женщина громко рассмеялась. Я вздрогнул, будто меня ударили, — мне почему-то представилось, что виновник этого внезапного смеха я. На самом деле смеялась не она, а динамик за экраном. Но будто вторя ей, на экране тоже забурлило вожделение. Весь экран крупным планом заполнила белая шея женщины. Она решительно поворачивалась из стороны в сторону, точно выражая страдания и муку, а потом постепенно поплыла вниз, и вместо нее на экране появились губы, похожие на только что сваренные сосиски, и эти губы растянулись в какую-то невообразимую улыбку, значительно превосходящую псе установленные для нее размеры. Потом ноздри, напоминающие отверстие в резиновом шланге... за ними веки, так плотно сжатые, что они совсем потерялись в морщинах... и, наконец, смех, подобный хлопанью крыльев вспугнутых диких птиц...

Мне стало не по себе. Нужно ли, чтобы лицо демонстрировалось в таком виде? Кино с самого начала было задумано как зрелище, мыслимое только в темноте. И я думаю, что поскольку у тех, кто смотрит, нет лиц, то и тому, на кого смотрят, лица не нужно...

Но в жизни не найдется ни одного актера, который согласился бы стащить с себя лицо, хотя одежду он готов стаскивать сколько угодно. Мало того, он абсолютно убежден, что вся его игра сконцентрирована на лице. Разве это не тот же обман: заманить зрителя темнотой и подстроить ему такую западню?.. Или вот, подглядывать стыдно, но можно ли сказать, что, если только притворяться, что подглядываешь, тогда все в порядке? Укройте отвратительную напыщенность, отбросьте ханжество! (Смешно, что подобное самоутверждение исходит от калеки, лишенного лица? Но ведь лучше всех понимает, что такое свет, не электрик, не художник, не фотограф, а слепой, потерявший зрение в зрелом возрасте. Как в изобилии есть мудрость изобилия, так и в нищете есть мудрость нищеты.)

Словно обращаясь за помощью, я снова посмотрел на ту пару. Сейчас оба они сидели совсем тихо. В чем же дело? Может быть, и то кипящее вожделение не более чем плод моей фантазии? Сквозь щели бинтов, точно черви, поползли струйки липкого пота. И видно, не только из-за того, что в зале было слишком жарко. Нечто едкое, как горчица, проникло в каждую пору, обжигая тело. (Фальшью оказалась не темнота, а, как ни странно, мое собственное лицо.) Если бы в эту секунду в зале неожиданно загорелся свет, то не кто иной, как я, непрошено вторгшийся сюда, был бы унижен и осмеян зрителями... Собрав все свое мужество, я решился наконец выйти на улицу. Однако не могу сказать, что поиски убежища оказались бесплодными. Я почувствовал, что решимость моя гораздо сильнее, чем прежде, — другими словами, хоть в этом я восстановил свою *связь* с людьми.

Приближался полдень. По привокзальной улице нескончаемо лился поток людей, как всегда на бойком месте в выходной день. Я смешался с этим потоком и под взглядами, липкими, как назойливые мухи, все же продолжал бесцельно бродить примерно в течение часа. Считается, что хождение пешком имеет определенный психологический эффект. Возьмем, например, воинскую часть на марше. Колонна может двигаться в две или в четыре шеренги, и солдат превращается лишь в двуногое существо, имеющее единственную цель — сохранять строй. Думаю, одновременно с чувством мрачной опустошенности, потери лица и сердца в этом ритме бесконечного марша заключается и бездушное успокоение. Мало того, совсем не редки случаи, когда во время долгого марша люди даже испытывают половое возбуждение.

Однако нельзя же до бесконечности отгонять мух. Скорее я должен превратиться во всевидящий мушиный глаз и жадно летать в людской толпе. Я должен найти в ней какого-то человека, который захочет продать мне поверхность кожного покрова. Пол — мужской... Обладатель гладкой кожи, по возможности без характерных признаков... Поскольку потом она будет растягиваться и сжиматься, черты лица и размеры безразличны... Возраст — от тридцати до сорока... Правда, у сорокалетнего мужчины, который согласится на мое предложение ради денег, кожа может оказаться со множеством шрамов и непригодна для меня, поэтому речь фактически шла о тридцатилетнем...

Я попытался взять себя в руки, но и это усилие, вспыхнув, как перегорающая электрическая лампочка, погасло — было очень трудно поддерживать внутреннее напряжение. Да к тому же и люди, шедшие по улице, хотя они и были между собой чужими, образовали прочную цепь, как органическое соединение, без единого разрыва, куда можно было бы втиснуться. И сможет ли одно лишь обладание избранным мной лицом послужить столь уж прочной связью? Ведь даже одежда, которую они носили, была согласована, точно пароль. Выпущенный в огромном количество сегодняшний пароль, именуемый модой. Не есть ли это отрицание формы и вместе с тем некий новый вид формы? В том смысле, что изменения происходят беспрерывно, это, видимо, отрицание формы, но в том смысле, что это отрицание осуществляется в массовом порядке, оно представляется опять-таки облеченным в форму. Может быть, такова *душа сегодняшнего дня*. И из-за этой души я стал еретиком. И хотя представление о моде, созданное искусственным волокном, действительно поддерживалось моими исследованиями, люди, думая, наверно, что человек, лишенный лица, лишен и души, ни за что не допустят, чтобы я слился с ними. Я отдавал все силы тому, чтобы продолжать идти.

Если бы я легкомысленно окликнул кого-нибудь из толпы, моя связь с окружающими вмиг расползлась бы, как намокшая бумага сёдзи. Меня, наверно, окружили бы частоколом люди и стали без всякого снисхождения расспрашивать о моей маске, такой нелепой. Я раз шесть прошел из конца в конец по привокзальной улице и все это время беспрерывно получал подобное предостережение. Нет, не потому, что я слишком много думал об этом. Хотя там была невообразимая толчея, вокруг меня, точно это был зачумленный район, всегда оставалось свободное пространство и ни разу никто не задел меня плечом.

Мне казалось, что я в тюрьме. В тюрьме, и тяжело давящие на тебя стены, и стальные решетки — все превратилось в отполированное зеркало, и ты повсюду находишь собственное отражение. То, что ты не можешь в любую минуту убежать от самого себя, — вот в чем ужас заточения. Я тоже прочно упрятан в мешок самого себя — как ни бейся, не вырвешься из него. Нетерпение превратилось в раздражение, а раздражение вылилось в мрачную злобу. Но тут вдруг мне в голову пришла мысль: а что, если зайти в ресторан в универмаге? Может быть, потому, что у меня было время, а может быть, из-за того, что я проголодался. Но эта мысль заключала в себе еще больший вызов. Интуиция человека, загнанного в угол, наконец подсказала мне, где распорот мешок, в который меня упрятали.

Люди ведь становятся одинокими, становятся разобщенными, становятся беззащитными, обнаруживают свои слабости, становятся слезливо-просительными главным образом в те минуты, когда спят, отправляют естественные надобности, ну и когда поглощены едой. Кстати, "индивидуальное" меню составляет особую гордость ресторанов в универмагах.

Помещение, куда я спустился на эскалаторе, было похоже на зал для приемов. Ресторан, видимо, сразу же за ним. Я совсем уж было направился туда, как вдруг прямо передо мной выплыло огромное объявление: "Выставка масок Но". На секунду я замер и в растерянности чуть не повернул обратно. "Конечно же, это должно было непременно случиться, — подумал я. — Но если я убегу, надо мной будут смеяться еще больше". И хотя попасть в ресторан можно было, не заходя на выставку, я все равно направился прямо в этот зал.

Поступил я так, может быть, потому, что был воодушевлен уже принятым решением пойти в ресторан. Или, пожалуй, лучше назвать это пробой сил перед тем, как бросить вызов. Осмотр масок Но человеком в маске — что ни говори, сочетание необычное. Нужно собрать столько решимости, чтобы ее хватило пройти сквозь огненное кольцо.

Но, к счастью, посетителей было так мало, что все мое напряжение испарилось. Благодаря этому я невольно почувствовал умиротворенность и в таком состоянии решил обойти выставку. Никаких особых надежд я на это не возлагал. Между маской Но и той, которая была нужна мне, хотя называются они одинаково — "маска", — слишком большая разница. Мне нужна была такая, которая бы уничтожила препятствие в виде пиявок и восстановила тропинку, связывающую меня с другими людьми, а маска Но, наоборот, олицетворяет стремление уничтожить все связи с жизнью. Прекрасным доказательством этого может, кстати, служить ощутимая атмосфера тлена, царящая в зале.

Я не могу, конечно, не признать, что в маске Но содержится какая-то совершенная красота. То, что мы называем красотой, может быть, и есть сила чувства протеста, восстающего против разрушения. Трудность воспроизведения может служить мерой совершенства искусства. Значит, если исходить из невозможности массового производства, придется, несомненно, признать, что тонкое листовое стекло — лучшая вещь в нашем мире. Но все равно самое непостижимое — этого, что лежит за пределами всеобщего стремления искать такое редкое совершенство. Потребность в маске, как подсказывает здравый смысл, отражала желание людей, которых уже не удовлетворял облик живого актера, увидеть нечто превосходящее его. В таком случае зачем нужно было нарочно придавать ей сходство с удавленником?

Я неожиданно остановился у женской маски. Она висела на низкой полукруглой перегородке, соединяющей две стены, — в том, как ее поместили, был определенный замысел. Среди белых столбиков балюстрады на фоне черного полотна эта маска, будто отвечая на мой взгляд, казалось, повернулась ко мне. И широко, во все лицо улыбнулась, точно ждала меня...

Нет, это была, безусловно, галлюцинация. Двигалась не маска, а падающий на нее свет. Позади балюстрады были запрятаны миниатюрные лампочки, они в определенном порядке зажигались и гасли, создавая неповторимый эффект. Да, ловко они это подстроили. И хоть я и понимал, что это подстроено, во мне все еще продолжал звенеть испуг. И я без всякого сопротивления навсегда отказался от привычного и наивного взгляда, что маски Но не имеют выражения...

Маска не просто была тщательно продумана. Она отличалась от остальных и блестящим выполнением.

Но это ее отличие было непонятным, невольно раздражало. Однако, когда я еще раз обошел зал и возвратился к женской маске, она вдруг предстала передо мной, точно в фокусе невидимой линзы, и я разгадал загадку. То, что я видел перед собой, не было лицом. Оно лишь прикидывалось лицом, а на самом деле было обыкновенным черепом, обтянутым тонкой пленкой. В других масках, масках стариков, гораздо отчетливее проглядывали очертания черепа, но эта женская маска, на первый взгляд казавшаяся такой округлой, если присмотреться, больше всех остальных напоминала именно череп. Рельефно выделяющиеся кости переносицы, лба, скул, подбородка были воспроизведены с такой точностью, что на ум приходил анатомический атлас, и движение теней, следуя за перемещающимся светом, превращалось в мимику. Непрозрачность клея, напоминающая старый фарфор... сеть тонких трещин, покрывающая поверхность... белизна и теплота сплавных бревен, лежащих на берегу под ветром и дождем... или, может быть, маски Но ведут свое начало от черепов?

Однако совсем не все женские маски были такими. С течением веков они превращались в обыкновенные, ничего не выражающие лица, похожие на очищенную дыню. Может быть, потому, что неверно истолковали замысел первых создателей масок и все внимание уделили самому процессу ее изготовления, забыли об основных костях черепа и подчеркнули только отсутствие выражения.

Неожиданно я столкнулся со страшной гипотезой. Почему создатели первых масок Но должны были попытаться преодолеть границы выражения и в конце концов дойти до черепа? Конечно, не просто чтобы стереть выражение. Уход от повседневного выражения — это можно увидеть и в других масках. Если же углублять поиски принципиальной разницы, то она, пожалуй, заключается в том, что в отличие от обычных масок, в которых этот уход решен в позитивном направлении, в масках Но он идет в негативном. Если хочешь придать выражение — можно придать какое угодно, но все равно это будет ничего не содержащий, пустой сосуд... Отражение в зеркале, которое может видоизменяться как угодно в зависимости от того, кто смотрится в него.

Это не значит, конечно, что нужно возвращать к черепу мое лицо, на котором роились пиявки. А не содержалось ли в универсальном методе создания масок Но, когда лицо превращалось в пустой сосуд, основного принципа, выражаемого через любое лицо, любое выражение, любую маску? Не лицо, которое создаешь сам, а лицо, создаваемое другим... Не выражение, которое выбираешь сам, а выражение, выбираемое другим... Да, это, пожалуй, верно... Чудовище есть нечто сотворенное, а значит, и человека можно назвать творением... Творец же, поскольку речь идет о письме, именуемом выражением, выступает не как отправитель, а скорее как получатель.

Не объясняет ли это все мои затруднения с выбором типа лица, все мои бесконечные блуждания?.. Сколько марок ни наклей на письмо, не имеющее адреса, оно просто вернется обратно... Постой, есть, кажется выход. Что, если показать кому-нибудь используемый мною для справок альбом установленных типов лица и попросить, чтобы выбрали... Но кому же, кому? Ну разве не ясно? Конечно, тебе!.. Кроме тебя, никто не может быть получателем моих писем!

Сначала я скромно решил, что открытие мое совсем незначительно, но постепенно окружающие меня волны света начали менять длину, сердце мое затеплилось улыбкой, и, чтобы ее не задуло, я прикрыл ее ладонями и осторожно, точно спускаясь с горки, покинул зал.

Да, это совсем не маленькое открытие, если его удастся осуществить... Возникнет, наверно, немало проблем с точки зрения формальностей... разумеется, возникнет... но тем не менее в конце концов удастся все уладить. Я решительно направился в ресторан. Без тени колебания я вторгся в столь отличную от зала "Выставки масок Но" раскаленную атмосферу большого ресторана, который в своем двухстраничном меню охватывает все без исключения виды аппетита. Я сделал это не из-за какой-то безумной смелости. Наоборот. Мелькнувшая надежда скорее сделала меня трусом. В своем стремлении как можно быстрее установить связь между письмом и адресом я превратился в ребенка, который пробегает темноту, заткнув уши.

И тут как раз передо мной, загораживая дорогу, вырос мужчина. Невозмутимость, с которой он неторопливо — казалось, никогда не оторвется, — рассматривал выставленные в витрине кушанья, как раз должна быть присуща человеку, которого я так упорно разыскивал. Убедившись, что возраст мужчины как раз подходит и что на лице у него нет шрамов, я сразу же решил — пусть будет он.

Мужчина, решившись наконец, купил в кассе талон на миску китайской лапши, вслед за ним я взял талоны на кофе с бутербродом. С невинным выражением лица, хотя какого лица — у меня же его не было, — я молча сел за один столик с мужчиной, напротив него. Поскольку были и другие свободные места, он явно выразил неудовольствие, но ничего не сказал. Молоденькая официантка проколола наши талоны, принесла по стакану холодной воды и ушла. Я снял повязку, зажал в зубах сигарету и, чувствуя, что человек смущен, начал издалека:

— Простите, я вам помешал, наверно...

— Нет, нет, нисколько.

— А вон ребенок так уставился на меня, что совсем позабыл о своем вожделенном мороженом. Чего доброго, он подумает, что вы мой приятель.

— Ну так пересядьте куда-нибудь!

— Да, это можно, конечно. Но прежде я бы хотел спросить вот о чем, прямо, без обиняков... Вы не хотите получить десять тысяч йен? Если они вам не нужны, я тут же перейду на другое место.

На лице моего собеседника отразился такой живой интерес, что мне даже стало жаль его; не мешкая, я начал тянуть сеть.

— Просьба не особенно обременительная. Риска никакого, много времени не займет — и десять тысяч йен ваши. Ну как? Будете слушать или мне пересесть?..

Мужчина облизывал кончиком языка желтые зубы, его нижнее веко нервно подрагивало. По классификации Блана у него было чуть полноватое лицо с центром, смещенным вниз. В общем, это был отвергнутый мной тип лица человека, со-

средоточенного на своем внутреннем мире и антагонистично-
го внешнему. Но мне было важно лишь строение кожи, и
поэтому само лицо не имело существенного значения. В отношениях с людьми такого рода необходимо, осуществляя
нажим, внимательно следить за тем, чтобы не ранить их самолюбия.

Постскриптум. Всеми силами отвергая лицо как мерку
для себя, в отношении других я легко ею пользуюсь. Такой
подход слишком произволен? Да, произволен, но относиться так
же к себе было бы слишком большой роскошью. Самыми
злобными критиками чаще всего становятся обездоленные.

— Но ведь... — Как бы давая понять, что мы можем
договориться, если даже он и не будет смотреть мне в лицо, он
сидел, закинув руку за спинку стула, неловко ерзая, и, казалось,
внимательно смотрел в сторону выхода к лифту на крышу, где
детям раздавали в подарок воздушные шарики.
— Ну что ж, давайте обсудим...
— Вы меня успокоили. Хорошо бы нам уйти куда-
нибудь. Очень уж здесь официантки неприветливые. Но сначала я хочу договориться об одной вещи. Я не спрашиваю у
вас, чем вы занимаетесь, — не спрашивайте и вы.
— В конце концов, есть ли такое занятие, о котором
стоило бы спрашивать? Да к тому же, если я ничего не буду
знать, то потом не придется оправдываться перед другими.
— Когда мы все закончим, я хочу, чтобы вы забыли обо
всем, будто мы никогда не встречались.
— Хорошо. Судя по началу, не такой у нас разговор,
чтобы о нем захотелось вспоминать...
— Ну, как сказать! Вы и сейчас не решаетесь посмотреть
мне прямо в лицо. Разве одно это не доказывает, что вы заин-
тригованы? Вам не терпится узнать, что у меня под бинтами.
— Чепуха.
— Что же тогда? Страх?
— Нет никакого страха.
— Тогда почему же вы меня так избегаете?

— Почему?.. Мне что, нужно по порядку ответить на все ваши вопросы? Это тоже входит в десять тысяч йен?

— Не хотите — не отвечайте. Я знаю все ваши ответы наперед, даже и не услышав их. Просто я думал хоть немного освободить вас от тяжести...

— Скажите же наконец, что я должен делать?

Мужчина с недовольным видом вынул из кармана пиджака смятую пачку сигарет и, оттопырив нижнюю губу, стал ее расправлять. Но тут же худая щека, на которой резко выступали мускулы рта, судорожно задергалась, как брюшко насекомого. У него был вид затравленной жертвы. Но могло ли такое случиться? Из опыта я знал, что, если имеешь дело с ребенком, он, подстегиваемый самой невероятной фантазией, может впасть в панику, мой же собеседник вполне зрелый человек. Коллеги отводили от меня глаза, болезненно ощущая свое превосходство. Именно зная это, я с помощью приманки в десять тысяч йен хотел выудить псевдоравенство. Не более...

— Итак, приступим к делу. — Я осторожно, но в то же время в намеренно резких выражениях начал зондаж. — Так вот, я подумал, не уступите ли вы мне свое лицо?..

Вместо ответа он мрачно взглянул на меня и с силой чиркнул спичкой. Кончик спички обломался, и горящая головка полетела на стол. Он суетливо погасил ее, щелчком скинул на пол и, досадливо хмыкнув, зажег новую. Как я и ожидал Все это продолжалось каких-то несколько секунд, но в эти мгновения он весь сосредоточился, напрягся, чтобы проникнуть в смысл слов "уступить лицо".

Объяснений могло быть сколько угодно. Начиная с таких широко известных, как убийство, шантаж, афера, когда хотят изменить свой облик, и кончая уже совершенно фантастическими случаями, когда действительно занимаются куплей-продажей лиц... Да, догадаться совсем не легко. Если у него осталась способность спокойно рассуждать, он должен сразу вспомнить десять тысяч йен — это совершенно определенное условие. Сколько можно купить на десять тысяч йен, известно. Не самое ли благоразумное, не мучая себя догадка-

ми, прямо спросить, что я имею в виду? Не было никакого
сомнения, что его подавили мои бинты и он оказался в неуют-
ном положении человека, которого мучат во сне какой-то невероятной софистикой. В общем, я как будто не ошибся, решив пойти в ресторан. И больше всего мне понравилось то,
что он, точно наткнувшись на проволочное заграждение, заин-
тересовался не столько тем, что было под бинтами, сколько
самими бинтами.

В какой-то миг — точно знаменитый фокусник взмах-
нул платком — во мне произошло потрясающее превращение.
Как из невидимой воздушной ямы внезапно появляется лету-
чая мышь, так и я стал вдруг насильником, готовым вонзить в
горло собеседника отточенные клыки.

— Да что там. Хоть я и говорю о лице, но, в общем-то,
речь идет всего-навсего о коже. Бинты хочу заменить...

Лицо мужчины затуманивалось все больше, казалось, он
поглощен курением — так старательно он складывал губы,
— о нашем деле вроде бы совсем забыл. Вначале, чтобы
предупредить его возражения, я думал коротко рассказать о
действительном положении вещей, но сейчас в этом уже не
было необходимости. Под бинтами я непроизвольно выдавил
никому не видимую горькую улыбку. Выместить злобу —
лучший способ сохранить здоровье.

— Нет, нет, не тревожьтесь. Я не собираюсь сдирать с
вас кожу. Единственное, что мне нужно, — это рисунок ее
поверхности. Морщины, поры, линии кожи... В общем, мне
нужно, чтобы вы дали мне перенести на форму все, что позволяет создать ощущение вещественности кожи.

— Ах, форма...

Мужчина облегченно вздохнул, напряжение растаяло, у
него заходил кадык, и он мелко закивал, но до конца его
опасения все же не рассеялись. Было ясно, что́ его беспокоит.
Что́ я собираюсь натворить, надев на себя лицо точно такое
же, как у него, — вот это не могло не волновать мужчину.
Вместо того чтобы тут же разрешить его сомнения, я все
время, пока поглощал принесенную еду, делал ему мелкие га-

дости, лишь утверждая его в сомнениях. К нему персонально я ненависти не питал. Просто хотел, наверно, отомстить за то, что мне приходится договариваться с ним о лице.

Конечно, если бы только меня не мучили эти пиявки, в бинтах тоже была своя прелесть, и выбросить их было совсем не так легко. Я считаю, например, что наиболее отчетливо истинный смысл лица выявляется тогда, когда оно в бинтах — эффект маски. Маска — это злая игра, в которой то, чего ждешь от лица, и то, что видишь, меняются местами. В общем, это можно считать одним из способов укрыться от людей — стирая лицо, стирают и душу. Наверно, именно поэтому в давние времена палачи, расстриги, инквизиторы, жрецы, священники тайных орденов ну и, наконец, разбойники не могли обойтись без маски, она была им совершенно необходима. Маска имела не только негативное назначение — просто скрыть лицо, но, несомненно, и гораздо более позитивную цель — скрыв облик человека, разорвать связь между лицом и сердцем, освободить его от духовных уз, соединяющих с людьми. Возьмем более простой пример — сюда вполне приложима психология франта, который любит щеголять в темных очках, даже когда в них нет необходимости. Но ведь если освободить себя от всех духовных уз и обрести безграничную свободу, то легко стать и безгранично жестоким.

В сущности, мне уже приходилось задумываться над использованием бинтов как маски. Да... Впервые это произошло еще до того случая с рисунком Клее. Я с гордостью уподоблял себя человеку-невидимке, который видит всех, но сам скрыт от других. Потом — когда я был на приеме у господина К., изготавливающего искусственные органы. К. всячески подчеркивал наркотический характер маски и серьезно предупредил меня, что в конце концов я превращусь в наркомана, не мыслящего жизни без бинтов. Можно, значит, считать, что сейчас это произошло в третий раз... Прошло ведь уже больше полугода — возможно ли, чтобы я топтался на одном и том же месте? Нет, есть все же разница. Вначале было обыкновенное бахвальство, потом я получил предупреждение от постороннего и, наконец, сейчас впервые по-настоящему вкусил тайную прелесть быть человеком в маске. Моя мысль двигалась как будто по спирали. Я, правда, в глубине души немного сомневался: в каком направлении идет это движение — по спирали вверх или, наоборот, вниз?..

Итак, продолжая ощущать себя насильником, я выманил мужчину из универмага, заплатил за номер в ближайшей гостинице и через два часа тем же способом, каким я снял тогда слепок со своего обиталища пиявок, получил отпечаток кожи лица этого человека. Глядя, как мужчина, закончив работу, засунул в карман бумажку в десять тысяч йен и пошел, чуть ли не побежал к выходу, я испытал противное чувство одиночества, точно все силы выскользнули из моего тела. Если сделка с настоящим лицом бесплодна, такой же бесплодной будет, пожалуй, и сделка с лицом, закрытым маской.

Постскриптум.

Нет, это рассуждение неверно. Такое чувство было, возможно, вызвано тем, что, по моим предположениям, перемены, которые произойдут в моей душе, когда я закончу маску, будут очень похожи на все случаи, когда надевают личину, чтобы скрыться от людей... И неудивительно, что я испытывал тревогу, ведь я удаляюсь от заветной цели — восстановить тропинку, связывающую меня с людьми. Правда, в самой этой аналогии была определенная непоследовательность. Считать маску, не являющуюся моим собственным лицом, личиной — значит белое называть черным. Если маска расширяет тропинку, то личина разрывает ее — они скорее антиподы. Иначе я сам со своим стремлением убежать от маски-личины и найти маску-лицо окажусь в идиотском положении.

И еще одно. Только что я подумал: маска нужна жертве, а личина, наоборот, — насильнику. Верно?

Белая тетрадь

Ну вот я и сменил тетрадь, но в делах моих особых перемен не произошло. Действительно, раньше, чем я смог начать новую страницу, прошло несколько недель без всяких событий, точно я замер на мертвой точке. Несколько невыразительных недель, без глаз, без носа, без рта, похожих на мою маску из бинтов. Но кое-что все же произошло: я упустил возможность запатентовать одну работу, что позволило бы мне хорошо заработать, и, кроме того, молодые сотрудники лаборатории неожиданно подвергли меня серьезной критике по вопросу ассигнований на этот год. Что касается патента, то работа была еще очень далека от практического завершения и слишком специальная, и поэтому задумываться над этим вопросом не стоило. А вот ассигнования... хотя они и не были непосредственно связаны с моими планами, касающимися маски... но дело есть дело, и я должен был все продумать как следует. Когда мои коллеги заговорили об ассигнованиях, я понял, что они считают это определенным тактическим ходом с моей стороны. Действительно, активно поддерживая желание группы молодых сотрудников, я раньше согласился на организацию специального сектора, но, когда дело дошло до ассигнований, получилось, что я отступился от своих слов. Это не было, конечно, ни интригой, ни завистью, ни злым умыслом, ни какими-либо другими, заранее продуманными маневрами, хотя они и называли так мой поступок. Особо хвастаться мне нечем — просто я забыл об этом. Если меня обвинят в недостаточно серьезном отношении к работе, мне кажется, я должен покорно принять это обвинение. Прежде я почти не сознавал этого, но после их слов как-то очень остро почувствовал, что с некоторых пор начал терять интерес к работе. Хоть это и не особенно приятно признавать, но не сказалось ли здесь влияние пиявок? Если оставить в стороне некоторые угрызения совести, откровенно говоря, их протест подействовал на меня освежающе. Ведь со мной обращались как с равным — не в пример тем деланным улыбкам, с которыми встречали раньше калеку...

Но какое все-таки открытие сделал я на "Выставке масок Но", на которой, как я писал в конце предыдущей тетради, мне, кажется, удалось окончательно разрешить важнейший вопрос — выбор лица?

Писать об этом так грустно! Выражение лица — не потайная дверь, которую скрывают от постороннего взора, а парадный вход, и поэтому его сознательно так строят и так украшают, чтобы он услаждал глаз приходящего. Оно — письмо, а совсем не рекламный листок, который посылают, не задумываясь над тем, кто его получит, и поэтому не может существовать без адресата. Убедившись в правильности своих выкладок, я тут же решил предоставить тебе право выбора и таким образом с облегчением снял тяжесть со своих плеч. Теперь в мою игру сразу заиграли двое.

В тот вечер — вечер цвета глины, когда мутный туман, точно грязная вода, клубясь, поднялся вверх, на час раньше обычного затянул небо и свет грязных фонарей, вызывающе делал то, что не подвластно ему, — подгонял время... я, двигаясь в людской толпе, все густевшей по мере приближения к вокзалу, снова сделал попытку войти в роль насильника, чтобы как-то освободиться от невыносимого чувства одиночества, преследовавшего меня с того момента, как я расстался с тем человеком. Но если не встретиться с кем-то один на один, как это было в ресторане универмага, ничего, пожалуй, не получится. Когда люди образовывают толпу, пусть даже и эту отвратительную толчею воскресного вечера, их лица, как амебы, протягивая друг другу ложноножки, создают цепь, и в ней нигде нет ни щелки, в которую можно было бы втиснуться. Но все равно я уже не был так раздражен, как раньше, когда выходил из дому. Я даже мог позволить себе признать, что сверкающее море света, которое, разрывая туман, плыло, дышало, волновалось, действительно великолепно. Может быть, потому, что теперь у меня был совершенно определенный план.

С таким трудом купленный слепок лица из альгината калия, который я нее в портфеле под мышкой, был невыносимо тяжелым... но, правда, уравновешивался тяжестью бинтов на моем лице, насквозь пропитавшихся туманом... в общем, у меня был план, и я мог попытаться осуществить его. Надежды на этот план, я думаю, и смягчили, пусть чуточку, мое сердце.

Да, так вот в тот вечер... мое сердце широко открылось тебе, будто преграда перед ним исчезла. И это не было просто пассивной надеждой, связанной со стремлением взвалить на тебя выбор... это не было простым побуждением, связанным с тем, что подготовка закончилась и я подошел к этапу, когда должна была вот-вот появиться маска... как бы это лучше сказать... наивно, как ребенок, мягко, точно переступая босыми ногами по траве, я сокращал и сокращал расстояние между нами.

Возможно, это спокойствие и уверенность, вызванные тем, что я получил возможность заманить тебя в сообщники, пусть косвенные, для изготовления маски — работы, требующей одиночества. Для меня, что ни говори, ты была чужаком номер один. Нет, я употребляю эти слова не в отрицательном смысле. Ты — первая, к кому я должен восстановить тропинку, ты та, чье имя я должен написать на первом своем письме, вот в каком смысле назвал я тебя чужаком номер один. (...В любом случае я просто не мог лишиться тебя. Потерять тебя означало для меня потерять весь мир.)

Но в тот миг, как я столкнулся с тобой лицом к лицу, надежды мои превратились в бесформенную кучу, точно вынутая из воды морская трава. Я бы не хотел быть неправильно понятым. Я совсем не собираюсь придираться к тому, как ты меня встретила. Я далек от этого — ты сочувствовала мне с великодушием, превосходящим великодушие. Кроме того случая, когда не пустила к себе под юбку. Во многом, несомненно, следовало винить и меня или, лучше сказать, именно меня. Как писал поэт: всегда ли имеешь ты право на любовь того, кого любишь?

В тот день ты встретила меня, как обычно, с ненавязчивой предупредительностью или, вернее, с ненавязчивым состраданием. И наше молчание тоже было обычным.

Сколько же времени прошло с тех пор, как между нами воцарилось молчание, будто умолк сломанный музыкальный инструмент.

Наши ежедневные разговоры, обмен старыми новостями не прекратились, но свелись к минимуму и приобрели чисто символический характер. Но я и не думаю обвинять тебя в этом. Я прекрасно понимаю, что это была частица твоей жалости. Сломанный инструмент всегда фальшивит. Пусть лучше молчит. Для меня это было горькое молчание — для тебя, несомненно, во много раз горше. Потому-то я и должен был как-то использовать этот случай, чтобы мы поговорили еще раз — я так на это надеялся...

Но все равно, как было бы хорошо, если бы ты по крайней мере спросила, куда я ходил. Ведь за последнее время это необычный случай, чтобы я в воскресенье с раннего утра на целый день ушел из дому — а ты не высказала ни малейшего удивления.

Ты быстро отрегулировала огонь в печке и сразу же возвратилась на кухню, не успела принести горячую салфетку, как снова убежала посмотреть, согрелась ли вода в ванне. Ты вроде бы и не оставляла меня, но и не старалась быть ближе. Конечно, любая хозяйка ведет себя в своем доме так же, как ты, но я хочу сказать вот о чем — о твоей слишком рассчитанной уравновешенности в те минуты. Ты действительно была на редкость искусна. Стремясь придать нашему молчанию естественность, ты с точностью электронных весов отмеряла время.

Чтобы сломать молчание, я решил показать, что рассердился, но и это не помогло. Увидев твои отважные усилия, я сразу же сник, поняв, что мне снова дали остро почувствовать, насколько я бессмысленно самонадеян. Застывшее между нами ледяное поле молчания оказалось, видимо, гораздо массивнее, чем я предполагал. Совсем не тоненькая корка льда, которую растопил бы первый попавшийся предлог. Все подготовленные мной по дороге вопросы — или поводы для разговора — были не более чем огоньком спички, упавшей на айсберг.

Я, конечно, не был настолько оптимистичен, чтобы думать, будто смогу поставить перед тобой образцы двух типов лица и сказать, подделываясь под заправского торговца, ну, какой нравится тебе больше? Первое условие — чтобы моя маска не бросалась в глаза как маска, и поэтому мне не следовало раскрывать истинный смысл своего вопроса. Иначе я дождусь лишь злых насмешек и колкостей, И теперь, поскольку я не собираюсь воздействовать на тебя гипнотически, вопросы мои должны быть, естественно, более косвенными. Но дальше этого мои планы не шли, и удача, которую я с трудом ухватил, потому что я, как хороший сыщик, не жалел ног, — эта удача чуть ли не обернулась для меня провалом, но я все равно надеялся, что в нужную минуту смогу ее использовать по назначению. Например, я с легким сердцем разбирал лица своих друзей, непроизвольно протягивая ниточку к твоим вкусам.

Но ты не была рыбой, удовлетворяющейся молчанием. Молчание — тяжелое испытание для тебя. Не кто иной, как я сам, страдал, когда мне приходилось говорить с кем-либо о случившемся со мной, и именно ты, зная это, старалась поддержать меня... Ругая себя за лицемерие, я молча прошел мимо молчания, вернулся в свой кабинет, запер в шкаф инструменты для формовки и сегодняшний трофей, а потом, как обычно, начал разматывать бинты, чтобы смазать лицо кремом и сделать ежедневный массаж. Но рука вдруг остановилась на полпути, и я заблудился в диалоге с несуществующим собеседником.

"Нет, это не простая приманка... Сколько десятков калорий огня нужно для того, чтобы растопить это молчание? Это знает только мое потерянное лицо. Может быть, маска и есть ответ?.. Но если не будет твоего совета, я ни смогу сделать маску... Так, может быть, лучше ее бросить?.. Но если где-то не разорвать этот порочный круг, то будет повторяться одно и то же, как в той дурацкой орлянке. Но все равно терять надежду не следует. Если не удастся растопить весь лед молчания, нужно попытаться развести хоть маленький — только руки погреть — костер..." Точно водолаз, надевающий свой костюм, я снова тщательно намотал бинты. С выставленным напоказ обиталищем пиявок я лишался уверенности, которая позволила бы мне преодолеть гнет молчания.

Чтобы скрыть сковавшее меня напряжение, безразличной походкой кошки, будто ничего не произошло, я вернулся в гостиную. Делая вид, что углубился в вечернюю газету, краешком глаза я следил, как ты ходила на кухню и из кухни. Ты не улыбалась, но у тебя, когда ты делала то одно, то другое, ни на миг не переставая двигаться, было такое удивительно легкое выражение лица, точно ты вот-вот улыбнешься. Это было в самом деле удивительное выражение, которое появилось у тебя непроизвольно, и я даже подумал: не было ли самым главным стимулом, заставившим меня сделать тебе предложение, именно то, что я был неожиданно очарован этим выражением твоего лица?

(Не писал ли я уже об этом? Ладно, если и повторюсь, не страшно. Для меня, ищущего смысл в выражении лица, оно было как свет маяка. Даже сейчас, когда я это пишу и думаю о тебе, первое, что всплывает перед глазами, — снова то выражение твоего лица. В ту самую секунду, как на твоем внешне бесстрастном лице появилась улыбка, в выражении его неожиданно что-то засверкало, и все, освещенное этим светом, вдруг почувствовало уверенность, подтверждение своего существования...) Щедро даря это выражение окнам, стенам, лампам — всему, что тебя окружало, но только не мне, только в мою сторону ты не могла заставить себя повернуться. И хотя я считал это вполне естественным и ни на что, в общем, не надеялся, я вдруг почувствовал, что мне было бы вполне достаточно, если бы удалось заставить тебя повернуться в мою сторону, чтобы увидеть выражение твоего лица.

— Поговорим.

Но когда ты повернулась ко мне, то выражение уже исчезло.

— Сегодня я ходил в кино.

Ты ждала, что я скажу дальше, заглядывая в щели между бинтами с таким вниманием, что его даже нельзя было принять за внимание.

— Нет, не потому, что хотел посмотреть фильм. Просто мне нужна была темнота. Когда идешь по улице с таким лицом, начинает овладевать сознание, что делаешь что-то плохое. Странная это штука — лицо... Раньше я совсем о нем не думал, а как только его не стало, мне кажется, что от меня оторвана половина мира...

— Какой был фильм?

— Не помню. Наверно, потому, что совсем потерял голову. Меня вдруг настигла идея насилия. И тогда я, точно спасаясь от дождя, влетел в ближайший кинотеатр...

— А где этот кинотеатр?

— Не все ли равно где. Мне нужна была темнота.

Ты осуждающе поджала губы. Но глаза грустно прищурились, показывая, что не только меня ты обвиняешь. Меня охватило жестокое раскаяние. Я не должен был этого делать. Нужно было говорить совсем о другом.

— ...Так вот, тогда-то я и подумал. Может быть, стоит иногда ходить в кино. Там все зрители будто берут напрокат у актеров лица и надевают их. Никому не нужно свое собственное лицо. Кино — это такое место, куда ходят для того, чтобы, уплатив деньги, на какое-то время поменяться лицами.

— Да, пожалуй, иногда ходить в кино стоит.

— Я думаю, не подходят только фильмы, в которых не нравятся лица актеров. Верно? Ведь идешь, чтобы взять напрокат эти лица и надеть на себя. Поэтому, не придись они точно, половина интереса пропадает.

— А разве нет фильмов без актеров? Ну, например, документальные...

— Не имеет значения. Пусть в них нет актеров, лица-то все равно есть. Даже рыбы, даже насекомые имеют какую-то физиономию. Даже стулья и столы имеют свое лицо, которое может нравиться или не нравиться.

— Но кто захочет смотреть фильм, нацепив рыбью морду?
Ты затрепетала, как бабочка, наслаждаясь шуткой. Права была, конечно, ты. Несомненно, лучше молчать, чем вытаскивать на свет эту рыбью морду.

— Нет, ты ошибаешься. Речь идет совсем не о моем лице. Лица-то у меня ведь нет, а значит, оно не может ни нравиться, ни не нравиться. Ты — другое дело. Для тебя не может не быть вопроса, с какими актерами фильм ты хочешь смотреть.

— Что б ты ни говорил, все равно мне нравятся фильмы без актеров. Не получаю никакого удовольствия ни от трагедии, ни от комедии.

— Ну почему, ну почему ты всегда стараешься меня утешать!

Непроизвольно тон у меня стал резким, мне как-то все вдруг стало безразлично, и под бинтами я скорчил отвратительную гримасу, которую все равно никто не мог увидеть. Может быть, оттого, что снова стало жарко, пиявки закопошились, и все лицо вокруг них загорелось зудом.

Это не было молчание, которое можно преодолеть таким способом. С какой стороны мы ни подступали к разговору, он все время замирал на одной и той же точке. У меня не хватило духа продолжать, и я замолчал. Наше молчание не было безмолвием, возникшим оттого, что уже все сказано. Это было горькое молчание, когда весь наш разговор рассыпался на мелкие кусочки.

Потом в течение нескольких недель я продолжал двигаться в этом молчании, механически, точно передвигая взятые напрокат суставы. Но однажды я вдруг заметил, что лиственница за окном играет на ветру тоненькими зеленоватыми побегами, оповещая, что вот-вот наступит лето. Так же неожиданно пришло и мое решение. Это случилось в тот вечер, когда я, помнишь, вдруг закричал во время еды — что послужило поводом, забыл:

— Ну скажи мне, скажи, что заставляет тебя жить со мной! — Я знал, каким бы громким ни был мой крик, он оставался всего лишь частью молчания, и не в силах взглянуть, тебе прямо в лицо, уставился на обметку петли цвета вялой зелени, выглядывавшую из-под маленькой зеленой пуговички на груди. И, стараясь не спасовать перед собственным голосом, продолжал вопить: — Отвечай сейчас же, отвечай! Почему ты не разводишься со мной? Сейчас нужна полная ясность — это в наших с тобой интересах. Просто по инерции? Говори, не стесняйся. Нельзя насильно заставлять себя делать то, в чем сама не убеждена...

Когда я, выговорившись, заперся в своем кабинете, то был в жалком состоянии, как бумажный змей, попавший под дождь. Какая связь может существовать между мной — человеком, закатившим по поводу такого пустяка, как лицо, подобную безумную сцену, и мной — руководителем лаборатории с жалованьем 97 тысяч йен? И чем больше я думал, тем больше превращался в разодранного змея, от которого остались наконец одни дранки — вся бумага разлезлась...

И когда остались одни дранки и я пришел в себя, то понял, что грубые и обидные слова, брошенные тебе в лицо, я должен был обратить как раз к себе. Да, мы женаты уже восемь лет. Восемь лет — срок немалый. Во всяком случае, достаточный, чтобы ответить друг за друга, кто что любит из еды, кто чего не любит. Ну а если мы можем представлять друг друга во вкусах, касающихся еды, то разве не можем делать то же, когда речь идет о лицах? Значит, не было никакой необходимости попусту выискивать в нашем молчании тему для разговора.

Я начал судорожно копаться в своей памяти. Где-то непременно должно быть завещание, в котором ты назначаешь меня своим душеприказчиком. Не может не быть. А если мы были так далеки друг от друга еще до несчастного случая, что же я тогда стараюсь возвратить, затевая всю эту возню с маской? Значит, мне просто нечего возвращать. И поскольку нет абсолютно ничего, что мы должны были скрывать друг от друга все эти восемь лет, которые протекли без всяких событий, мне нечего сомневаться в этом сейчас, когда я огражден более толстой, чем мои бинты, стеной отчуждения. Следовательно, я уже потерял право требовать что-либо. Коль скоро я ничего не потерял, то не могу требовать и возмещения. Может быть, мне следует примириться с тем, что мой первоначальный облик тоже маска, и, не сопротивляясь, удовлетвориться своим нынешним положением?

...Проблема весьма важная... сам факт, что я считал ее важной, был чрезвычайно важен. Следовательно, просто даже из самолюбия я должен выполнить миссию душеприказчика. Эта работа не особенно привлекала меня но, мобилизовав все воспоминания, впечатления, разговоры, я создал твою модель и стал припоминать, какие черты лица нравились тебе, и, поставив себя на твое место, попытался вспомнить выражение лиц разных мужчин. Я испытал отвратительное чувство, будто за воротник влезла гусеница. Но прежде, чем определить, что представляют собой все эти мужчины, необходимо поточнее установить, что представляешь собой ты? Линза должна, безусловно, быть твердо зафиксирована. Если она будет колыхаться, как медуза, то смотри не смотри — ничего не увидишь. И сейчас, когда я изо всех сил старался рассмотреть тебя, ты, казалось, то превращалась в точку, то в линию, то в плоскость и, наконец, стала бесформенной пустотой и проскользнула сквозь сеть пяти моих чувств.

Я оторопел. Что же я видел, к чему обращался, с каким чувством жил это совсем не короткое время? Неужели я так мало знал о тебе? Я замер в растерянности перед твоим внутренним миром — неведомой областью, окутанной безбрежным молочным туманом. Мне стало так стыдно, что я готов был намотать на свое лицо еще столько же бинтов.

Но может быть, наоборот, хорошо, что однажды я оказался так вот припертым к стене. Я выбросил из-за воротника гусеницу, взял себя в руки и вернулся в гостиную — ты сидела, спрятав лицо в ладони, перед телевизором с выключенным звуком. Наверно, тихо плакала. Стоило мне это увидеть, как я сразу же понял, что возможно совсем другое объяснение, почему я оказался не способен быть твоим душеприказчиком.

Нельзя, пожалуй, утверждать, что я был идеальным душеприказчиком. Во всяком случае, с уверенностью можно сказать, что наше общение с тобой было односторонним, я даже не представлял себе, что ты можешь проявлять особый интерес к мужскому лицу. К чему же это привело? Теперь я вынужден превратиться в полное подобие сводника! Разве это не обычная форма брака, когда с самого начала отбрасывается вопрос о том, каковы вкусы твоей будущей жены в отношении мужского лица (вкусы в еде — другое дело). Когда мужчина и женщина вступают в брак, они должны отбросить подобные сомнения и любопытство. Если в этом нет согласия, то лучше не начинать такого хлопотного дела?

Тихонько, чтобы ты не заметила, я подошел сзади — пахло как от асфальта после дождя. Может быть, это был запах твоих волос. Ты обернулась, несколько раз потянула носом, будто простудилась, и, чтобы рассеять мои иллюзии, посмотрела на меня ясными и бездонными глазами — они казались нарисованными. С совершенно прозрачным, отсутствующим выражением — так лучи солнца пронзают лес, оголенный холодным осенним ветром...

Тогда это и случилось. Странный порыв охватил меня. Может быть, ревность? Возможно. Внутри меня комок, похожий на колючий репейник, начал разрастаться до размеров ежа. И сразу же вслед за этим я вдруг обнаружил, что критерий выражения лица, мое заблудшее дитя, которое, казалось, потеряно безвозвратно, находился рядом со мной. Это было неожиданно. Настолько, что я даже сам не мог ясно осознать эту неожиданность. Но не думаю, что я так уж удивился. Как я раньше не спохватился, что, кроме этого ответа, другой невозможен? Вот это показалось мне неразумным.

Я оставляю в стороне это "как" и начну с вывода, к которому я пришел. Моя маска должна была относиться к четвертому типу по классификации Блана: "Негармоничный, экстравертный тип". Лицо, остро выдающееся вперед у носа... с точки зрения психоморфологии — волевое, целеустремленное лицо...

Всего этого было слишком мало, и я почувствовал себя чуть ли не одураченным. Но если вдуматься, объяснение можно было найти. Ведь при превращениях куколка, внешне не претерпевая никаких изменений, готовится к переходу в новое. После того как я столкнулся с новым смыслом, которое приобрело лицо — из того, что я выбираю, оно стало тем, что для меня выбирают, — мне не оставалось ничего другого, как внимательно следить за тобой, бредя наугад, как человек в темноте, который — открыты у него глаза или закрыты, смотри он вправо или влево — видит лишь одно — тьму. И хотя возникшая теперь необходимость следить за тобой ранила мое самолюбие, заставляла нервничать, раздражаться, испытывать чувство унижения, хотя я уже устал от своих бесконечных мыслей, оторвать от тебя глаз все равно не мог ни на минуту.

Я жаждал приблизиться к тебе и в то же время жаждал отдалиться от тебя. Хотел узнать тебя и в то же время противился этому. Стремился видеть тебя и в то же время стеснялся тебя видеть. И вот в таком неопределенном состоянии, когда трещина между нами становилась все глубже, мне не оставалось ничего другого, как сжимать руками расколотый стакан, изо всех сил стараясь сохранить его форму.

Все это я прекрасно понимал. Понимал, что это была беспорядочная ложь, мною самим измышленная и очень для меня удобная, — будто ты жертва, прикованная цепью ко мне, уже не имеющему на тебя никаких прав. И ты безропотно, по собственной воле обрекла себя на такую участь. И не к тебе ли самой относилось сияние, промелькнувшее на твоем лице, когда из серьезного оно стало улыбающимся? Значит, как только тебе вздумается, в любую минуту ты можешь покинуть меня. Но представляешь ли ты себе, как это страшно для меня? У тебя есть тысяча выражений лица — у меня ни одного. Но стоило мне вспомнить, что под кимоно у тебя тело и кожа неповторимой эластичности, неповторимой температуры, я начинал серьезно думать о том, что конца моим мучениям не будет до тех пор, пока я не проткну твое тело огромной иглой

— даже если это лишит тебя жизни — и не превращу тебя в экспонат коллекции.

И все это потому, что внутри меня терзали друг друга стремление восстановить тропинку между нами и мстительность, заставляющая желать твоего уничтожения. В конце концов я уже не мог различить, где одно чувство, где другое, и поза — стрела моего лука всегда направлена на тебя — стала привычной, повседневной, а потом в моем сознании неожиданно высветилось лицо охотника.

Лицо охотника не может принадлежать к "гармоничному, интровертному типу". С таким лицом я либо превращусь в друга пичужек, либо, в противном случае, в добычу диких зверей. В таких условиях решение мое не только не представлялось неожиданным, но, можно сказать, было неизбежным. Может быть, потому, что я был ослеплен двойственным характером маски — отрицание лица и одновременно создание нового лица — и упустил из виду основное: даже это ослепление есть одна из форм действия, — может быть, поэтому неминуемым для меня оказался такой кружный путь.

Существуют "мнимые числа". Странные числа, которые при возведении в квадрат превращаются в отрицательные. В маске тоже есть нечто схожее с ними: наложить на маску маску — то же самое, что не надевать ее вовсе.

Стоило лишь выбрать тип — остальное было просто. Одних фотографий, собранных в материалах по моделированию лица, я просмотрел шестьдесят восемь, и больше половины из них принадлежало к "типу лиц, выдающихся вперед у носа". Все было готово, даже более чем готово.

Я решил немедленно приступить к работе. Под руками у меня никаких образцов не было, но я попытался рисовать в своем воображении лица, как картину, написанную невидимой краской, накладывая слой за слоем и так на ощупь определяя каждый раз, какое впечатление производят они на тебя. Прежде всего на слепке из сурьмы я замазал вспененной древесной смолой все места, изъеденные пиявками. Сверху вместо глины, следуя линиям Лангера, я стал слой за слоем в Определенном направлении накладывать тонкие пластиковые ленты. Благодаря полугодовой тренировке мои глины, следуя линиям Лангера, я стал слои за слоем в определенном направлении накладывать тонкие пластиковые ленты. Благодаря полугодовой тренировке мои пальцы, точно пальцы часовщика, на ощупь чувствующие искривление волоска маятника, разбирались в мельчайших деталях лица. Цвет лица я подбирал по цвету кожи у запястья. Чтобы виски и подбородок были светлее, я использовал материал с добавлением небольшого количества двуокиси титана, чтобы щеки были розоваты, добавлял в материал красный кадмий. По мере приближения к поверхности я все осторожнее использовал красящие вещества, особенно большое искусство потребовалось, чтобы легким, сероватым налетом у ноздрей естественно передать возраст. Наконец растопленной древесной смолой я залил прозрачный слой — тонкую пленку, содержащую флуоресцирующие вещества и имеющую коэффициент преломления цвета, близкий кератину, на котором была воспроизведена поверхность купленной мной кожи. Затем на очень короткое время я подверг полученную оболочку действию пара под большим давлением, и она натянулась и застыла, как влитая. Морщин пока не было, и поэтому она была гладкой, не имеющей выражения. Но все равно создавалось впечатление, будто это нечто живое, только что содранное с живого человека.

(Пока мне удалось добиться этого, прошло двадцать два или, кажется, двадцать три дня.)

Следующая проблема: что делать с границей соединения маски с кожей. На лбу ее удастся прикрыть волосами. (К счастью, волос у меня больше чем достаточно, и они немного вьются.) Вокруг глаз, если сделать побольше мелких морщин, наложить посильнее краску и надеть очки, никто ничего не заметит. Губы можно будет заправить внутрь, а края закрепить на деснах. Ноздри удастся соединить с более твердыми трубками и ввести трубки внутрь. Некоторые затруднения вызывал участок у подбородка. Выход был только один. Скрыть его бородой.

Вырвав из головы и отобрав наиболее тонкие волосы, я втыкал, стараясь сохранить направление и угол, волосок за волоском, по двадцать пять — тридцать штук на каждый квадратный сантиметр маски. Закончилась и эта работа — она одна потребовала двадцать дней, — но меня еще мучило чувство психологического протеста. В прошлом веке борода была обычным явлением, но сейчас, что ни говори, это несколько претенциозно. К примеру, стоит мне услышать слово "борода", и, как это ни прискорбно, оно ассоциируется с постовым полицейским у вокзала, ты его помнишь?

Все существующие бороды не ограничиваются, конечно, бородами бандитов или героев. Есть бороды различных типов. Есть бороды пророков, бороды европейских аристократов. Есть бороды Кастро, есть, не знаю, как они называются, чрезвычайно современные бороды, которые любит носить молодежь, корчащая из себя людей искусства. Хотя и трудно избежать несколько экстравагантного вида, когда ты с бородой и в темных очках, но поскольку другого выхода у меня не было, нужно было только постараться сделать все так искусно, чтобы она не производила неприятного впечатления.

Ты все видела и все знаешь сама, и вряд ли нужно снова говорить о том, насколько успешной оказалась моя работа. Мне самому не хотелось ее оценивать, и не было у меня какого-либо другого плана, чтобы сделать ее по-иному — то, что получилось, удовлетворяло, меня. Правда, некоторых угрызений совести я не мог избежать, но...

Нет, я случайно обронил слова "некоторые угрызения совести", но если вдуматься, в них действительно заключается глубокий смысл. Мысли мои еще не отлились в слова, были совсем неясными, и это вызывало какое-то неприятное чувство, будто вскочил прыщик на языке, начинавший саднить, стоило открыть рот, — чувство, предостерегавшее меня: не занимайся пустой болтовней...

В ту ночь, когда я закончил наконец бороду, на большом пальце правой руки пинцет оставил кровавую мозоль. Боль, от которой я весь взмок, угольками горела внутри глаз. Сколько я их ни вытирал, вновь и вновь выступали слезы, липкие, как разбавленный мед, и глаза туманились, как грязные оконные стекла. Когда я поднялся, чтобы пойти в ванную умыться" уже забрезжил рассвет — я и не заметил, как прошла ночь. Невольно зажмурившись от ярких бликов утреннего солнца, рассеченных оконным переплетом, я неожиданно испытал стыд, чувство, уже однажды пронзившее мой мозг.

Я вспомнил сон, который видел однажды. Это был сон, похожий на старый немой фильм, начинавшийся с очень милой сцены: однажды в конце лета или самом начале осени я — мне было тогда лет десять, а может, и меньше — рассеянно следил за тем, как возвратившийся с работы отец снимает в передней ботинки. Но вдруг мир рушится. Возвратился еще один отец. И этот отец, как ни странно, тот же самый человек, что и прежний отец, — другая у него только шляпа. У старого отца — соломенная шляпа, у нового — мягкая, фетровая. Увидев отца в соломенной шляпе, отец в мягкой шляпе с презрением посмотрел на него и преувеличенно резким жестом показал ему, что тот ошибся адресом. Тогда тот, что был в соломенной шляпе, в полной растерянности, со снятым ботинком в руке, грустно улыбнувшись, чуть не бегом выскочил из дома. Сердце разрывалось у меня в груди, когда я, совсем еще ребенок, смотрел ему вслед... Тут фильм оборвался. И после него остался лишь горький осадок.

Сон можно было бы счесть детской реакцией на смену времен года... Но если бы дело было только в этом, разве сохранились бы в течение десятилетий так ясно и отчетливо все ощущения, испытанные мной тогда? Едва ли. Две шляпы, которые я увидел, были чем-то иным. Может быть, символом лжи, недопустимой в отношениях между людьми... Точно можно сказать лишь одно: смена шляпы привела к тому, что доверие, которое я питал прежде к отцу, оказалось полностью подорванным. Наверно, с тех пор я все время испытываю стыд за отца.

Но сейчас позиции наши переменились. Теперь была моя очередь оправдываться. Я рассматривал в зеркале покрывшие лицо багровые пиявки, и это еще больше подстегнуло мое стремление поскорее сделать маску. Все равно не я должен стыдиться. И если уж есть люди, у которых действительно должно щемить сердце, то это скорее те, кто не признает, что может существовать человек, не имеющий лица — его паспорта, — и этим заживо хоронят меня. Разве не так?

Вновь настроившись агрессивно, я вернулся к маске. Бесстыдно обросшая физиономия... физиономия с торчащим носом... в глаза бросается только ее вызывающий вид. Создается неприятное впечатление, видимо, оттого, что рассматриваешь *отдельные части*, — я прислонил маску к стене и, отойдя на несколько шагов, стал рассматривать ее сквозь сложенные трубкой ладони. Я не ощутил радости завершения работы, скорее испытывал чувство, похожее на печаль, оттого, что это чужое лицо постепенно завладеет мной.

Наверно, это от переутомления, подбадривал я себя. Ведь так у меня всегда бывало, когда я заканчивал большую работу. Радость завершения испытывают только те, кто не несет никакой ответственности за результат работы. Может быть, я еще бессознательно испытывал воздействие предвзятости, касающейся лица. Сколько бы я ни боролся против обожествления лица, не было никакой гарантии, что в глубине сознания не останутся корни этого зла. Так люди, даже не верящие в привидения, все равно боятся темноты.

Тогда я решил любыми средствами загнать себя в работу. Чтобы окончательно решить, что же представляет собой маска, попробую надеть ее. Сначала я освободил маску под ушами, оттянул у подбородка, снял с губ, вытащил трубки из ноздрей и содрал ее со слепка. Она повисла мягким мешочком для сухого льда. Потом в обратном порядке натянул ее на лицо. Технических ошибок как будто не было. Как вещь, уже долго бывшая в носке, она точно пришлась к лицу — стоявший с горле комок глотком провалился вниз.

Глянул в зеркало. На меня холодно смотрел незнакомый человек. Как я и ожидал, нет ни черточки, которая бы напоминала меня. Полное перевоплощение. И цвет, и эластичность, и полное ощущение вещественности кожи — в общем, можно говорить об успехе. Но почему же тогда оно такое безжизненное? Может быть, зеркало плохое... Или свет падает как-то неестественно... Я рывком открыл ставни и впустил в комнату солнце.

Острые осколки лучей, вибрируя, как щупальца насекомых, проникли во все уголки маски. Отчетливо всплыли на поверхности поры, мелкие повреждения, даже разветвления мельчайших вен. И нигде невозможно было усмотреть дефекта. Но где же тогда причина ощущения неудовлетворенности? Уж не в том ли, что маска неподвижна и поэтому лишена выражения? Нечто напоминающее неприятное до ужаса лицо покойника, нарумяненное под живое. Попробовать разве подвигать каким-нибудь мускулом? Поскольку я еще не приготовил специального состава, чтобы приклеивать маску к лицу — я собирался использовать что-нибудь вроде клея для липкого пластыря, но менее концентрированного, — то точно воспроизвести маской движения мускулов не смогу; видимо, единственное, что мне удастся, — сделать это только в районе носа и рта, где маска прилегает к лицу сравнительно плотно.

Прежде всего напряг углы рта и попробовал слегка растянуть их вправо и влево. Прекрасно. Не зря я так внимательно отнесся к доставившей мне столько хлопот анатомической проблеме — накладывал слой за слоем материал, имеющий определенную направленность волокон. Воодушевившись, я решил теперь попробовать улыбнуться по-настоящему. Но маска не хотела улыбаться. Только чуть искривилась. И так странно искривилась, что я даже подумал, не искривилось ли само зеркало. Сейчас в ней ощущалась смерть гораздо сильнее, чем когда она была неподвижной. Я растерялся, мне показалось, что ниточка, связывающая мои внутренности, оборвалась, и в груди стало пусто.

...Но я не хочу быть неправильно понятым. У меня ведь и в мыслях не было становиться в трагическую позу, спекулировать своими горестями. Хорошо ли, плохо ли, но это была маска, которую я сам себе выбрал. Лицо, к которому я наконец пришел после многомесячных экспериментов. Если я недоволен, то лучше самому и переделать по своему усмотрению. Но если вопрос не в том, хорошо или плохо она сделана, что же мне тогда предпринять? Смогу ли я потом безропотно признать, что это мое лицо, и безоговорочно принять его? И тогда я почувствовал, что эта опустошенность, от которой я совсем пал духом, была вызвана не столько растерянностью перед новым лицом, сколько безысходностью исчезновения, будто я увидел, как мой собственный образ укрывается от меня под шапкой-невидимкой. А если так, удастся ли мне осуществить дальнейшие планы?

Выражения лица напоминают годичные кольца, прочерченные жизнью, и, может быть, напрасно я сразу же попытался засмеяться. Жизненные обстоятельства вызывают повторение тех или иных выражений лица, и они застывают, например, в виде морщин, в виде складок. Постоянно улыбающееся лицо привыкает к естественной улыбке. И наоборот, сердитое лицо привыкает к сердитому выражению. Но на моей маске, как на лице новорожденного, не запечатлелось ни одного годичного кольца. Как бы ни улыбался ребенок, надев лицо сорокалетнего, он будет похож на оборотня. Конечно! Обязательно! Поэтому первое, что я включу в план после того, как укроюсь в своем убежище, — приучить маску к морщинам. Если мне это удастся, маска станет мне родной и удобной. Я, в общем, с самого начала предполагал нечто подобное, и поэтому сейчас не было никаких оснований для отчаяния. Так, ловко подменив один вопрос другим, я не только не обратил внимания на уколы совести, но, наоборот, постепенно увязал все глубже и глубже.

Ну вот, как будто я и подошел к убежищу в доме S., с которого начал свои записки. Где же это я уклонился в сторону?.. Да, конечно, когда остался один и начал разматывать бинты... Ну что ж, продолжу теперь с того самого места.

Первое, чем я должен был заняться в своем убежище, — это, конечно, приучить маску к морщинам. Никаких особых приспособлений не требовалось — это была огромная, кропотливая работа, для которой нужно было собрать всю свою волю, выдержку, внимательность.

Сначала я нанес на лицо клейкий состав. Маску следовало надевать с носа. Я плотно вставил в ноздри трубки, прикрепил к деснам загубники маски, затем, легонько похлопывая, плотно прижал ее к носу, щекам и подбородку, внимательно следя за тем, чтобы нигде не было складок. Подождав, пока маска пристанет к лицу, я стал прогревать ее инфракрасной лампой и, поддерживая определенную температуру, повторял одно и то же мимическое движение. Материал, из которого была сделана маска, имел такое свойство, что, когда он нагревался выше определенной температуры, эластичность его резко снижалась и поэтому в направлении, заранее приданном материалу, то есть вдоль линий Лангера, естественно образовывались морщины, соответствующие тому или иному выражению лица.

Содержание и распределение выражений лица в процентах могут быть представлены следующим образом:

заинтересованность	— 16 %
любопытство	— 7 %
согласие	— 10 %
удовлетворение	— 12 %
смех	— 13 %
отрицание	— 6 %
недовольство	— 7 %
отвращение	— 6 %
сомнение	— 5 %
недоумение	— 6 %
озабоченность	— 3 %
гнев	— 9 %

Я не считал, конечно, что можно удовлетвориться, разложив такое сложное и деликатное явление, как выражение лица, только на эти основные элементы. Но если смешивать их на палитре в разных комбинациях, удастся получить любые оттенки. Как ты понимаешь, проценты указывают на частоту того или иного выражения лица. Короче говоря, я вообразил себе человека такого типа, у которого выражение эмоций протекает примерно в такой пропорции. Конечно, если бы меня спросили, что принято мной за критерий, я затруднился бы сразу ответить. Просто я поставил себя в положение соблазнителя и, представив себе сцену, в которой я стою перед тобой, символизирующей других людей, взвешивал одно выражение лица за другим. Как дурак, я все снова и снова то плакал, то смеялся, то злился, и так до утра. Поэтому на следующий день я проснулся только под вечер. Щели в ставнях пропускали лучи света, будто проходившие сквозь красное стекло. Кажется, пошел долгожданный дождь. Но настроение нисколько не улучшилось, усталость, терпкая, как настоявшийся чай, сковала все тело. Особенно жгло и болело в висках. И не случайно. Больше десяти часов я беспрерывно двигал мимическими мускулами.

Нужно еще сказать, что я не просто двигал мимическими мускулами, а до предела напрягал нервы — когда смеялся, то смеялся по-настоящему, когда злился, то злился по-настоящему.

Дело в том, что, пока я это делал, даже самое незначительное выражение должно было глубоко врезаться в поверхность моего нового лица, как герб, не терпящий никаких исправлений. И если бы я все время фальшиво улыбался, на моей маске навсегда сохранилась бы печать лица, способного лишь на искусственную улыбку. Поэтому, какими бы моментальными ни были отпечатки, я не мог не относиться к ним со всей серьезностью, поскольку они будут запечатлены маской как история моей жизни.

Я приготовил горячее полотенце и промассировал лицо. Пар проник в кожу. Она воспалилась оттого, что инфракрасной лампой я стимулировал потовые железы, а клейким составом забил поры. Это, несомненно, плохо повлияло и на келоиды. Но ничего более страшного, чем то, что уже случилось, произойти не могло, и вряд ли стоило проявлять излишнее беспокойство. Мертвому безразлично, кремируют его или погребут.

В течение трех дней я повторял одно и то же в одном и том же порядке. То, что нужно было исправить, я исправил, все пришло в норму, и на третий день я решил сделать попытку поужинать в маске. Когда-нибудь я должен буду столкнуться с такой необходимостью, и поэтому нет ничего лучше, как испытать сейчас все на практике. Так создам же я условия самые что ни на есть натуральные. После того как клейкий состав достаточно застыл, я взъерошил волосы и прикрыл ими края маски, надел очки с затемненными стеклами, чтобы граница маски вокруг век не бросалась в глаза, и вообще сделал все приготовления, будто собирался выйти из дому.

Преодолевая искушение заглянуть в висящее напротив меня зеркало, я поставил на стол оставшиеся от вчерашнего ужина консервы и хлеб и, представляя себя в ресторане или еще в каком-нибудь зале, где я ем вместе со множеством людей, медленно поднял голову и взглянул в зеркало.

Тот тоже, конечно, поднял голову и посмотрел на меня. Потом, в такт движению моего рта, начал жевать хлеб. Когда я ел суп, он тоже его ел. Наше дыхание совпадало, и это выглядело очень естественно. Чужие губы и притупившиеся нервы не позволяли по-настоящему почувствовать вкус пищи, мешали жевать, но, если привыкнуть, можно об этом забыть, как забывают о вставных зубах. Только вот из углов рта стекали капли слюны и соуса, и я понял, что за этим нужно все время следить.

Вдруг он поднялся и подозрительно уставился на меня. В этот миг меня охватило чувство какой-то удивительной гармонии — возбуждения, смешанного с умиротворенностью. Появилась острота восприятия, я испытал опьянение, будто принял слишком большую дозу снотворного и оно сразу начало действовать. Может быть, моя скорлупа где-то треснула? Некоторое время мы смотрели друг на друга — он улыбнулся первым, я улыбнулся в ответ, а потом, не встретив никакого сопротивления, впился взглядом в его лицо. Мы мгновенно слились, и я стал им. Не думаю, чтобы это лицо мне особенно нравилось, но вместе с тем не похоже, чтобы и не нравилось, — во всяком случае, теперь я стал чувствовать, мыслить этим лицом. Все шло настолько хорошо, что даже я сам, прекрасно знавший о своей подделке, сомневался, существовала ли подобная подделка на самом деле.

Действительно, очень уж все гладко. Не исключено, что потом возникнут побочные явления оттого, что залпом хлебнул слишком много? Я отошел назад на пять-шесть шагов и прищурился. Уловив момент, когда я выглядел особенно неприятным, широко открыл глаза. Но лицо по-прежнему, с постоянством камертона продолжало излучать все ту же улыбку. Вроде бы никакой ошибки. Как ни считай, я, кажется, помолодел не меньше чем лет на пять.

Что ж тогда так беспокоило меня до вчерашнего дня? Может быть, и резонерствовал я, будто не нужно особенно стесняться, будто кожа лица не имеет никакого отношения к характеру человека, только потому, что сам был скован предубеждением? По сравнению с обиталищем пиявок или маской из бинтов теперешняя маска из синтетической смолы гораздо больше похожа на живое лицо. Если первая — декоративная дверь, нарисованная на стене, то эту можно сравнить с широко распахнутой дверью, через которую льется солнечное тепло.

Чьи-то шаги, которые, казалось, я слышу уже давно, становились все громче, приближались. И когда они приблизились ко мне вплотную, оказалось, что это мое сердце. Открытая дверь торопит меня.

Решено, выхожу! Через новое чужое лицо выхожу в мир новых чужих людей!

Сердце учащенно билось. В душе моей боролись надежда и тревога, как у ребенка, которому впервые разрешили одному ехать в поезде. Благодаря маске все, конечно, изменится. Не только я — мир и тот предстанет в совершенно новом одеянии. И унизительный стыд стал вскоре тонуть в водовороте надежд.

Постскриптум.

Думаю, что должен признаться: в тот день я принял большую дозу снотворного. Нет, не только в тот день. С некоторых пор я делал это регулярно. Но не для того, как это может показаться, чтобы парализовать тревогу. Цель была скорее иная: снять ненужное раздражение и сохранить рационализм. Как я неоднократно повторял, моя маска должна была прежде всего означать борьбу с предвзятым мнением относительно лица. Я должен был все время помнить о маске, будто управлял сложнейшей машиной.

И еще одно... Когда я принимал, смешав в нужной пропорции, снотворное и успокоительное, то через несколько минут после того, как начинало действовать лекарство, наступало удивительное безмятежно-спокойное состояние, будто я смотрел внутрь самого себя в телескоп. Я невольно избегал писать об этом, так как не был убежден, что это не наркотическое опьянение, но сейчас мне кажется, испытанное мной в течение тех нескольких минут ощущение заключает смысл, гораздо более глубокий, чем я предполагал. Например, нечто приближающее меня к сущности отношений между людьми, которые объединены ложным символом, именуемым лицом...

Когда лекарство только начинало действовать, наступало состояние, будто я споткнулся о камень. Какое-то мгновение тело мое плыло в воздухе, и я испытывал легкое головокружение. Потом ноздри начинал щекотать запах скошенной травы и сердце вырывалось в далекие просторы. Нет, я выражаюсь, пожалуй, не совсем точно. Неожиданно поток времени приостанавливался, я терял направление, выплывал из потока. Выплывал не только я — все, кто летел вместе со мной, рвали существовавшие прежде связи и рассыпались в разные стороны. Вырвавшись из потока, я испытывал чувство освобождения, становился необыкновенно великодушным и, соглашаясь со всем, повторял странное, поспешно сделанное заключение, что мое лицо точь-в-точь как твое — тоже напоминает лицо Бодисатвы. Время, когда я был абсолютно безразличен к тому, что именуется лицом, длилось минут семь-восемь.

Похоже, что, когда поток времени на секунду замирал, я преодолевал не только свои скопища пиявок, но и само лицо и оказывался на другой стороне. Видимо, и в те минуты, когда я, отбросив сомнения, проникал сквозь окно, именуемое лицом, в человеческие отношения, передо мной, пусть на мгновения, мелькала свобода, существование которой я не мог себе даже представить. Видимо, я неожиданно для себя сталкивался со страшной действительностью: все люди закрывают окно души маской из плоти и прячут обитающие под ней пиявки. Может быть, благодаря потере лица я смог подойти вплотную к другому, настоящему, а не нарисованному на окне миру... Тогда испытываемое мной чувство освобождения — правда. Тогда оно — не временный обман, приносимый наркотиками.

И потом... как это ни неприятно... моя маска легко сможет скрыть правду. Если вдуматься, не исключено, что в этом как раз и была причина того, что я стыдился своей маски. Но маска уже прикрыла мое лицо. К тому же почти двойная доза лекарства начала оказывать свое действие, заставляя забыть о свободе, которую дает отсутствие лица. Я говорил самому себе: пусть в мире сказки, но ведь гадкий утенок получил все-таки право превратиться в белого лебеди.

Чтобы превратиться в совершенно другого человека, нужно было, естественно, начать с одежды. Но, к сожалению, к этому я еще не подготовился, и потом в тот вечер мне нужно было только достичь душевного равновесия, поэтому я и решил просто накинуть куртку и выйти из дому. Маска была совершенно готова, ничем не отличалась от лица, и можно было но опасаться, что она покажется подозрительной.

Лестница черного хода скрипела, и было очень странно, что я, казалось, летевший на крыльях, столько весил. К счастью, я не встретил никого, пока добирался до улицы. Но, завернув за угол, я столкнулся лицом к лицу с соседкой, которая несла сумку с покупками. Я остановился как вкопанный, буквально заскрипев зубами от досады, а соседка лишь мельком взглянула на меня и как ни в чем не бывало пошла своей дорогой. Это хорошо. Итак, ничего не случилось. Разве это не самое лучшее алиби?

Я пошел дальше. Поскольку у меня была одна цель — привыкнуть к маске, мне было все равно куда идти. В самом деле, просто идти и то уже немалая работа. Вопреки ожиданиям колени не сгибались, будто кончилась смазка, дыхание перехватило. От стыда, хотя маска и не могла краснеть, от страха, что все узнают правду, я весь сжался и дрожал, вид у меня был самый жалкий. Но если чужой взор и сможет проникнуть сквозь маску, то, скорее всего, из-за моей скованности. Когда ведешь себя как подозреваемый, тебя и будут подозревать. Ведь я всего лишь пытался немного изменить рисунок на обертке. Хоть бы не осуждали меня. Но если не обманет то, что у меня внутри, окружающих нечего бояться.

Пока я так рассуждал, мой энтузиазм куда-то испарился, силы предавали чувства, так же как чувства предавали силы, и у меня все больше опускались руки. Так прошло три часа. Если попадалась слишком освещенная витрина, я переходил дорогу, делая вид, что меня привлек магазин на противоположной стороне... если улицу заливал яркий неоновый свет, я выбирал темные переулки, будто в поисках приключений... если, подходя к остановке, видел приближающийся трамвай или автобус, то сознательно ускорял шаг, избегая соблазна сесть в него... или же, наоборот, нарочно шел медленнее, пропуская его вперед... и в конце концов я устал от самого себя. Сколько бы дней я так ни ходил, все равно по-настоящему не привыкну к маске.

Мне встретилась табачная лавчонка, прилепившаяся вплотную к кондитерскому магазину. И я решил пойти на рискованную авантюру. Авантюра — слишком сильно сказано, просто решил зайти и купить сигарет. Не успел я подойти к лавке, как у меня бешено заколотилось сердце. Внутри что-то прорвалось, и полились слезы. Маска сразу же отяжелела и, казалось, начала сползать. Ноги дрожали, точно я спускался в бездонную пропасть, держась за тоненькую веревку. Ради какой-то пачки сигарет я отдал столько сил, будто схватился с чудовищем.

Но, не знаю почему, стоило мне встретиться взглядом с продавщицей, подошедшей ко мне с безразличным видом, как меня точно подменили, я вдруг осмелел. Может быть, потому, что она обратила на меня не больше внимания, чем на обычного покупателя, или, может быть, потому, что пачка сигарет, точно мертвая пичужка, невесомо лежала у меня на ладони? Нет, причина была скорее в той перемене, которую принесла с собой маска. До тех пор пока я воображал обращенные на себя чужие взгляды, я боялся своей собственной тени, но стоило мне встретиться с настоящим взглядом, как я точно увидел свой истинный облик. В моем представлении маска, может быть, выставляла меня напоказ, но в действительности она была непрозрачным прикрытием, прятавшим меня. Под ней пульсировали кровеносные сосуды, потовые железы выделяли пот, а на поверхности ее не было ни капли.

В конце концов я избавился от страха покраснеть, но к тому времени был уже окончательно измотан. У меня не было сил идти дальше, я взял такси и вернулся прямо в свое убежище. Я пришел в уныние при мысли, что единственной компенсацией за все мои мучения была лишь пачка сигарет, но, если принять в расчет, что я осознал себя в маске, сделка представлялась вполне выгодной. В подтверждение этому, когда я, вернувшись в свою комнату, снял маску, смыл клейкий состав и посмотрел на свое лицо, безобразные скопища пиявок почему-то не показались мне такими уж реальными. Маска стала настолько же реальной, насколько реальными были пиявки, и если считать маску временным обликом, то временным же обликом были и пиявки. В общем, маска, казалось, спокойно укоренялась в моем лице.

На следующий день я решил смело расширить сферу своих опытов. Прежде всего, как только встал, позвал управляющего и сказал, что если соседняя квартира еще свободна, то хотел бы снять ее для "младшего брата". Этим "младшим братом" был, конечно, еще один я — в маске.

К сожалению, я опоздал — комната была сдана днем раньше.

Но это не могло заставить меня изменить свои планы. Больше того, я воспользовался этим случаем, чтобы рассказать о существовании "младшего брата" — для меня было очень важно, чтобы мой собеседник твердо это усвоил.

— Брат живет в очень неудобном пригороде, да к тому же работать ему приходится в разные часы, и поэтому он очень хочет иметь квартиру, в которой мог бы время от времени отдыхать. Но если она сдана, ничего не поделаешь. Условия жизни у нас примерно одинаковые, мы не особенно привередливы, так что поживем вместе.

Потом я сразу же предложил увеличить квартирную плату на тридцать процентов. Управляющий сделал вид, что смущен, очень смущен, безмерно смущен, но на самом деле никакого смущения он не испытывал. В конце концов для "младшего брата" мне удалось даже получить дополнительный ключ.

Часов в десять я надел маску и вышел из дому. Мне нужно было подобрать одежду к маске, дополненной очками и бородой. Выйдя из дому, я некоторое время не мог побороть напряжения — я впервые оказался на улице среди бела дня... Не знаю из-за чего — то ли волоски на маске, за ночь превратившись в живые, начали расти?.. то ли из-за слишком большой дозы успокоительного?.. — но так или иначе, ожидая автобуса, я уже спокойно дымил сигаретой.

Но по-настоящему я осознал, насколько жизнеспособна и своенравна маска, когда пришел в универсальный магазин, чтобы купить костюм. Хотя наиболее подходящим для очков и бороды было бы что-нибудь броское, я тем не менее выбрал строгий пиджак с узкими бортами, на трех пуговицах. Мне просто не верилось, что я способен на такое. Во-первых, сам факт, что я, как оказалось, разбираюсь в моде, был выше моего понимания. Мало того, я специально зашел в ювелирный отдел и купил кольцо. Выходило, что маска игнорирует мои желания и начинает сама ходить, куда ей вздумается. Меня это, правда, не особенно обеспокоило, но порядком удивило. Хотя в этом не было ничего смешного, приливы смеха следовали один за другим, будто меня щекотали, и я, слившись с этим смехом, впал в игривое настроение.

Выйдя из универмага, может быть, по инерции я решил предпринять еще одну небольшую авантюру. Да нет, ничего серьезного, всего лишь зайти в маленький корейский ресторан, находившийся в узком переулочке вдали от ярких центральных улиц. Я уже давно не ел как следует, и голод давал о себе знать, да к тому же жареное мясо, такое вкусное, всегда было самой любимой моей едой. Но разве только поэтому? Разве жареное мясо было единственным побуждением, заставившим меня пойти туда?

В какой мере я действовал сознательно — это другой вопрос. Но было бы ложью говорить, что выбор именно корейского ресторана ни на чем не основывался. Я совершенно явно принимал в расчет, что это корейский ресторан и там будет много корейцев. Я бессознательно надеялся, конечно, на то, что, если в моей маске и есть еще какие-то изъяны, корейцы, наверно, ничего не заметят, к тому же мне казалось, что общаться с ними мне будет проще. А может быть, я находил сходство между собой, лишившимся лица, и корейцами, часто становившимися жертвой расовых предрассудков, и невольно проникся к ним дружескими чувствами. Сам я, конечно, вовсе не испытывал предубеждения против корейцев. Прежде всего, человек без лица просто не вправе иметь предубеждения. Правда, расовые предрассудки, несомненно, существуют как универсальное явление, поскольку выходят за рамки индивидуальных склонностей и бросают тень на историю и народы. Поэтому, во всяком случае субъективно, тот факт, что я искал убежище среди этих людей, был не чем иным, как перелицованным предрассудком, но...

Вился вверх голубой дымок. Шумел допотопный вентилятор. Посетителей трое, и, к счастью, все трое как будто корейцы. Двоих на первый взгляд не отличить от японцев, но их беглый разговор по-корейски неопровержимо свидетельствовал, что они настоящие корейцы. Хотя был еще только полдень, они уже опорожнили целую батарею пивных бутылок, что еще больше разожгло их и без того экспансивную манеру разговаривать.

Я слегка прикоснулся к маске у щек, чтобы проверить, все ли в порядке, и сразу же заразился их весельем. Или скорее, может быть, стремился опьянить себя возможностью, доступной обыкновенному человеку, — если я этого захочу, то легко могу сделать. Может быть, психологически это объяснялось тем же, что и неодолимое желание нищих поговорить о своих богатых родственниках — таких можно часто встретить в романах. Но так или иначе, присев к колченогому столику и заказав жареное мясо, я явственно ощутил себя чуть ли не киногероем.

По стене сновал таракан. Свернув газету, забытую кем-то на столе, я смахнул его на пол. Потом стал рассеянно читать заголовки — обычные объявления: "Требуются". "Сегодня в кино, мюзик-холлах, увеселительных заведениях"... Соединение всех этих иероглифов странным образом распалило мое воображение. Между рекламными колонками начал разворачиваться ландшафт, полный загадок и намеков, а беспрерывная болтовня трех корейцев служила идеальным аккомпанементом моему воображению.

На столе стояла пепельница, к которой было прикреплено специальное устройство для предсказания судьбы. Если в него опустить десятииеновую монету и нажать кнопку, из отверстия внизу выскакивает свернутая бумажка величиной со спичку. Моя маска пришла, казалось, в такое бесшабашно-веселое настроение, что решила тоже попытать счастья. Я развернул бумажку — моя судьба была определена так:

"Небольшая удача: жди и дождешься. Если увидишь человека *с родинкой под глазом*, иди на запад".

Я уже готов был рассмеяться, но тут один из корейцев заговорил вдруг по-японски; повернувшись к девушке, которая принесла мой заказ, он громко сказал:

— Эй, девочка, у тебя лицо как у корейской деревенской девчонки. Правда, точь-в-точь как у корейской деревенской девчонки.

Казалось, он не заговорил, а заорал. В испуге втянув голову в плечи, будто он издевался надо мной, я посмотрел украдкой на официантку, но она, не выказывая никакого беспокойства, поставила передо мной тарелку с мясом и, присоединяясь к громкому смеху трех приятелей, расплылась в улыбке. Я растерялся. Может быть, в выражении "корейская девчонка" не было того плохого смысла, который мне почудился? И ведь верно, именно этот вопивший мужчина средних лет был самым неотесанным из всех троих, и, как никому другому, ему подходило определение "деревенский". Судя по их веселой болтовне, можно было догадаться, что они просто шутили над самими собой. Да к тому же совсем не исключено, что и девушка тоже была кореянкой. И нет ничего удивительного, если корейцы ее возраста знают только японский язык. Тогда слова, сказанные тем корейцем, не только не должны были восприниматься как насмешка, но, наоборот, как полное доброжелательности одобрение. Да, это точно. Начать хотя бы с того, что не станет же кореец употреблять слово "корейский" в дурном смысле.

Все эти рассуждения привели к тому, что меня начала непреодолимо мучить совесть: я подло обманывал себя, делая вид, будто питаю к корейцам чувство близости. Выражаясь фигурально, моя позиция выглядела так: белый нищий обращается дружески с цветным монархом. Хотя этот предрассудок в одинаковой мере распространялся и на них и на меня, природа его различна. У них было право высмеивать носителей предрассудка, у меня же такого права не было. У них были друзья, с которыми они объединяли силы в борьбе с предрассудками, у меня же таких друзей не было. Если бы я серьезно решил уравняться с ними, мне бы пришлось смело сбросить маску и выставить напоказ скопища пиявок. И, созвав привидения, лишенные лиц... нет, бессмысленная гипотеза — может ли найти друзей человек, который не любит самого себя?

Воодушевление сразу же остыло, все опротивело, и мне ничего не оставалось, как уныло вернуться в свое убежище, снова испытывая проникшее во все поры чувство стыда. Но перед самым домом — неужели я так изменился? — я снова повел себя непростительно глупо. Ничего не подозревая, я повернул за угол и неожиданно столкнулся с дочкой управляющего.

Прислонившись к стене, она неумело играла в йо-йо. Йо-йо был огромный, блестевший золотом. Я остановился как вкопанный. Это было уж совсем глупо. Дорожка, по которой я шел, кончалась тупиком и нужна была лишь тем, кто пользовался стоянкой автомашин за домом или черной лестницей. До тех пор пока я сам не представлюсь семье управляющего как "младший брат", в маске ходить с черного хода не следовало. Правда, поскольку дом только что построен и почти все жильцы новые, переехали вчера, а может быть, даже сегодня, было бы лучше всего, наверно, если бы я прошел как ни в чем не бывало... Я сделал попытку приосаниться, но было уже поздно... девочка заметила мою растерянность. Как же выйти из этого положения?

— В той квартире, — я понимал, насколько бездарно мое объяснение, но был не в силах придумать ничего более подходящего, — там живет мой брат... Он сейчас у себя? У него все лицо вот так обмотано бинтами... Ты его, наверное, знаешь?

Но девочка только чуть-чуть шевельнулась, ничего не отвечая и не изменив выражения лица. Мне все больше становилось не по себе. Уж не заметила ли она чего-нибудь? Нет, не должна бы... Если верить словам ее отца — управляющего — то, хоть на вид она почти девушка, но в умственном развитии отстает от сверстников: с трудом учится в начальной школе. Когда она была совсем маленькой, простуда осложнилась менингитом, и окончательно она так и не поправилась. Слабый, как крылышки насекомого, рот... детский безвольный подбородок... узкие, покатые плечи... и контрастирующий с ними тонкий, как у взрослой, нос... большие, овальные, ничего не выражающие глаза... видимо, я не ошибся, сразу подумав, что она слабоумная.

Но что-то в молчании девочки вызывало чувство неловкости, которое не позволяло просто пройти мимо. Чтобы заставить ее заговорить, я сказал первое, что пришло в голову:

— Прекрасный йо-йо. Здорово, наверно, подпрыгивает.

Девочка задрожала от испуга и, спрятав игрушку за спину, ответила вызывающе:

— Мой, я не вру!

Я едва не рассмеялся. Успокоившись, я вдруг захотел чуть-чуть подразнить ее. Отплатить ей за то, что она заставила меня пережить неприятные минуты, наказать за то, что она подняла крик, в первый раз увидев обмотанное бинтами лицо. Хотя девочка была умственно отсталая, но обладала привлекательностью эльфа. Если все пойдет как нужно, разговор с ней поможет, пусть хоть немного, восстановить пошатнувшийся авторитет маски.

— Правда? А где доказательства, что ты не врешь?

— Зря вы мне не верите. Ведь я ничего плохого не делаю.

— Ладно, верю. Но мне кажется, на йо-йо чье-то другое имя написано.

— Да в этом нет ничего такого. Давным-давно одна кошечка сказала... похожая на нашу, не пестрая, а такая, совсем-совсем белая кошечка...

— Ты мне ее покажешь?

— Я очень крепко храню секреты.

— Секреты?..

— Давным-давно одна кошечка сказала: "Мыши хотят надеть на меня колокольчик, что же мне делать?.."

— Ну ладно, хочешь, дядюшка купит тебе точно такой же?

Я испытывал удовлетворение от одного того, что могу вот так спокойно беседовать, но результаты заигрывания значительно превзошли все мои ожидания.

Девочка терлась спиной о стену и некоторое время, казалось, сосредоточенно взвешивала смысл моих слов.

Потом, подозрительно посмотрев на меня исподлобья, спросила:

— Тайком от папы?

— Конечно, тайком.

Я невольно рассмеялся (да ведь я смеюсь?) и, сознавая эффект смеющейся маски, засмеялся еще громче. Наконец девочка как будто согласилась на мое предложение. Она расслабила напрягшуюся спину и оттопырила нижнюю губу.

— Хо-ро-шо... хо-ро-шо, — пропела она несколько раз и произнесла, грустно протирая золотой йо-йо полой кофты:

— Если вправду купите, я этот отдам... но правда, правда, я не украла потихоньку... мне его когда еще обещали... Но я отдам... вот прямо сейчас пойду и отдам... А мне нравится, кто бы что ни подарил, мне это очень нравится...

Продолжая прижиматься к стене, она бочком, бочком кралась мимо меня. Дети есть дети... я совсем уже успокоился, но, поравнявшись со мной, она прошептала:

— Играем в секреты!

"Играем в секреты"? Что это значит? А, нечего обращать внимание. Разве способна эта недоразвитая девочка на такие сложные хитрости? Легче всего было отнести это на счет ее скудного умишка, но ведь собака со скудным умишком в качестве компенсации имеет острый нюх... Сам факт, что я беспокоился по этому поводу, служил доказательством того, что моя уверенность снова поколебалась.

В общем, осадок был очень неприятный. Только лицо мое стало совершенно новым, а память и привычки остались прежними — все равно что черпать воду ковшом без дна. Поскольку я надел на лицо маску, мне нужна была такая, которая бы отвечала ритму моего сердца. Мне бы хотелось в своем лицедействе достигнуть такого совершенства, чтобы меня не могли разоблачить даже с помощью детектора лжи...

Я снял маску. Напитанный потом клейкий состав пах как перезрелый виноград. И в эту минуту невыносимая усталость хлынула вверх, как из засоренной канализации, и вязким

дегтем стала застаиваться в суставах. Но все зависит от восприятия — как первую попытку, ее совсем нельзя назвать
неудачной. Муки, связанные с рождением ребенка, — и то не
шутка. А здесь сформировавшийся, взрослый человек собирается переродиться в совершенно другого — не должен ли
я те или иные шероховатости, неудачи считать естественными? Не должен ли я скорее радоваться, что не был смертельно ранен?

Вытерев маску изнутри, я снова натянул се на слепок, вы-
мыл и намазал кремом. Чтобы дать коже немного отдохнуть,
прилег на кровать. Наверно, это была реакция на слишком
длительное напряжение: хотя солнце еще не зашло, я заснул
крепким сном. И проснулся, когда уже занимался рассвет.

Дождя не было, но сквозь густой, мокрый туман тор-
говый квартал, за которым была широкая проезжая улица,
выглядел темневшим вдали лесом. Бледное небо, тоже, наверно, из-за тумана, приняло розоватый оттенок. Распахнув окно,
я полной грудью вдохнул воздух, тугой, как морской ветер, и
эти минуты, созданные для тех, кто прячется, минуты, когда
совсем не нужно беспокоиться о посторонних взглядах, эти
минуты представлялись мне прекрасными, созданными специально для меня. Не выявляется ли истинный облик человека
именно вот в таком тумане? И настоящее лицо, и маска, и
обиталище пиявок — все эти фальшивые наряды просвечи-
ваются насквозь, будто радиоактивными лучами... их истин-
ное содержание, их суть раскрываются во всей своей наготе...
и душу человека, как персик с ободранной кожицей, можно
попробовать на вкус. За это, конечно, нужно заплатить одиночеством. Но не все ли равно? Как знать, может быть, имеющие лицо не менее одиноки, чем я. Какую бы вывеску я ни
повесил на своем лице, незачем поселять внутри себя человека,
потерпевшего кораблекрушение.

Одиночество, поскольку я бежал его, было адом, а для тех,
кто жаждет одиночества, оно благо. Ну а если отказаться от
роли героя слезливой драмы и добровольно пойти в отшель-
ники? Раз уж на моем лице оттиснуто клеймо одиночества,

нелепо не извлечь из этого выгоды. К счастью, у меня есть бог — высокомолекулярная химия, есть молитва — реология, есть храм — лаборатория и совсем отсутствует боязнь, что одиночество помешает моей повседневной работе. Наоборот, разве оно не гарантирует, что каждый мой день будет более простым, более правильным, более мирным и к тому же более содержательным, чем прежде?

Я смотрел на розовеющее небо, и на душе становилось все светлее. Правда, если вспомнить о тяжелых боях, которые я до этого вел, такая смена настроений могла показаться слишком резкой, слишком неустойчивой, но, если уж выгреб в открытое море и возврата нет, роптать нет смысла. Радуясь в душе, что есть еще возможность, пока виден берег, повернуть лодку назад, я бросил взгляд на маску, лежащую на столе. Легко и великодушно, чистосердечно, с неподдельной готовностью я решил распрощаться с ней.

Разлитый по небу свет еще не коснулся маски. И это темное чужое лицо, без всякого выражения смотревшее на меня, не собиралось подчиняться и, глубоко упрятав непокорность, изо всех сил противилось моему сближению с ним. Эта маска казалась мне злым духом из сказочной страны, и неожиданно я вспомнил сказку, которую когда-то прочел или услышал.

В давние времена жил король. Однажды он заболел какой-то непонятной болезнью. Это была ужасная болезнь, от нее тело короля постепенно таяло. Ни врачи, ни лекарства не помогали. И тогда король решил издать новый закон, по которому казнь ждала каждого, кто его увидит. Закон принес пользу: хотя у короля растаял нос, не стало кистей рук, затем исчезли ноги — до колен, никто не сомневался, что король по-прежнему жив и здоров. А болезнь шла своим чередом, и король, который таял, как свеча, и не мог уже двигаться, решил наконец обратиться за помощью, но было слишком поздно — у него уже пропал рот. И вот король исчез. Но ни один из преданных ему министров не выразил сомнения в том,

что король существует. Рассказывают даже, что этот
исчезнувший король, поскольку он уже не мог творить
зло, долгие годы слыл мудрым правителем и пользовался
любовью народа.

Неожиданно я разозлился, закрыл окно и снова бросился на кровать. Ведь и двенадцати часов не прошло с тех
пор, как я решил испробовать маску. Такой незначительный
опыт не дает никаких оснований для столь бурного волнения.
Воспользоваться сурдинкой можно когда угодно. Закрыв глаза,
я начал вспоминать один за другим бессмысленные осколки
видений: влажное от дождя окно, а потом — то травинка,
выглядывающая из трещины в тротуаре, то пятно на стене,
похожее на животное, то нарост на старом, израненном дереве,
то паутина, готовая прорваться под тяжестью росы. Мой обычный обряд, когда я бывал возбужден и не мог заснуть.

Но сейчас и это не помогло. Наоборот, раздражение, не
знаю почему, все разбухало и наконец стало невыносимым.
Вдруг я подумал: хоть бы этот туман на улице превратился в
отравляющий газ, хоть бы случилось извержение вулкана или
война и мир задохнулся, а действительность рассыпалась на
куски. Специалист по искусственным органам К. рассказывал, что на войне солдаты, потерявшие лицо, лишали себя жизни. Почти всю свою молодость я провел на фронте и прекрасно знаю, что такие случаи действительно бывали. В те
годы цена на лица упала. Когда смерть ближе к тебе, чем
самый близкий друг, может ли тропинка, связывающая с людьми,
иметь какое-либо значение? Атакующему солдату лицо ни к
чему. Да, это было неповторимое время, когда забинтованное
лицо казалось прекрасным.

В воображении я превратился в артиллериста, рас-
стреливающего все, что попадалось на глаза. И в окутавшем
меня пороховом дыму я наконец заснул.

Влияние солнечных лучей на психическое состояние человека поразительно. Или, может быть, я просто выспался?
Когда от яркого света я повернулся на другой бок и открыл

глаза, был уже одиннадцатый час, и мое сумеречное нытье испарилось начисто, как утренняя роса.

Завтра кончается срок моей вымышленной командировки. И если я собираюсь осуществить свой план, то должен непременно в течение сегодняшнего дня окончательно освоиться с маской. В приподнятом настроении я надел маску и стал одеваться. Испытывая некоторую неловкость, облачился в свою новую одежду, надел на палец кольцо и, закончив туалет, приобрел вполне элегантный вид. Невозможно было представить себе, что это тот самый человек, который в халате, залитом химикатами, с утра до ночи занимался молекулярными исследованиями. Мне захотелось выяснить, почему это невозможно себе представить, но, к сожалению, я был слишком возбужден. И не только возбужден, опьянен своим блестящим перерождением. И в какой-то точке, на два пальца вглубь от глазного дна, беспрерывно раздавался треск фейерверка, возвещавший начало чего-то... Я вел себя как щеголь, отправившийся полюбоваться празднеством.

На этот раз я решил выйти из дому через парадный ход. Поскольку я "младший брат", мне уже не нужно особенно избегать посторонних взглядов, а если повезет и я встречусь с девочкой, то смогу уточнить у нее, в каком магазине продают йо-йо. Я и представить себе не мог, где покупают такие игрушки. После того как умер наш первый ребенок, а потом у тебя случился выкидыш, я совсем отошел от мира детей, может быть, умышленно избегая его... Но к сожалению, ни с девочкой, ни с управляющим я не встретился.

Никакой особой цели у меня не было, и поэтому я начал с поисков йо-йо. Не имея представления, где находятся специальные магазины игрушек, я прежде всего стал заглядывать в игрушечные секции универмагов. Может быть, из-за того, что йо-йо только что вошли в моду, в каждой секции обязательно стояли витрины с этими игрушками, которые со всех сторон, точно мухи, облепляли дети. Смешиваться с толпой в таком месте, пожалуй, не следовало с точки зрения психогигиены, и я заколебался. Но в конце концов должен был раз и навсегда покончить с неуютной "игрой в секреты" и, решившись, стал протискиваться сквозь это мушиное царство. Но йо-йо той формы, которая мне была нужна, не попадался. Наверно, тот йо-йо и формой и цветом отличался от тех, какие продают в универмагах. Взять, к примеру, сласти — мне они больше по душе из дешевой лавочки. Выйдя из универмага, я около часа бродил в поисках подходящего магазина, как вдруг в переулке против вокзала наткнулся на маленький магазин игрушек.

Как и следовало ожидать, он нисколько не был похож на игрушечные секции универмагов. Магазин, правда, не был таким дешевым, как лавочка детских сластей, но в нем продавались не только дорогие вещи. Он был рассчитан, наверно, на детей постарше, которые на подаренные деньги покупают игрушки по своему вкусу, — в нем царила атмосфера невинного греха таинственности. Вернее, в нем бесстыдно спекулировали на психологии ребенка, который предпочитает подкрашенную сладкую воду из треугольного пакета фруктовому соку в бутылке. Как я и предполагал, нужный мне йо-йо там тоже был. Держа в руках разделенный на две половинки шар из синтетической смолы, я с горечью улыбнулся, неожиданно подумав о его создателе, сумевшем так прекрасно выразить суть магазинчика в переулке. Все было сделано с предельной предусмотрительностью. Простота формы сочеталась с кричащей расцветкой. Если бы он не был безжалостен к своему вкусу, ему бы ни за что такого не придумать. Причем он продемонстрировал не отсутствие вкуса, а скорее сознательное насилие над своим вкусом. Это было все равно что в упоении растаптывать каблуком свой вкус, стряхнув его на землю, как насекомое. Жестоко, правда? Ничего не поделаешь, существуют и жестокие обстоятельства. Но если он избрал такой путь по своей воле, то не было ли это, наоборот, продиктовано мстительностью, чувством освобождения, будто снял одежду и остался обнаженным? Поскольку он был волен не действовать по своему вкусу, а убежать от своего вкуса...

Да, я не отрицаю: такое впечатление было вызвано и тем, что со мной случилось. Я должен идти вперед, шаг за шагом растаптывая свой вкус, если хочу создать чужое сердце, подходящее чужому лицу. Но это оказалось не таким трудным делом, как я предполагал. И, будто маска обладала способностью призывать осень, мое усталое сердце превратилось в сухой лист, готовый вот-вот упасть — стоит лишь слегка потрясти ветку. Я не особенно сентиментален, но удивился, что не почувствовал боли, хотя бы похожей на пощипывание глаз, как от мяты, хотя бы как комариный укус. Собственное "я", видимо, не то, что о нем говорят.

Но какое же, наконец, сердце собираюсь я нарисовать на этом старом, выцветшем холсте? Не сердце ребенка, конечно, и не мое собственное. Сердце для моих завтрашних планов... хотя я и не мог бы определить его словом, которое можно понять, заглянув в словарь, ну, например, йо-йо, туристская открытка, футляр для драгоценных камней, приворотное зелье... Как программу действий я представлял себе это сердце гораздо яснее, чем карту, полученную с помощью аэрофотосъемки. Сколько раз уже повторял я намеки, заставлявшие тебя задумываться. Но сейчас, когда все закончено и можно и говорить и слушать о содержании и последствиях того, что произошло, можно буквально пощупать происшедшее, вряд ли стоит ограничиваться намеками, боясь той боли, которую я причиню, если облеку свои ощущения в слова. Я воспользуюсь представившимся случаем и расскажу все. Я как совершенно чужой для тебя человек... решил соблазнить тебя... тебя — символ чужого.

Нет, подожди... Я совсем не собирался писать об этом... Я ведь не похож на малодушного человека, который тянет время, повторяя то, что известно и так. Я хочу лишь рассказать о своем странном, неожиданном даже для меня самого поведении после покупки йо-йо.

Примерно треть магазина игрушек занимали стенды, на которых были выставлены игрушечные пистолеты. Среди них несколько, видимо, импортных и достаточно дорогих, но действительно прекрасно сделанных. Я взял один из них — немного тяжеловат и дуло залито свинцом, в остальном же был в нем и механизм подачи патронов, и курок совершенно ничем не отличался от настоящего. Я вспомнил, что мне как-то попалась статья в, газете, в которой говорилось, что игрушечный пистолет можно переделать и стрелять из него настоящими пулями. Может быть, и этот такой же? Интересно, можешь ли ты представить себе меня, с увлечением рассматривающего игрушечный пистолет? Самые близкие мои товарищи по лаборатории и те вряд ли смогли бы. Да и мне самому никогда бы такая мысль не пришла в голову, не будь я свидетелем своих собственных действий.

Хозяин магазина, заворачивая йо-йо, прошептал с искательной полуулыбкой: "Нравится? Может быть, показать, что у меня отложено?" И тогда на какое-то мгновение я начал сомневаться, я ли это. Или правильнее, пожалуй, сказать так: я растерялся оттого, что не реагировал на это так, как реагировал бы я. Растеряться и одновременно осознать это — нет ли тут противоречия? Нет, здесь виновата маска. Не обращая внимания на мое замешательство, маска согласно кивнула пугливо озирающемуся по сторонам хозяину магазина и, как бы используя возможность доказать свое существование, стала горячо договариваться о том, что было *отложено*.

Это был духовой пистолет "вальтер". С трех метров пробивает пятимиллиметровую доску — сильная штука, но и цена у него была порядочная — 25 тысяч йен. Как ты думаешь, что я сделал?.. Мне уступили за 23 тысячи, и я купил его. "Учтите, это ведь незаконно. Духовой пистолет — не духовое ружье, он приравнивается к настоящему. А незаконное хранение пистолета очень строго преследуется. Я серьезно прошу вас, внимательно отнеситесь к тому, что я сказал..." Но я все равно купил его.

У меня было странное состояние. Мое настоящее "я" с подлинным лицом пыталось что-то пропищать тоненьким голоском, забившись глубоко между кишками. Такого не должно быть, но... Ведь я выбрал экстравертный агрессивный тип из единственного побуждения получить лицо охотника, пригодное для твоего соблазнителя. Теперь о другом... Я просил маску лишь об одном: помоги мне выздороветь. Я ведь ни разу не просил: поступай как тебе нравится. И вот теперь у меня этот пистолет — что же мне с ним делать?

Но маска, будто нарочно выставляя напоказ торчащий из кармана твердый сверток, смеялась над моими затруднениями, наслаждалась ими. Она, конечно, и сама не знала как следует, что ответить на вопросы моего настоящего лица. Будущее — не что иное, как производное прошлого. У маски, которая не прожила и двадцати четырех часов после своего рождения, не должно быть плана действий на завтра. Социальное уравнение человека — это, в сущности, математическая функция возраста, и маска, возраст которой равен нулю, ведет себя как младенец, чересчур непринужденно.

Да, этот младенец в темных очках, отражающийся в зеркале вокзального туалета, возможно, под влиянием того, что было спрятано у него в кармане, держал себя вызывающе агрессивно. И честно говоря, я не мог решить, что я должен делать — наплевать на этого младенца без возраста или опасаться его.

Ну, так что же делать?.. Но это не было "что делать" человека, в растерянности опустившего руки, а скорее полный любопытства вопрос. Во всяком случае, для маски это была первая самостоятельная прогулка, а у меня не было других планов, кроме как прогуливать ее. Прежде всего я хотел приучить ее к людям, но, подготовившись крайне неумело, все испортил и вынужден был, утешая, вести ее за руку. Однако после того, что случилось в магазине игрушек, хозяин и гость поменялись местами. О том, чтобы вести ее за руку, не могло быть и речи — ошеломленный, я был способен лишь на то, чтобы слепо следовать за этим изголодавшимся духом, напоминавшим преступника, только что выпущенного на свободу.

Ну, так что же делать?.. Пока я слегка поглаживал пальцами бороду (может быть, это была реакция на бинты, обматывавшие раньше мое лицо), маска демонстративно принимала самые различные выражения, как охотник, жаждущий удачи: готовность, презрение, вопрос, алчность, вызов, внимание, желание, уверенность, стремление, любопытство... В общем, все возможные выражения, каждое в отдельности и в различных вариациях, какие только мыслимо представить себе в подобном случае, — она вынюхивала эти выражения, точно сорвавшаяся с привязи и сбежавшая от хозяина собака. Это было знаком того, что маска начинает спокойно относиться к реакции посторонних, и я не могу отрицать, что в какой-то степени — пусть дурачит других — испытывал даже удовлетворение от ее действий.

Но в то же время меня охватило страшное беспокойство. Как бы она ни отличалась от моего настоящего лица, я — это я. Я не был ни загипнотизирован, ни опьянен наркотиками, и за все, что совершит маска — например, за то, что в кармане спрятан духовой пистолет, — ответственность должен нести я, и никто иной. Характер маски совсем не случаен, он ничем не напоминал кролика, выскочившего из шляпы фокусника, — нет, он был частью меня самого, появившейся не по моей воле, а благодаря тому, что стража моего настоящего лица прочно прикрыла все входы и выходы. Теоретически понимая, что все это именно так, я не мог представить себе ее характера целиком, будто потерял память. Попробуй представить себе мое раздражение, когда существует лишь абстрактное "я" и мне не под силу вдохнуть в него желаемое содержание. Я был вконец расстроен и решил неприметно нажать на тормоза.

"Провал того, тридцать второго эксперимента: опыты были проведены плохо или же изъян оказался в самой гипотезе?" Я решил избрать темой этот важный для лаборатории вопрос и попытаться вспомнить занятую мной позицию. Я высказал предположение, что в некоторых высокомолекулярных соединениях существует выражающаяся функционально зависимость между изменением коэффициента упругости под действием давления и изменениями под действием температуры, и получил весьма обнадеживающие результаты, но последний, тридцать второй эксперимент опрокинул все мои ожидания, и я оказался в весьма тяжелом положении.

Однако маска только досадливо нахмурила брови. С одной стороны, мне показалось это естественным, но в то же время я почувствовал укол самолюбию...

Заметки на полях. Собственно говоря, маска не более чем средство для моего выздоровления. Представь себе, что ты сдала комнату, а у тебя отняли весь дом — у любого самолюбие взыграет.

...И тогда я взорвался.

"Что же тебе, наконец, нужно? Стоит мне захотеть, и я в любую минуту сорву тебя!" Но маска хладнокровно, беззаботно парировала:

"Видишь ли, я ведь никто. До сих пор мне пришлось отдать немало сил, чтобы быть кем-то, и теперь я непременно воспользуюсь этим случаем, я хочу отказаться от жалкого жребия стать кем-то иным. А ты сам? Разве, честно говоря, ты хочешь меня сделать кем-то иным? Да, по-моему, и не сможешь, так что давай оставим все как есть. Согласен? Взгляни-ка! Не выходной день, а такая толчея... толчея возникает не потому, что скапливаются люди, а люди скапливаются потому, что возникает толчея. Я не вру. Студенты, длинноволосые, точно хулиганы, целомудренные жены, накрашенные, точно известные своим распутством актрисы, замызганные девицы в модных платьях, тощие, точно манекены... Пусть это несбыточная мечта, но они вливаются в толчею, чтобы стать никем. Или, может быть, ты собираешься утверждать, что только мы с тобой другие?" Мне нечего было ответить. Ответа и не могло быть. Ведь это были утверждения маски, а их она придумывала моей головой. (Ты сейчас, наверно, смеешься? Нет, ждать этого — значило бы желать слишком многого. Горькая шутка совсем не для того, чтобы рассмешить. Я был бы вполне удовлетворен, если бы ты признала, что в моих словах содержится хоть частица здравого смысла, но...)

Я оказался припертым к стене или под предлогом, что оказался припертым к стене, перестал сопротивляться и разрешил маске делать все, что она захочет. И тогда маска, хотя и была никем, придумала неожиданно разумный план, ничуть не менее дерзкий, чем случай с пистолетом. Он заключался в том, чтобы после обеда пойти к нашему дому и посмотреть, что там происходит. Нет, не что происходит в нашем доме, а что происходит во мне самом. Попытаюсь заглянуть домой, чтобы установить, насколько смогу я противиться роли соблазнителя, исполнение которой намечено на завтра. В глубине души я еще на что-то надеялся, но облечь эти надежды в слова никак не мог и с готовностью согласился подчиниться маске.

Постскриптум.

Не собираюсь зарабатывать хорошую отметку, но, думается, я был слишком добр. Я напоминал человека, который, признавая гелиоцентрическую теорию, проповедует геоцентрическую. Нет, я считаю, что доброта — преступление, и немалое. Стоит подумать, к чему она может привести, и из всех пор моего тела, извиваясь, выползают черви стыда. Если я стыжусь перечесть написанное, представляешь, во сколько раз больший стыд испытываю я, когда подумаю, что ты это читаешь? Я и сам прекрасно знаю, что гелиоцентрическая теория верна, и тем не менее... видимо, я придавал слишком большое значение своему одиночеству... я вообразил, что оно трагичнее одиночества всего человечества. И в знак раскаяния я безжалостно выброшу из следующей тетради все фразы, в которых будет хоть намек на трагедию.

Серая тетрадь

Хотя всего пять дней назад я ездил этой дорогой на электричке, свежесть восприятия была такой, будто прошло пять лет. Ничего удивительного. Для меня дорога настолько знакома, что я не заблудился бы и с закрытыми глазами, но ведь для маски это была совершенно новая дорога. Если же она и припоминала ее, то, наверно, потому, что еще до рождения, в утробной жизни, видела ее во сне.

Да, в самом деле... даже у облаков, напоминающих обросших белой бородой старцев, которые я видел по пути из окна вагона, даже у них есть воспоминания... Внутренняя поверхность маски промыта содовым раствором, и на ней пенятся маленькие пузырьки... Я инстинктивно провел тыльной стороной ладони по невспотевшему лбу и тут же посмотрел по сторонам — не заметил ли кто мою оплошность?.. Расстояние между мной и другими? Я могу позволить себе присоединяться к остальным, сохраняя естественную дистанцию. Вдруг мне неудержимо захотелось рассмеяться. Возбуждение, будто проник на вражескую территорию, сменилось умиротворением, связанным с возвращением домой; угрызения совести, словно совершил преступление, сменились радостью новых встреч. Что захочу, то и сделаю. Как дистрофик, которому разрешили наконец поесть, я в такт покачиванию вагона стал изо всех сил тянуться, точно лоза, выбрасывающая усы, к твоему белому лбу, бледно-розовому шраму от ожога на запястье, прожилкам на щиколотках, гладких и нежных, как раковина изнутри.

Что, слишком неожиданно? Если ты и подумаешь так, ну что ж, ничего не поделаешь. Скажешь, что это бред опьяненного маской — у меня нет оснований отрицать это. Действительно, в своих записках я впервые так пишу о тебе. Но это совсем не потому, что я отказался от тебя до поры, точно положил деньги на срочный вклад. Скорее мне подумалось, что я не имею на это права. Судить о твоем теле лишенному лица привидению еще более нелепо, чем лягушке судить о пении птиц. Причиню лишь боль себе, да и тебе, наверно, тоже... Ну а благодаря маске проклятие снято? Для меня это еще более трудный вопрос. Но эта проблема чем дальше, тем настойчивее будет требовать ответа. Подожду, ответить никогда не поздно.

Уже вылилась первая волна служащих, окончивших работу, и электричка была переполнена. Я чуть повернулся, и молодая женщина в зеленом пальто коснулась задом моего бедра. Я подался в сторону, чтобы она не почувствовала, что у меня пистолет, но ничего не вышло — нас прижали друг к другу еще сильнее. Правда, и сама женщина не особенно избегала меня, и я решил остаться в том же положении. С каждым толчком вагона мы прижимались все теснее, но теперь я не отстранялся. Она старательно делала вид, что дремлет. Пока я развлекался мыслью, что будет, если я пистолетом ткну ее в зад, мы подъехали наконец к станции, на которой мне нужно было выходить. Подойдя к дверям, я посмотрел на женщину — притворно-сосредоточенно она изучала рекламные щиты у платформы; сзади, судя по ее прическе, она не казалась молодой. Нет, никакой роли в дальнейших событиях этот случай не сыграл. Мне захотелось рассказать о нем только потому, что я подумал: такого, наверное, никогда бы не случилось, не надень я маску.

Постскриптум.
Нет, этой части моих записок недостает откровенности. Недостает и откровенности, и честности. Уж не сказалось ли то, что мне стыдно перед тобой? С самого начала мне бы лучше не касаться этого. Если бы я только намекнул на эффективность маски, мне бы не пришлось тратить десять-двадцать строк на подобные эротические признания. Потому-то я и сказал, что недостает честности. И поскольку я наполовину обманул тебя, то не только не мог рассказать о своих истинных намерениях, но и неизбежно столкнулся с печальным фактом твоего непонимания.

У меня нет умысла превращать честность в предмет торга. Просто, раз уж я коснулся того, чего неизбежно должен был коснуться, постараюсь, ничего не утаивая, раскрыть истинные свои намерения. С точки зрения прописной морали я вел себя попросту бессовестно, и мое поведение достойно осуждения. Но если рассматривать его как поведение маски, то я думаю, оно может послужить важным ключом для понимания моих дальнейших поступков. Откровенно говоря, в те минуты я начал испытывать возбуждение. То, что произошло, может быть, еще и нельзя было назвать прелюбодеянием, но, во всяком случае, это был акт духовной мастурбации. Ну а изменил ли я тебе? Нет, мне не хотелось бы так легко употреблять слово "измена". Если уж говорить об этом, то я беспрерывно изменяю тебе с тех пор, как мое лицо превратилось в обиталище пиявок. Кроме того, я боялся, что тебе это покажется гадким и ты не захочешь читать дальше. Потому-то я и не касался этого, но по меньшей мере семьдесят процентов моих мыслей занимают сексуальные химеры. В моих действиях они не обнаруживались, но потенциально я, в сущности, был сексуальным маньяком.

Часто говорят, что секс и смерть неразрывно связаны между собой, но истинный смысл этих слов я понял именно тогда. До этого я давал им лишь поверхностное толкование в том смысле, что завершение полового акта настолько самозабвенно, что может даже вызвать мысль о смерти. Но стоило мне лишиться лица и превратиться в заживо погребенного, как я впервые усмотрел в них совершенно реальный смысл. Так же как деревья приносят плоды до того, как приходит зима, как тростник дает семена, перед тем как засохнуть, секс не что иное, как борьба человека со смертью. Поэтому не будет ли правильным сказать, что эротическое возбуждение, не имеющее определенного объекта, — это жажда человеческого возрождения, испытываемая индивидуумом, стоящим на пороге смерти. Доказательством может служить то, что все солдаты подвержены эротизму. Если среди жителей города растет число эротоманов, то этот город, а может быть, и страна в целом должны быть готовы к множеству смертей. Когда человек забывает о смерти, половое влечение впервые превращается в любовь, направленную на определенный объект, и тогда обеспечено устойчивое воспроизводство рода человеческого.

Поведение маски в электричке объяснялось тем, что и я и женщина были невыносимо одиноки, но, исходя из моей классификации, маска, видимо, переживала переходную стадию от эротизма к любви — состояние эротической любви. Хоть маска еще не ожила окончательно, наполовину, уж во всяком случае, она начала жить. В этих условиях где ей было изменить тебе — у нее и возможностей-то для измены не было. По выработанной мною программе маска могла зажить полной жизнью только после встречи с тобой.

Вывод из этого дополнения можно, видимо, сделать такой. Благодаря маске мне удалось избежать крайнего возбуждения, которому подвержены сексуальные маньяки, но я по-прежнему оставался полуэротоманом; однако не этот эротизм привел меня к тебе. Я даже уверен, что он послужил стимулом для освобождения. И ради этого я должен был любым способом заставить тебя полюбить мою маску.

Речь идет о воспитании маски, а для этого нет ничего лучше, как заставить ее испытать все на себе, думал я, когда мочился в вокзальном туалете. Я решил избегать шумных торговых улиц и идти переулками. Мне не хотелось неожиданно встретить тебя около рыбного магазина. Я еще не был уверен, что смогу вынести эту неожиданную встречу, ну и, кроме того, хотелось, чтобы первая встреча между маской и тобой состоялась так, как я наметил с самого начала. И хоть встречи не произошло, у меня было чувство, будто я сел на мель. Без всякой причины ноги заплелись, и я чуть не споткнулся на ровном месте. Дыша ртом, как собака, чтобы остудить обжигавший меня горячий воздух, скопившийся под маской, я повторял и повторял, точно заклинание: "Понимаешь, я же здесь впервые. И то, что я вижу, и то, что я слышу, — все для меня ново. И дома, которые потом попадутся мне на глаза, и люди, с которыми я, возможно, встречусь, — всех их я увижу впервые. Если даже что-то и совпадет с моими воспоминаниями, это будет либо ошибкой, либо случайностью или же видением, явившимся во сне. Да, и эта сломанная крышка люка... и сигнальный полицейский фонарь... и этот угол дома, где круглый год стоит лужа грязной воды из переполненной канализации... и выстроившиеся вдоль улицы огромные вязы... потом... потом..."

Потом, точно выплевывая песчинки изо рта, я постарался один за другим изгнать из памяти цвета и образы, но что-то все равно оставалось, и я не мог от этого избавиться. Это была ты. Я весь напрягся и сказал маске: "Ты совершенно чужая. Завтрашняя встреча будет самой первой встречей с ней, ты никогда не видела ее, не слышала о ней. А свои впечатления — выбрось их из головы, и поскорее!" Но по мере того, как окружающий пейзаж растворялся и улетучивался из памяти, твой образ, только он, всплывал все яснее, и я был не в силах противиться этому.

В конце концов я... и маска, конечно, тоже... поставив в центр твой образ, будто мотылек, которого влечет свет, едва не касаясь нашего дома, стал ненасытно кружить вокруг него.

Соседки, спеша мимо с кошелками в руках, не обращали на меня никакого внимания — незнакомый прохожий; дети — дети самозабвенно играли, стараясь не упустить коротких минут, оставшихся до ужина. В общем, нечего было опасаться, что меня узнают. Когда я в пятый или шестой раз приблизился к дому, уже зажглись уличные фонари, начало быстро смеркаться. Я стал присматриваться, замедлив шаги настолько, чтобы не вызвать подозрений, и узнал, что ты дома: из окна во двор падал мягкий свет. Свет из столовой. Неужели и для себя одной ты аккуратно накрываешь на стол?

Я вдруг почувствовал нечто похожее на ревность к этому свету из столовой. И не к чему-то конкретному — будто там какой-то гость и он захватил мое место. Я, казалось, ревновал к самому факту, что там наша столовая и в ней ничего не изменилось, а с наступлением темноты в ней зажжена лампа. В ожидании ужина я бы сейчас читал под этим светом вечерний выпуск газеты, а вместо этого, с помощью маски спрятав свое лицо, вынужден слоняться под окном. Как это несправедливо, как трудно перенести это. Невозмутимый свет столовой, нисколько не потускневший оттого, что меня там нет... точно так же, наверно, как и ты...

И маска, которой до этого я был так доволен, на которую возлагал такие надежды, показалась мне ненадежной, поблекшей. И задуманный мной грандиозный спектакль, в котором я, надев маску, должен был с блеском выступить в роли другого человека, действительно оказался всего лишь спектаклем, бледным и слабым перед неумолимой повседневностью: наступает темнота, выключатель повернут — и свет заливает столовую. В тот миг, как маска встретится с твоей улыбкой, она тут же растает, как снег весной.

Чтобы избавиться от чувства поражения, я решил позволить маске пофантазировать. Мечты не совсем оформленные, как сама маска, но будут ли они мечтами или химерами повседневности, вылезшей из своей скорлупы, — я промолчу. И, решив закрыть на все глаза, снопа стал с деловитым видом кружить вокруг дома.

Но фантазии не приободрили маску, наоборот, они только показали, насколько непреодолима и коварна пропасть между мной и ею.

Освободившись от цепей, маска первым делом без стеснения направится к нашему дому. И я окажусь в роли сводни. Калитка с оторванной петлей. Дорожка из гравия покрыта грязью, и поэтому шагов не слышно. Входная дверь в лишаях облупившейся краски. Полусгнивший водосточный желоб валяется у крыльца... тебе-то какая забота, это чужой дом! Нажав кнопку звонка и отступив на шаг, чтобы успокоить дыхание, я буду прислушиваться к тому, что ты делаешь. Шаги приближаются, зажигается свет над крыльцом, раздается твой голос: "Кто там?"

Нет, как бы подробно ни старался я рассказать обо всем, это ничего не даст. И необходимости нет, да прежде всего и невозможно. Не покажется ли, наоборот, странным, если я всеми правдами и неправдами превращу в связный текст свои обрывочные мечтания, похожие на небрежные строчки на грифельной доске, с которой стерто написанное и снова написано по стертому, неизвестно когда. Неизвестно, в каком порядке — может быть, даже лучше сравнить их с каракулями в общественной уборной? Я хочу выбрать только две-три сцены, ограничившись самым необходимым, чтобы ты поняла, какой удар нанесли мне эти фантазии.

Первая — это жалкая сцена после того, как я услышал твой голос, похожий на шепот. Я стремительно всунул ногу в щель опасливо приоткрытой двери, с силой рванул ее и быстро приставил пистолет к твоему лицу, испуганному, точно ты вдруг захлебнулась ветром. Представь себе мое замешательство. Ни капли симпатии. Меня часто раздражала твоя невозмутимость — это правда, но все равно не было никакой необходимости вести себя как бандит из кинофильма. Если уж я соблазнитель, то неужели не мог придумать какой-нибудь ход, более подходящий для соблазнителя? В конце концов, поскольку все это происходило в моем воображении, годилась любая заведомая ложь, ну, к примеру, что я однокашник твоего мужа и зашел по старой дружбе — хотелось, чтобы я вел себя именно так. В общем, никакого обольстителя из меня не вышло. Уж не был ли я мстителем? А может быть, в моей маске с самого начала была упрятана жажда мести? Действительно, я был настроен агрессивно, испытывал ненависть, даже чувство мести — и все это было направлено против предубеждения людей, стремившихся отнять у меня вместе с лицом и право гражданства. А по отношению к тебе?.. Не знаю... думаю, нет, но не знаю... А охватившее меня неистовство совершенно парализовало разум, отняло способность рассуждать.

Это была ревность. Нечто подобное ревности, основанной на воображении, я уже испытывал много раз, но сейчас было другое. Острая чувственная дрожь, которой я даже не могу сразу придумать название. Нет, пожалуй, правильнее сказать "перистальтика". Обручи боли через равные промежутки времени один за другим поднимались от ног к голове. Ты лучше всего поймешь, что это такое, если представишь себе движение лапок сороконожки. Я действительно считаю, что ревность — это животное чувство, которое может легко толкнуть даже на убийство. Существует два взгляда на ревность: что она является порождением культуры и что она представляет собой первобытный инстинкт, которым обладают и дикие животные. Судя по тому, что случилось тогда со мной, верно, думается, второе.

Но к чему же, наконец, должен был я так ревновать? Причина опять настолько дурацкая, что я просто не решаюсь писать о ней. Я ревновал к маске, к тому, что она будет трогать руками твое тело... К тому, что ты не отбросишь решительно ее руки. Не будешь сопротивляться до конца, даже с риском для жизни. Вот что вызывало мою ревность, и кровь стучала в висках, и перед глазами плыли круги. Смешная история, если подумать. Ведь все твои действия существовали пока лишь в моем воображении, были выдумкой самой маски — следовательно, я сам создал причину для ревности и сам же ревную к следствию.

Если я так отчетливо сознавал все, то должен был бы немедленно прекратить фантазии или приказать маске начать все заново, но... почему-то я не делал этого. И не только не делал, но, будто тоскуя по ревности, наоборот, можно даже сказать, натравливал, подстрекая маску. Нет, тут была, пожалуй, не тоска, а все та же месть. Я попал в какой-то порочный круг — все время подливал масла в огонь, муки ревности заставляли меня толкать маску на насилие, насилие же разжигало еще большую ревность. А если так, то и та самая первая сцена была продиктована моим собственным, скрытым желанием. Значит, существуют, видимо, проблемы, которым я должен смело посмотреть прямо в глаза, не сваливая все только на маску. Хорошо, ну а что, если... предположение не особенно приятно, но... если я еще до того, как лишился лица... еще с тех пор, как вел семейную жизнь, как все люди... сам тайно взращивал ростки ревности, ревновал тебя? Вполне возможно. Грустное открытие. Теперь я спохватился, но уже поздно.

Слишком поздно. Маска, которая должна была стать посредником между нами, оказалась бессовестным типом. Конечно, ничего бы не изменилось, будь она ласковым соблазнителем. Наоборот, появилась бы даже возможность страдать от злокачественной ревности, не находящей выхода. И в результате — одна из многих сцен насилия, так схожих между собой.

Твой страх вылился для меня в чувственные конвульсии, чего я и сам не ожидал... нет, довольно... каким бы это ни было спектаклем, созданным как протест против повседневности, то, что случилось, выходит за рамки допустимого. Если все это сон, то хотелось бы, чтобы он был облачен в изящные одежды аллегорий, а тут фантазии, которым недостает вымысла, фантазии, похожие на невыдуманный рассказ. Довольно банальностей!

Последняя сцена, какой бы банальной она ни была, — я не собираюсь притворяться, что ничего не произошло. Дело в том, что сцена была не просто банальной — она представляла собой апогей мерзости и в то же время стала переломным моментом, определившим мои дальнейшие действия. Направив на тебя пистолет, я стал вырывать у тебя признание: "Знаю, чем здесь без меня занималась! Не скрывай, ничего не выйдет. Знаю, что занималась". С невероятным упорством, медленно, но неотвратимо преследовал я тебя. Уже не было сил терпеть. Пришло время положить конец этим грязным, диким фантазиям. Как же сделать так, чтобы все было понятно? Самый лучший, единственный способ — я твердо был в этом убежден — сорвать маску в тот самый миг, как ты только откроешь рот, чтобы ответить мне.

Но кому должно быть понятно? Маске? Мне? Или, может быть, тебе?.. Да, об этом, пожалуй, я как следует не подумал. Естественно, что не подумал. Но я хотел, чтобы стало понятно не кому-то из нас" а самой идее "лица", которое загнало меня в такое положение.

Я начал чувствовать невыносимую опустошенность оттого, что между мной и маской образовалась такая пропасть. Может быть, я уже предчувствовал надвигающуюся катастрофу? Хотя маска, как видно из самого названия, была всего лишь фальшивым лицом и не должна была оказывать никакого влияния на мою личность, но стоило ей появиться перед твоими глазами, как она улетала так далеко, что до нее уже невозможно было дотянуться рукой, и, окончательно растерявшись, я провожал ее беспомощным взглядом. Так, вопреки моим планам, породившим маску, я вынужден был признать победу лица. Чтобы я слился в одну личность, необходимо было, сорвав маску, прекратить саму комедию масок.

Впрочем, как и следовало ожидать, маска тоже не особенно упрямилась. Как только она убедилась в моей решимости, тут же с горькой усмешкой поджала хвост и прекратила свои фантазии. Я тоже перестал ее преследовать. Сколько бы я ни настраивал себя против фантазий, у меня и в мыслях не было отказаться от своих завтрашних планов, и, значит, мы с маской — соучастники преступления, одного поля ягоды... Нет, было бы неверно назвать нас соучастниками. Не нужно опускаться до такого самоуничижения. Во всяком случае, в завтрашние планы не входило потрясать пистолетом. Сексуальные мотивы были, конечно, но они не могли иметь ничего общего с тем бесстыдством. Показаться распутником случайной, абстрактной попутчице в электричке — куда ни шло, но предстать в таком свете перед собственной женой — кому захочется?

Когда я в последний раз проходил мимо дома и сквозь изгородь заглянул в окно столовой, я увидел множество бинтов, свисающих с потолка лентами, точно белая морская капуста. Ожидая, что послезавтра я возвращусь из командировки, ты выстирала старые бинты, которыми я обматывал лицо. В ту минуту мне показалось, что сердце прорвало диафрагму и провалилось вниз. Я все еще любил тебя. Возможно, вел себя не так, как следует, но любил по-прежнему. И самое трагичное то, что утвердить свою любовь я мог только таким поведением. Я был похож на ребенка, которого не пустили на экскурсию, — ему остается лишь ревновать к историческим местам и древним памятникам.

Постскриптум на отдельных листах, вложенных в тетрадь.

Может быть, тебе это покажется скучным, но я хочу еще раз попробовать разобраться в бесстыдных фантазиях маски. Видишь ли, я чувствую, что, если на те события посмотреть сегодняшними глазами, во всех рассуждениях вокруг фантазии таился ускользающий от меня определенный смысл, говоря языком детектива... ключ, который дал бы возможность найти преступника или указание на то, что инцидент исчерпан... все содержалось в них.

Я собираюсь потом рассказать о конце как о конце. Надеюсь, не позже чем через три дня с того момента, как пишу это сейчас, я покажу тебе свои записки, и названные мной три дня — просто приблизительный подсчет времени, необходимого, чтобы все завершить. Поэтому, если бы моей целью было просто рассказать о конце, я, не делая этих дополнений, ограничился бы тем, что включил это в последнюю часть записок. Чтобы они были стройными, это самое правильное — здесь ничего не возразишь. Но цель у меня совсем другая. Я хотел внести хоть какие-то поправки в понятие "эротичный", которым я собирался все объяснить, а вместо этого оказался с прикованной к ноге гирей... а может быть, поправки к утверждению, что между мной и маской существует большая разница. Поскольку я уже признал свою вину, мне, пожалуй, следует дать возможность оправдаться, если, конечно, я не буду искажать фактов.

В тот день я вывел маску из дому с легким сердцем, будто выпустил погулять любимого ребенка. Меня обуяла игривость собачонки, впервые спущенной с поводка, — охватило веселое, жизнерадостное настроение. Но из-за ревности, неизвестно откуда взявшейся, я и маска должны были схватиться за тебя врукопашную. Эта ревность заставила меня вновь вспомнить о любви и преданности тебе... Потому-то планы, отложенные на следующий день, настоятельно потребовали немедленного осуществления. И волей-неволей мне пришлось предложить маске временное перемирие.

Разумеется, глубоко внутри у меня засело что-то острое, точно шип. Электричка, шедшая в город, была пустая, и на какое бы место я ни сел, оконные стекла, превратившись в черные зеркала, отражали мою маску. Странный тип — обросший бородой, претенциозно одетый, в темных очках, хотя уже вечер... В конце концов, я поставил ему ультиматум: или он по-хорошему соглашается на перемирие, или я срываю маску. В довершение этот тип спрятал в кармане пистолет. Сколько в нем коварства. Мне даже показалось, что маска, ехидно улыбаясь, сказала: "Хватит брюзжать — я для тебя неизбежное зло. Если ты хочешь отказаться от меня, то лучше бы с самого начала ничего не затевал. А уж взялся — молчи. Хочешь что-то получить — будь готов заплатить за это..."

Приоткрыл окно. Ворвалась тугая, острая, как лезвие, струя ночного воздуха. Она освежала лишь затылок и ладони и вмиг замерла перед "неизбежным злом", даже не коснувшись пылающих щек. Психологически я страдал оттого, что маска не составляет со мной единого целого, но физически мне было неприятно слишком тесное соприкосновение с ней. Мое состояние напоминало состояние человека, которому вставили зубной протез.

Но... я тоже, не уступая, стараюсь оправдать себя... поскольку с грехом пополам соблюдалось соглашение о перемирии, если бы только я отказался от некоторых предубеждений (например, от ревности), мне бы как-нибудь удалось добиться главной своей цели — восстановить тропинку между нами. Ну разве могу я питать к своей жене такой бесстыдный интерес?

К тому же мое послушание тебе росло и обратной пропорции тому, что я испытывал к маске, — это было удивительно.

Но верно ли это? Результат тебе известен, так что не буду повторяться... вопрос не только в результате... были ли основания ко мне одному относиться с таким предубеждением? Интимную близость можно, пожалуй, назвать сексуальной областью абстрактных человеческих отношений. Если ограничиться слишком далекими, абстрактными отношениями, которые даже воображение не в состоянии охватить, другой человек неминуемо превращается в абстрактного антипода — врага, а сексуальное противопоставление становится интимной близостью. Например, поскольку существует абстрактная женщина, обязателен, неизбежен эротизм мужчины. Эротизм ни в коем случае не может быть врагом женщины, как обычно думают, наоборот: как раз женщина — враг эротизма. Следовательно, логично, видимо, предположить, что интимная близость не есть извращенная сексуальность, а, напротив, типичная форма нынешней сексуальной жизни.

Как бы то ни было, мы живем в такое время, когда стало невозможно, как прежде, провести четкую, кем угодно различимую границу, отделяющую ближнего от врага. В электричке, теснее, чем любой ближний, тебя вплотную облепляют бесчисленные враги. Существуют враги, проникающие в дом в виде писем, существуют враги, и от них нет спасения, которые, превратившись в радиоволны, просачиваются в каждую клетку организма. В этих условиях вражеское окружение стало обычным — мы привыкли к нему, и существование ближнего так же малоприметно, как иголка, оброненная в пустыне. Тогда-то и родилась спасительная идея: "сделаем чужих людей своими ближними", но можно ли представить себе, что найдется колоссальное хранилище, способное вместить людей, единицей для исчисления которых служит миллиард. Может быть, для успеха в жизни рациональнее отказаться от высоких устремлений, которые тебе не по зубам, и добросердечно примириться с тем, что все окружающие тебя люди — враги. Не спокойнее ли побыстрее выработать иммунитет против одиночества?

И нет никакой гарантии, что человек, отравленный одиночеством, не будет эротичным по отношению к своему ближнему, и уж во всяком случае к жене. Случай со мной — не исключение. Если в действиях маски усматривать определенное абстрагирование человеческих отношений, то, возможно, именно из-за этого самого абстрагирования я и предался тем фантазиям, и мне, стремившемуся найти выход из создавшегося положения, не оставалось ничего другого, как заткнуть рот и помалкивать о себе. Да, сколько бы я ни перечислял совершенных мной благих дел, сам факт, что я придумал подобный план, уже достаточно красноречиво говорил о моих эротических химерах.

Значит, план создания маски явился не результатом моего особого желания, а выражением самой обыкновенной потребности абстрагированного современного человека. На первый взгляд казалось, что я потерпел поражение от маски, но на самом деле ничего похожего на поражение не произошло.

Постой! Ведь не только план создания маски не представлял собой ничего особенного! Верно? Сама моя судьба — утрата лица, заставившая обратиться к помощи этой маски, — совсем не является чем-то из ряда вон выходящим — это скорее общая судьба современных людей. Разве не так?.. Небольшое, конечно, открытие. Мое отчаяние объяснялось не столько утратой лица, сколько тем, что моя судьба не имеет ничего общего с судьбами других людей. Я не мог подавить в себе чувство зависти даже к больному раком, потому что он разделяет свою судьбу с другими людьми. Если бы не это... Если бы только яма, в которую я провалился, оказалась не старым колодцем, который забыли закрыть, а тюремной камерой, о существовании которой все люди прекрасно знали! Это тоже не могло не повергнуть меня в отчаяние. Ты должна понять, что я хочу сказать. Испытывающий чувство одинокого отчаяния юноша, у которого начинает ломаться голос, или девушка, у которой начинаются менструации, подвержены соблазну мастурбации и думают, что соблазн этот — необычная болезнь и больны ею только они одни... Или чувство унизительного отчаяния, когда детское маленькое воровство (шарик из мозаики, или кусочек резинки, или огрызок карандаша) — корь, которой каждый должен однажды переболеть, — воспринимается как позорное преступление, совершенное лишь только тобой одним... К несчастью, если подобное заблуждение длится дольше определенного периода, появятся симптомы отравления, и такие люди могут превратиться в настоящих сексуальных преступников или в обыкновенных воров. И сколько бы они ни старались избежать поджидающей их ловушки, стремясь как можно глубже осознать, что совершают преступление, — это не даст никаких результатов. Гораздо более эффективная мера — вырваться из одиночества, узнав, что кто-то совершил точно такое же преступление, что у тебя есть сообщник.

Может быть, чувство близости к незнакомым людям — каждого хотелось обнять, — испытанное мной позже, когда я вышел из дому и напился водки, к которой не привык, и опьянел (об этом случае, чтобы не повторяться, я расскажу потом), может быть, это чувство возникло потому, что я питал хрупкую надежду найти среди них кого-нибудь, кто, как И я, потерял лицо. Это не означает, конечно, что я испытывал нежность к ближнему — просто я разделял абстрактно понятую идею одиночества — все, кто прикасается к тебе, — враги, и потому не следовало ожидать, что окружающие меня люди, точно персонажи, выведенные в романе, от счастья видеть меня будут со щенячьей радостью скакать по серому электрическому одеялу доброжелательности...

Но для меня сейчас было ужасным открытием, что рядом со мной за бетонными стенами, как узники, заключены люди той же судьбы. Если прислушаться, отчетливо доносятся стоны из соседних камер. Когда настает ночь, как мрачные грозовые облака, вскипают бесчисленные вздохи, бормотание, всхлипывания — вся тюрьма наполняется проклятиями: "Не я один, не я один, не я один..."

Днем, если судьба благоприятствует, они распределяют время между утренней физзарядкой и приемом ванны, а когда представляется случай тайком поделиться своей судьбой, они обмениваются взглядами, жестами, перешептываются... "Не я один, не я один, не я один..."

Если сложить все эти голоса, то окажется, что эта тюрьма действительно колоссальная. И вполне естественно. Преступления, в которых обвиняются ее узники: виновен в том, что утеряно лицо, виновен в том, что оборвана тропинка, связывающая с другими людьми, виновен в том, что утеряно понимание горестей и радостей других людей, виновен в том, что утеряны страх и радость обнаружения неизвестного в других людях, виновен в том, что забыт долг творить для других, виновен в том, что утеряна музыка, которую слушали вместе, — все эти преступления выявляют суть современных человеческих отношений, и, значит, весь наш мир — огромная тюрьма. Но все равно в мое положение узника это не внесло никаких изменений. Кроме того, остальные люди утеряли свое духовное лицо, а я — и физическое тоже, и поэтому в степени нашей тюремной изоляции существует, естественно, разница. Но все равно я не мог отказаться от надежды. В отличие от погребенного заживо в моем положении было нечто позволявшее питать надежду. Может быть, потому, что ущербность неполноценного человека — без маски он не может петь, не может скрестить оружие с врагом, не может стать распутником, не может видеть сноп — вина не только моя, она стала общей темой ведущихся повсеместно разговоров. Я в этом убежден.

Ну а ты что об этом думаешь? Если я рассуждаю логично, ты тоже не составляешь исключения и, думаю, вынуждена будешь согласиться со мной. Разумеется, согласишься... В противном случае ты не должна была сбрасывать мою руку со своей юбки и загонять меня в положение раненой обезьянки, не должна была молча наблюдать, как я попадаю в ловушку, расставленную маской, не должна была доводить меня до такого отчаяния, что мне не оставалось ничего другого, как написать эти записки. Ты сама доказала, что твое лицо, принадлежащее к энергичному, гармоническому типу, было не чем иным, как маской. Значит, в сущности, мы с тобой не отличаемся друг от друга. Ответственность несу не я один. В результате — эти записки. Я не мог уйти, не рассказав о себе. С этим-то ты наверняка согласишься.

Поэтому прошу тебя — не смейся над моими записками. Писать — не значит просто подставить вместо фактов ряды букв, писать — значит предпринять рискованное путешествие. Я не хожу по одной и той же определенной дороге, как почтальон. Есть и опасность, есть и открытия, есть и удовлетворение. Однажды я почувствовал, что стоит жить хотя бы ради того, чтобы писать, и подумал даже, что хотел бы вот так писать и писать без конца. Но я смог вовремя остановить себя. Мне, думается, удалось избежать того, чтобы показаться смешным: безобразное чудовище делает подарки недостижимой для него девушке. Предполагаемые три дня я растянул на четыре, а потом на пять, но я это делал не просто для того, чтобы выиграть время. Если бы ты прочла мои записки, восстановление тропинки стало бы, несомненно, нашим общим делом. Думаешь, это простая бравада? Напрасно, я терпеть не могу излишнего оптимизма и не самонадеян до глупости. Но я понимал, что мы друзья, причиняющие друг другу боль, и надеялся поэтому на взаимное сочувствие, особенно ждал — не поддержишь ли ты меня? Ладно, давай без колебаний погасим свет. Когда гасят свет, маскарад кончается. В темноте, когда нет ни лиц, ни масок, я хочу, чтобы мы еще раз как следует удостоверились друг в друге. Я бы хотел поверить в новую мелодию, которая доносится до меня из этой тьмы.

Сойдя с электрички, я сразу же нырнул в пивной бар. Я редко испытывал такое чувство благодарности к запотевшей поверхности кружки с пивом. Может быть, оттого, что маска не давала коже лица дышать, горло пересохло. Не отрываясь, точно насос, проглотил пол-литра.

Алкоголь, которого я давно не употреблял, подействовал быстрее, чем обычно.

Цвет маски, конечно, не изменился. Вместо этого пиявки закопошились, стали зудеть. Не обращая на это внимания, я выпил одну за другой вторую, третью кружку, и зуд стал утихать. Поддавшись настроению, я добавил еще бутылочку сакэ.

И тогда раздражение, которое я испытывал раньше, неожиданно исчезло, его заменила необычная чванливость, агрессивность. Маска, казалось, тоже начала пьянеть.

Лица, лица, лица, лица... Вытер глаза, влажные от слез, а не от пота, и сквозь табачный дым и шум стал демонстративно, со злобой рассматривать бесчисленные лица, битком набившие зал... Ну, что хочешь сказать? Говори!.. Не будешь говорить?.. Нечего сказать. Да одно то, что ты несешь вздор, запивая его водкой, доказывает, что ты с почтением относишься к маске, что она нужна тебе позарез... Ругая своих начальников, хвастаясь, какой важный человек знакомый знакомого твоего знакомого, ты распалялся изо всех сил, стараясь стать иным, не таким, как твое настоящее лицо... Все равно бездарный способ опьянения... Настоящее лицо никогда бы не могло напиться, как напилась маска... Если же говорить, что настоящее лицо напилось, то, значит, просто оно стало пьяным настоящим лицом... Напейся оно до бесчувствия — будет лишь очень похоже на маску, но никогда не превратится в маску... Пожелай я стереть свое имя, работу, семью и даже гражданство — достаточно принять смертельную дозу яда... С маской же все иначе... Способ опьянения у нее гениальный... Не прибегая ни к капле алкоголя, она может стать совершенно *ни на кого не похожим человеком*... Вот как я сейчас! Я? Нет, это маска... Забыв о только что заключенном соглашении о перемирии, маска снова позволяет себе черт знает что... Но я и сам напился вроде не хуже маски, и мне совсем не хотелось так уж ругать ее. Смогу ли я в таком случае взять на себя ответственность за завтрашний план?.. В голосе, спрашивающем это, не было настойчивости, и я не посчитался с давним требованием маски предоставить ей автономию.

Маска становилась все толще и толще. В конце концов она превратилась в крепость, окружившую меня бетоном, и, закопанный в эти бетонные доспехи, я выбрался на ночную улицу, чувствуя себя как тяжело экипированный охотник. Сквозь амбразуры этой крепости улицы виделись мне прибежищем бездомных кошек-уродов. Они бродили, собираясь в стаи, недоверчиво принюхивались, пытаясь отыскать свои оторванные хвосты, уши, лапы. Я спрятался за маску, не имеющую ни имени, ни общественного положения, ни возраста, и почувствовал себя победителем, опьяненный безопасностью, которую сам себе гарантировал. Если свобода окружавших меня людей была свободой матового стекла, то моя — свобода абсолютно прозрачного стекла. Мгновенно вскипело желание: непреодолимо захотелось тут же воспользоваться этой свободой... Да, видимо, цель существования — трата свободы. Человек часто поступает так, будто цель жизни — накопить свободу, но не есть ли это иллюзия, проистекающая от хронического недостатка свободы? Как раз потому, что люди ставят перед собой такую цель, они начинают рассуждать о конце Вселенной, и одно из двух: либо превращаются в скряг, либо становятся религиозными фанатиками... Это верно, даже завтрашний план сам по себе не может быть целью. Соблазнив тебя, я хочу тем самым расширить сферу действия моего паспорта, и, следовательно, план нужно рассматривать как некое средство. Во всяком случае, важно, что я предприму *сейчас*. Сейчас нужно, не жалея, использовать все возможности маски.

Постскриптум.

Все это, конечно, софизмы, пропитанные алкоголем. Я только что поверил тебе свою любовь, и, пока слова эти еще звучат, я не хочу требовать от тебя, чтобы ты согласилась с моими нахальными доводами, бесстыдно оправдывающими нашу тайную связь. Я и сам не должен соглашаться с ними. И поскольку не должен, то подготовил прощальное обращение к маске. Но вот что меня немного беспокоит: я не могу отделаться от мысли, что даже в трезвом состоянии оперировал теми же доводами, считая их совершенно естественными...

"Цель — не результат исследования; процесс исследования — вот что есть цель..." Да, эти слова как нечто само собой разумеющееся скажет любой исследователь... Хотя на первый взгляд может показаться, что они никак не связаны с моими утверждениями, но, если вдуматься, они говорят о том же. Процесс исследования в конечном счете не что иное, как трата свободы на нечто материальное. В противовес этому результат исследования, выраженный в ценностях, способствует накоплению свободы. Под этими словами подразумевается, видимо, предостережение от тенденции смешивать цель и средство, придавать слишком большое значение результату. Я считал, что это самая что ни на есть трезвая логика, но, если сопоставить все, не покажутся ли мои построения теми же самыми софизмами подвыпившей маски? Многое меня не удовлетворяло. Может быть, стремясь отказаться от маски, я на самом деле просто не знал, как с ней справиться? Или, может быть, свобода подобна сильнодействующему лекарству: в малых дозах — лечит, если же дозу увеличить — вредит. А каково твое мнение? Если я во что бы то ни стало должен подчиниться требованиям маски, тогда моя теория, что маска — тюрьма, о чем я так трудно и долго писал, да что там теория, все мои записки — плод ошибочных представлений. У меня даже в мыслях нет, что ты согласишься с моими рассуждениями, призванными оправдать нашу тайную связь.

Итак, на что употребить эту чрезмерную свободу?..

Если бы кто-нибудь спокойно понаблюдал за моим алчным взглядом, то, я думаю, сурово нахмурился бы. Но спасибо, маска была *никем* и поэтому, как бы о ней ни думали, относилась к этому безболезненно. Как уютно это чувство освобождения, которого не нужно стыдиться, в котором не нужно оправдываться. Освобождение от совести с головой погрузило меня в кипевшую пеной музыку.

Заметки на полях.

Да, нужно специально написать о том, как я воспринимал эту музыку. Неоновая реклама, иллюминация, зарево огней в ночном небе, то вырастающие, то уменьшающиеся женские ножки в чулках, запущенный сад, труп кошки в помойной яме, замусоленные окурки и так далее, и так далее, всего не перечислишь — каждый из этих образов превратился в определенную ноту, зазвучал, создал музыку. Из-за одной этой музыки я хотел верить, что реально существует время, наступление которого я предвкушал...

Постскриптум.

Приведенные "заметки на полях", разумеется, предшествуют по времени предыдущему "постскриптуму" и писались, как ты понимаешь, сразу же после основного текста. Мне сейчас трудно вспомнить, где звучала эта музыка. Но не хватает решимости вычеркнуть эти заметки, вот я и оставил их.

Хотя алиби маски было полным, а обещанная ею свобода — неисчерпаемой, довольствоваться свободой, нужной лишь для того, чтобы удовлетворять свои желания, как это бывает с человеком, не имевшим ни гроша и вдруг получившим кучу денег и не знающим, что с ними делать, — это ли не отвратительно? Ты совсем недавно убедилась в этом. Опьянение от алкоголя усилилось опьянением от чувства свободы, все мое тело покрылось буграми желаний, я стал похож на старое дерево в наростах. В довершение оказавшуюся у меня в руках свободу, за которую я заплатил годами жизни, положением, работой, можно было сравнить с моей прежней свободой, как сочившееся кровью сырое мясо с невыразительным словом "мясо". Только смотреть и молчать — ничего мне это не даст. Моя маска не удовлетворилась этим — она широко, будто это пасть морского черта, распахнулась и стала хищно поджидать добычу.

Но, к сожалению, я не знал, на какую добычу стоило бы тратить свободу. Может быть, слишком уж долго меня приучали и приучили наконец экономить свободу. Желания мои были мизерными, но все равно я оказался покрыт ими, точно гнойниками, и я, как это ни смешно, должен был с помощью логических выкладок заниматься калькуляцией своих желаний.

Я не мог похвастать особенно необычными желаниями. Во всяком случае, алиби гарантировано, и мне было абсолютно безразлично, какими бы бессовестными или порочными они ни были. Или, может быть, лучше сказать так: поскольку я вкусил чувство освобождения от настоящего лица, мне захотелось поступать вопреки здравому смыслу, нарушать закон. И тогда к моим услугам как по заказу оказались — возможно, стимулом послужил духовой пистолет — поступки, к которым прибегают лишь бандиты: шантаж, вымогательство, грабеж. Конечно, если бы я хоть их мог осуществить успешно, для меня это было бы большой победой. Будь вскрыта истинная сущность моих поступков, их таинственность, несомненно, явилась бы первоклассной газетной сенсацией. Того, кто серьезно хочет попробовать, насильно удерживать не собираюсь. Думаю, было бы полезно объяснить людям без масок или, лучше сказать, с псевдомасками истинную сущность абстрактных человеческих отношений — во всяком случае, я бы хоть отомстил за своих пиявок.

Я далек от того, чтобы лицемерить, но почему-то к такого рода порокам у меня не лежит душа. Причина чрезвычайно проста. Во-первых, у меня не было особой необходимости превратиться в настоящую маску — забинтованное лицо вполне меня устраивало. Другая причина: то же вымогательство, тот же шантаж представляли собой не столько цель, сколько средство добычи денег, чтобы заплатить за свободу. К тому же 80 тысяч йен, оставшиеся от командировки, приятно согревали карман. На сегодняшний вечер и завтрашний день хватит. Это немного, но о том, как добыть денег, подумаю, когда они мне понадобятся.

Но что же, наконец, представляет собой цель в чистом виде, без примеси средства? Интересно, что почти все нарушающие закон поступки, какие только я мог припомнить, были связаны с незаконной передачей права собственности, то есть с деньгами. Приведу пример — азартные игры, которые называют сравнительно чистой концентрацией страсти... спросить психолога — он назовет это жаждой избавления, жаждой заменить хроническое напряжение мгновенной его разрядкой... но если это действительно так, то совершенно безразлично, назвать ли это тратой свободы или избавлени-

ем... если же из этого мгновенного напряжения исключить
прилив и отлив денег, не станет ли оно пресным? Сам факт,
что одна азартная игра создает предпосылки для другой и
цепь их, будь это возможно, продляется до бесконечности и в
конце концов превращается в привычку, доказывает, что азартная игра представляет собой амплитуду колебания между целью и средством. Такие типичные преступления, как мошен-
ничество, воровство, грабеж, подлог, немыслимы, если в них не
содержится средство. Даже люди, на первый взгляд иг-
норирующие закон и поступающие как им заблагорассудится,
на самом деле живут в несвободном мире, полном несовер-
шенства. Не иллюзорна ли цель в чистом виде?

Были у меня и желания, продиктованные другими стрем-
лениями. Например, пригрозив институтской охране, унести из
сейфов интересующие меня материалы или, выломав запер-
тую на ключ дверь административного отдела, украсть табли-
цы произведенных опытов и документы финансовых ревизий
— практические желания, столь характерные для меня. Это
были, конечно, смехотворные фантазии, подходящие скорее для
детского многосерийного телевизионного фильма и абсолютно
бесполезные, если представить себе такой стимул, как недо-
вольство компанией, предоставившей институту лишь номи-
нальную независимость. Но все равно они оставались средством, да к тому же вряд ли могли сыграть роль, которую я
отводил маске. Вот если я добьюсь, чтобы маска в совершен-
стве владела тем, что доступно только ей, и приспособлюсь к
этой жизни...

Заметки на полях.
Ясно, конечно, если не возникнут особые препятствия, я
должен буду вечно вести двойную жизнь: в маске и со своим
настоящим лицом. Тогда, может быть, стоило бы еще раз при-
задуматься...

Среди многочисленных преступлений есть всего лишь
одно, таящее в себе исключительные возможности. Это под-

жог. В поджогах, естественно, тоже есть элементы, явно представляющие собой средство накопления свободы: получение страховки, уничтожение улик после воровства, честолюбивые замыслы пожарника. А разве почти все иные поджоги, возникающие не из-за такой расчетливой злонамеренности, не вызваны в конце концов стремлением вернуть замороженную или отнятую свободу? Но есть поджоги, в чистом виде не представляющие никакой ценности, служащие всего лишь удовлетворению непосредственной прихоти... когда бушующее пламя лижет стены, обвивает столбы, прорывает потолок и вдруг взмывает к облакам и, глядя презрительно на стадо мечущихся людей, превращает в пепел кусок истории, только что несомненно существовавшей, — поджоги без всяких примесей, когда трагические разрушения утоляют духовный голод... По-видимому, подобные случаи тоже могут иметь место. Я, конечно, не думаю, что поджог — нормальное желание. В народе таких людей называют поджигателями — демонами поджога, значит, понимают, что их действия выходят за рамки общепринятых. Но поскольку маска была маской, никак не связанной с общепринятым, то, если гарантировалась трата свободы, вопрос о нормальности или ненормальности не стоял.

...Тем не менее у меня самого не было никакой потребности заниматься поджогами, так для чего же мне все эти рассуждения? Бродя по укромным переулкам, едва не касаясь плечом соблазнительных вывесок, я пытался вообразить сцены, будто из-под этого навеса или из той щели в стене вдруг вырывается пламя, но это нисколько не волновало меня. Думаю, меня это не особенно пугало. Попробовала бы ты хоть раз надеть маску — сразу бы все поняла. Стремление подавить действия, не достойные человека, как это ни удивительно, представляется ничтожным, на него нельзя полагаться. Так трусливый ребенок, прикрыв ладонями лицо, спокойно смотрит между пальцами фильм, в котором орудуют чудовища. Чем сильнее накрашена женщина, тем легче ее соблазнить. Речь идет не только о сексуальном соблазне, статистикой совершенно точно это подтверждается и в отношении профессиональных воров. Ах, порядок, ах, обычаи, закон! — сколько шума вокруг, а ведь в конце концов это готовая рассыпаться песчаная крепость, удерживаемая тонким слоем кожи — настоящим лицом.

...Да так оно и было — меня это не пугало. Сейчас бессмысленно отрицать, что у меня отсутствует совесть — кому это нужно. Ведь сама маска — плод моего бесстыдства. Нет действия, хотя законом оно и не запрещено, игнорирующего договоренность между людьми больше, чем надеть на себя маску, которую не заставили осознать, что она маска. Я могу представить себе психологию поджигателя, правда, сам я не поджигатель. Однако меня немного обеспокоило, что с таким трудом обнаруженная единственная цель в чистом виде оказалась, к сожалению, не тем, на что я рассчитывал. Ничего не поделаешь — ведь другого подходящего плана у меня не было, это уж точно. Во всяком случае, лучше такой план, чем никакого. Но все же я не думаю, что все эти желания, покрывшие меня, точно гнойники, можно классифицировать как средство достижения цели. Сколько бы я ни повторял, что меня слишком уж приучили экономить свободу — и в этом причина всех бед, — все это меня весьма печалило. Так или иначе, поджог я оставлю на будущее...

Постой-ка, написал это и обратил внимание, что пропустил очень важный момент, не знаю, умышленно или случайно. Если уж я говорил о незаконных действиях, то, конечно, должен был с самого начала упомянуть еще об одном демоне — о бандите, демоне большой дороги. Если поджигателю разрешают присоединиться к тем, кто имеет цель в чистом виде, то, думаю, не будет ничего плохого в том, чтобы включить в эту компанию и бандита. Не должно быть ничего плохого. Ведь то, что он делает, не имеет того внешнего эффекта, как действия поджигателя, но стоит заглянуть поглубже — не может быть разрушительного действия ужаснее, чем убийство... Все равно, мог ли я забыть об убийстве — примере столь ярком? Нет, наоборот, может быть, именно потому, что пример был столь яркий, я постарался о нем забыть. Уж не потому ли, что я не расположен к поджогам и с самого начала отступился, выбросил из головы действия, требующие гораздо более разрушительных побуждений, — для меня даже вопроса такого не существовало.

Экстравертный агрессивный тип... Моя маска, считающая себя охотником, услышав "разрушительные побуждения", подалась вперед. Мне претит рассказывать об этом, но было именно так — ничего не поделаешь. Может быть, я и повторяюсь, но совсем не из трусости. Я отрицаю трусость совсем не потому, что считаю отрицание трусости обязательным. По правде говоря, мне неприятно даже само употребление этих "демон поджога", "демон большой дороги" из-за одного того, что в них входит слово "демон". Нечто подобное тысячевольтному электрическому току, возбуждавшее в то время маску, не имело ничего общего с разрушительным инстинктом... напоминало что-то вязкое и прилипчивое, никак не могу подобрать подходящее выражение, но, в общем, прямо противоположное разрушению.

Пожалуй, было бы преувеличением утверждать, что во мне полностью отсутствовали разрушительные инстинкты. Я хотел содрать с твоего лица кожу, чтобы ты испытала те же страдания, что и я, мечтал рассеять в воздухе ядовитый газ, парализующий зрительные нервы, чтобы сделать слепыми всех людей на свете, — вот какие побуждения охватывали меня не раз и не два. Действительно, в этих записках я, помнится, не однажды злобствовал так. Но еще более неожиданным, если подумать, представляется то, что такое желание выместить на ком-то свою злобу владело мной еще до появления маски, а когда маска была готова, то я все же не мог не почувствовать, что кое-что изменилось, хотя протест и продолжал существовать. В самом деле, видимо, что-то изменилось. И именно потому, что изменилось, маска захотела потратить свою свободу совсем на другое. Не на нечто негативное — произвести разрушения и заставить маску расхлебывать последствия преступления... постой, что же, наконец, я хочу сказать?.. Желаю ли я такой классической гармонии, как любовь, как дружба, как взаимопонимание? Или, может быть, хочу поесть сладковатой, липкой, приятно-теплой "воздушной ваты", которую по праздникам продают на улицах?

В гневе, как ребенок, который не может получить то, что он хочет, я зашел в первое попавшееся кафе и стал лить на твердый, как кулак, ком желаний, поднявшийся из глубины горла, холодную воду вперемешку с мороженым. Хотел что-то сделать, но не знал что... если так будет продолжаться, то я либо откажусь от всего, либо через силу буду делать то, чего не хочу. Когда ничего не делаешь, подкрадывается раскаяние... отвратительное ощущение, точно промочил ноги... лицо под маской горело, как в парной бане, кажется, из носа пошла кровь. Нужно по-настоящему что-то предпринять... я прекрасно понимаю весь комизм своего положения: сам превратился в аналитика своего психического состояния и должен классифицировать свои желания, анализировать их, просеивать, определять истинную сущность комка этих желаний и давать ему название.

Если нужно, мне все равно — могу начать с вывода, к которому я пришел. Это было половое влечение. Смеешься, наверно? Вывод в самом деле, какими бы красивыми оговорками он ни сопровождался, достаточно банален. Но я многое понимал, и мне он не представлялся таким уж неожиданным. Только вот банальность была на уровне введения в алгебру и принималась без доказательств — с этим уж я никак не мог согласиться. Самолюбие может, как это ни странно, спокойно соседствовать с бесстыдством.

Итак, третья тетрадь тоже подходит к концу. Ничего не поделаешь, придется ограничиться ходом эксперимента, предпринятого маской. Но хоть это и покажется скучным, лучше всего, я думаю, рассказать лишь о тех доводах, согласно которым трата свободы в чистом виде была фактически половым влечением. Трата свободы, какой бы чистой она ни была, сама по себе не создает ценностей. (Если говорить о ценностях — это скорее производство свободы.) Я не собираюсь утверждать, что мое логическое построение безупречно, но на следующий день все мои действия направлялись этим половым влечением, и поскольку я надеюсь на твой справедливый суд, то, думаю, должен быть честен с самим собой.

Если только не быть намеренно злобным, то не так уж трудно понять, почему маска отвернулась от поджогов и от убийств, понять ее состояние. Прежде всего маска как таковая представляла собой разрушение существующих в мире обычаев. Простой здравый смысл не поможет ответить на вопрос: сколь большим разрушением является поджог или убийство. Чтобы это стало ясным, лучше всего вообразить, что произойдет с общественным мнением, если начнется массовое производство масок, так же искусно выполненных, как и та, которую я ношу, и широкое их распространение. Маски, несомненно, приобретут потрясающую популярность, мой завод не угонится за спросом, даже если будет работать круглосуточно, все расширяя производство. Некоторые люди неожиданно исчезнут. Другие расщепятся на двух, на трех. Удостоверения личности станут бесполезными, опознавательные фотографии в нескольких ракурсах потеряют всякий смысл, фотографии, которыми обмениваются жених и невеста, можно будет порвать и выбросить. Знакомые и незнакомые перепутаются, сама идея алиби будет уничтожена. Нельзя будет верить другим, не будет оснований и не доверять другим, придется жить в состоянии невесомости, в новом измерении человеческих отношений, будто смотришься в ничего ни отражающее зеркало.

Нет, нужно, наверно, быть готовым к еще худшему. Все начнут менять одну маску за другой, пытаясь бежать от страха быть невидимым, из-за того, что стал еще призрачнее, чем невидимый другой человек. И когда привычка беспрерывно гнаться за все новыми и новыми масками станет обыденной, такое слово, как "индивидуум", окажется настолько непристойным, что его можно будет увидеть лишь на стенах общественных уборных, а сосуды, в которые заключены индивидуумы, их упаковка — "семья", "народ", "права", "обязанности", — превратятся в мертвые слова, непонятные без подобного комментария.

Сможет ли в конце концов человечество выдержать такую резкую смену измерений и, пребывая в состоянии невесомости, найти приемлемые новые взаимоотношения, создать новые обычаи? Я, конечно, не собираюсь утверждать, что не сможет. Исключительная приспособляемость людей, их колоссальная способность к перевоплощению уже доказана историей, наполненной войнами и революциями. Но до этого... до того, как маске будет разрешено такое безудержное распространение... окажутся ли люди достаточно снисходительными, чтобы не прибегнуть к инстинкту самозащиты — к созданию отрядов по борьбе с эпидемией, — вот в чем вопрос, как мне кажется. Какой бы привлекательной ни была маска, представляя собой потребность индивидуума, существующие в обществе обычаи воздвигнут на ее пути неприступные баррикады и продемонстрируют решимость к сопротивлению. Например, в учреждениях, в фирмах, в полиции, в научно-исследовательских институтах при исполнении служебных обязанностей использование маски будет запрещено. Можно также предположить, что еще более активно будут требовать сохранения авторского права на лицо, развернут движение против свободного изготовления масок популярные актеры. Возьмем более близкий нам пример: муж и жена вместо того, чтобы поклясться в вечной любви, должны будут обещать друг другу не иметь тайных масок. При торговых сделках может родиться новый обряд: перед началом переговоров ощупывать друг другу лицо. На собеседованиях при приеме на работу можно будет наблюдать странный обычай: вонзить в лицо иголку и демонстрировать выступившую кровь. Ну а потом вполне можно представить себе и такой случай: в суде будет рассматриваться вопрос, законно ли поступил полицейский или превысил власть, дотронувшись во время следствия до лица допрашиваемого, а ученый опубликует по этому поводу обширную статью.

И вот уже в газете под рубрикой "Беседы о вашей судьбе" изо дня в день публикуются слезливые письма девиц, которые вышли замуж, обманутые маской. (О своих масках они не упомянут.) Но и ответы будут все как один маловразумительные и ни к чему не обязывающие: "Достойна всяческого порицания неискренность, выразившаяся в том, что в период помолвки он ни разу не показал своего настоящего лица. Но в то же время из ваших слов видно, что вы еще не полностью освободились от взгляда на жизнь с позиций настоящего лица. Маска не может обмануть и не может быть обманутой. А что, если вам надеть сейчас новую маску, превратиться в другого человека и начать новую жизнь? Не цепляясь за вчерашний день и не задумываясь о завтрашнем — только так вы добьетесь успеха в жизни в наш век масок..." В конце концов, сколько бы ни было таких обманов, сколько бы ни было разговоров о них, в какую бы проблему они ни вылились — все это никогда не перевесит удовольствия обманывать. На этом этапе, хоть он и будет чреват противоречиями, привлекательность маски останется непоколебимой.

Но возникнут, конечно, и кое-какие отрицательные явления. Популярность детективных романов постепенно сойдет на нет; семейный роман, описывающий двойственность, тройственность человеческого характера, и тот в какой-то момент начнет приходить в упадок, а уж если количество купленных впрок разных масок превысит пять штук на человека, запутанность сюжета превзойдет предел терпения читателей; не исключено, что роман вообще потеряет право на существование, разве что будет удовлетворять потребности любителей исторических романов. Дело не ограничится романами: фильмы и пьесы, по замыслу представляющие собой демонстрацию масок, лишившись возможности создать определенный образ главного героя, превратятся в некий абстрактный код и не смогут привлечь интереса публики. Большая часть фабрикантов косметики разорится, один за другим закроются косметические кабинеты, неизбежно сократятся больше чем на двадцать процентов доходы рекламных агентств. Все писательские ассоциации поднимут вопль — маска разрушает личность; косметологи и дерматологи будут, несомненно, с превеликим упорством доказывать, что маска вредно влияет на кожу.

Весьма сомнительно, конечно, что подобные вещи смогут иметь больший эффект, чем брошюры общества трезвости. Ведь акционерное общество по производству масок превратится к тому времени в огромный монополистический концерн, имеющий по всей стране сеть пунктов по приему заказов, производственные предприятия, магазины, и заткнуть рот горстке недовольных ему будет легче, чем спеленать младенца.

Но главные проблемы возникнут позже. Маска получит такое распространение, что все пресытятся, период, когда она была чем-то любопытным и необычным, закончится — маска станет обыденным явлением. И когда тонкий аромат преступления и порока, казавшийся пряной приправой, помогающей еще острее ощутить вкус освобождения от беспокойных человеческих отношений, превратится в одуряющий запах переквашенных соевых бобов, наступит период, когда всех снова охватит тревога... когда начнут замечать, что эти шалости с переодеванием, которым предавались так весело, совсем не шалости, а нечто схожее с преступлением, которым можно причинить вред себе самому... Ну например, появятся, видимо, беспатентные изготовители масок, которые будут специализироваться на подделке чужих лиц, и возникнут довольно смешные инциденты: член парламента начнет заниматься мошенничеством с долговыми обязательствами, известный художник будет уличен как закоренелый брачный аферист, мэр города — арестован по подозрению в угоне автомашин, лидер социалистической партии выступит с фашистской речью, директора банка привлекут к ответственности за ограбление банка. И люди, со смехом смотревшие на все это, как на веселое цирковое представление, неожиданно спохватятся, с ужасом увидят, что у них на глазах другие люди, не отличимые от них, шарят в чужих карманах, воруют в магазинах... со всем этим придется столкнуться. И тогда не исключено, что с большим трудом добытое алиби, вместо того чтобы противостоять доказательству вины, будет даже исключено как свидетельство невиновности, его даже начнут ощущать как обузу. Удовольствие от обмана померкнет перед страхом быть обманутым.

Потом, когда появится желание смягчить горечь раскаяния, поплывут слухи о том, что, возможно, из-за того, что цель образования исчезла — совершенно естественно, поскольку утеряна идея личности, которую необходимо формировать, — посещаемость школ резко сократится, начнется массовое бродяжничество, и выяснится, что большинство бродяг — родители этих школьников, и тогда вдруг вспыхнут волнения и паника, и все будут проклинать маску-соблазнительницу. Тут же флюгероподобные авторы редакционных статей начнут, наверно, предлагать учреждение системы регистрации масок, но, к сожалению, маску и систему регистрации абсолютно невозможно совместить, так же, например, как бессмысленна тюрьма, не имеющая запоров. Зарегистрированная маска уже не может быть маской. Общественное мнение коренным образом изменится, люди выбросят маски и потребуют от правительства отмены масок. Это движение примет редко наблюдаемую в истории форму союза народа и полиции, и в мгновение ока возникнет закон о запрещении масок.

Но правительство, как всегда, побоится крайностей. Вначале, хотя оно и заявит о контроле, ношение маски будет рассматриваться в лучшем случае как мелкое преступление. Подобная нерешительность, наоборот, подстегнет любопытство некоторых людей и приведет к бурному росту подпольных фабрик и черного рынка — наступят времена хаоса, напоминающие период сухого закона в Америке. И тогда, хотя уже и слишком поздно станет неизбежным пересмотр закона. Использование масок будет регламентироваться так же строго, как употребление наркотиков: соответствующие власти будут выдавать разрешение только в случае, если установят явно выраженные травмы лица или если врачи пропишут маску для лечения серьезных нервных расстройств. Но и после этого подделка лицензий и жульничество производителей масок не прекратятся, и очень скоро содержащиеся в законе оговорки будут отменены, назначены даже особые инспекторы масок, и маски превратятся в объект строжайшего контроля. И все равно число преступлений с помощью масок ничуть не уменьшится, и они не только останутся все тем же сенсационным украшением газетных полос, посвященных социальным вопросам, — дойдет до того, что появятся правые организации, члены которых как форму наденут совершенно одинаковые маски и будут устраивать бесчинства, совершая нападения на членов правительства. Суды вынуждены будут признать, что пользование маской, даже сам факт ее хранения приравнивается к преднамеренному убийству, и общественное мнение, не колеблясь, поддержит их.

Постскриптум.

Хотя и пьяные фантазии, но фантазии очень интересные. Допустим, что существует организация, состоящая из ста членов. Значит, каждый из них будет иметь один процент подозрений и девяносто девять процентов алиби, и в результате обязательное оправдание: хотя акт насилия совершен, виновного нет. Почему же на первый взгляд кажущееся столь интеллектуальным преступление будет восприниматься как зверски жестокое? Думаю, что из-за абсолютной анонимности этого преступления. Абсолютная анонимность означает принесение в *жертву* своего имени абсолютной группе. Не есть ли это больше чем интеллектуальная махинация в целях самозащиты — инстинктивное стремление индивидуума, столкнувшегося лицом к лицу со смертью? Точно так же, как при нападении врага самые различные группы — национальные, государственные, профсоюзные, классовые, расовые, религиозные — пытаются прежде всего воздвигнуть алтарь, именуемый верностью. Индивидуум всегда жертва в единоборстве со смертью, а для абсолютной группы смерть всего лишь атрибут. Абсолютная группа сама по себе имеет агрессивный характер. Это легко понять, если в качестве примера абсолютной организации назвать армию, а как пример абсолютной анонимности — солдата. Но если так, то в моих фантазиях содержалось некоторое противоречие. Почему хотят, чтобы суд, который не может рассматривать военную форму как таковую равносильной преднамеренному убийству, занял столь суровую

позицию по отношению к правым группам, члены которых
носят одинаковые маски? Разве государство считает маску
злом, противоречащим порядку? Совсем нет, как это ни парадоксально, само государство — некая огромная маска, и оно
противится тому, чтобы внутри него существовало множество
отдельных масок. Следовательно, самое безвредное существо
на свете — анархист...

Вот почему, если преодолеть лабиринт любопытства, станет ясно, что уже само существование маски разрушительно.
И поскольку использование маски приравнивается к преднамеренному убийству, в один ряд могут быть смело поставлены
ничуть не уступающие ему поджог и бандитизм. Не удивительно, что у маски, олицетворяющей собой разрушение —
хотя фактически она сама брела среди развалин человеческих
отношений, разрушенных ее существованием, — у маски не
лежала душа к подобным разрушениям. Сколько бы бугров
желаний ни вспухало, одного ее существования достаточно,
чтобы произвести разрушение.

По-детски эгоистичные желания маски, которой от роду
нет и сорока часов... желания изголодавшегося беглеца, только что вырвавшегося из тюрьмы на волю сквозь скопища
пиявок... какую же свободу может иметь эта ненасытная про-
рва со свежими следами наручников?..

Нет, честно говоря, нельзя утверждать, что ответа вовсе не
было. Желания — это не то, что понимают путем рассуждений,
их надо чувствовать. Попробую объяснить проще. Это то самое конвульсивное побуждение — желание стать *жертвой*
расовых предубеждений. Я ясно осознал это в ту минуту, как
вышел на улицу. Какая же необходимость была у меня до сих
пор вилять, точно оправдываясь? Может быть, рассчитывал, ви-
ляя, спастись от стыда? Нет, я, видимо, действительно громоздил
одно оправдание на другое, но можно с уверенностью утверждать, что руководил мной совсем не стыд. Руководствовался я
лишь одним желанием, на котором, хотел я того или нет, во что
бы то ни стало должен был построить наши отношения.

Отношения с тобой были такими, какими они представлялись в самых бесстыдных фантазиях маски. Чего бы я ни захотел почувствовать, пожелать, испытать — все было связано с теми фантазиями, и яд ревности, только-только переставший отравлять меня, снова, набрав силу, двинулся по моим жилам навстречу потоку крови. Ничего удивительного, что это заставляло задуматься над завтрашним планом. Даже маска не могла не почувствовать себя скованно, неуютно. Как бы то ни было, свобода маски, хотя она и заключалась главным образом в абстрактных отношениях с другими людьми, была все равно что птица с оторванными крыльями. Маска, которую чуть было не выбросили, сохраняя перемирие, способна была лишь на невнятное бормотание.

Тогда маска стала успокаивать меня — если я буду без конца нервничать, то не только маска, но и сам я превращусь в средство. Пусть лицо у меня — маска, но ведь тело-то по-прежнему мое собственное. Можно закрыть глаза и представить себе, что во всем мире исчез свет... тогда мгновенно маска и я превращаемся в одно целое и нигде нет того, к кому я должен ревновать... если тебя касаюсь я сам, значит, тот, кого касаешься ты, тоже я сам и нужно отбросить всякие колебания...

Заметки на полях.

Стоит вдуматься, и доводы покажутся подобранными произвольно. Поскольку я идентичен самому себе, а для другого — абсолютно чужой, значит, я наполовину чужой. Правда? Мы — желтая раса, но мы не были желтой расой от природы. Впервые мы превратились в желтую расу потому, что были названы так расой с другим цветом кожи. Игнорировать условность лица и сделать всю остальную часть тела главной в определении личности равносильно обману. Если я собираюсь упорно отстаивать отождествление, отвлекаясь от лица, тогда мне придется без всякого снисхождения взять на себя ответственность за эротические действия маски. Пусть лишь мысленно, но все равно я бессовестно упрекал тебя в измене, и яд ревности бурлил во мне, а как только дело коснулось меня, я стал беспечно разглагольствовать о трате свободы в чистом виде, совсем не думая, что это может ранить тебя. В конце концов, не напоминает ли ревность избалованную кошку, которая, настаивая на своих правах, не признает обязанностей?..

Таким образом, маска, с одной стороны, ругала меня, а с другой — с придурковатым видом, вроде не испытывая никаких чувств, просеивала сквозь самые разные сита все мои желания, стремясь таким путем убедить меня, что оставшиеся не стоят того, чтобы хотеть их. Правда, разновидностей желаний в полном смысле этого слова удивительно мало, и они невероятно просты, и если исключить жажду разрушения, то их можно буквально пересчитать по пальцам. Назову пришедшие на память.

Прежде всего, три основных желания: голод, половое влечение, сон. Затем общие желания: естественные отправления, жажда избавления, наживы, развлечения. Далее специфические: желание совершить самоубийство, потребность отравлять себя — вино, табак, наркотики. Наконец, если толковать желания в широком смысле, может быть, правильно включить в их число жажду славы, потребность работать.

Но бóльшая часть этих желаний просеется сквозь первое сито, именуемое "тратой свободы". В самом деле, как бы ни хотелось спать, сон сам по себе не может быть целью. Он — всего лишь средство пробуждения. В общем, с какой стороны ни подойти, сон следует причислить к накоплению свободы. По той же причине естественные отправления, жажду наживы, избавления, славы, труда тоже, пожалуй, лучше здесь не рассматривать. ...Вот только не избежать, наверно, критики за то, что последнее из названных мной желаний — труд — легкомысленно рассматривается как средство в одном ряду с естественными отправлениями. Представим себе, что рождается в результате труда, — труд в самом деле следует сделать господствующим среди желаний. Если бы не была создана вещь, не было бы, очевидно, и истории, не было бы, очевидно, и мира, не появилось бы, несомненно, и такое понятие, как человек. Кроме того, если рассматривать труд как самоотрицание, то есть если труд служит преодолению труда, то одно это позволяет считать его целью. И даже в том случае, когда труд становится самоцелью, это не вызывает неприятного, отталкивающего впечатления, как жажда наживы или славы. И даже в этом случае люди, сочувственно кивая говорят: "Он здорово работает". Можно не опасаться, что его будут корить, порицать. Что ни говори, а люди ведь придумали такие выражения, как "денежная работа", "выгодная работа", "высоко ценимая работа"...

Жаль только, что такое благостное состояние было нетерпимым для маски. Если в какой бы то ни было форме не нарушаются запреты, использование маски теряет всякий смысл. "Свободой *только* маски" прежде всего должны быть незаконные действия. (В самом деле, я процентов на шестьдесят был удовлетворен работой в институте... если бы у меня отняли ее, то, думаю, тосковал бы по ней процентов на девяносто... И все же я прекрасно мог бы обойтись без маски.) Таким образом, хотя труд ради труда и провалился весь сквозь ячейки первого сита, он все же должен задержаться во втором. Предупреждаю, я не собираюсь касаться проблемы ценностей. Я говорю лишь о сиюминутном желании сбежавшего из тюрьмы, чье алиби гарантировано.

Из оставшихся желаний голод тоже, видимо, попадает во второе сито. Так как бесплатное питание не столько цель, сколько средство, с самого начала не будем его касаться, но где-то я, кажется, слыхал о законе, запрещающем наедаться досыта. Запрещение утолять голод не в условиях фронта или тюрьмы — явление довольно редкое. Но если все же попытаться отыскать его, то, пожалуй, удастся обнаружить в людоедстве. Правда, в данном случае речь идет не совсем об утолении голода — значительное место занимает здесь элемент убийства. А убийства, как мы договорились, касаться не будем.

Хотя самоубийство тоже входит в число запрещенных актов, при наличии настоящего лица его все же можно совершить, маска же в конце концов позволила мне избежать участи и "заживо погребенного". И уж если я собирался совершить самоубийство, лучше бы с самого начала ничего не предпринимать. Жажду развлечений тоже не следует брать изолированно: иногда это разновидность избавления, в других случаях — своего рода труд, лишенный объекта, — в общем, мне хотелось бы рассматривать его как сложное образование, состоящее из ряда упоминавшихся уже компонентов. Страсть к отравлению, так же как желание напиться, — не более чем дурное подражание маске, и потому... я действительно пребывал в блаженном состоянии опьянения... и снова касаться этого не стоит.

Итак, желания одно за другим провалились сквозь все сита и остались наконец те самые конвульсии *жертвенности.*

Кстати, что ты думаешь о моих рассуждениях? Да, именно о рассуждениях. Я лишь рассуждал о том, что, захоти я в ту ночь потратить свободу в чистом виде, это было бы не чем иным, как сексуальным преступлением, на самом же деле я так и не совершил ничего хотя бы отдаленно напоминающего преступление. И не потому, что у меня не было к этому никакой склонности, и не потому, что не представилось случая, но, так или иначе, я его не совершил. Вот почему я спрашиваю тебя только об одном — о своих рассуждениях.

На твое сочувствие я не надеюсь. Может быть, даже наверняка, ты заметишь нелепые изъяны в моих рассуждениях. Я уже пережил крах всех этих рассуждений и не могу поэтому не признать, что в них есть недостатки. Но и я в то время не видел их, не могу обнаружить их и сейчас. А может быть... может быть, они вылились в форму подчинения упорным уговорам маски, а я сам себя обманывал, считая их результатом моих собственных желаний.

Поскольку дело касается секса, что-то мешало мне сорвать и выбросить табличку "вход воспрещен", и в то же время с самого начала меня непреодолимо тянуло эта сделать. Если вдуматься — ничего удивительного. Я старался по возможности не касаться этого, но дело в том, что, отвергни я сексуальные преступления, мне не удалось бы заставить маску соблазнить тебя. Если бы речь шла о том, чтобы соблазнить тебя один раз, никакой проблемы, видимо, не возникло бы. Но если я хотел сделать отношения между маской и тобой длительными и, таким образом, создать новый мир, то должен был во что бы то ни стало нарушать законы, связанные о сексом. Иначе вряд ли бы я мог вынести двойную жизнь, разъеденный до мозга костей ревностью. И эти долгие, упорные уговоры маски были, конечно, результатом моей сознательной провокации.

Да, забавно — только что с грехом пополам подведя базу под свои рассуждения, я тут же проникся сочувствием к желаниям маски. Кстати, совсем не потому, что я изголодался по сексу, как если бы это были еда или питье. Нарушить сексуальные запреты — вот на что изо всех сил толкала меня маска. Если бы я не осознавал существование запретов, то очень сомневаюсь, что нарушение их было бы наполнено для меня таким трепетным очарованием. И когда я погрузился в это очарование, яд ревности, больше всего мучивший меня, казалось, утратил вдруг свою силу, и я, будто посасывая таблетку противоядия, стал стараться вызвать в себе эротический импульс.

Глазами, полными вожделения, я стал по-новому смотреть на все окружающее, и уходившая вдаль улица представилась мне волшебным замком, сплошь состоящим из табличек "Секс. Вход воспрещен". Будь хоть ограда этого замка прочной — куда ни шло, а то сплошь изъедена червями, с дырами от вывалившихся гвоздей, она, казалось, вот-вот развалится. Ограды, ограды — своим видом они будто готовы отразить вторжение и вызывают этим любопытство людей, снующих по улице, но, стоит приблизиться к ним и присмотреться повнимательней, и червоточины, и следы от выпавших гвоздей — все это камуфляж, и тогда пропадает всякое желание подойти еще хоть на шаг. Секс, запрет секса? Что же это в конце концов такое? Любой, кто задумается над смыслом камуфляжа, кто задумается над происхождением оград, тут же неизбежно превращается в эротомана. Безусловно, он сам тоже не что иное, как одна из этих оград. Именно поэтому эротоман и должен проливать на свои желания слезы боли и раскаяния. Когда он ломает сексуальные запреты, то одновременно разрушает и свою собственную ограду. Но коль уж задумываешься над существованием оград, пока точно не установишь их происхождение, не успокоишься. Эротоман — тот же честный, глубокий исследователь: убедившись в существовании загадки, он уже не может не разрешить ее, каких бы жертв это ни потребовало.

И вот я, неудачливый исследователь, заглянул в первый попавшийся мне бар. Никаких особых надежд я не питал. Он привлек мое внимание только потому, что вся его вывеска была покрыта фальшивыми червоточинами и следами гвоздей. Продавали там фальшивую маску — алкоголь. Это место мне как раз подходило.

Как я и предполагал, там оказалось уютно. Фальшивая тьма, преграждающая путь фальшивому свету... фальшивые растения, фальшивые улыбки... неопределенное состояние, точно во сне, — зло не можешь сделать, и добро не можешь совершить... смешанные в нужной пропорции фальшивое добро и фальшивое зло... Я сел, поры по всему телу начали раскрываться, заказал виски с содовой и тут же стал поглаживать палец сидевшей рядом со мной девушки в темно-синем платье. Нет, это был не я, это была маска. Хотя палец девушки был потным, мне он все равно казался сухим, точно посыпанный крахмалом. Девушка, конечно, позволила заигрывать с собой. Нет, сказать, что она не сердилась, было бы ложью. Но все мои действия были равносильны бездействию. Мое бездействие было равносильно действию.

Если лгал я, лгала и девушка. Очень скоро она, как мне показалось, начала думать о чем-то другом, но я, разумеется, сделал вид, что ничего не замечаю. Может, сделать эту девушку своей на одну ночь в отместку за пиявки, за тебя, наконец, за свое настоящее лицо. Нет, не беспокойся — здесь все могло случиться, но ничего не случилось. Лгал я, лгала девушка, а потом, не знаю почему, девушка вдруг смутила меня, сказав, что я, наверно, художник.

"Почему? Чем я похож на художника?"

"Как раз художники любят делать вид, что совсем не похожи на художников".

"Это верно... Ну а грим на лице, для чего он? Чтобы показать что-то или, наоборот, скрыть?"

"И то и другое... — Кончиками ногтей девушка скребла камешек, который держала в руке. — Но ведь во всем этом нет искренности, правда?"

"Искренности?.. — Внутри у меня что-то оборвалось, точно вдруг открылся секрет фокуса. — А-а, дерьмо это!"

Девушка брезгливо сморщила свой коротенький носик.

"Отвратительно. Все понятно, но зачем так грубо..."

Верно! Любая настоящая вещь была здесь блестящей подделкой, любая поддельная вещь котировалась как настоящая. Это было как будто условленное место, где развлекаются, рисуя на запретных заборах дыры, чувствуя, что вот-вот захватит вожделение... Если я еще хоть чуть опьянею, то одно сознание, что на мне маска, станет опасным. Бедро девушки под моей ладонью, точно пресытившись, казалось, начало зевать — самое время потихоньку убраться отсюда. В конце концов ничего не произошло, но все равно. Я прикоснулся рукой к запретной ограде и убедился в ее прочности — тоже неплохо. Хочешь не хочешь, завтра я должен повести отчаянный штурм твоей ограды...

Все, что произошло потом, лишено для меня перспективы, будто я смотрю на эти события в подзорную трубу. Но я, помню, не дошел до такой глупости, чтобы, поддавшись опьянению, сорвать с себя маску, и водителю такси назвал адрес не свой настоящий, а убежища. Как бы тесно ни соприкасались мое лицо и маска, какой бы прочный клейкий состав я ни употребил, уничтожить пропасть между ними, видимо, не так-то просто. Всю ночь между короткими пробуждениями я видел сны. В этих снах ты как будто о чем-то упрашивала меня.

Кажется, предостерегала от физической близости, а может быть, я вообразил это уже позже. Один раз я видел во сне тюрьму.

На следующее утро — ужасное похмелье, этого и следовало ожидать. Все лицо вспухло и нестерпимо болело. Наверно, возвратившись домой, я не проделал с лицом всего необходимого, и из-за клейкого состава оно покрылось сыпью. После того как я умылся, а потом освободил желудок, наступило некоторое облегчение. Я проделал все это до десяти часов. А выйти из дому лучше всего после трех, и я решил полежать.

Как невыносимы последние часы ожидания перед заветной минутой, не побоюсь сказать, перед мгновением, ради которого на карту поставлены усилия целого года. Я метался по постели в поисках прохладного места и никак не мог заснуть. Нужно же было напиться, как последнему идиоту. В чем, собственно, я нашел удовольствие, с чего вдруг начал резвиться?.. Мне кажется, я должен что-то вспомнить... надев маску и считая, что стал прозрачным, я брожу по улицам... ограда... запрет... да; я начал становиться развратником... тот самый человек, который, помимо заведования лабораторией в институте высокомолекулярной химии, был абсолютно бесцветным, пресным, безусловно безобидным... ну что ж, ради того, чтобы преодолеть преграду, у меня был лишь один путь — превратиться в развратника...

Стараясь воскресить в памяти впечатления прошлой ночи, я всеми силами пытался избавиться от остатков опьянения, гнездившегося где-то глубоко в черепе. Однако эротические ощущения, такие отчетливые в прошлую ночь, никак не возвращались. Может быть, потому, что я без маски? Конечно, поэтому. Стоит надеть маску, как во мне оживает нарушитель закона. В любом, самом безобидном человеке, должно быть, всегда спрятан преступник, способный реагировать на маску.

Я не собираюсь доходить до такой крайности, чтобы утверждать, будто все актеры имеют преступные наклонности. Я знаю одного начальника важной канцелярии, который проявляет повышенный интерес к костюмированным шествиям во время спортивных праздников, организуемых компанией, и демонстрирует в них незаурядный талант, — на самом деле редкий оптимист, вполне довольный своим положением... Ну а если бы они узнали, что *здешняя* праведная повседневность ничуть не безопаснее *тамошнего* мира преступлений, остались бы они тогда в стороне от преступления? Сомневаюсь... Ежедневно ставить будильник на определенное время, заказывать себе печатку, визитные карточки, откладывать деньги, снимать размер воротничка, коллекционировать автографы, страховать жизнь или недвижимость, писать поздравительные открытки, наклеивать фотографию на удостоверение личности... трудно поверить, что в мире, где рискуешь потеряться, если забудешь сделать хоть что-нибудь из этого, что в этом мире люди живут и им ни разу не захотелось, даже в голову не пришло стать прозрачными...

Но все же на какой-то миг я, видимо, заснул. Наверно, поднялся ветер, и скрип ставен разбудил меня. Головная боль и тошнота как будто утихли, но чувствовал я себя еще неважно.

Хотел принять ванну, но как назло вода не шла. Видимо, слабый напор, и вода не может подняться даже до второго этажа. Махнул рукой и решил отправиться в баню. После недолгих колебаний — что выбрать: маску или бинты — решил пойти в маске. Я сгорал от стыда, стоило только вспомнить, какое впечатление на окружающих производят бинты, и еще хотелось испытать маску в самых разных условиях. (Когда я надеваю маску, ко мне сразу же возвращается уверенность в себе.) Шаря по карманам пиджака в поисках бумажника, я коснулся чего-то твердого. Это были духовой пистолет и золотистый йо-йо. На случай, если встречусь с дочкой управляющего, я завернул йо-йо в полотенце вместе с мылом и вышел из дому.

К сожалению, девочку я не встретил. Не из-за какого-то особого предчувствия, но мне не захотелось идти в ближайшую баню, и я направился на соседнюю улицу, до которой была одна автобусная остановка. Баня недавно открылась, посетителей было мало, вода в бассейне чистая. Я погрузился в воду и, чтобы остатки опьянения полностью улетучились, решил терпеливо сносить жару, и тут заметил в противоположном углу человека, который сидел в воде, не сняв черной рубахи. Нет, это, оказывается, не рубаха, а татуировка. Может быть, из-за того, что так падал свет, не знаю, но казалось, что он натянул на себя рыбью кожу.

Вначале я старался не смотреть, но он все больше притягивал мое внимание, и вскоре я уже не мог оторвать от него глаз. Меня привлек не рисунок, поразил сам факт татуировки, которому я никак не мог найти объяснения — оно вертелось на кончике языка, как чье-то забытое имя.

Может быть, потому, что я чувствовал кровную связь между татуировкой и маской? В самом деле, маска и татуировка имеют поразительно много общего: и та и другая — разновидности искусственной кожи. Общим для них служит стремление уничтожить настоящую кожу и заменить ее чем-то иным. Но есть, конечно, и различия. Маска, как можно видеть и по иероглифам, лишь временное лицо, а татуировка полностью ассимилируется, становится частью кожи. Кроме того, маска представляет алиби, а татуировка, наоборот, выделяет, выставляет напоказ. В этом смысле она, пожалуй, ближе не маске, а бинтам. Нет, если говорить о привлечении внимания, то она ничуть не уступает моим пиявкам.

Все равно никак не могу взять в толк, почему люди доходят до подобной несообразности, чтобы привлекать к себе внимание. Сам этот человек вряд ли сможет ответить... и именно потому, что не сможет ответить, для него имеет смысл привлекать внимание... Уроды, как правило, любят загадки и часто делают своей профессией загадывание бессмысленных загадок и выманивание денег у людей, которые не могут их отгадать... В татуировке действительно скрыт вопрос, заставляющий отыскивать ответ.

Доказательством может служить то, что я сам изо всех сил старался найти ответ. Я пытался, например, подглядеть изнутри свое состояние, если бы мне пришлось сделать себе татуировку. И первое, что я почувствовал, — глаза других людей, впивающиеся в меня, точно колючки. Я мог ясно представить себе это, потому что уже испытал, что представляет собой скопище пиявок. Потом небо начнет постепенно удаляться... вокруг разольется яркий полдень, и только на то место, где стою я, опустится абсолютная тьма... да, да, татуировка — это клеймо каторжника... клеймо преступления, и поэтому даже лучи света перестанут касаться меня... Но почему-то я совершенно не чувствовал себя загнанным, не испытывал и угрызений совести... и вполне естественно... ведь сам же я выжег на своем теле клеймо преступления и по своей же воле похоронил себя в глазах общества... и теперь уже никто меня не пожалеет...

Когда мужчина вышел из воды, изображение буддийского божества, засыпанного цветами вишни, стало извиваться, источая коричневатый пот, и я, чувствуя себя соучастником преступления, ощутил, что его отрешенная поза действует на меня освежающе. Верно, кровная связь между маской и татуировкой выражается не в такой форме — она состоит в том, где жить, на какой стороне границы, проведенной по настоящему лицу. Поскольку есть люди, которые могут жить, снося татуировку, то вполне возможно сносить и маску.

Однако у выхода из бани татуированный мужчина глупейшим образом стал придираться ко мне. Когда рубаха с длинными рукавами скрыла татуировку, он показался моложе, меньше ростом и не таким внушительным, но все равно носил на своем теле угрозу и был великим мастером запугивания.

Хриплым голосом мужчина обвинил меня в том, что я невежливо смотрел на него, и потребовал извинения. Судя по его словам, это его очень задело. Лучше бы мне извиниться, как он требовал, но беда не приходит одна — из-за того, что я долго был в горячей воде, под маской у меня кипело, точно варился суп, я буквально терял сознание.

Не задумываясь особенно над смыслом своих слов, я спросил:

"Но разве татуировка не для того и существует, чтобы ее показывать?"

Не успел я договорить, как рука мужчины взлетела вверх. Но мой инстинкт защиты маски не уступал ему в быстроте. То, что первая атака провалилась, еще больше распалило мужчину. Он неожиданно схватил меня и начал грубо трясти, пытаясь улучить момент, чтобы ударить в лицо. Наконец он прижал меня к дощатой стене, и то ли его рука, то ли моя (не знаю точно, руки наши переплелись), в общем, чья-то рука скользнула снизу вверх по моему подбородку, и в то же мгновение маска оказалась содранной.

Я был повержен, точно на глазах у людей с меня вдруг стащили штаны. Потрясение противника было ничуть не меньшим. Глухим, робким голосом, так не вязавшимся с его наружностью, он пробормотал что-то невнятное и с негодующим видом, будто это он пострадавший, быстро ушел. В полуобморочном состоянии я отер пот и снова надел маску. Собрались, наверно, зеваки, но у меня не хватило мужества оглядеться. Будь это на сцене, над нами бы как следует посмеялись. Теперь, когда буду выходить на улицу, ни за что не оставлю духовой пистолет дома.

Постскриптум.

Интересно, как представлялась моя трагикомедия татуированному человеку и зевакам — свидетелям этой сцены? Сколько бы они ни смеялись, обыкновенным смехом это не могло кончиться. Случай на всю жизнь сохранится, должно быть, в их памяти. Да, но в каком виде?.. Застрянет в сердце, как осколок снаряда?.. Или ударит в глаза и исказит облик окружающих?.. Во всяком случае, можно с уверенностью сказать, что впредь они уже не будут пялить глаза на лица других людей. Они станут для них прозрачными, как привидения, а весь мир будет в прогалинах, как картина на стекле, нарисованная жидкой краской. Сам мир начнет казаться каким-то невообразимым, как маска, людей захватит чувство несказанного одиночества. Поэтому мне нечего чувствовать себя виновным перед этими людьми. То, что они увидели, было скорее правдой. Раньше была видна только маска, а сама правда — не видна. И вот эту, более глубокую правду они смогли лицезреть. Какой бы жалкой ни казалась правда постороннему взгляду, она всегда несет в себе вознаграждение.

Однажды, лет двадцать назад, я увидел труп ребенка. Он лежал навзничь за школой в густой траве. Я случайно наткнулся на него, когда искал бейсбольный мяч. Труп был раздут, как резиновый шар, и весь покрыт красными пятнами. Мне показалось, что рот у него шевелится, но когда я присмотрелся, то увидел, что это копошатся бесчисленные черви, уже уничтожившие губы. Меня сковал страх, и потом несколько дней кусок не шел в горло. В то время это произвело на меня мучительно-страшное впечатление, но с годами — труп, должно быть, взрослел вместе со мной — сохранилась лишь окутанная тихой печалью легкая краснота на гладкой, точно из воска, коже. А сейчас я уже не старался избегать воспоминаний о трупе. Наоборот, даже полюбил их. Каждый раз, когда я вспоминаю об этом трупе, у меня возникает ощущение, что мы друзья. Он заставляет меня вспомнить, что, кроме пластика, существует еще мир, которого можно коснуться рукой. Он навсегда останется со мной как символ другого мира.

Нет, эти оправдания предназначены не только для совсем чужих людей. Теперь все мои тревоги будут касаться и тебя. Я хочу, чтобы ты поверила моим словам, даже если тебе и покажется, что они оставляют слишком глубокие раны. Да это и не раны, а чуть более отчетливые, чем хотелось бы, воспоминания о том, что я испытал, когда ты заглянула мне под маску. Я уверен, придет время, и ты будешь вспоминать об этом с нежностью, как я о трупе.

Я немного задержался — нужно было заняться ссадинами и заменить клейкий состав. Правда, по дороге я сделал крюк, чтобы специально для маски купить все необходимое: зажигалку, записную книжку, бумажник, а потом направился в намеченное место — ровно в четыре часа я был на автобусной остановке. Здесь я собирался дождаться твоего возвращения с лекций по прикладному искусству, которые ты посещала по четвергам. Приближалось время вечерней сутолоки, шум этого оживленного места поглотил все пространство своей перенасыщенной плотностью, и я почему-то почувствовал удивительное спокойствие, будто шел по лесу, где начали опадать листья. Видимо, прежнее потрясение еще осталось, и оно изнутри подавляло все мои пять чувств. Стоило закрыть глаза, как закружились в водовороте, точно рой москитов, бесчисленные звезды, излучающие яркий свет. Наверно, поднялось давление. Действительно, потрясение было глубоким. Но это не так уж плохо. Унижение, подействовав как стимулятор, толкало на нарушение закона.

Я решил подождать у банка. С пригорка, где находился банк, было лучше видно, а благодаря тому, что рядом со мной стояло много других ожидающих, я не бросался в глаза. Нечего было опасаться, что ты заметишь меня раньше, чем я тебя. Лекции кончаются в четыре часа, и даже если ты пропустишь один автобус, все равно доедешь минут за десять.

Никогда не думал, что твои лекции смогут мне так пригодиться. Если бы меня спросили, я бы сказал, что сам факт этого неустанного многолетнего хождения на такие совершенно ненужные лекции служит прекрасным доказательством неустойчивости женского существования. Весьма символично, что ты выбрала изготовление пуговиц и занимаешься этим с увлечением. Какое же великое множество пуговиц, больших и маленьких, ты уже выточила, вырезала, выкрасила, отполировала! Ты делала пуговицы не для того, чтобы с их помощью что-то застегивать, — ты бесконечно мастерила необходимые для практического использования вещи в целях абсолютно непрактических. Нет, я не хочу обвинять тебя. Ведь я действительно ни разу этому не противился. Если ты по-настоящему горячо увлечена — от души благословляю это невинное занятие...

...Но в событиях, происшедших позже, ты была одним из главных действующих лиц, и поэтому я не стану излагать их час за часом. Что нужно, так это вывернуть наизнанку мое сердце и выставить на свет спрятавшееся там бесстыдное лицо паразита. Ты приехала третьим автобусом и прошла мимо меня. Я двинулся следом. Со спины ты выглядела удивительно гибкой, удивительно изящной, и меня охватила робость.

Я догнал тебя у светофора на перекрестке у вокзала. За несколько минут, которые нужны, чтобы дойти до вокзала, я должен любыми средствами привлечь твое внимание. Не следует идти напролом, но и окольный путь тоже не подходит. Протягивая, будто только что случайно подобрал, припрятанную заранее кожаную пуговицу, которую ты сама сделала, я обратился к тебе с уже подготовленными словами:

— Это не вы потеряли? Не скрывая удивления, ты, стараясь выяснить, почему это случилось, подняла сумку, стала осматривать дно, проверять застежки и, всем своим видом показывая, что не можешь найти объяснения, доверчиво бросила на меня быстрый взгляд. Раз уж я заговорил, нельзя было упускать возможности, в которую поверил, и я бросился напролом.

— Может быть, из шляпы?

— Из шляпы?

— Ловкость рук — и из шляпы может появиться кролик. Но ты даже не улыбнулась. Больше того, взглядом, как хирургическими щипцами, плотно зажала мне рот. Это был пристальный взгляд, точно ты забылась, взгляд, в котором ты, вероятно, не отдавала себе отчета. Если ты будешь так смотреть еще несколько секунд, то увидишь меня насквозь — я моментально понял это и отступил. Но этого не могло случиться. Успех маски уже был подтвержден в самых различных ситуациях. Нечего было опасаться, что у тебя появятся подозрения, — ты ведь не сорвешь маску силой, как тот татуированный, не коснешься ее губами (разницу в температуре скрыть невозможно). К тому же я сознательно говорил голосом более низким, чем обычно, но даже если бы я этого и не делал, из-за того, что на мои губы были наложены еще и искусственные, губные звуки совершенно видоизменились.

Может быть, я чрезмерно волновался; ты сразу же отвела взгляд, и на лицо вернулось обычное рассеянное выражение. Мой эротизм, натолкнувшись на твой пристальный взгляд, поджал хвост, и если бы ты так и ушла, то, может быть, я и нашел бы в себе силы отказаться от задуманного плана, понимая, что это самое лучшее для нас обоих. День был ясный, солнечный, и маска не могла проявить всех своих возможностей, ее чудесная сила увяла. Но и ты на мгновение заколебалась. А уличный поток, извивавшийся вокруг нас, точно прожорливое первобытное чудовище, впитывал просачивающиеся мысли, стоило им только возникнуть. Выяснить, почему возмутилось магнитное поле, возникшее между нами благодаря твоему минутному колебанию, было некогда, и я использовал это замешательство и двинул второй эшелон заготовленных заранее слов.

Заметки на полях.

Выражение "возмущение магнитного поля" очень верно. В общем, я ведь предчувствовал важность этой минуты. Если бы речь шла только о предчувствии, нечем было бы гордиться, нечего объяснять, но, даже не будь предчувствия, если бы я опустил эти строки — содрогаюсь при одной мысли об этом, — я был бы приговорен к осмеянию — все мои действия и поступки стали бы предметом насмешки, и эти записки из записок маски превратились бы в обыкновенные записки клоуна. Клоун — это тоже неплохо, но просто я не хочу стать клоуном, который не осознает, кто он.

Ты, наверно, помнишь? Я как ни в чем не бывало, тоном, будто мне уже надоело это выяснять, спросил, где конечная остановка такого-то автобуса. Не знаю, обратила ли ты внимание, но я выбрал ту остановку не потому, что мной руководила вздорная мысль убить время, нет, это была ловко подстроенная ловушка с дальним прицелом.

Прежде всего речь шла о единственной остановке на этой линии автобуса, находящейся у самого вокзала и в то же время расположенной в неудобном тихом месте, о котором мало кто знал. Затем она была на противоположной стороне вокзала, и, если не знать, что есть подземный переход, пришлось бы идти кружным путем по пешеходному мосту. И еще, переход невероятно запутанный и невозможно в двух словах объяснить, как связано с тем или иным местом множество его входов и выходов. Ну и, наконец, если воспользоваться этим переходом, расстояние до платформы, с которой ты должна ехать, нисколько не больше, чем если идти через вокзал. И ты, конечно, знала эту остановку.

Я весь напрягся, ожидая ответа. Тело мое стало точно каменным от страха, что ты разгадаешь мои тайные намерения, и, не будь на мне маски, даже если бы ты предложила меня проводить, не уверен, смог ли бы я идти рядом с тобой. Сомневаюсь даже, удалось ли мне как следует скрыть прерывистое дыхание. Я ждал в таком состоянии, будто меня заключили в хрупкий стеклянный сосуд (стеклянный сосуд тоньше бумаги, чихни — и он разлетится на мелкие осколки). Нельзя отрицать, что я испытывал и нетерпение, но правда и то, что ты не спешила с ответом. Что заставляло тебя колебаться? Я обрадовался тому, что ты в нерешительности. Положение создалось такое, что ты должна была, не колеблясь, принять немедленное решение — или согласиться, или отказаться. И чем больше ты колебалась, тем острее ощущалась неестественность, росла подозрительность. Если ты не хотела, достаточно было одного твоего "не знаю", но ты продолжала колебаться, и это означало, что ты наполовину согласна. И поскольку ты согласилась — пусть наполовину, — то потеряла таким образом предлог для отказа. Чтобы тебе легче было решиться, может быть, мне стоило бы добавить еще что-нибудь. В это время молодой парень, грубо толкаясь, торопливо протиснулся между нами. Только тогда мы заметили, что мешаем людскому потоку и вокруг нас уже образовался водоворот. С трудом удерживаясь в этом потоке, ты вопросительно взглянула на меня — скользнула по мне глазами, точно небрежно пролистала календарь. Не по душе мне твой взгляд, подумал я, и только собрался раскрыть рот, чтобы хоть немного подстегнуть твою решимость, как ты наконец ответила.

Когда я услышал этот ответ, хотя все шло хорошо и внутренне мы уже почти договорились, почему-то стало грустно, точно меня предали... Если это я — все хорошо, а если это совершенно чужой человек, тогда что? Чуть поколебавшись, ты ответила согласием. И с такой значительностью, будто без колебаний нельзя было соглашаться. В общем, намекала на существование запретной ограды. И то, что ты совершенно сознательно согласилась пройти рядом со мной семь-восемь минут, несколько сот метров, я не мог не воспринять как нечто большее, чем простую любезность. Во всяком случае, это был гораздо более ценный ответный подарок, чем пуговица, которую я подобрал для тебя. Говоря откровенно, ты сознательно возбуждала во мне желание. И поскольку возбуждала сознательно, то и сама...

Нет, все хорошо. Да и что я могу сказать, когда весь мой план был рассчитан именно на такой ход событий. Если бы, разгадав мой замысел, ты отказалась, весь мой труд пошел бы насмарку. Я мог бы, конечно, попытаться снова, в другой день, но если в первый раз удалось представить все как случайность, вторично не избежать впечатления нарочитости, и твоя настороженность только усилилась бы. Да, все хорошо. Прошлой ночью я до конца осознал, что желание с помощью маски вернуть тебя и с твоей помощью вернуть всех других людей — не безделица, не пустые слова, оно разрушает запретную ограду секса, пропитывает меня бесстыдством. Поскольку я стремился преодолеть запретную ограду и ты, казалось, соглашалась на это, сейчас нечего было особенно суетиться. Твое оправдание, что ты просто не придала этому значения, никого бы не убедило. Если хочешь разрушить ограду, но пытаясь добиться того, чтобы партнер сам разрушил ее, то нет другого средства, кроме насилия. Но я бы удивился, услышав, что односторонним развратом можно восстановить тропинку. Такой, даже единичный поступок неизбежно вынудит маску бесследно исчезнуть из этого мира. Кроме того, если я собирался удовлетвориться насилием, достаточно было моего настоящего лица, покрытого пиявками, и незачем было прибегать к помощи маски.

Теоретически рассуждения мои были, конечно, правильными. Но рядом с тобой, с твоим живым телом, спускаясь по лестнице в подземный переход, забитый чужими людьми, я был подавлен потрясающей реальностью твоего существования, от растерянности, невыразимого страдания мной овладели гнетущие мысли. Мне нечего будет ответить, если ты упрекнешь меня в бедности воображения, но разве так уж редко встречается воображение, основанное на осязании? Я думал о тебе не как о стеклянной кукле или словесном символе, но я впервые почувствовал осязаемую реальность твоего существования, приблизившись настолько, что мог дотронуться до тебя рукой. Ближайшая к тебе половина моего тела стала чувствительной, как после солнечного ожога — каждая пора, точно собака, изнывающая от жары, высунув язык, тяжело дышала. Стоило лишь представить себе, что ты, такая близкая, готова принять совершенно чужого человека, как меня охватывала невыносимая печаль оттого, что я нахожусь в положении обманутого мужа и, мало того, без всякой причины меня вышвырнули вон за негодностью. Да, вчера мои бесстыдные фантазии, в которых я игнорировал тебя, были куда умереннее. Пожалуй, даже насилие благотворнее этого. Я снова стал вспоминать как совершенно чужое лицо черты маски и начал испытывать кипящую ненависть, отвращение к этому типу лица охотника с бородой, в темных очках и претенциозной одежде. И в то же время я почувствовал, что ты, не отвергшая решительно это лицо, совсем другая, и мне стало еще тоскливей, точно на драгоценном камне я обнаружил капельку яда.

Маска поступала иначе. Она, по-моему, была способна впитывать и превращать в пищу мои страдания; точно у болотного растения, ветви и листья её желаний становились все мощнее и гуще. Одно то, что ты меня не отвергла, было равносильно словам "я твоя", и я всадил клыки воображения в твой затылок, выглядывающий из светло-коричневой блузки без воротника, как баночка с фруктовым соком. Мне не в чем было оправдываться — для меня ты была тобой, а для маски — всего лишь одной из приглянувшихся женщин... Да, так далеки были друг от друга я и маска — нас разделяла бездонная пропасть. Мы различались, но ведь это верхний слой лица в несколько миллиметров, все остальное общее, и поэтому ты, возможно, посчитаешь, что разговоры о пропасти — просто красивые слова, но мне хочется, чтобы ты вспомнила, как устроена граммофонная пластинка. Так просто, а сколько десятков тонов может она воспроизвести. Поэтому нет ничего удивительного, что человеческое сердце бьется одновременно в двух противоположных тонах.

Конечно, удивляться нечему. Ведь ты и сама была расщеплена. Я вел двойную жизнь, и ты тоже стала вести двойную жизнь. Я превратился в чужого человека, надев чужую маску, и ты тоже стала чужим человеком, надев маску самой себя. Чужой человек, надевший маску самого себя... Не особенно приятное сочетание слов... Я заранее рассчитывал встретиться вторично и должен был иметь детально отработанный план, а в результате приходилось, кажется, вторично расставаться. Наверно, в чем-то я допустил непростительный просчет.

Если бы я мог предположить, что дойдет до этого, лучше бы сразу повернуть обратно... нет, еще лучше, не поворачивая обратно, просто спросить у тебя об остановке, а с остальными планами молча распроститься, но... Так почему же я послушно иду на поводу у маски?.. Не уверен, стоит ли чего-нибудь мое объяснение: моя любовь была предана и стала ненавистью, желание восстановить тропинку не нашло отклика и превратилось в мстительность, и, раз уж я дошел до этого, получилось так, что, хотя побуждения были у нас противоположные, в своих действиях я начал идти в ногу с маской, стремясь до конца убедиться в твоей неверности. ...Но подожди немного — мне кажется, что и в начале этих записок я часто употреблял слово "месть", и все же... Да, употреблял... Тогда главным предлогом для изготовления маски было стремление, обманув тебя с ее помощью, отомстить высокомерию настоящего лица. Потом я стал склоняться к реабилитации других людей, желание соблазнить тебя тоже приобрело рассудочность, созерцательность, потом прибавилось нечто плотское, вспыхнул взрыв страсти, принявший форму ревности, ревность, натолкнувшись на запретную ограду, вызвала любовные судороги, похожие на жажду, я стал эротичным и в конце концов снова превратился в пленника мести.

В последнем приливе мстительности было что-то не удовлетворявшее, беспокоившее меня. Какую месть следовало избрать, убедившись в твоей неверности? Должен ли я, представив тебе доказательства, выслушивать покаяния или вынудить тебя к разводу? Ни в коем случае — если я сделаю что-нибудь подобное, то потеряю тебя. Если наши отношения позволят лишь подглядывать за твоей изменой сквозь пролом в запретной ограде, разрушенной тобой и маской, — прекрасно, я готов подглядывать так всю жизнь. Но будет ли осуществлена месть путем такого беспрерывного извращения? Ведь, приноравливаясь к моей раздвоенности, и ты должна будешь беспредельно сносить ту же самую раздвоенность. Ни любовь, ни ненависть... ни маска, ни настоящее лицо... Видимо, в этой густой серой мгле я обретал временное равновесие.

Однако в отличие от меня, решившего спокойно отказаться от своего замысла, маска, которая должна была держаться гордо и независимо, наоборот, начала терять самообладание. Одно твое слово, брошенное невзначай, когда потом, через десять минут, ты сидела в закусочной в конце подземного перехода и помешивала ложечкой кофе, лишило маску самоуверенности, точно загнало между двумя зеркалами и вынудило разговаривать саму с собой.

— Мой муж как раз в командировке, поэтому...

Что "поэтому"? Больше ты ничего не сказала, у маски тоже не было желания спрашивать. Здравый смысл подсказывал, что твои слова можно понять так: поэтому, возвратившись домой, я не должна буду готовить обед и ничего не произойдет, если я поем в городе, — то есть ты будто бы оправдывалась в том, что согласилась на мое предложение, так их тоже можно было воспринять. Но в мрачной холодности твоего тона была скорее решительность, точно ты утверждала себя в собственных глазах, и эффект был такой же, как если бы ты щелкнула по носу самовлюбленную маску... О чем же мы прежде говорили?.. Да, верно, маска вычитанными где-то словами похвалила форму твоих пальцев, потом спросила о ранке на большом пальце правой руки, полученной, когда ты мастерила пуговицы, и после того, как маска убедилась, что твоя рука все равно не избегает ее взглядов, она избрала темой разговора отношения между людьми как алгебраическое уравнение, не включающее данных условий, как имя, профессия, место жительства, и тут же, помнится, стала выведывать твое расположение духа. Маска, которая твердо знала, кому принадлежит руководящая роль в соблазнении тебя, готовая поступить с тобой как ей вздумается, замерла в изумлении, как ребенок, неожиданно обойденный, отброшенный в сторону соперником.

Заметка на полях.
Я вспоминаю, что ужасно тогда волновался, боясь, как бы ты не обнаружила, что за маской прячусь я.

Если вдуматься, то, по существу, нет никаких доказательств, что соблазняла маска, а соблазненной оказалась ты. Все было проделано тобой умно и тонко — не соблазнилась ли ты по собственной воле независимо от уловок маски? Так или иначе, изменить что-либо было уже невозможно, и маске, чтобы воодушевить себя, не оставалось ничего иного, как превратиться в еще более настойчивого обольстителя.

Но она напрасно старалась вести себя как соблазнитель, этого было не нужно — ты уже была *соблазненной женщиной*. Дело в том, что я завладел тобой полностью. Вот почему все время, пока мы были в закусочной, маска изо всех сил старалась не возвращаться к разговору о твоем "муже". То же относилось и к пиявкам: как бы ни казалось, что этой темы можно касаться спокойно, сколь логично ни доказывать, что это относится к другому человеку, — все равно страшно. Тем не менее, когда ты не выказала никакого желания возвращаться к теме "мужа", я ужасно рассердился, — в общем, досадная ситуация. Действительно, ты, несомненно, игнорировала "его", следовательно, меня. Более чем неприятное пренебрежение. Но с другой стороны, нельзя сказать, что я хотел, чтобы ты коснулась этой темы, — в общем, положение у меня было достаточно трудное. Если бы ты снова заговорила о "нем", это можно было бы использовать, чтобы обуздать маску. Мне, как обольстителю, оставалось лишь надеяться, что ты будешь по-прежнему моим сообщником. Меня покоробила твоя странная манера улыбаться одной нижней губой. Еще больше встревожило то, что ты смотрела сквозь меня куда-то вдаль. Я чувствовал себя виновным в том, что ты отказалась от предложенного пива. Но и не хотел, чтобы ты пила слишком много. Все равно что после погружения в ледяную ванну сразу быть облитым кипятком. Левый глаз, будто разглядывая трофей, нежно смотрел на твои пальцы, крошившие хлеб, — нежные, мягкие пальцы, словно смоченная водой кроличья шкурка, если отвлечься от ранки, полученной, когда делала пуговицы; правый глаз, точно обманутый муж — свидетель прелюбодеяния жены, корчился от боли. Любовный треугольник, где один исполняет две роли. Неэвклидов треугольник, который выглядел бы на чертеже прямой линией: "я", "маска" — мое второе "я" — и "ты".

Когда мы поели, время, точно желе, сразу начало застывать вокруг нас. Может быть, из-за тяжести потолка? Непропорционально массивный бетонный столб стоял в центре зала и наводил на мысль о непомерной тяжести того, что он поддерживал. К тому же эта закусочная в подвале не имела окон. Ничто не подтверждало существования двадцатичетырехчасовой единицы солнечного времени. Был лишь искусственный свет, не имеющий периодичности. А сразу же за стенами закусочной по вертикальным пластам, уходящим вглубь, по подземным рекам текло время, исчисляющееся десятками тысяч лет. И твой "муж", который должен погонять наше время, пока мы так ждем его, никогда не вернется. О время, сгустись, превратись в сосуд, укрывающий только нас двоих! Тогда, так и оставаясь в сосуде, мы пересечем улицу, и место, куда мы придем, станет нашим новым ложем.

Однако в действительности ни я, ни маска не знали твоих подлинных намерений. Не отказываясь — настолько не противясь, что создавалось даже впечатление, будто ждала этого, — ты приняла мой нехитрый маневр: сначала пригласить тебя выпить кофе, а потом пообедать, но... какое-то время маска оптимистически считала, что все идет по плану... такая твоя решительная позиция, точно все кирпичики своего сознания ты уже скрепила раствором, снова повергла маску в страх и отчаяние. Ты не была, конечно, просто неприветливой. Поскольку ты согласилась быть соблазненной, неприветливость доказывала бы, что ты слишком много думала о запретной ограде, и ты, наоборот, стала бы доступнее, но ты была достаточно мягкой, не забывала о деликатной заботливости. Ты не робела, держала себя смело, естественно, свободно. В общем, нисколько не отличалась от той, какой была обычно, ты была ты.

И эта твоя неизменность привела маску в замешательство. Где же, наконец, прячешь ты вязкое, как расползающаяся тянучка, дыхание человека, ждущего соблазнения, его сверкающие взгляды, горящие внутренним огнем, возбуждение, вызванное ожиданием? Судорожно ухватившись за край круглого обеденного стола, мы напоминали расплющенные цветки одуванчика, зажатые между страницами солнечного времени. И то, что, жадно глотая слюну, я, ухватившись за запретную ограду, ждал мгновения, когда смогу вместе с тобой участвовать в ее разрушении, — разве это было только самодовольным воображением маски? Вот потому-то окончание обеда в то же время было причудливым концом причудливой встречи...

Официант молча, точно отсутствуя, как требовали того правила, убирал со стола. Поверхность воды в стаканах зарябилась — видимо, прошел поезд метро. Маска, проявляя нетерпение, продолжала бессмысленную болтовню, а в промежутки при любом удобном случае старалась вставлять слова, вызывающие сексуальные ассоциации, но ты никак не реагировала — ни положительно, ни отрицательно. Наблюдая краем глаза за растерянностью маски, я ехидно аплодировал и в то же время жалел, что никак не могу уличить тебя в неверности.

Однако это продолжалось минут двадцать, а потом — помнишь, наверно? — маска, выйдя из оцепенения, вытянула ногу, и носок ботинка коснулся твоей щиколотки. У тебя на лице отразилось чуть заметное волнение. Взгляд замер где-то в пространстве. Между бровями залегла складка, губы дрогнули. Но ты снисходительно, со спокойствием, с каким утренний свет постепенно захватывает ночное небо, приняла от маски эти бесплодные усилия. Маску распирал смех. Не имея выхода, смех точно заряжался электричеством и парализовал маску. На этот раз ей как будто удалось подстрелить добычу. В общем, можно не беспокоиться. Сконцентрировавшись на твоих ощущениях, передаваемых через носок ботинка, маска тоже прикусила язык и предалась наслаждению безмолвной беседой.

И в самом деле, вести непринужденную болтовню было опасно. Например, мы удивительно единодушно заговорили о садовых деревьях; у обоих неожиданно возникла тема женщины, не имеющей детей; в аллегориях, образных выражениях я стал непроизвольно употреблять химические термины — если я буду так неосторожен, появятся горы улик, которые могут предать маску. Мне кажется, человек загаживает жизнь собственными испражнениями чаще, чем собака останавливается у столбов.

Но мне был нанесен жестокий удар. Невозмутимость, с которой ты позволяла соблазнять себя, не укладывалась в моем сознании, но я прекрасно представлял себе, насколько привлекательным было это для маски, — вот что явилось для меня страшным ударом. И ведь моя нога, касающаяся твоей щиколотки, была действительно моей ногой, и я это отчетливо сознавал, но если не сосредоточить всех сил, то я получу лишь косвенные, несфокусированные впечатления, точно далекие события, порожденные воображением: коль скоро я отторгнут от лица, то отторгнут и от тела. Я предчувствовал это, но стоило столкнуться с подобным фактом — и меня всего переворачивало от боли. Если такое происходит со мной из-за щиколотки, то смогу ли я сохранить самообладание, когда пойму, что все твое тело доступно прикосновениям? Смогу ли я тогда противиться побуждению сорвать маску? Смогу ли я, при возросшем давлении, сохранять форму нашего сюрреалистического треугольника, и так уже напряженного до предела?..

С каким трудом, стиснув зубы, терпел я эту пытку в номере дешевой гостиницы. Не сорвав маску, не задушив себя, я скрутил себя грубой соломенной веревкой, затолкал в мешок, оставив только дырки для глаз, и вынужден был смотреть, как ты отдаешься. Вопль бессилия застрял у меня в горле. Слишком просто! Более чем просто! После встречи не прошло и пяти часов — как все просто! Если бы ты хоть для виду сопротивлялась... Ну а сколько часов удовлетворили бы меня? Шесть часов? Семь часов? Восемь часов?.. Глупость какая, комичные рассуждения... распутство твое так и останется распутством, пройдет ли пять часов, пятьдесят или пятьсот.

Но почему же тогда не положил я конец этому порочному треугольнику? Из мести? Возможно. Было и это, были, думаю, и другие мотивы. Если бы просто из мести, то, пожалуй, я поступил бы правильнее всего, тут же сорвав маску. Но я трусил. Больше всего я, конечно, боялся жестоких поступков маски, безжалостно перевернувшей, разбившей всю мою спокойную жизнь, ну и, кроме того, еще страшнее был бы возврат к тем дням затворничества, когда у меня не было лица. Страх питал страх, и я, точно безногая птица, лишенная возможности опуститься на землю, вынужден был все летать и летать. Но это еще не все... Если я действительно не в силах вынести такое — есть другой выход: маска остается живой и убивает тебя... твоя неверность неопровержима, но, к счастью, в маске я имею алиби... неверность — серьезная вина... маска сможет вполне удовлетвориться...

Но я не сделал и этого. Почему? Возможно, потому, что не хотел потерять тебя? Нет, именно не желая потерять тебя, я имел достаточно оснований для убийства. Бессмысленно искать разумность в ревности. Смотри, что происходит: тогда ты упорно отвергала меня, не глядела в мою сторону, а сейчас лежишь, распластавшись под маской! Жаль, что свет был погашен и я не мог увидеть всего собственными глазами, но... твой подбородок, в котором удивительно сожительствовали зрелость и незрелость... темная родинка под мышкой... шрам от операции аппендицита... пучок вьющихся волос... Над всем этим надругались, всем завладели. Если бы только это было в моих силах, я бы хотел рассмотреть всю тебя при ярком дневном свете. Ты *увидела* и отвергла обиталище пиявок, ты *увидела* и приняла маску и поэтому не в праве была бы возмущаться, что *увидели* тебя. Но свет мне был ни к чему. Во-первых, я бы не мог снять очки. И главное, на моем теле были тоже различные отметки: шрам на бедре, оставшийся от того раза, когда мы давным-давно вместе ходили на лыжах, и многие другие, о которых я не знал, а ты, скорее всего, знала.

Вместо глаз я мобилизовал все, что может ощущать — колени, руки, ладони, пальцы, язык, нос, уши, — бросил их в атаку, чтобы завладеть тобой. Не упуская ничего, что служило бы сигналом, исходящим от твоего тела, — ни дыхания, ни вздоха, ни движения суставов, ни сокращения мышц, ни выделений кожи, ни судороги голосовых связок.

И все же мне бы не хотелось превращаться в обыкновенного палача. Из меня были выжаты все соки, я ссыхался и в то же время должен был терпеть эту безнравственность, терпеть эту борьбу. В такой агонии и смерть теряла предполагавшуюся в ней остроту, и убийство выглядело всего лишь небольшим варварством... Что же, по-твоему, заставило меня стерпеть все это? Возможно, это покажется тебе странным — достоинство, которое ты продолжала сохранять, хотя над тобой надругались. Пожалуй, "достоинство" звучит несколько странно. Нет, это совсем не было насилием, не было и односторонним беззаконием маски — ты ни разу, ничем не показала, что отвергаешь ее, и значит, тебя нужно считать скорее соучастницей. А когда соучастник держится с достоинством со своим компаньоном, это выглядит смешно. Правильнее, видимо, сказать, что у тебя был вид уверенной в себе соучастницы. Поэтому, как бы отчаянно ни боролась маска, она не смогла превратиться в развратника, не говоря уж о насильнике. Ты оставалась буквально недоступной. Но факт остается фактом — ты безнравственна и неверна. И факт остается фактом — ревность бурлила во мне, как деготь в котле, как дым, вырывающийся из трубы после дождя, как горячий источник, кипящий вместе с грязью. Но случилось непредвиденное — встав в неприступную позу, ты в конце концов не подчинилась маске, и это поразило меня, потрясло.

Нельзя сказать, чтобы мне удалось полностью постичь, что заставило тебя без всяких колебаний пойти на прелюбодеяние. Наверно, все же не чувственность. Если бы чувственность, ты должна была бы тогда более откровенно кокетничать. Но ты, точно совершая обряд, с начала и до конца усердно сохраняла невозмутимость. Я действительно не понимаю. Что происходило в тебе? Я не мог уловить и намека. Плохо еще и то, что выросшее, укоренившееся чувство поражения до самого конца — во всяком случае, до того времени, когда пишутся эти записки, — так и осталось, как несмываемое пятно. Это пожирающее внутренности самоистязание пострашнее припадков ревности. Хотя я надел маску специально, чтобы восстановить тропинку и завлечь тебя на нее, ты прошла мимо меня и скрылась вдалеке. И так же, как прежде, когда у меня еще не было маски, я остался один.

Не понимаю я тебя. Едва ли ты согласилась на приглашение только потому, что оно последовало, и тебе было безразлично, кто приглашает, едва ли ты играла уличную женщину, но... но нет и доказательств, что это не так. Или, может быть, ты была прирожденной проституткой, а я просто этого не подозревал? Нет, проститутка не может так величественно сыграть порядочную женщину. Если бы ты была проституткой, то, удовлетворяя чужую похоть, не обливала бы человека презрением, не вынуждала к самоистязанию. Кем же ты была? Хотя маска изо всех сил старалась разрушить преграду, ты, не коснувшись, проскользнула сквозь нее. Как ветер или как дух...

Я не понимаю тебя. Дальнейшие эксперименты над тобой приведут лишь к одному — к моей собственной гибели.

Наутро... хотя какое утро, было уже около полудня... мы до самого выхода из гостиницы почти не разговаривали. Из-за того, что я все время просыпался в страхе, что во сне у меня сползет маска, из-за снов, будто я куда-то должен ехать, будто по дороге потерял билет, усталость сковала переносицу, точно туда всадили кол. Благодаря маске я смог, как и ты, не допустить на лицо усталость и стыд. Но по вине той же маски я не мог ни умыться, ни побриться. Маска, оставшаяся неизменной, туго стянула отекшее за ночь лицо, выросшая щетина, наткнувшись на препятствие — маску, загнулась и начала врастать в кожу — состояние ужасное. В общем, маска тоже жалкая штука. Хотелось побыстрее расстаться с тобой и вернуться в убежище.

Когда, закурив последнюю сигарету, мое настоящее лицо, вынужденное все это время играть невыгодную роль, заговорило о том, что могло вызвать у тебя муки совести, ты вдруг нерешительно протянула мне синевато-зеленую пуговицу, и я невольно вздрогнул. Это была не поднятая мной пуговица, а другая, с которой ты возилась тогда, еще полмесяца назад. В то время меня раздражало твое увлечение, но, увидев эту пуговицу снова, я, кажется, понял тебя. Тонкие серебристые нити, точно вдавленные иглой, переплетались в волшебном беспорядке, прочерчивали толстую основу из лака. Казалось, в ней застыл твой безмолвный крик. Пуговица показалась мне приблудной кошкой, которую от всей души любит и лелеет старая одинокая женщина. Наивно? Может быть. Но стоило мне подумать, что это страстный протест против "него", ни разу даже не вспомнившего о твоих пуговицах, и поступок твой сразу же показался мне хорошо продуманным... Я собирался обвинять тебя, но вместо этого обвиненным оказался сам — в общем, я научился мастерски сносить поражение. Кто, интересно, сказал глупость, будто женщиной можно завладеть?..

Улица вся блестела на свету, точно хромированная. Реальным был только оставшийся в носу запах твоего пота. Наскоро приведя в порядок лицо, я свалился на кровать и проснулся только на рассвете. Оказалось, что я проспал почти семнадцать часов. Лицо горело, точно по нему прошлись рашпилем. Открыв окно и глядя на медленно светлеющее голубизной небо, я начал прикладывать к лицу влажное полотенце. Постепенно небо стало приобретать цвет пуговицы, которую ты мне дала, а потом цвет вспененного винтом моря, уходящего за кормой. Меня охватила тоска, до боли вцепившись руками в грудь, я невольно завыл... Что за бесплодная чистота! В этой синеве жизнь невозможна. Как хорошо бы задушить вчера и позавчера, чтобы они исчезли. Если проанализировать мой план только с точки зрения формы, то нельзя сказать, что он не принес никакого успеха, но кто собрал с него урожай и какой? Если и был человек, собравший урожай, то им оказалась ты одна, без стеснения сыгравшая роль уличной женщины и, как огромная осязаемая тень, пробравшаяся сквозь маску. Но сейчас здесь осталась лишь синева неба и боль лица... Маска, которая должна была стать победителем, выглядела на столе нелепо, как непристойная картинка, после того как желание удовлетворено. Может, использовать ее как мишень для упражнений в стрельбе из духового пистолета?.. а потом разорвать на мелкие клочки, будто ничего и не было?..

Но в это время синева побледнела, улица начала обретать свое дневное лицо, и тогда мое малодушное нытье отвалилось, как старая болячка, и я был снова безжалостно возвращен к неизбежной действительности — скопищу пиявок. Пусть маска больше не сможет дать мне сны, похожие на праздничный фейерверк, но еще хуже — отказаться от маски и заживо похоронить себя в каменном мешке без единого окна. После вчерашнего я еще колебался, но если бы мне удалось точно найти в нашем треугольнике центр тяжести, то, пожалуй, не было бы уж так невозможно, ловко удерживая равновесие, использовать маску. Какими бы бурными ни были мои временные эмоции, любой план требует некоторого срока для доработки — это несомненно.

Я быстро поел и раньше обычного выскочил из дому. Поскольку я должен был снова оказаться в роли "самого себя", возвратившегося из недельной командировки, сегодня после долгого перерыва лицо опять забинтовано. Выходя, я взглянул на свое лицо, отражавшееся в окне, и оторопел. Какой ужас! Я совсем по-новому осознал чувство освобождения, которое давала маска. А что, если прямо сейчас возвратиться домой?.. Такая мысль меня самого подстегнула... Это произведет на тебя впечатление — ощущения прошлой ночи, несомненно, живы еще в твоем теле. Стоит попробовать. Но смогу ли я вынести такое? — вот в чем вопрос. Уверенности, к сожалению, не было. Ощущения прошлой ночи остались и у меня. Я, наверно, терзаю тебя в припадке ярости оттого, что все обнаружилось. Но как я ни страдал, все равно хотелось на некоторое время сохранить треугольник. А нашу встречу, когда я буду "самим собой", давай отложим на то время, когда я встречусь с отрезвевшим внешним миром и успокоюсь.

Но действительно ли он отрезвел, этот внешний мир? Ворота института были еще закрыты. Когда я вошел в боковую дверь, сторож, с зубной щеткой во рту, державший в руках цветочный горшок, так испугался, что на мгновение лишился голоса. Он поспешно бросился к вестибюлю, но я остановил его и попросил дать ключ. Запах химикатов был для меня привычный, как разношенные ботинки. Безлюдное здание института напоминало обитель привидений, в которой жило лишь эхо — запахи, звуки шагов. Чтобы восстановить отношения с действительностью, я повесил на дверь табличку со своим именем и быстро переоделся в белый халат. На грифельной доске был записан ход эксперимента, проводившегося ассистентом группы С. Результаты отличные. Только это и пришло мне на ум, и больше к этой мысли я не возвращался.

Находившийся в здании человек, который разжигал соперничество и ревность, был одержим жаждой славы, старался обскакать других, чтобы получить зарубежную литературу, ломал голову над проблемой кадров, закатывал истерики по поводу финансирования экспериментов и вместе с тем усердно работал, находя в этом смысл жизни, был не я, а кто-то другой, очень на меня похожий. Мне представилось, что тот человек, которым был я, то же самое, какими здесь были сейчас запахи, звуки шагов... Это меня смущало. Значит, исходить нужно совсем из другого. В технике существуют свои собственные законы техники, и, каким бы ни было лицо, на них это не окажет влияния. Можно ли, например, утверждать, что химия, физика лишаются смысла, поскольку человеческие отношения всех уровней отсутствуют у водяных блох, медуз, паразитов, свиней, шимпанзе, полевых мышей. Конечно же, нет! Человеческие отношения всего лишь придаток человеческого труда. Иначе не осталось бы ничего другого, как сразу отказаться от паллиативного маскарада и покончить особой...

Нет, просто чудится... никого нет, и поэтому слишком явственны запахи и звуки шагов. Никого это не беспокоит — все равно как небольшая рана на коже не может помешать работе... Что бы там ни говорили, то, что я здесь делаю, касается только меня. Стану ли я прозрачным, стану ли я безносым, станет ли мое лицо похожим на морду бегемота... пока я могу работать с аппаратурой, пока я могу мыслить, стрелка моего компаса всегда будет направлена на эту работу.

Неожиданно подумал о тебе. Существует мнение, что женщины ориентируют стрелку своего компаса на любовь. Достоверность этого сомнительна, но, кажется, женщина действительно может быть счастлива одной любовью. Ну а ты сейчас счастлива?.. Вдруг мне захотелось позвать тебя своим собственным голосом и услышать в ответ твой голос. Я снял трубку и набрал номер, но после второго гудка повесил ее. Сердце не было готово. Я все еще трусил.

Тут стали собираться сотрудники, и каждый из них приветствовал меня с сочувствием, к которому примешивался некоторый страх, — и к зданию и ко мне наконец вернулся человеческий дух. Слишком уж я нервничаю. Ничего особенно хорошего не произошло, но и ничего плохого не случилось. Если бы мне удалось в институте сделать тропинкой к другим людям работу, а недостающее восполнять с помощью маски и привыкнуть к такой двойной жизни, то, соединив их вместе, я бы превратился в идеального человека. Нет, маска не просто заменитель настоящего лица — она дает настоящему лицу фантастические привилегии в преодолении любой запретной ограды, открывает перед ним все двери, и поэтому мне придется вести жизнь не одного человека, а множества людей одновременно. Но все равно, сначала — привыкнуть. Я приноровлюсь — это все равно что в зависимости от места и времени с легкостью менять одежду. Ведь и граммофонная пластинка способна одновременно издавать сколько, угодно звуков...

Днем произошел незначительный инцидент. В углу лаборатории собрались в кружок несколько человек, я с безразличным видом стал приближаться к ним, и стоявший в центре молодой ассистент попытался что-то спрятать. Когда я спросил, оказалось, что и прятать-то нечего: это был подписной лист, в котором говорилось о том, как следует разрешить вопрос о возвращении на родину корейцев. Вдобавок, хотя я и не сделал ему замечания, он начал многословно извиняться, а остальные смущенно наблюдали за происходящим.

...Уж не потому ли, что человек, лишенный лица, не имеет права поставить свою подпись в пользу корейцев? Конечно, у ассистента не было злого умысла — просто он, наверно, заметил, что я возбужден, и из жалости ко мне решил держаться на почтительном расстоянии. Если бы у людей никогда не было лица, сомнительно, что могла бы возникнуть проблема расовых различий, будь то у японца, у корейца, у русского, у итальянца или у полинезийца. Все-таки почему же тогда этот молодой человек, такой великодушный, делал подобное различие между мной, лишенным лица, и корейцами, имеющими другое лицо? Нельзя ли предположить, что когда человек в процессе эволюции ушел от обезьяны, то произошло это не благодаря руке и орудию, как обычно утверждают, а потому, что он сам стал выделять себя по лицу?

Тем не менее, не возмущаясь, я попросил, чтобы мне тоже дали подписать. Все, по-видимому, облегченно вздохнули. Но какой-то неприятный осадок все равно остался. Что заставляло меня делать то, к чему совсем не лежала душа? Невидимая стена, именуемая "лицом", преграждала мне путь. Можно ли говорить о том, что мир отрезвел?..

Вдруг я почувствовал непреодолимую усталость и под каким-то благовидным предлогом раньше обычного ушел домой. Я еще не мог утверждать, что ко мне вернулась уверенность, будто у меня настоящее лицо, но на большие улучшения рассчитывать не приходилось. Во всяком случае, мое лицо забинтовано, и, если я не заговорю, нечего беспокоиться, что ты заметишь мое волнение, да и не я один буду волноваться. Пожалуй, гораздо больше нужно тревожиться о том, чтобы, глядя на твое волнение, притвориться, что не видишь его. Я без конца повторял себе, что, даже если замечу, что ты в сильном замешательстве, это не должно взвинтить меня, заставить потерять над собой контроль.

Но, встретив меня после недельной разлуки, ты не выказала и тени стыда — во всем твоем поведении, в каждой черточке лица, точно так же, как и неделю назад, таилась насмешка, и сначала я даже оторопел от такой безучастности. Казалось, будто тебя доставили в самолете-рефрижераторе точно такой, какой ты была до моего отъезда. Возможно, мое существование так мало значило для тебя, что ты не считала нужным тратить силы на то, чтобы хранить свои тайны? Или, может быть, на самом деле ты была дьяволом в образе ангела, нахальное бесстыдство составляло истинную твою сущность? В конце концов я сердито попросил тебя рассказать, что произошло в мое отсутствие, и ты, ничуть не изменившись в лице, с повинным видом продолжая возиться с моей одеждой, начала болтать, точно ребенок, в одиночестве забавляющийся кубиками, о тревоживших тебя домашних делах: соседи, нарушая инструкции архитектурного управления, стали делать пристройку к своему дому, и у них с властями началась письменная баталия, а у их ребенка — бессонница из-за собачьего лая, ветви деревьев во дворе сильно свешиваются на улицу, может быть, стоит закрывать окно, когда мы включаем телевизор, стиральная машина противно шумит, может, купить новую. Неужели это тот самый человек, который прошлой ночью щедро, точно фонтан, переполнял меня чувством, что передо мной зрелая, настоящая женщина?.. не верится... я так отчаянно борюсь с раздвоением между лицом и маской, начавшимся уже после того, как я был во всеоружии, а ты хладнокровно выдержала раздвоение, которое было для тебя совершенно неожиданным, и у тебя не осталось и тени раскаяния... в чем же дело?.. Как это несправедливо!.. А если сказать тебе, что я все знаю?.. будь у меня при себе та пуговица, я бы сейчас молча сунул ее тебе под нос.

Но мне оставалось одно — молчать как рыба. Открыть тайну маски — значило разоружиться. Нет, если бы мне удалось спустить тебя до одного со мной уровня, тогда бы можно и разоружиться. Но все равно баланс будет не в мою пользу. Даже если я сорву с тебя маску лицемерия, на тебе их тысяча, и одна за другой будут появляться все новые, а у меня маска одна, и под ней — только мое настоящее лицо.

Наш дом, в котором я не был уже неделю, как губка, пропитался привычной повседневностью, и стены, и потолок, и циновки на полу — все казалось неколебимо прочным, но тому, кто познал маску, эта прочность представлялась еще одной запретной оградой, тоже привычной. И так же как существование ограды было скорее условным, чем реальным, мое существование без маски стало неуловимо-призрачным; маска же, или тот, еще один мир, к которому я прикоснулся благодаря маске, представлялись мне реально существующими. Не только стены нашего дома казались мне такими, но и ты тоже... Хотя не прошло еще и суток, как я испытал безнадежное чувство поражения, которое можно сравнить только со смертью, но я уже ощущал парализующую меня жажду твоей реальности, открывшейся мне благодаря осязанию. Меня охватила дрожь. Когда крот не касается каких-либо предметов кончиками своих усов, он начинает нервничать; так и я — мне нужно было что-нибудь трогать руками... так чувствует себя наркоман, у которого кончился наркотик, хотя он прекрасно понимает, что это сильнейший яд... вероятно, я уже начал ощущать симптомы запрета...

Дольше я не мог терпеть. Мне было все равно, я хотел одного — скорее приплыть обратно, к твердой земле. Я считал, что это наш дом, а он оказался временном пристанищем, и подумал даже, что как раз маска — не "временное" лицо, а настоящая твердая земля, излечившая меня от морской болезни. И я решил уйти сразу же после ужина, под тем предлогом, что неожиданно вспомнил об эксперименте, прерванном на время моей командировки, который нужно было закончить как можно быстрее. Я сказал, что это такой эксперимент, который нельзя прерывать, и, может быть, придется заночевать в институте. И хотя такого раньше никогда не случалось, ты сделала вид, что сожалеешь, и ни малейшего сомнения, ни малейшего недовольства не отразилось на твоем лице. Действительно, стоило ли принимать близко к сердцу какой-то предлог, придуманный привидением без лица, чтобы переночевать вне дома.

Не доходя до своего убежища, я, не в силах больше терпеть, позвонил тебе.

— Он... вернулся?

— Да, но вскоре ушел. Сказал, что работа...

— Хорошо, что ты подошла. Если бы он — пришлось бы сразу бросить трубку.

Я говорил беззаботно, что было логическим продолжением моего безрассудства, но ты, чуть помолчав, сказала тонким голоском:

— Жаль его очень...

Эти слова просочились в меня и, как чистый спирт, мгновенно разлились по всему телу. Если вдуматься, это была первая твоя мысль о "нем". Но сейчас мне было не до того. Я утону, если мне сейчас же не бросят бревно ли, железную бочку — все равно, было бы за что ухватиться... Существуй он на самом деле, наша тайная встреча была бы чистым безрассудством. Он мог вернуться в любую минуту, по любому делу. И даже если бы не вернулся, вполне мог позвонить по телефону. Ладно бы днем, но как ты оправдаешь уход из дому в такое время? Я думал, что тебе придет на ум именно эта мысль и ты будешь, конечно, колебаться... Но ты сразу же без колебаний согласилась. Интересно, ты тоже, наверно, ничуть не хуже меня барахталась в волнах, высматривая, за что бы ухватиться? Да нет, просто ты такая же бесстыдная. Притворщица, лицемерка, наглая, вертихвостка, развратница, эротоманка — скрипя зубами, я криво усмехнулся, бинты скрывали это, а потом бившая меня дрожь прекратила скрежет и заморозила улыбку.

Кто же ты, наконец? Кто же ты, прошедшая через все, не противясь, не робея, не ломая преграды, соблазнившая соблазнителя, заставившая развратника заниматься самоистязанием, ты, над которой так и не надругались? И ведь ты ни разу не пыталась спросить маску об имени, фамилии, занятии... будто рассмотрела истинную ее сущность... как бледнеют и свобода маски, и ее алиби перед твоим поведением... если Бог есть, пусть он сделает тебя охотником за масками... во всяком случае, меня ты подстрелила...

На дорожке у черного хода меня кто-то окликнул. Дочь управляющего. Она требовала йо-йо. Я едва было не ответил, но это продолжалось лишь мгновение, а потом, в ужасе запрокинув голову, я чуть не убежал. Договаривался ведь с девочкой не я, а маска. С трудом сдерживаясь, в смятении, я жестом показал, что не догадываюсь, о чем идет речь, — единственное, что мне оставалось. Нужно было дать понять девочке, будто я думаю, что она просто обозналась.

Но девочка, не обращая никакого внимания на устроенный мной спектакль, повторила свое требование: йо-йо. Может быть, она думала примитивно, что, поскольку "маска" и "бинты" — братья, договор с одним автоматически распространяется и на другого? Нет, это заманчивое объяснение было начисто разбито словами девочки:

— Не беспокойтесь... Ведь мы играем в секреты...

Неужели она меня с самого начала раскусила?! Как же ей это удалось? Где я допустил ошибку? Может быть, она сквозь щель в двери видела, как я надеваю маску?

Но девочка, недоверчиво покачивая головой, без конца повторяла, что не понимает, зачем я делаю вид, что не понимаю. Наверно, моя маска не в состоянии обмануть даже глаза недоразвитой девочки... нет, наоборот, пожалуй, именно потому, что девочка умственно отсталая, она смогла увидеть меня насквозь. Так же как моей маске не удастся провести собаку. Нерасчленяющая интуиция часто оказывается острее аналитического взгляда взрослого человека. Но конечно же, у маски, которая смогла обмануть даже тебя, находившуюся совсем рядом, не может быть такого недостатка.

Нет, значение этого опыта далеко не так просто, как выискивание алиби. Неожиданно я увидел бездонную глубину этой "нерасчленяющей интуиции" и был уже не в силах сдержать охватившую меня дрожь. Та же интуиция наводила на мысль, что весь мой опыт, приобретенный в течение этого года, может рассыпаться в прах от одного удара. ...Ну подумай сама, разве не свидетельствует это о том, что девочку не обманул мой внешний вид — бинты, маска и она разглядела мою сущность? Такие глаза действительно существовали. В глазах этого ребенка мой поступок был, несомненно, шуткой.

И горячие порывы маски, и досада из-за пиявок вдруг представились мне бесконечно ничтожными, и вращавшийся со скрипом треугольник, как карусель, у которой выключили мотор, стал постепенно останавливаться...

Оставив девочку за дверью, я вынес ей йо-йо. Она еще раз тихонько прошептала: "Играем в секреты",— а потом по-детски, не в силах спрятать улыбку в углах рта, намотала на палец нитку и вприпрыжку побежала вниз. Без всякой причины глаза мои налились слезами. Умыв лицо, я стер мазь, нанес клейкий состав и надел маску, но почему-то она не прилегла плотно к лицу! А, все равно... Я был спокойно-печален, как поверхность застывшего озера под облачным небом, но все время повторял себе, что должен до конца поверить глазам ребенка. У всякого, кто серьезно хочет общаться с другими людьми, есть лишь один выход — сперва вернуться к той самой интуиции...

* * *

В тот вечер, возвратившись после второго свидания с тобой, я наконец решился начать эти записки.

В самый волнующий момент нашей близости я готов был сорвать маску. Невыносимо было видеть, как ты, без тени сомнения, дала соблазнить себя моей маске, которую легко разгадала даже дочь управляющего. К тому же я просто устал. Из средства вернуть тебя маска превращалась в скрытую кинокамеру, помогающую убедиться в твоем предательстве. Я сделал маску, чтобы возродить себя, но стоило ей появиться, как она вырвалась из рук, то с наслаждением убегая от меня, то злясь за то, что я стою на ее пути. И только ты, оказавшись между нами, осталась незадетой. Что было бы, если б я позволил событиям так развиваться и дальше? "Я" при любом удобном случае пытался бы убить маску, а "маска", оставаясь маской, всеми способами удерживала бы меня от мести. Она бы, например, отговаривала убить тебя...

В конце концов, если я не хотел обострять положение, не оставалось ничего другого, как ликвидировать этот треугольник путем трехстороннего соглашения, в котором должна участвовать и ты. Вот почему я и начал писать эти записки... Вначале маска презрительно отнеслась к моему решению, но не могла ничего поделать и стала молча насмехаться надо мной... с тех пор пришло почти два месяца. За это время мы встретились с тобой еще раз десять, и каждый раз меня терзала мысль о надвигающейся разлуке. Это не пустые слова, меня действительно терзала такая мысль. Нередко мной овладевало отчаяние, и я уже совсем было бросил свои записки. Я все надеялся, что произойдет чудо — проснувшись однажды утром, я обнаружу, что маска плотно прилипла к лицу и превратилась в мое настоящее лицо, я даже пробовал спать в маске. Но чудо не свершалось. И я продолжал писать — другого выхода у меня не было.

В те дни меня больше всего воодушевляло наблюдение за девочкой, которая, спрятавшись от посторонних глаз в укромном уголке у черного хода, тихонько играла со своим йо-йо. Девочка, отягченная огромной бедой и не сознающая, что это беда, — насколько счастливее она нормальных людей, страдающих от своих бед. Может быть, это был инстинкт — она не боялась что-либо потерять. И я, так же как девочка, ел оказаться способным пережить свои потери.

Случайно в сегодняшней газете я увидел фотографию странной маски. Кажется, маски какого-то дикого племени. Шедшие по всему лицу борозды, будто вдавленные веревкой, образовывали геометрический рисунок; похожий на сороконожку нос, извиваясь посередине лица, доходил чуть ли не до волос; с подбородка свисали какие-то непонятные предметы. Печать была нечеткой, но я, как зачарованный, неотрывно смотрел на фотографию. Раздвоившись, на фотографии всплыло татуированное лицо дикаря, всплыли прикрытые чадрой лица арабских женщин, и я вспомнил услышанный от кого-то рассказ о женщинах из "Повести о Гэндзи", которые считали, что обнажить лицо перед незнакомцем — то же, что обнажить срам. Да не от кого-то, а от тебя. Это услышала маска в одну из наших встреч. Зачем понадобилось тебе заводить такой разговор? Те женщины были убеждены, что мужчине можно показать лишь волосы, и даже умирали они, прикрыв лицо рукавом кимоно. Пытаясь разгадать твой замысел, я много думал о женщинах, прятавших свое лицо, и неожиданно перед моими глазами развернулись, как свиток, те времена, когда не существовало лиц, — я был потрясен. Значит, еще в древности лицо не было тем, что выставляют напоказ, и только цивилизация направила на лицо яркий свет, и впервые лицо превратилось в душу человека... а если лицо не просто существовало, а было создано, значит, и я, собираясь изготовить маску, на самом деле никакой маски не сделал. Это мое настоящее лицо, а то, что я считал настоящим лицом, на самом деле оказалось маской... ну ладно, хватит, теперь уж все равно... кажется, и маска собирается как-то поладить со мной, так что, пожалуй, на этом можно и кончить, как ты считаешь?.. только потом, если удастся, хотелось бы выслушать и твое признание... не знаю, куда нас все это заведет, но думаю, нам есть еще о чем поговорить.

Вчера для нашей последней встречи я передал тебе план, как попасть в мое убежище. Условленное время приближается. Не пропустил ли я чего-нибудь? А-а, все равно, времени уже нет. Маска с сожалением расставалась с тобой. Та пуговица принадлежит маске, давай похороним их вместе.

Итак, ты уже все прочла. Ключ лежит под пепельницей у изголовья — я хочу, чтобы ты открыла платяной шкаф. Прямо перед собой ты увидишь резиновые сапоги, а левее — останки маски и пуговицу. Делай с ними что хочешь — предоставляю это тебе. К твоему приходу я уже буду дома. От всей души надеюсь, что, когда ты вернешься, у тебя будет обычное выражение лица, точно ничего не произошло...

Записки для себя, сделанные на последних страницах серой тетради

...Я все ждал. Просто продолжал ждать совершенно бесчувственно, как росток в поле, который всю зиму топчут ногами, и ему остается одно — ждать, когда подадут знак и разрешат поднять голову...

Представляя тебя, сидящую в неудобной позе — даже ноги не успела вытянуть — и читающую эти тетради в моем убежище, я превратился в первобытное чудовище с одним-единственным нервом и тихо парил в бесцветных пустых ожиданиях...

Но странно, в моем уме только всплывал твой образ, а след, который оставляют в тебе эти записки, я совсем почему-то не мог уловить. Больше того, даже содержание записок, много раз перечитанных мной, которые я должен был знать настолько, чтобы, не сходя с места, прочесть наизусть с начала до конца, это содержание, словно пейзаж сквозь грязное стекло, ускользало от меня, и я не мог различить даже нить, благодаря которой ожили бы воспоминания. Мое сердце было бесчувственно-холодно и просолено, как сушеная каракатица. Может быть, потому, что я на все махнул рукой — сколько теперь ни суетись, изменить уже ничего нельзя. Такую же точно опустошенность я испытывал, закончив серию опытов. И чем важнее были опыты, тем глубже была опустошенность.

Результатом нашей рискованной игры и было мое состояние — решай все ты, пусть выпадет любая кость. Я прекрасно понимал, что разоблачение маски больно ранит тебя, тебе станет стыдно. Но и ты своим предательством нанесла мне удар — так что мы квиты, ничья. Все равно у меня нет никаких оснований держаться вызывающе, и я отнюдь не собираюсь попрекать тебя, какой бы ни была твоя реакция на эти записки. Пусть положение еще хуже, чем было до маски, и наши отношения как бы вмерзли в глыбу льда, все равно я готов принять любую твою реакцию на записки — во всяком случае, будет хоть какое-то решение.

Нет, может быть, это нельзя назвать решением в полном смысле слова, но хотя бы каким-то выходом. Горькое раскаяние, досада, чувство поражения, проклятие, самоуничижение... я скомкал все злые мысли, которые охватили меня, и, хорошо ли, плохо ли, вздохнул с облегчением, будто сделал огромное дело. Нельзя, конечно, сказать, что мне не хотелось, чтобы все было по-хорошему, но одно то, что даже в постели я не сорвал маску, а предпочел рассказать тебе обо всем в записках, одно это означало, что я выбросил белый флаг. К чему бы это ни привело, все лучше, чем любовный треугольник — самоотравление ревностью, разраставшейся, точно раковые клетки.

Но все же, если вдуматься, нельзя утверждать, что я не собрал никакого урожая. И хотя на первый взгляд мои старания были напрасны и я ничего не добился, все равно пережитое не прошло для меня бесследно. Во всяком случае, одно то, что я понял — настоящее лицо всего лишь несовершенная маска, — разве это не колоссальное приобретение? Может быть, я был слишком оптимистичен, но это мое понимание превратилось для меня в огромную силу, и мне казалось, что если я обречен навеки быть закованным в глыбу нетающего льда, то и в этой глыбе льда смогу отыскать жизнь и уж постараюсь во второй раз не предпринимать напрасных усилий... но лучше подумать обо всем этом на покое, после того, как ты вернешься, держа в руках условия капитуляции. Сейчас, во всяком случае, мне оставалось одно — ждать.

Как марионетка с перерезанными ниточками, я бессильно рухнул на пол, мне хотелось одного — уменьшить, насколько возможно, сопротивление потоку времени. Светлый прямоугольник неба, вырезанный оконной рамой и соседним домом, казался тюремной оградой. Я не отрывал от него глаз, стараясь убедить себя в этом. И мысль, что заключенный не я один, что весь мир — огромная тюрьма, соответствовала моему тогдашнему состоянию. Я продолжал свою мысль: каждый стремится вырваться из этого мира. Однако настоящее лицо, сделавшись ненужным, как хвост человеку, неожиданно обернулось кандалами, и нет никого, кому бы удалось вырваться. Я — другое дело... я единственный, кому удалось, пусть на короткий миг, вкусить жизнь за оградой. Я не вынес ее слишком плотной атмосферы и сразу же вернулся обратно — это верно, но я познал эту жизнь. И если не отрицать жизни за оградой, настоящее лицо — не что иное, как модель несовершенной маски, — не вселяет никакого чувства превосходства. Теперь, когда ты услышала мое признание, думаю, ты не сможешь возразить, во всяком случае против этого.

Однако по мере того, как бетонная стена, закрывшая небо, постепенно теряла цвет и растворялась во мраке, меня начала охватывать непреодолимая злоба — к чему все эти усилия абстрагироваться от того, что время безжалостно движется. До какого места ты дочитала? Нетрудно прикинуть, если знать, сколько в среднем страниц можно прочесть в час.

Предположим, в минуту одна страница, значит, шестьдесят страниц... с тех пор прошло четыре часа двадцать минут, следовательно, ты вот-вот должна кончить. Но ты, конечно, отвлекалась, не могла не перечесть некоторые места. Были моменты, когда, стиснув зубы, как во время качки на море, тебе приходилось перебарывать себя. Но все равно, сколько бы ты ни прерывала чтение, тебе потребуется еще не больше часа.

...Тут я без всякой причины вскочил и сразу же подумал, что, в общем, никакой необходимости вставать у меня не было, но желание лечь снова пропало. Я встал, зажег свет и поставил на плиту чайник.

По дороге из кухни я неожиданно почувствовал твой запах. Видимо, это был запах косметики, исходивший от туалетного столика, стоящего в спальне у самой двери.

Подступила тошнота, как это бывает, когда глубоко в горле смазывают йодом. Наверно, моментальная реакция выползших наружу пиявок. Но я, уже игравший однажды в спектакле масок, имел ли я теперь право брезгливо морщиться от косметики, которую употребляют другие? Нужно быть терпимее. Раз и навсегда я должен подняться над детским предубеждением против косметики и париков. Тогда, следуя методу, каким лечат от отвращения к змеям, я решил сконцентрировать все свое внимание на психологии косметики. Косметика... изготовление лица... оно, естественно, представляет собой отрицание настоящего лица. Отважное усилие — изменив выражение лица, постараться хоть на шаг приблизиться к чужому человеку. Но когда косметика приносит ожидаемый эффект... могут ли женщины не испытывать тогда ревность к этой косметике? Что-то незаметно... и вот что странно... почему даже самая ревнивая женщина никак не реагирует на чужого человека, захватившего ее лицо? От скудости воображения или из духа самопожертвования?.. а может быть, от избытка и самопожертвования, и воображения, не дающего установить разницу между собой и чужим человеком?.. Все это било мимо цели и совсем не излечивало от отвращения к косметике. (Сейчас, конечно, все иначе. Сейчас бы я продолжил, думаю, так. Женщины способны на ревность к своей косметике, видимо, потому, что интуитивно убеждаются в падении ценности настоящего лица. Они, забыв о собственности, инстинктивно чувствуют, что ценность настоящего лица — не более чем реликт того времени, когда наследственная собственность была гарантией положения в обществе. Может быть, это доказывает, что они гораздо реалистичнее и разумнее мужчин относятся к авторитету настоящего лица? Правда, те же женщины налагают запрет на косметику, когда это касается детей. Может быть, где-то у них гнездится беспокойство? Но все равно ответственность за это лежит не столько на отсутствии уверенности у женщин, сколько на консерватизме начального образования. Если со школьной скамьи внедрять в сознание учащихся представление о пользе косметики, то, естественно, и мужчины будут воспринимать косметику без сопротивления... Ну ладно, хватит. Сколько бы возможных объяснений я ни давал, в конечном счете это лишь жалкие оправдания осужденного. Во всяком случае, ясно одно — даже маска не в состоянии излечить мое отвращение к косметике.)

Чтобы отвлечься, включил телевизор. Не везет, так не везет — показывали иностранную хронику, как раз шла передача о выступлении американских негров. Несчастного негра в разодранной рубахе волочили белые полицейские, а диктор деловито вещал:

— Расовые беспорядки в Нью-Йорке, вызвавшие столько беспокойства на пороге долгого черного лета, привели к результатам, которые и предсказывались компетентными лицами. Улицы Гарлема наводнило более пятисот полицейских в касках, негров и белых. Приняты предупредительные меры, как летом 1943 года. В ряде церквей одновременно с воскресной службой проводятся митинги протеста. И полицейские, и жители Гарлема смотрят друг на друга с презрением и недоверием...

Мной овладело отвратительное ощущение боли и тоски, точно в зубах застряла острая рыбья кость. Конечно, между мной и негром нет ничего общего, за исключением того, что мы превратились в объект дискриминации. У негра есть товарищи, такие же, как он, я же совершенно одинок. Негритянская проблема может стать серьезной социальной проблемой, а то, что касается меня, остается в рамках, ограниченных мной одним, и ни на шаг не сможет вырваться из них. Но от этих сцен волнений у меня захватило дух, потому что я вдруг представил себе собравшихся вместе несколько тысяч мужчин и женщин, так же, как я, потерявших лицо. Интересно, поднимемся ли мы против предрассудков так же решительно, как негры? Нет, это невозможно. Скорее мы передеремся между собой, так как нам опротивеет безобразие друг друга, или же разбежимся кто куда, чтобы не видеть друг друга. Нет, такое бы еще можно вынести. Но меня, кажется, захватила мысль об этих волнениях. Без всякой видимой необходимости, воспользовавшись первым попавшимся поводом, полчища нас, чудовищ, пойдут в атаку на лица обыкновенных людей. Из ненависти? Или, может быть, из вполне утилитарного тайного стремления уничтожить нормальное лицо и хотя бы одним человеком пополнить свои ряды? И то и другое могло, несомненно, послужить достаточно веским стимулом, но над всем преобладало страстное желание простым солдатом затеряться в водовороте восстания. Ведь именно солдат ведет совершенно анонимное существование. Хоть он и не имеет лица, это не препятствие для выполнения долга, и, таким образом, смысл существования для него обеспечен. Неожиданно окажется, что безликая воинская часть — идеальное формирование. Идеальная боевая часть, которая, не дрогнув, пойдет на разрушение ради разрушения.

В мечтах все могло произойти именно так. Но в действительности я был по-прежнему одинок. Я, не убивший и пичужки, хотя в кармане лежал духовой пистолет. С отвращением выключив телевизор, посмотрел на часы — время, которое я тебе отпустил, истекает...

И тут я окончательно потерял покой. Я прислушивался к каждому звуку, ежеминутно поглядывал на часы — отвратительное чувство, как при наводнении, когда неумолимо прибывает вода. Стой, шаги!.. нет, залаяла соседская собака, видимо, чужой. А сейчас? Опять не то... у тебя шаги не такие тяжелые. Вот подъехала машина, хлопнула дверца, но, к сожалению, в переулке за домом. Мне становилось все тревожнее. Что же наконец произошло? Не случилось ли чего? Может, попала в аварию? Может, преследует какой-нибудь развратник?.. но тогда могла бы по крайней мере позвонить... даже ты, так любящая разврат... не нужно, есть вещи, над которыми нельзя шутить... то, что произошло, покрыто такой нежной, такой тонкой кожицей, что ее нельзя касаться словами...

Если я так беспокоюсь, то, может быть, лучше пойти тебе навстречу? Нечего пороть горячку. Выйди я сейчас, и мы разминемся — этим дело и кончится. Даже если ты уже дочитала, тебе могло потребоваться больше времени, чем я предполагал, на то, чтобы переварить прочитанное, чтобы обдумать, как лучше ответить мне. Кроме того, тебе предстояло еще похоронить маску, которую я поручил твоим заботам. Тетради ты оставишь как вещественное доказательство, но все равно, чтобы без остатка стереть все следы этого дурного сна, ты захотела на мелкие кусочки раскрошить, разорвать маску и пуговицу — и это тоже потребовало, возможно, больше времени, чем я рассчитывал. В общем, теперь все дело во времени. Не исключено, что ты уже на пути к дому. Еще через три минуты ты поднимешься на крыльцо, как обычно, коротко позвонишь два раза... Еще две минуты... Еще минута...

Не вышло. Попробую еще раз сначала. Еще пять минут... еще четыре минуты... еще три минуты... еще две минуты... еще одна минута... Я без конца повторял и повторял это, и уже девять часов, десять часов, стрелки подходят к одиннадцати. Мои нервы напряглись, превратились в стальные трубки, которые звенели, резонируя в такт уличному шуму. Я шепотом задавал себе вопросы. Что же еще могло произойти?.. куда ты могла пойти, кроме дома?.. но ответа никакого не получал... вполне естественно... ответа и не могло быть... если ты правильно поняла мои записки...

Неожиданно я начал ругаться. Ругаясь, судорожно обматывал бинтами лицо, потом, едва прикрыв дверь, выскочил на улицу. Чего я мешкаю! Если так, нужно наконец решиться! Ведь, может быть, уже поздно! Поздно? Что поздно? Я и сам как следует не знал, почему употребил это слово, но предчувствия были мрачными, наполненными трагической атмосферой несчастья, точно меня загнали глубоко в горло чудовища.

...И предчувствия эти оправдались. Было около двенадцати, когда я подошел к дому, где снимал комнату. Свет в комнате не горел, не было никаких признаков, что в ней кто-то есть. Нещадно ругая себя за самоуверенность, с которой я ждал до такого позднего часа, я поднялся по черной лестнице и, ощущая во рту горечь, открыл дверь. Сердце громко стучало, точно билось о тонкую парафиновую бумагу. Убедившись, что из комнаты не доносится ни звука, я зажег свет. Тебя не было. Твоего трупа тоже. В комнате ничего не изменилось с тех пор, как я покинул ее. На столе аккуратно лежали три тетради и даже записка на листке бумаги, в которой я писал, чтобы ты начинала читать с первой страницы первой тетради, осталась лежать, прижатая бутылочкой чернил. Может быть, ты вообще не появлялась в этой комнате? Я все больше недоумевал... хотя мне было бы легче, если бы ты исчезла, не прочитав, а не скрылась, прочтя. Несчастье все равно произошло. Заглянул в шкаф. Не было никаких признаков, что ты касалась маски и пуговицы.

Хотя, постой... запах... запах, несомненно, твой — к нему примешался легкий запах плесени и пыли. Значит, ты здесь все-таки появлялась. Но то, что все, вплоть до записки, осталось на своих местах, можно воспринять как знак, что ты игнорировала тетради... но тогда почему же ты зашла так далеко?

Случайно взглянув на записку, я вздрогнул. Бумага была та же, на которой писал я, но почерк совсем другой. Это было письмо ко мне, которое ты написала на обороте записки. Видимо, сбежала, прочитав тетради. Итак, произошло самое худшее из того, что я предполагал.

Нет, не нужно так легко употреблять слова "самое худшее". Содержание письма превзошло все мои предположения, ошеломило меня. Страх, растерянность, боль, страдание — все это не шло ни в какое сравнение с тем, что я испытал. Как в загадочной картинке, где один штрих превращает блоху в слона, все мои попытки превратились в противоположное тому, на что я рассчитывал. Решимость маски... идеи маски... борьба с настоящим лицом... все мои надежды, которые я пытался осуществить с помощью этих записок, обернулись глупым фарсом. Ужасно. Кто бы мог вообразить, что человек способен так насмеяться над собой, так оплевать самого себя?..

Письмо жены

То, мертвое, что лежит шкафу, — не маска, а ты сам. О твоем маскараде знала не только девочка, игравшая с йо-йо. С самой первой минуты... с той самой минуты, когда ты самодовольно говорил о возмущении магнитного поля, я поняла все. Ты поинтересуешься, как я это поняла, — не спрашивай, пожалуйста, больше ни о чем. Я, конечно, растерялась, была смущена, испугана. Что ни говори, это были дерзкие действия, которых даже невозможно было ожидать от тебя, человека самого заурядного. И поэтому, когда я увидела, как самоуверенно ты ведешь себя, мне показалось, что у меня галлюцинация. Ты прекрасно знал, что я вижу тебя насквозь. И, зная, ты все равно настаивал на том, чтобы мы продолжали этот спектакль. Вначале все представилось мне ужасным, но потом я взяла себя в руки и подумала, что ты делаешь это ради меня. Ты вел себя несколько смущенно, был нежен со мной, мягок, казалось, ты приглашаешь меня на танец. И когда я увидела, как ты изо всех сил стараешься быть серьезным и делаешь вид, будто ты обманут, сердце мое наполнилось благодарностью и мне захотелось послушно пойти за тобой.

Но ты ведь все время заблуждался. Ты пишешь, будто я оттолкнула тебя, — это ложь. Разве не ты сам себя оттолкнул? Состояние, когда хочешь оттолкнуть себя, мне кажется, я понимаю. И поскольку с тобой такое случилось, я почти примирилась с мыслью разделить твои страдания. Вот почему я обрадовалась твоей маске. Даже о том, что случилось, я думала со счастливым чувством. Любовь срывает маски, и поэтому нужно стараться надеть маску для любимого человека. Ведь если не будет маски, не будет и счастья срывать ее. Ты меня понимаешь?

Не можешь не понять. До самой последней минуты у тебя были сомнения: не настоящее ли лицо то, которое ты считал маской, не маска ли то, что ты считал настоящим лицом? Разве не так? Конечно, так. Любой, кого соблазняют, поддается соблазну, прекрасно это сознавая.

Итак, маска уже не возвратится. Вначале с помощью маски ты хотел вернуть себя, но с какого-то момента ты стал смотреть на нее лишь как на шапку-невидимку, чтобы убежать от себя. И поэтому она стала не маской, а другим твоим настоящим лицом. Правда? Наконец ты предстал в своем истинном облике. Это была не маска, это был ты сам. Только если не скрываешь от другого, что маска есть маска, имеет смысл надеть ее. Возьми косметику женщин, столь не любимую тобой, — никто не пытается скрыть, что это косметика. В общем, плохой была не маска, просто ты плохо знал, как с ней обращаться. Доказательство? Хотя ты и надел маску, все равно ничего не смог сделать. Не смог сделать ни хорошего, ни плохого. Лишь бродил по улицам, а потом написал эти признания, бесконечные, как змея, ухватившая себя за хвост. Было бы обожжено твое лицо или нет, надел бы ты маску или нет — на тебе бы это никак не отразилось. Ты не можешь позвать маску обратно. И поскольку не вернется маска, стоит ли возвращаться и мне?..

Но все равно признания страшные. Мне казалось, будто меня, совершенно здоровую, насильно положили на операционный стол и режут и кромсают сотнями мудреных скальпелей и ножниц неизвестного назначения. Под этим углом зрения прочти еще раз то, что ты написал. И ты обязательно услышишь мои стоны. Если бы у меня было время, я бы объяснила тебе значение каждого моего стона. Но я боюсь, что замешкаюсь и ты успеешь прийти. Ты моллюск. Хоть ты и говоришь, что лицо — тропинка, связывающая людей, но сам ты моллюск, ты точно таможенный чиновник, только и стараешься захлопнуть створки дверей. Ты, такой благородный, не можешь успокоиться, поднимаешь шум, будто я, которую ты изо всех сил удерживал за стеной, перебралась через эту стену, не уступающую тюремной ограде, и похитила твою жену. И ты, не произнеся ни слова, поспешно заколотил створки маски, как только в поле зрения оказалось мое лицо. Действительно, как ты говоришь, мир наполнен смертью. Но разве сеять смерть не занятие подобных тебе людей, не желающих знать никого, кроме себя?

Тебе нужна не я — тебе нужно зеркало. Любой чужой человек для тебя не более чем зеркало с твоим отражением. Я не хочу возвращаться в эту пустыню зеркал. Мое сердце готово разорваться от твоего издевательства — никогда, никогда в жизни я не примирюсь с ним.

(Дальше идут еще две строчки, зачеркнутые так густо, что прочесть ничего невозможно.)

* * *

...Какой неожиданный удар. Сразу распознав в моей маске маску, ты продолжала притворяться обманутой. Тысяченогие черви стыда поползли по мне, выбирая места, где легко появляется гусиная кожа, — подмышки, спину, бока. Нервы, ощущающие стыд, наверняка находятся у самой поверхности кожи. Я покрылся сыпью позора, вспух, точно утопленник. Пользоваться избитым выражением, что я не хочу быть клоуном, не сознающим себя клоуном, бессмысленно, так как сами эти слова стали словами клоуна. Ведь ты меня видела насквозь. Не похоже ли это на театр, в котором играл всего один актер, считавший себя невидимым, полный веры в лживые заклинания, даже не представляющий, что он весь на виду. Кожу вспахивали мурашки стыда. А в бороздах вспаханной кожи вырастали иглы морского ежа. Еще немного, и я превращусь в колючее животное...

Я стоял покачиваясь, в полной растерянности. А когда увидел, что и тень тоже покачивается, понял, что это не мое воображение — я действительно покачиваюсь. Да, я допустил непростительную ошибку. Где-то сел, видимо, не в тот автобус. До какого же места должен я возвратиться, чтобы пересесть на нужный мне? Все еще покачиваясь, пытался освежить память, сверяясь с затертой, перепачканной картой.

Поздняя ночь, полная ревности, когда я решил писать эти записки... день соблазнения, когда я впервые заговорил с тобой... утро, когда я решил, что стану развратником... улыбающийся рассвет, когда была закончена маска... хмурый вечер, когда я взялся за изготовление маски... и долгий период бинтов и пиявок, которые привели меня к этому... нужно дальше возвращаться?.. Хоть я и зашел так далеко, но, если сделаю пересадку не там, где нужно, мне придется искать пункт отправления совсем в другой стороне. Неужели и правда во мне всегда была гнилая вода, как ты утверждаешь?..

В общем-то, мне незачем покорно принимать твое обвинение. И прежде всего трудно согласиться с мыслью, что семена смерти сеет тот, кто, подобно мне, не желает знать никого, кроме себя. Само выражение "не желает знать никого, кроме себя" представляется мне чрезвычайно метким и интересным, но рассматривать его в более широком смысле, чем следствие, — при любых условиях значит приписывать ему больше, чем оно заслуживает. Не желать знать никого, кроме себя, — всегда следствие, но никак не причина. Дело в том (я писал об этом и в записках), что современному обществу необходимы главным образом абстрактные человеческие отношения, и поэтому даже люди, которые, подобно мне, лишились лица, могут беспрепятственно получать жалованье. В естественных условиях мы находим конкретные человеческие отношения. Окружающие воспринимаются как отбросы, самое большее, на что они способны, — влачить жалкое существование лишь в книгах и в одиноких островках, именуемых семьей. Сколько бы телевизионные спектакли на семейные темы ни пели приторных дифирамбов семье, мир вне семьи, в котором одни лишь враги и распутники, именно этот мир определяет цену того или иного человека, устанавливает ему жалованье, гарантирует его жизненные права. Каждого чужого сопровождает запах яда и смерти, и люди в конце концов начинают страдать чужефобией. Одиночество, конечно, тоже страшно, но еще страшнее быть преданным чужой маске. Мы не хотим играть роль выброшенных из современности болванов, которые подобострастно цепляются за чужие химеры. Бесконечное, монотонное повторение дней кажется полем боя, превратившимся в повседневность. Люди целиком посвящают себя тому, чтобы опустить на лицо железную штору, запереть ее на замок и не дать чужому проникнуть внутрь. А если все идет хорошо, они мечтают о невыполнимом (точно так же, как моя маска) — о том, чтобы убежать от своего лица, хотят даже стать прозрачными. Нет такого чужого человека, о котором можно было сказать, что его узнаешь, если захочешь. В этом смысле ты, убежденная, что словами "не желаю знать никого, кроме себя" можно пришибить другого человека, подвержена тяжелому недугу нежелания знать никого, кроме себя, согласна?

Теперь уж, конечно, нечего вдаваться в подобные мелочи. Существенны не рассуждения, не оправдания, а факты. Два твоих замечания поразили меня в самое сердце, смертельно ранили. Первое — это, конечно жестокое признание, что, разоблачив истинную сущность маски, ты продолжала делать вид, будто мне удалось обмануть тебя. И второе — беспощадная критика за то, что, нагромождая одно оправдание на другое — у меня, мол, алиби, у меня анонимность, у меня цель в чистом виде, я просто ломаю запреты, — на самом деле я не подкрепил свои слова ни одним настоящим действием и только и осилил что эти записки, напоминающие змею, ухватившуюся за собственный хвост.

Моя маска, на которую я возлагал надежды, как на стальной щит, разлетелась на куски легче, чем стекло, — здесь уж нечего возразить. Действительно, я чувствую, что маска была не столько маской, сколько чем-то близким новому, настоящему лицу. И если отстаивать мою теорию, что настоящее лицо

— несовершенная копия маски, значит, я, затратив огромный труд, создал фальшивую маску.

Возможно, подумал я, неожиданно вспомнив о маске дикарей, которую я недавно видел в газете. А может быть, она-то и представляет собой настоящую маску? Может быть, справедливо назвать ее маской именно потому, что она не имеет ничего общего с настоящим лицом? Огромные, вылезающие из орбит глаза, огромный клыкастый рот, нос, утыканный блестящими стеклышками, и с двух сторон от его основания — завитки, закручивающиеся по всему лицу в водовороты, вокруг которых, точно в стрелах, торчат длинные птичьи перья. Чем больше я смотрел на нее, тем чудовищней, нереальней она казалась. Но по мере того, как я присматривался, точно собираясь надеть ее на себя, я начинал постепенно читать идею этой маски. Видимо, она являла собой выражение исступленной молитвы — стремление произойти все человеческое и войти в сонм богов. Какая ужасающая сила воображения! Потрясающая конденсация воли, призванная противостоять запретам природы. Может быть, и мне следовало бы остановиться именно на такой маске, если бы я мог ее сделать. Тогда бы я должен был с самого начала расстаться с чувством, будто таюсь от других...

Ничуть не бывало. Я говорил с такой горячностью, что ты имела все основания издеваться над мудреным скальпелем и ножницами неизвестного назначения. Если хорошо быть чудовищем, то, может быть, нет особой нужды в маске и одних пиявок вполне достаточно? И боги стали другими, и люди стали другими. Люди начали с эпохи изменения лица, прошли через эпоху, когда лицо прикрывали, как это делали арабские женщины, женщины из "Повести о Гэндзи", и пришли к нынешней эпохе открытого лица. Я не собираюсь утверждать, что такое движение — прогресс. Его можно считать победой людей над богами и в то же время рассматривать как покорность им. Потому-то мы и не знаем, что будет завтра. Не исключено, что завтра неожиданно наступит эпоха отказа от настоящего лица. Но сегодня не век богов, а век людей. И в том, что моя маска имитировала настоящее лицо, были свои причины.

Ну хватит. Причин я привел больше чем достаточно. И если искать оправданий, их можно найти сколько угодно, но сколько бы я их ни выстраивал в ряд, все равно мне не опровергнуть те два факта, на которые ты указала. Тем более что против твоего второго замечания, что моя маска, в конце концов, не смогла ничего сделать и занималась лишь оправданиями, возразить нечего, наоборот, я сам без конца доказываю это. Хватит позорить себя. Если бы я только выставил себя на посмешище, потерпел крах, куда ни шло, но все мои мучения оказались напрасными — вот это более чем грустно и так стыдно, что я не в силах даже оправдываться. Все настолько явно, что можно прийти в отчаяние. Безупречное алиби, безграничная свобода — и все равно никакого результата. К тому же, оставив этот подробный письменный отчет, я собственными руками уничтожил свое алиби, и теперь уж ничего не поделаешь. Не похож ли я на отвратительного импотента, способного лишь на красивые слова о половом влечении...

Да, единственное, о чем стоит еще написать, — это о кинофильме. По-моему, это произошло примерно в начале февраля. В записках я совершенно не касался этого фильма, и не столько потому, что он не имел ко мне никакого отношения, сколько потому, что слишком касался меня... Я невольно избегал говорить о нем, чувствуя, что он сводит на нет всю мою трудную работу по созданию маски. Но теперь я уже дошел до предела, и суеверия ни к чему. Или, может быть, оттого, что положение изменилось, я теперь воспринимаю его по-другому. Действительно, то, что я увидел, не было простой жестокостью. Фильм был несколько необычным и не имел особого успеха, но название его ты, наверно, помнишь: "Одна сторона любви".

Застывший пейзаж. На фоне его, спотыкаясь, бредет тоненькая девушка в простеньком, но опрятном платье, ее профиль прозрачен, как у привидения. Она идет по экрану справа налево, поэтому видна только левая половина ее лица. На заднем плане железобетонное здание, и девушка идет, почти касаясь этого здания невидимым зрителю правым плечом. Она как будто стыдится людей, и это очень гармонирует с ее скорбным профилем и еще больше усиливает жалкое впечатление, которое она производит.

На той стороне улицы трое парней хулиганского вида, облокотившись на рельс, ограждающий тротуар от мостовой, поджидают жертву. Один из них, заметив девушку, свистнул. Но девушка на это не реагирует, точно лишена органов, воспринимающих внешние раздражения. Другой из компании, подстрекаемый свистом товарища, поднявшись, приближается к ней. Привычным движением он, сквернословя, грубо хватает сзади девушку за левую руку, пытаясь притянуть ее к себе. Девушка, будто готовая к этому, останавливается и медленно поворачивается в сторону парня ...и открывшаяся правая сторона ее лица оказывается безжалостно искромсанной келоидными рубцами и совершенно обезображенной. (Подробного объяснения не было, но потом в фильме часто повторяется слово "Хиросима", видимо, девушка — жертва облучения.) Парень замирает, не в силах вымолвить ни слова, а девушка, отвернувшись и снова обретя лицо прекрасного призрака, уходит, будто ничего не случилось...

Потом девушка проходит несколько улиц, отчаянно борясь с собой каждый раз, когда оказывается на открытом месте, ничем не защищенном справа, или на перекрестке, который должна пересечь (я так близко принимал это к сердцу, что буквально вскакивал со своего места), и наконец подходит к баракам, окруженным колючей проволокой.

Странные строения. Будто мы неожиданно вернулись на двадцать лет назад — по внутреннему двору бродят солдаты, одетые в форму старой армии. Одни с отсутствующим видом, будто восстали из могил, отдают приказы и сами их выполняют, другие маршируют, через каждые три шага становятся во фронт и отдают честь. Среди них наибольшее впечатление производит старый солдат, без конца повторяющий рескрипт императора, обращенный к солдатам. Слова стерлись и потеряли смысл — сохранился лишь общий контур и тон.

Это психиатрическая больница для бывших военных. Больные не знают о военном поражении и живут прошлым, оставаясь во времени, остановившемся для них двадцать лет назад. Походка девушки, проходившей мимо солдат, становится до неузнаваемости легкой и спокойной. Она ни с кем не разговаривает, но между ней и больными ощущается взаимное доверие и близость, как между друзьями, хотя сейчас им и очень некогда. А девушка, в то время как санитар за что-то благодарит ее, начинает стирать белье, пристроившись в уголке барака. Эту благотворительную работу она избрала сама и делала ее раз в неделю. Когда девушка поднимает голову, в промежутке между строениями виднеется освещенное солнцем пространство, где дети беззаботно играют в мяч.

Потом сцена меняется. Теперь мы видим девушку у себя дома. Дом ее — маленькая мастерская на окраине, где штампуют из жести игрушки, — прозаический, унылый дом. Но когда зритель видит то справа, то слева раскрасневшееся лицо девушки, с непритязательным обликом дома происходит странная перемена и даже стоящие в ряд незамысловатые ручные прессы начинают жалобно стонать. И пока с раздражающей скрупулезностью воспроизводятся эти детали повседневной жизни, возникает тревога за будущее девушки, которое никогда не наступит, за прекрасную половину ее лица, которое никогда не оценят. В то же время ясно, что такое сочувствие раздражает девушку, неприятно ей. Поэтому не будет ничего неожиданного, если в один прекрасный день она в порыве отчаяния обольет кислотой нетронутую половину лица и сделает ее такой же, как обезображенная. Правда, если она и сделает так — все равно это не выход. Но никто не вправе обвинять девушку в том, что ей в голову не пришел какой-то другой выход.

И еще один день. Девушка, повернувшись к брату, неожиданно говорит:

— Война. Что-то она долго не начинается...

Однако в тоне девушки не слышится ни нотки враждебности к другим людям. Она говорит это совсем не потому, что жаждет отомстить тем, кто не искалечен войной. Просто питает наивную надежду, что если начнется война, то сразу же произойдет переоценка ценностей, интересы людей сосредоточатся не столько на лице, сколько на желудке, не столько на внешней форме, сколько на жизни. Брат, казалось, понимает смысл вопроса и бросает в ответ безразличным тоном:

— Уж порядочно... Но на завтра даже погоду точно не могут предсказать.

— Да, если бы так просто было узнать, что случится завтра, то гадалки остались бы без хлеба.

— Конечно. Возьми войну — только после того, как она начнется, узнаешь, что она началась.

— И верно. Если заранее знать, что ушибешься, никто бы не ушибался...

То, что о войне говорилось так, в безразличном тоне, будто от кого-то ждали письма, было горько, создавало невыносимую атмосферу.

Но на улицах нет ничего, что предвещало бы восстановление в правах желудка и жизни. Кинокамера ради девушки мечется по улицам, но единственное, что ей удается подметить, это непомерная алчность, безжалостное растрачивание жизни. Бездонное море выхлопных газов... бесчисленные стройки... ревущие дымовые трубы грязных, пропыленных заводов...,, мчащиеся пожарные автомобили... отчаянная толчея в увеселительных заведениях и на распродажах... беспрерывные звонки в полицейском участке... бесконечные вопли телевизионной рекламы.

В конце концов девушка понимает, что больше она ни в силах ждать. Что дольше ждать нельзя. Тогда она, никогда ни о чем не просившая, с мольбой обращается к брату. Она просит его поехать с ней куда-нибудь далеко-далеко (хоть раз в жизни). Брат сразу же замечает, что она делает упор на слове "жизнь" больший, чем на слове "раз", но он не чувствует себя вправе и дальше обрекать сестру на одиночество, и он, кивнув, соглашается, ведь любить — значит разделять горе.

И вот через несколько недель брат и сестра уезжают. Погруженная во мрак комната в провинциальной гостинице, обращенная к морю. Сестра, изо всех сил стараясь, чтобы изуродованная сторона лица оставалась в тени и брату была видна лишь прекрасная половина, завязывает волосы лентой, она необычайно оживлена, радостна. Она говорит, что море бесчувственно. Брат отвечает, что это неверно, что море прекрасный рассказчик. Но они расходятся только в этом. В остальном же, даже в самых мелочах, они в полном согласии, точно возлюбленные, каждое слово приобретает для них двойной смысл. Взяв у брата сигарету, девушка пытается курить. Их возбуждение переходит в приятную усталость, и они ложатся рядом на постели. Через окно, которое они оставили открытым, чтобы можно было увидеть луну, сестра наблюдает, как одна за другой падают золотые капли, заливающие границу между морем и небом. Она обращается к брату, но тот не отвечает.

Наблюдая, как поднимается луна, похожая на спину золотого кита, девушка все ждет чего-то, но тут же, вспомнив, что они поехали к морю, чтобы прекратить ожидание, кладет руку на плечо брата, трясет его, стараясь разбудить, и шепчет:

— Ты меня не поцелуешь?

Брат слишком растерян, чтобы и дальше притворяться спящим. Приоткрыв глаза и глядя на прозрачный, точно фарфор, профиль сестры, он не в силах обругать ее, но и не может, конечно, выполнить такую просьбу. Однако сестра не сдается.

— Завтра ведь может быть война... — умоляя, задыхаясь, заклиная, шепчет она, все приближая и приближая губы к его губам.

Так отчаянное разрушение запрета порождает безумное неполное сгорание между двумя молотками, бьющими не в такт — между злостью и желанием. Любовь и отвращение... нежность и желание убить... согласие и отказ... ласки и побои — все ускоряющееся падение, играющее непримиримыми страстями, падение, отрезающее путь назад... Если назвать это бесстыдством, то разве хоть кто-нибудь из их поколения может избежать того, чтобы не быть втянутым в подобное бесстыдство?

Небо посветлело, приближается рассвет. Девушка, прислушиваясь к дыханию спящего брата, тихонько поднимается и начинает одеваться. У изголовья брата она кладет заранее приготовленные два конверта и крадучись выходит из комнаты. Как только дверь за ней затворилась, брат, который, казалось, спал, открывает глаза. С полуоткрытых губ срывается глухой стон, по щекам текут слезы. Он встает с постели, подходит к окну и, со скрипом сжав зубы, осторожно смотрит, чуть высунувшись над подоконником. Он видит, как девушка, точно белая птица, стремительно бежит к мрачно вздымающемуся морю. Волна раз за разом отбрасывает белую птицу, но, наконец поборов ее, девушка, то исчезая, то показываясь вновь, плывет в открытое море.

Брату становится невмоготу стоять на коленях на жестком полу, вдали всплывает линия красных фонарей, и это на миг отвлекает его внимание, а когда он снова смотрит туда, где раньше белой точкой плыла сестра, уже ничего не видно.

Все твердо убеждены, что сказка о гадком утенке обязательно заканчивается лебединой песней. Вот тут-то и возникает оппортунизм. Хорошо самому испытать то, что испытывает лебедь. Какую бы песню ни пели тебе другие — это смерть, полное поражение. Мне это отвратительно. Увольте. Если я умру, никто не подумает обо мне как о лебеде, и, значит, я могу рассчитывать на победу. ...Когда я посмотрел этот фильм, он вызвал лишь раздражение, но сейчас другое дело. Я не могу не завидовать той девушке.

Она по крайней мере действовала. С каким огромным мужеством разрушила она, казалось бы, непреодолимую запретную ограду. Ну а то, что она умерла, — так ведь это же по своей собственной воле, и насколько это лучше, чем бездействовать. Вот почему эта девушка заставила совершенно постороннего человека испытать горькое чувство раскаяния, ощутить себя чуть ли не соучастником преступления.

Ладно, я тоже дам маске еще один шанс, к счастью, она еще существует. Мне все безразлично, поэтому нужен такой поступок, который бы разрушил нынешнее положение и спас мои попытки от небытия. Одежда, в которую я переодевался, и духовой пистолет лежали на своих местах. Стоило мне размотать бинты и надеть маску, как тут же в моем психологическом спектре произошли изменения. Например, ощущение настоящего лица, что мне *уже* сорок лет, превратилось в ощущение, что мне *еще только* сорок лет. Посмотрев в зеркало, я испытал радость, будто встретился со старым другом. С мушиным жужжанием маска стала снова заряжаться характерными для нее опьянением и самоуверенностью, о которых я совсем забыл. Не нужно делать поспешных выводов. Маска не была права, но и не ошибалась. Нельзя найти ответа, который бы подходил ко всем случаям жизни.

Словно скованный, я вышел на ночную улицу. Было так поздно, что уже исчезли прохожие, небо, взлохмаченное, точно больная собака, нависло над самыми крышами. Сырой ветер, от которого запершило в горле, предвещал дождь. В ближайшей телефонной будке я стал перелистывать телефонную книгу, пытаясь найти, где бы ты могла укрываться. Дом твоих родителей, дом твоей школьной подруги, дом твоей двоюродной сестры.

Но все три попытки окончились ничем. По туманным ответам — хочешь верь, хочешь не верь — трудно было понять правду. Я в какой-то степени был готов к этому и не особенно пал духом. Может быть, поехать домой? До последней электрички есть еще немного времени, а если не успею, можно взять такси.

Постепенно во мне нарастает злоба. Я понимаю твое возмущение, но это ведь, так сказать, вопрос самолюбия и гордости — клоун заставил тебя сойтись с ним. Я не собираюсь относиться к твоей гордости как к ненужному аппендиксу, но я могу лишь пожать плечами — стоит ли она того, чтобы из-за нее вручать ноту о разрыве отношений. Хочу спросить: какую сторону лица сестры целовал брат в этом фильме? Вряд ли ты сможешь ответить. Ведь ты не помогла мне, как помог брат своей сестре. Хотя ты и признавала необходимость маски, тебе она была послушна, не способна нарушить запрет.

...Ну а теперь берегись. Теперь тебя преследует маска — дикий зверь. Поскольку разоблачена истинная ее сущность, она превратилась в маску уже не слабую, когда она была ослеплена ревностью, а в маску, способную преступить любой закон. Ты сама вырыла себе могилу. Никогда еще написанное мной не приносило подобных плодов.

Неожиданно я услышал острое постукивание женских каблуков. Остается одна маска — я исчезаю. В мгновение, не раздумывая ни минуты, я спрятался за углом, спустил предохранитель пистолета и затаил дыхание. Для чего я все это делал? Может быть, это просто спектакль, чтобы испытать себя, а может быть, я и в самом деле что-то замыслил? Я не могу ответить себе на этот вопрос до того, как женщина окажется на расстоянии выстрела, до самого последнего, решающего мгновения.

Но давай подумаем. Сделав это, смогу ли я превратиться в лебедя? Смогу ли заставить людей почувствовать себя соучастниками преступления? А нужно ли это? Ясно одно — я могу лишь стать распутником, брошенным на произвол судьбы. Мое преступление будет смехотворным, и поэтому меня оправдают — вот и все. Между кинофильмом и действительностью существует, видимо, разница. Все равно, ничего не поделаешь — чтобы победить настоящее лицо, другого пути нет. Я знаю, конечно, вина не одной маски, дело скорее во мне самом... но то, что заключено во мне, заключено не только во мне одном — это нечто общее, что есть во всех других людях, и поэтому я не должен всю эту проблему взваливать лишь на свои плечи... обвинить меня одного не удастся... я ненавижу людей... я не намерен признавать необходимость оправдываться перед кем бы то ни было!

Шаги все ближе...

Больше никогда писать не смогу. Писать следует, видимо, только тогда, когда ничего не случается.

Содержание

Торговая фирма "Феникс"

☑ Оптовая и розничная торговля книжной продукцией
☑ Быстрообновляемый разнообразный ассортимент
☑ Своевременная доставка книг контейнерами и/или
   автотранспортом в любую точку России
☑ Разумные цены и гибкая система скидок

Наш адрес: 344007, г. Ростов-на-Дону, пер. Соборный, 17
тел.: (8632) 62-44-72, 44-19-03, 44-19-04;
факс: 62-45-94, 62-38-11.
E-mail: phoenix@ic.ru
Web: http://www.phoenix.ic.ru/home/phoenix

Издательство "Феникс"

*Приглашает к сотрудничеству авторов
научно-популярной и научной литературы в области:*

☑ социальных и естественных наук;
☑ юриспруденции;
☑ медицины;
☑ программирования и вычислительной техники,
а также переводчиков хороших книг любой тематики.

**Все финансовые затраты берем на СЕБЯ,
высокие гонорары выплачиваем согласно договорам.**

Рукописи не рецензируются и не возвращаются.

Наш **адрес:** 344007, г. Ростов-на-Дону, пер. Соборный, 17.
Тел.: (8632) 62-58-34, 62-51-94; **факс** 62-38-11.
E-mail: phoenix@ic.ru
Web: http://www.phoenix.ic.ru/home/phoenix

Серия «Классики XX века»

Кобо Абэ

ЖЕНЩИНА В ПЕСКАХ
ЧУЖОЕ ЛИЦО
Романы

Ответственные редакторы: *Фролова Ж., Беляев Г.*
Художник: *Вартанов А.*
Корректор: *Колесникова А.*
Компьютерная верстка: *Голонзко Н.*

ЛР 065194 от 2 июня 1997 г.
Сдано в набор 20.10.99 г. Подписано в печать 14.11.99 г.
Формат 84 x 108 $^1/_{32}$ Бумага газетная. Гарнитура Academy.
Тираж 10 000 экз. Заказ № 340.
Налоговая льгота – общероссийский классификатор продукции
ОК-00-93, том. 2: 953000 – книги, брошюры.

Издательство "Феникс". 344007,
г. Ростов-на-Дону, пер. Соборный, 17.

Отпечатано с готовых диапозитивов в ЗАО "Книга".
344019, г. Ростов-на-Дону, ул. Советская, 57